Dieter Zöchling

Don Giovanni soll leben

Dieter Zöchling

Don Giovanni soll leben

Opernhelden vor Gericht

Mit 16 Fotos

Langen Müller

Fotonachweis (mit Seitenangaben)

Deutsches Theatermuseum, München: 11, 107 (3), 189, 315 (2), 359 *(Archiv Sabine Toepffer)*/161, 215 *(Archiv Ilse Buhs/Jürgen Remmler)*; Foto Fayer, Wien: 45, 73, 235, 287; Victor Mory, Wien: 141; Foto Terry, Wien: 259

Der Verlag konnte in einzelnen Fällen die Rechte an den reproduzierten Fotos nicht ausfindig machen. Er bittet, ihm bestehende Ansprüche mitzuteilen.

Besuchen Sie uns im Internet unter:
http://www.langen-mueller-verlag.de

© 2003 by Langen Müller in der F. A. Herbig
Verlagsbuchhandlung GmbH, München
Alle Rechte vorbehalten
Umschlaggestaltung: Wolfgang Heinzel
Schutzumschlagmotiv: »Der Sänger Francisco d'Andrade als
Don Juan« (1902) von Max Slevogt, akg-images, Berlin
Herstellung und Satz: VerlagsService Dr. Helmut Neuberger
& Karl Schaumann GmbH, Heimstetten
Gesetzt aus der 10,5/14,3 Punkt Garamond
Druck und Binden: GGP Media, Pößneck
Printed in Germany
ISBN 3-7844-2925-4

Inhalt

Vorwort 7

»Orest!« 11
RICHARD STRAUSS: »ELEKTRA«

Brudermord 45
CLAUDE DEBUSSY: »PELLÉAS ET MÉLISANDE«

Stolzing gegen Stolzing 73
RICHARD WAGNER: »DIE MEISTERSINGER VON NÜRNBERG«

Liebe und Tod 141
ALEXANDER ZEMLINSKY: »EINE FLORENTINISCHE TRAGÖDIE«

Feine Familienverhältnisse 161
ENGELBERT HUMPERDINCK: »HÄNSEL UND GRETEL«

Tausendunddrei? 189
WOLFGANG AMADEUS MOZART: »DON GIOVANNI«

»Der Mensch ist ein Abgrund« 215
ALBAN BERG: »WOZZECK«

Inhalt

Der Mann aus dem Boot 235
Benjamin Britten: »Peter Grimes«

Wozu das Duell? 259
Peter Tschaikowsky: »Eugen Onegin«

Drei Karten! 287
Peter Tschaikowsky: »Pique Dame«

»Glücklich ist, wer vergisst ...« 315
Johann Strauss: »Die Fledermaus«

Tod auf der Seine 359
Giacomo Puccini: »Il tabarro«

Vorwort

Siebzehn Jahre sind vergangen, seit die ersten »Opernprozesse« unter dem Titel »Freispruch für Tosca – Jago soll hängen« bei Langen Müller erschienen sind. Nun, nach Abschluss meiner rund vierzigjährigen strafrechtlichen Tätigkeit, konnte ich der Versuchung nicht widerstehen, mich neuerlich einer Reihe musikalischer Bühnenwerke anzunehmen und sie in das Gerichtssaalmilieu zu verpflanzen. Glücklicherweise ist die Welt der Oper von so unerschöpflicher Vielfalt, dass es mir, wie ich glaube, gelungen ist, nun zwölf weitere attraktive Geschichten mit viel »action« zu finden.

Neu gegenüber dem seinerzeitigen Band ist die Betonung des historischen und literarischen Hintergrundes der einzelnen Werke – vielfach unmittelbar in die Handlung eingeflossen, wie etwa bei »Wozzeck«, meist aber – ganz ohne lehrhaft erhobenen Zeigefinger! – den einzelnen Kapiteln angefügt. Die Handlung der ausgewählten Stücke – hier eigentlich Vorgeschichte – bleibt natürlich unangetastet. Aufmerksame Leser werden sich freuen, immer wieder nahezu wörtliche Zitate, aber auch in den Opern nicht aufscheinende Vorgänge aus den historischen und literarischen Ursprüngen in das Geschehen eingeflochten zu finden. Die »dichterische Freiheit« hingegen beginnt erst mit dem Fallen des Vorhanges in der Oper und ermöglicht dem Autor in etlichen der »Fälle« sogar den Kunstgriff, Bühnentote zum Leben zu erwecken oder gar nicht erst sterben zu lassen.

Dass dies gar nicht so abwegig und zum Teil sogar literarisch gerechtfertigt ist, zeigt sich etwa am Beispiel des »Elektra«-Dramas des Euripides, wo die Titelheldin keineswegs – wie in der Oper – zuletzt tot zusammenbricht, sondern nach der bekannten Tragödie ganz bieder als Ehefrau und Mutter ein bürgerliches Leben führt. Auch den armen Soldaten Woyzeck lässt Georg Büchner in einer Variante seines Dramas nicht im Teich zu Tode kommen, sondern durch das Gericht verhaften. Und schließlich gibt es zu »Pique Dame« sogar in der Oper eine Fassung, wonach der unglückliche Hermann nicht durch Selbstmord endet, sondern in einer Nervenklinik landet – ganz wie in Puschkins Original, wo im übrigen auch Lisa sich nicht in die Newa stürzt, sondern eine glückliche Ehe eingeht. So weit nur ein paar Beispiele.

Was mich beim Schreiben der Geschichten am meisten fasziniert hat, ist die bunte Vielfalt der Epochen, Stilrichtungen und sozialen Schichten, aber auch der unterschiedlichsten Charaktere, in die ich mich vertiefen und regelrecht hineindenken musste. Der Leser wird durch viele literarische und historische »Zeitalter« geleitet – von der griechischen Antike über die Renaissance in die verschiedensten Bereiche der Romantik mit einem kleinen Ausflug in die Esoterik bis hin zum Realismus unserer Tage. Dennoch meine ich – auch angeregt durch Gespräche mit einem klugen Freund –, dass in den Geschichten nicht immer nur von Mord und Totschlag die Rede sein sollte. Schließlich gibt es glücklicherweise auch einige zum Thema passende bedeutende musikalische Komödien. Daher sollen diesmal die recht turbulenten Geschehnisse in den »Meistersingern von Nürnberg« und der »Fledermaus« einen auflockernden Kontrast zum Ernst der musischen Kriminalfälle bilden.

Den Puristen unter den juristischen Lesern sei gleich gesagt: Die Darstellung der Ereignisse im Gerichtssaal hält sich kaum an das, was man in der bisweilen recht faden Realität des zivilgerichtlichen Verfahrens oder im Strafprozess gewohnt ist. Sinn der Sache soll es ja vor allem sein, die handelnden Personen »nach Schluss der Vorstellung« zu einem attraktiven weiteren Leben zu erwecken. Außerdem sind die geschilderten Sujets so vielfältig, dass naturgemäß auch die Gerichte, vor denen sich unsere Helden verantworten, aus allen erdenklichen Quellen – der Historie, der Literatur, der Sage, der Fantasie, manchmal auch der Realität – in die Geschichten Eingang gefunden haben.

So möchte ich zu guter Letzt dem Verlag und insbesondere meinem kenntnisreichen Lektor Dr. Bernhard Struckmeyer für guten Rat und Unterstützung danken und hoffen, dass nicht nur Musikfreunde und Juristen, sondern auch alle anderen Leser an diesem Buch ihre Freude finden werden.

Wien, im Frühjahr 2003   D. Z.

»Orest!«
Richard Strauss
»Elektra«

Birgit Nilsson als Elektra,
Bayerische Staatsoper München, 1973

»Elektra«
Tragödie in einem Aufzug
von Hugo von Hofmannsthal
Musik von Richard Strauss

Uraufführung am 25. Januar 1909 in Dresden

Es mutet schon seltsam an, dass gerade die Griechen der Antike, das Volk der Philosophen, die Erfinder der Demokratie, sich eine Götter- und Sagenwelt errichtet haben, die von Mord, Raub, Blutschande, Vergewaltigung und sogar Kannibalismus geprägt wird. Dennoch herrscht in dieser imaginären Welt des Grauens eine gewisse Ordnung, sowohl im Verkehr der Götter untereinander, als auch zwischen Göttern und Menschen, wobei allerdings den Göttern sämtliche Eigenschaften der Menschen – also auch die schlechten – innewohnen. Daher ist es kein Wunder, dass diese Götter mit den Menschen beliebig umspringen und ihre meist wenig göttlichen Begierden und Empfindungen willkürlich unter dem Vorwand angeblicher Rechte an den Menschen ausleben.

Was nun diese Ordnung – können wir sie »Rechtsordnung« nennen? – betrifft, so bietet uns die griechische Sagenwelt für diese unsere Geschichte einen halb göttlichen Gerichtshof, eine Abart des berühmten Areopag in Athen. Ein Gericht also, an dem sowohl Menschen als auch die Götter mitwirken, die in entscheidenden Dingen das Sagen haben – wie das bei antiken Göttern eben so sein muss. Nebenbei: Der *historische* Areopag bei Athen, sowohl nach dem Kriegsgott Ares als auch nach seinem Tagungsort *Areshügel* benannt, aber sympathischerweise auch als *Mord-, Fluch- oder Sühnehügel* gedeutet, bestand aus 100 bis 120 auf Lebenszeit ernannten Mitgliedern, ausschließlich aus dem

Stand der so genannten Archonten, Angehörigen des aristokratischen Kollegiums der Staatsbeamten, also der angeblich besten Köpfe des Stadtstaates Athen, wie man sagte.

Etwas anders verhält es sich, wie gesagt, mit dem uns hier interessierenden Gericht, vor dem sich nun Orest, der Sohn der Klytämnestra und des Agamemnon, des Königs von Mykene und Siegers von Troja, verantworten muss. Ihm liegt zur Last, seine leibliche Mutter Klytämnestra und deren Liebhaber Ägisth, den Sohn des Thyestes, getötet zu haben. Eine erstaunliche frühe Parallele zur Strafgerichtsbarkeit unserer Zeit ist augenfällig: Im Gegensatz etwa zum Inquisitionsgericht viel späterer Zeiten, bei dem Richter und Ankläger identisch waren, gibt es beim Areopag außer den eigentlichen Gerichtspersonen bereits eine gesonderte Anklage und natürlich die Verteidigung. Alle Funktionen sind prominent besetzt: Den Vorsitz führt Pallas Athene, Inbegriff der Weisheit, als Anklägerinnen fungieren die drei Erinnyen Alekto, Megaira und Tisiphone, Rachegöttinnen, die Orest seit seiner Bluttat verfolgt und letztlich vor dieses Gericht gebracht haben. Verteidiger des Angeklagten ist Apollo höchstpersönlich – wir werden bald sehen, warum. Abstimmungsberechtigte – man könnte sagen die Schöffen oder Geschworenen – sind die schon erwähnten Archonten, ehrbare und kluge Bürger von Athen.

Orest, einst eine kraftvolle jugendliche Gestalt, ist kaum mehr wiederzuerkennen: Seit seiner Tat haben ihn die Erinnyen ununterbrochen gehetzt, mit Gewissensbissen belastet und in den Wahnsinn getrieben. Ruhelos ist er in der Welt umhergezogen, zeitweise umnachtet, dann wieder von der Erinnerung an seine furchtbare Mordtat gepeinigt, schließlich von den Rachegöttinnen dem Gericht in Athen ausgeliefert. Nun steht er vor Pallas

Athene, eine hohlwangige, gebrochene Gestalt in einem alten zerschlissenen Gewand, eine seiner Hände mit einem blutigen Verband umwickelt – in seinem Wahn hat er sich selbst eine Verletzung zugefügt. Apollo stützt ihn, spricht ihm Mut zu.

»Nun rede«, sagt die weise Athene, »wie rechtfertigst du deine Tat?«

Orest richtet sich ein wenig auf, sein Gesicht belebt sich und er spricht klar und lebhaft:

»Ich stamme aus dem unseligen Geschlecht der Atriden, bei dem es seit Generationen Hass und Mord gegeben hat. Wie Ihr wisst, hat jener Ägisth, der widerwärtige Liebhaber meiner Mutter, schon als Kind meinen Großvater Atreus getötet. Und sie, meine Mutter, hat sich eben diesen Ägisth durch einen gewissen Nauplios, der als Kuppler einen üblen Ruf genoss, als Bettgenossen vermitteln lassen, während mein Vater Agamemnon zehn Jahre lang vor Troja für die griechische Sache kämpfte. Als Sieger kam er nach Mykene zurück, und in hinterhältiger Weise hat meine *leibliche Mutter* – ich kann es gar nicht oft genug betonen! – zusammen mit ihrem feigen, jämmerlichen Galan ihren Gatten, *meinen Vater*, ermordet. Mich hatten sie schon als Kind gehasst. Ich bin, wie ich später hörte, durch das Eingreifen meiner Schwester Elektra in der Fremde aufgewachsen, sonst hätten sie mich wohl auch getötet. Mit meinen Geschwistern hatte ich keine Verbindung mehr: Iphigenie lebt im fernen Tauris, und nach Mykene, wo Elektra und Chrysothemis wohnten, durfte ich nicht kommen. Elektra hatte ich seit unserer Kindheit nicht mehr gesehen.«

»Das ist ja alles gut und schön«, sagt Athene mit klarer, unpersönlicher Stimme, »aber hast du auch bedacht, *was* deine Mutter und diesen Ägisth zum Entschluss für den Mord an Agamemnon getrieben hat? Weißt du überhaupt, dass dein Vater seinerzeit, als er um die Hand deiner Mutter anhielt, deren ersten Mann und ihr Kind brutal getötet hat? Und dass Agamemnon bei seiner Rückkehr aus dem Krieg seine trojanische Freundin, die Seherin Kassandra, mitgebracht und als ›Sklavin‹, in Wahrheit aber als Nebenfrau, als Geliebte im Palast aufgenommen hat? Meinst du, dass da auch bei deinem Vater noch viel Familiensinn oder gar Liebe im Spiel war?«

»Nun«, erwidert Orest trotzig, »Kassandra ist durch Ägisth ohnehin bald getötet worden; damit wäre dieses Problem ja gelöst gewesen. Schwachen Weibern gegenüber konnte Herr Ägisth den Starken spielen – diese Frau umzubringen, konnte kein Kunststück gewesen sein. An meinen starken Vater hat er sich nicht selbst herangewagt am Mordtag, im Bad, wo er sich nicht wehren konnte. Ein Netz hat er über ihn geworfen, das war alles, was er sich getraut hat. Den Todesstreich gegen den hilflos Verstrickten hat meine Mutter selbst geführt. Und die arme Elektra, meine ältere Schwester, musste diese Untat mit ansehen!«

»Wir wissen das alles«, entgegnet Pallas Athene sanft, »aber nun erzähle uns weiter, wie du auf den Mordplan gekommen bist.«

»Ich war zunächst ratlos«, berichtet Orest, »doch eines Tages sagte mir eine Stimme im Traum – ich fühlte, dass es die Stimme Elektras war, ich weiß nicht warum, aber sie muss es gewesen sein –, dass ich nach Delphi gehen solle. Das Orakel des göttlichen Apollo werde mir raten, was zu tun sei.«

Apollo, der sich lässig neben Orest auf einer luxuriös gepolsterten Bank räkelt, wie es sich eben für Götter ziemt, lächelt selbstgefällig und nickt seinem Schützling aufmunternd zu.

»Ich ging also nach Delphi, wanderte durch die unübersehbaren Olivenhaine und kletterte den Berg hinauf, wo die Pythia im

Heiligtum auf einem dreibeinigen Hocker saß. Seltsame, würzig duftende, fast erstickende Dämpfe umgaben sie – auch mich hüllte dieser betäubende Nebel ein. Ich glaubte schon, das Bewusstsein zu verlieren, da hörte ich ihre Stimme, die mir eindringlich sagte, ich müsse den Tod meines Vaters rächen, wenn ich nicht von einer furchtbaren Krankheit bei lebendigem Leib zerfressen werden wolle. Diese Worte haben sich mir tief eingeprägt. Mit Mühe konnte ich den dampfenden Raum verlassen, wankte ins Freie und atmete gierig die frische Bergluft ein. Von diesem Augenblick an war ich entschlossen, nach Mykene zu ziehen und den Spruch des Orakels zu befolgen.«

»Von Delphi ist es ja nicht sehr weit nach Mykene«, wirft Pallas Athene ein.

»Nein, ein oder zwei Tagereisen. Ich habe mich auch bald auf den Weg gemacht. Zur Unterstützung nahm ich einen alten Freund mit, der sich rechtens mein ›Pfleger‹ nannte, der mich in Phokis aufgezogen hat und mir treu ergeben war. Es war nicht Pylades, wie manche glauben, das ist eine andere Geschichte ...«

Athene und Apollo lächeln wissend, die Erinnyen knirschen ungeduldig mit den Zähnen.

»Ich musste ja in den wohlbewachten Palast in Mykene gelangen, ohne erkannt oder aufgehalten zu werden. Und wenn mir etwas zugestoßen wäre, hätte mein Pfleger davonkommen und das Orakel neuerlich befragen können, wer die Rache vollenden solle. Die Reise mit dem grausamen Ziel ist mir wahrlich nicht leicht gefallen. Viel lieber hätte ich das Theater von Epidauros aufgesucht, das liegt ja fast am Weg nach Mykene. Aber der Auftrag des Orakels war mir Befehl. Wir erstiegen also den Burgberg, niemand hielt uns auf. Ich hatte mir folgende Strategie zurechtgelegt: Rund um den Palast sahen wir Diener und Mägde des

Ägisth ihrer Arbeit nachgehen. Wir redeten sie an und fragten, ob wir die Herrin sprechen könnten; wir hätten ihr den Tod ihres Sohnes Orest mitzuteilen. Ich wusste, dass sie meine Rückkehr fürchtete und war sicher, dass sie mich empfangen würde, um die erlösende Botschaft zu hören, Agamemnons möglicher Rächer sei gestorben. Die Weiber eilten auch gleich in den Palast, um die Nachricht zu verbreiten, während wir noch ein wenig warteten. Vor dem Tor mit den beiden Löwen ließ ich meinen Gefährten zurück. Er sollte mich warnen, wenn etwas Unvorhergesehenes eingetreten wäre.«

Mit unruhig flackernden Augen starrt Orest die Göttin der Weisheit an.

»Ich begann zu zittern. Nun war ich am Ort, wo ich die Rache vollenden sollte. Etwas in meinem Inneren wehrte sich dagegen, die eigene Mutter zu töten, aber dann sah ich vor mir das schaurige Bild: Agamemnon im Bad, Ägisth das Netz umklammernd, das er über ihn geworfen hat, die Mutter, wie sie zum tödlichen Schlag gegen den Wehrlosen ausholt ... dazu die Stimme der Pythia, die mich zur Tat gedrängt hatte. Ich musste es einfach tun. Ich gelange in einen Hof – niemand zu sehen. Da, in einer Ecke, an der Wand des Hauses, auf dem Boden zusammengekauert endlich ein menschliches Wesen: eine Frauengestalt mit wirrem schwarzen Haar, in ein zerlumptes dunkles Gewand gehüllt. Sie gräbt mit bloßen Händen den Boden auf – wie ein Tier, wie ein Maulwurf! –, blickt sich immer wieder um, als ob sie fürchte, beobachtet zu werden. Ich trete langsam näher, will, dass sie mich entdeckt. Erschrocken fährt sie auf, sieht mich mit scheuem Blick an, fragt mit zitternder Stimme, was ich als Fremder hier wolle, warum ich sie belauere – ich solle verschwinden und sie in Ruhe lassen. Ich sage – um nur eben etwas zu sagen –, dass ich hier warten müsse. In mir steigt eine bange Ahnung auf, ich frage sie, ob sie eine der Mägde dieses Hauses sei. In trübem Ton bestätigt sie mir, ja, sie diene hier; ich aber solle verschwinden und froh sein, hier nichts zu schaffen zu haben.«

»Hast du Elektra da schon erkannt?« fragt Pallas Athene, die Antwort schon vorher wissend.

»Nein, es war zunächst nur eine Ahnung, dass diese armselige Gestalt etwas mit meiner bevorstehenden Tat zu tun habe. Ich sage auch ihr, dass ich die Botschaft bringe, Orest sei von seinen eigenen Pferden erschlagen worden. Daraufhin wendet sie ihr trauriges, hohlwangiges Gesicht mir zu – mit aufgerissenen Augen klagt sie, dass ich, der unnütze Fremde, lebe, er aber tot sei – er, der so viel wichtiger sei als ich, während die da drinnen lebten und sich freuten ... Da weiß ich plötzlich, wer sie ist. Ich frage sie behutsam, ob sie verwandt mit Agamemnon und Orest sei. Trotzig offenbart sie mir jetzt, sie sei Elektra, die im Palast schlechter als ein Hund gehalten werde. Ich bin entsetzt über ihren Anblick, fasse mich aber rasch – nun ist der Augenblick da, mich zu offenbaren und zu handeln. Der Widerstrebenden, die ängstlich beteuert, sie wolle gar nicht wissen, wer ich sei, flüstere ich zu, dass ihr Bruder noch lebe. Aus meinen Worten, meinem Tonfall scheint sie allmählich zu erahnen, wen sie vor sich hat – da stürzt im rechten Augenblick ein alter treuer Diener herbei, wirft sich mir zu Füßen, drei andere verbergen ihre Gesichter im Saum meines Gewandes. Ganz sanft sage ich gleichnishaft zu ihr, dass wohl die Hunde auf dem Hof mich erkannt hätten, nicht aber die eigene Schwester ... Nun bricht mit einem Schlag die Erkenntnis über sie herein. Mit einem lauten Schrei entfährt ihr mein Name: ›Orest!‹ Der Moment, auf den sie jahrelang gewartet hat, überwältigt sie, scheint ihr fast die Besinnung zu rauben. Eindringlich schildert sie mir die Demütigungen durch die eigene Mutter, durch Ägisth und sogar durch die Dienerschaft, die ihr Verachtung und Furcht entgegenbrachte. Alles Schöne im Leben habe sie der Idee der Rache für den Vater geopfert. Ich versichere ihr, die Tat alsbald ausführen zu wollen, worauf sie in schwärmerische Ekstase verfällt. Nun tritt mein treuer Pfleger in den Hof, er hat unser allzu lautes Gespräch bis vor das Tor gehört. Er fordert mich zur Vorsicht auf und sagt, Klytämnestra warte schon auf mich, und es sei kein Mann im Haus – ich solle mich beeilen.«

Orest bedeckt das Gesicht mit der gesunden Hand, wie um seine Gedanken zu ordnen.

»Du hast in meinem Sinn gehandelt«, redet ihm Apollo zu. »Sprich weiter!«

»Mir schwindelt«, fährt er fort, »der Palast scheint sich vor meinen Augen zu drehen und zu schwanken. Ich fasse mich schließlich, gehe mit meinem alten Pfleger durch die Tür, durch das Spalier der Mägde, deren eine mir mit einer Fackel leuchtet. *Der letzte Dienst für deine Herrin,* schießt es mir durch den Kopf, dann bleibe ich endlich mit Klytämnestra allein.

Das also ist meine leibliche Mutter, die Mörderin meines Vaters, denke ich, während wir einander gegenseitig mustern. Ihr Anblick lässt mich schaudern: ein von Laster und Todesangst zerstörtes, einst wohl schönes, jetzt aufgedunsenes, fahles Gesicht, die immer noch kraftvolle Gestalt in ein rotes Kleid gehüllt, über und über behängt mit Steinen, Amuletten und Talismanen. An jedem Finger mehrere Ringe, schwere Reifen an beiden Armen. Ängstlich starrt sie mich an, vermag die geschwollenen Lider kaum zu heben. ›Er ist also tot, wirklich tot?‹ fragt sie gierig mit tiefer, rauer Stimme. Ich sage nichts, ziehe nur mein Schwert und sehe ihr fest in die Augen. Da erkennt sie mich, schreit entsetzt auf, beginnt in tödlicher Furcht um ihr Leben zu winseln, reißt ihr Gewand auf, deutet auf ihre Brust: ›Daraus hast du getrunken‹, stammelt sie, als ob sie dadurch ihr Schicksal abwenden könnte. Ich hebe die Waffe, noch ein furchtbarer Schrei – dann ist die Tat vollbracht, der erste Teil der Rache für meinen Vater vollendet.«

Hoch aufgerichtet steht Orest mit blitzenden Augen vor den Richtern, die sich vergegenwärtigen können, dass er seiner Mutter gleich einem Racheengel erschienen war.

»Jetzt noch die Sache mit Ägisth«, fordert Athene ihn auf.

»Ich gehe aus dem Zimmer in den inneren Hof, wo mein Pfleger auf mich wartet. Das Gesinde hat das Schreien meiner Mutter vernommen, rennt aufgeregt hin und her, dann höre ich – gerade im rechten Augenblick – Ägisth nach Hause kommen. Aus einiger Entfernung sehe ich ihn mit Elektra sprechen, die ihm mit einer Fackel den Weg ins Haus beleuchtet: ein großer, kräftiger, wenn auch vom jahrelangen Wohlleben ein wenig verfetteter Mann. Ich mache meinem Pfleger ein Zeichen, in der Nähe zu bleiben. Ägisth tritt auf uns zu, sieht uns fragend an – dann begreift er plötzlich, flüchtet ins Haus. Wir ihm nach. Er schreit um Hilfe – niemand von der Dienerschaft steht ihm bei. Wir packen ihn, zerren ihn zu Boden. Einmal entkommt er uns noch, rennt zu einem Fenster, brüllt wieder um Hilfe, dann überwältigen wir ihn. Ich bin's, der den tödlichen Streich führt!« Orest atmet tief durch, bevor er weiterspricht. »Das war die verdiente Strafe für diesen feigen Mörder meines Vaters und meines Großvaters. *Diese* Tat belastet mein Gewissen nicht.«

»Dafür allein hätten wir dich auch nicht verfolgt!« kreischen die Erinnyen im Chor. »Wir klagen dich vor allem des Mordes an der leiblichen Mutter an.«

»Komm nun zum Ende«, unterbricht Athene die Auseinandersetzung, an der sich Apollo nicht beteiligt hat.

»Es gibt nicht mehr viel zu sagen«, beendet Orest seine Erzählung. »Im Palast ist mir noch ein üppig blühendes junges Weib begegnet, das sich mir förmlich an den Hals werfen wollte. Das war wohl Chrysothemis, meine jüngere Schwester, die ich nie kennen gelernt hatte. Gleichzeitig ist es zum blutigen Streit zwischen den Dienern des Ägisth und denen gekommen, die meine Tat als Befreiung betrachteten und mich als Helden feiern wollten. Ich bin an ihnen allen vorbeigeschritten und habe noch Elektra gesehen, die in einem wilden Freudentaumel zu tanzen begann. Es war ein furchtbarer und doch ergreifender Anblick, sie im Augenblick ihres höchsten Triumphs zu erleben – nie kann ich ihn vergessen! Plötzlich ist sie wie tot zusammengebrochen. Ich weiß nicht, was aus ihr geworden ist, denn die Erinnyen« – knappe Verbeugung vor den Anklägerinnen – »haben mich sofort in ihre Gewalt gebracht und mit sich fortgezogen. Was ist mit Elektra? Lebt sie noch?«

»Um vor dem göttlichen Areopag Zeugnis abzulegen, lebt sie«, antwortet Pallas Athene ruhig. »Du wirst sie sehen.«

Auf eine Geste von Pallas Athene tritt Elektra vor das Gericht. Sie scheint förmlich herbeizuschweben, und Orest fühlt sogleich: Sie ist nicht mehr von dieser Welt. Auf Geheiß der Athene durfte sie den Hades verlassen, um vor dem Göttergericht Rede und Antwort zu stehen. Als sie ihren Bruder erblickt, wirft sie ihm einen liebevollen Blick zu: *Du Armer, bald werden wir im Reich der Schatten vereint sein*, scheint sie sagen zu wollen. Dann neigt sie sich vor Pallas Athene, die ihr das Wort erteilt.

»Das Glück meiner Kindheit war von kurzer Dauer: Meinen Vater habe ich erst vor seinem furchtbaren Ende kennen gelernt.

Er ist in den Krieg gezogen, als ich ein Kind war. Zehn Jahre ist er fortgeblieben, und ich durfte stets nur von seinen Heldentaten und militärischen Siegen hören. Für mich wurde er zu einer heroischen, übermenschlichen Gestalt, zum Inbegriff dessen, was man sich als Leitfigur und Vorbild wünscht.«

Orest blickt bewundernd zu seiner älteren Schwester auf. Seit ihrer Begegnung am Mordtag ist sie nicht wiederzuerkennen: Das leuchtend schwarze Haar fällt weit über ihre Schultern, die hohe Gestalt ist in das lange weiße Gewand derer gehüllt, die in das Elysium aufgenommen werden sollen.

»Schon bald nach meines Vaters Abreise zeigte sich aber das wahre Gesicht meiner Mutter. Sie nahm ausgerechnet jenen Ägisth als Liebhaber ins Haus, der schon als Kind meinen Großvater Atreus getötet hatte –«

»Das wissen wir schon«, unterbrechen die Erinnyen mit schrillen Stimmen. »Sprich über deinen Bruder Orest.«

»Den ließ ich, als er ein kleines Kind war, aus dem Haus bringen, nachdem sie meinen Vater ermordet hatten«, sagt Elektra traurig. »Ich blieb mit meiner jüngeren Schwester Chrysothemis im Palast von Mykene. Iphigenie, meine ältere Schwester, war mit deiner Hilfe, o Pallas Athene, ja schon vorher nach Tauris gebracht worden.«

»Zu der hat sich Herr Agamemnon ja auch nicht gerade fein benommen«, fahren die Erinnyen wütend dazwischen.

»Noch lange kein Grund, von der eigenen Frau umgebracht zu werden«, pariert Apollo.

Athene beruhigt die aufgebrachten Gemüter. »Das lag an deiner Zwillingsschwester Artemis«, sagt sie zu Apollo, »die unbedingt wollte, dass Agamemnon seine Tochter Iphigenie opfere, um den Griechen guten Wind für die Fahrt ihrer Flotte nach Troja zu schicken. Dass der Feldherr dem Gebot der Göttin folgen wollte, können *gerade wir* ihm wirklich nicht gut vorwerfen und schon gar nicht zur Rechtfertigung seiner Ermordung heranziehen. Ich habe Iphigenie ja ohnehin damals gerettet. Aber wir sind vom Thema abgekommen. Elektra, berichte uns nun weiter.«

»Kaum war Ägisth bei uns eingezogen, widmete sich Klytämnestra nur noch ihm. Gemeinsam planten sie, meinen Vater nach seiner Heimkehr aus dem Krieg zu töten. Ich hörte das alles und konnte nichts für ihn tun, ihn nicht einmal warnen, als er endlich heimkam. Es war ein entsetzliches Erlebnis für mich, als Ägisth und sie über ihn herfielen in dem heißen, dampfenden Bad, das er sich nach seiner Ankunft gewünscht hatte. Ägisth, dieser Feigling, warf ein riesiges Netz über Agamemnon und sie, die sich meine *Mutter* nannte – dieses Untier! –, sie führte selbst den tödlichen Beilhieb gegen ihren Gemahl. Ich schrie und heulte, niemand hörte auf mich. Als mein Vater leblos war und das Blut über seine toten Augen strömte, *da erst* traute sich Ägisth, der edle Held, an ihn heran, packte ihn an den Schultern und schleifte ihn hinaus ins Freie, wo sie beide ihn verscharrten. Seither habe ich täglich an seinem Grab zu den Göttern um Rache gefleht.«

»Wie war das mit Kassandra?« nimmt Apollo eine Frage der Erinnyen vorweg. Er weiß natürlich ohnehin Bescheid und hatte einst selbst zu ihren Verehrern gehört.

»Die hat mein Vater im Krieg kennen gelernt. Sie war ja die Tochter des Königs Priamos von Troja.«

»Weißt du eigentlich, dass dein sauberer Vater ihr zwei Kinder gemacht hat, mitten im Krieg, vor Troja?« keifen die Erinnyen dazwischen.

»Jetzt weiß ich ja alles, doch damals hatte ich keine Ahnung«, erwidert Elektra etwas betreten. »Ich weiß nur, dass auch sie kurz nach meinem Vater durch Ägisth – ganz sicher auf Veranlassung meiner Mutter! – ermordet worden ist. Zuvor hatte sie diesen beiden traurigen Gestalten noch ihren Untergang vorhergesagt, weshalb sie von da an panische Angst vor Orest hatten, der nach ihren prophetischen Worten das Werkzeug der Rache werden sollte. Ich fürchtete, dass sie auch ihn, meinen Bruder, töten würden und konnte ihn durch eine Amme zu König Strophios nach Phokis bringen lassen, der ein Freund meines Vaters war und das Kind bei sich aufnahm. Von diesem Zeitpunkt an hatte ich kein gutes Leben mehr im Palast von Mykene. Meine Mutter fürchtete sich vor mir – und Ägisth, diese Memme, noch viel mehr. Beide hassten mich, ich war für sie ihr personifiziertes schlechtes Gewissen, das sie dauernd an ihre Bluttat erinnerte. Ich zog mich von allen Menschen zurück, achtete nicht mehr auf mein Äußeres, ging in zerlumpten Kleidern umher und sprach nur noch manchmal mit meiner Schwester Chrysothemis, die aber für meinen Hass kein Verständnis aufbrachte. Schließlich kam es so weit, dass mich Ägisth sogar vor der Dienerschaft schlug. Zu essen gaben sie mir, was sie auch den Hunden auf dem Hof verfütterten. Mit ihnen – den Hunden! – verzehrte ich, was sie mir hinwarfen, sie waren bald meine einzigen Freunde. Auch die Dienerinnen mieden mich – sie merkten wohl, dass ich nur von dem Gedanken an Rache beseelt war. Als eine der Mägde einmal freundliche Worte für mich fand, wurde sie von den anderen mit Fußtritten ins Haus gejagt und dort verprügelt. So lebte ich neun weitere Jahre lang, von allen gehasst, verachtet und zugleich gefürchtet. Es war zum einzigen Ziel, zum Inhalt meines ganzen elenden Lebens geworden, meinen Vater zu rächen. Auf nichts hoffte ich mehr, als dass Orest zurückkehren und diese Tat vollbringen möge.«

»Nun schildere uns den Tag, an dem es geschehen ist«, bittet Pallas Athene besänftigend.

»An nichts erinnere ich mich genauer als an diesen Tag! Zunächst hatte ich eine Auseinandersetzung mit meiner ach so sanften Schwester, die mich warnen wollte: Sie hätte an einer Tür gelauscht, jammerte sie, und gehört, dass Klytämnestra und Ägisth vorhätten, mich in einen finsteren Turm zu werfen, wo ich nie wieder Licht sehen würde. Darüber konnte ich ja nur lachen. Ich forderte Chrysothemis auf, so wie ich selbst den Hass gegen dieses Gezücht zu pflegen und den beiden den Tod zu wünschen. Doch damit kam ich bei ihr schlecht an – sie ist von ganz anderer Art als ich: Kinder, so schrie sie mich an, wolle sie haben, und sei es auch von einem einfachen Bauern! Mir gab sie die Schuld, dass sie aus diesem *Gefängnis* – der Burg meines Vaters! – nicht hinauskäme. Lieber wolle sie tot sein, als in dieser Weise zu leben – oder eigentlich *nicht wirklich* zu leben. – Ich versuche, sie samt ihrem Geschwätz loszuwerden, scheuche sie in das Innere des Hauses. Sie aber warnt mich wieder voll Angst, ich solle meiner Mutter nicht unter die Augen treten; die habe von Orest geträumt und sei furchtbarer Laune. Man habe sie im Schlaf schreien gehört, als ob sie erwürgt würde. Das ist mir zwar gleichgültig, bringt mich aber auf den Gedanken, einmal mit Klytämnestra zu reden, ihr endlich all meinen Hass ins Gesicht zu schleudern. Als ich dies meiner Schwester sage, rennt sie heulend vor Angst davon, gleich darauf aber sehe ich – zum letzten Mal im Leben! – meine Mutter. Sie wankt mit ihren Dienerinnen und Vertrauten daher wie bei einem hysterischen Bühnenauftritt. Als sie mich erblickt, beschimpft sie mich furchtbar, vergleicht mich mit Schlangen und Nesseln und versteht nicht, was ich ihr zu sagen versuche. Schließlich verjagt sie mit bösen Worten ihre Vertrauten,

Schleppträgerinnen, das sonstige speichelleckerische Gesindel und bleibt mit mir allein.«

»Hattest du keine Angst, festgehalten und wirklich in ein Verlies geworfen zu werden?« fragt Apollo.

»Es gab nichts mehr auf dieser Welt, wovor ich Angst gehabt hätte«, erwidert Elektra verächtlich, »außer vor dem einen: dass Orest nicht käme und die Rache vollbringe. Ich war sicher, dass er kommen würde: So sehr hatte ich gebetet und gefleht, er möge das Orakel in Delphi befragen, dass er meine Bitten mithilfe Apollos, der ihn hier verteidigt, gehört haben muss, und sei's auch nur im Traum.«

Der schöne Gott auf seiner Verteidigerbank lächelt milde: »So ist es auch gewesen. Orest hat es uns ja vorhin bestätigt, wir haben es alle gehört.«

»Gegen diese Brut des Zeus haben wir keine Chancen!« murren die drei Erinnyen, die als Erdgottheiten weit unter den olympischen Göttern angesiedelt sind. Besonders Tisiphone, die »Mordrächende«, die sich hier vor Gericht naturgemäß besonders in ihrem Element fühlt, ist aufgebracht über die offensichtliche Voreingenommenheit der Olympier zugunsten des Angeklagten und seiner Schwester, die, wie sie meinen, eigentlich als treibende Kraft für die Mordtat ebenfalls vor Gericht stehen müsste, wenn sie nicht schon ins Reich der Schatten eingegangen wäre.

»Als Verteidiger des Angeklagten bin *ich nicht* zur Objektivität verpflichtet«, wirft Apollo etwas süffisant ein.

Pallas Athene ersucht beide Seiten um Ruhe und erteilt Elektra wieder das Wort.

»Also, meine Mutter fragt mich mit falscher Freundlichkeit, ob ich nicht ein Mittel gegen ihre schlechten Träume wisse«, fährt sie fort. »Sie schildert mir drastisch ihre nächtlichen Angstzustände:

Obwohl sie nicht krank sei, glaube sie dennoch bei lebendigem Leib zu verfaulen. Es müsse wohl das rechte Blutopfer gebracht werden, meint sie, um den Dämon ihrer Nächte zu vertreiben. Heuchlerisch und rätselvoll gebe ich ihr recht – ich wüsste schon, sage ich ihr, wer da fallen müsse, um ihren Träumen ein Ende zu machen. Und diesmal müsse nicht sie selbst, nein, ein *Mann* das Beil schwingen und das Opfer darbringen. Sie versteht mich nicht, tippt auf Ägisth. Ich lache verächtlich, Ägisth ist für mich wahrhaft kein Mann. Ein *Fremder* müsse es sein, sage ich, jetzt schon nicht mehr so kryptisch, *doch sei er vom Haus*. Sie will noch immer nicht begreifen. Ich werde noch deutlicher, frage sie ganz unvermittelt, ob sie den Bruder nicht nach Hause kommen lasse. Wild fährt sie auf, zitternd erklärt sie, mir verboten zu haben, über ihn zu reden. Sie leugnet, ihn zu fürchten, behauptet, er sei schwachsinnig, man habe ihn auswärts schlecht gehalten, er liege im Hof bei den Hunden und könne Tiere nicht von Menschen unterscheiden. Wütend schreie ich ihr ins Gesicht, ich könne *ihr* ansehen, dass *er* lebe, dass sie vor ihm zittere, weil sie *wisse*, dass er kommen werde. Sie wieder droht mir, mich in Ketten zu legen, bis ich ihr das rechte Opfer gegen ihre Träume verraten hätte. Da verliere ich alle Hemmungen, springe auf sie zu, schildere ihr mit grausamen Worten ihren eigenen bevorstehenden Tod nach angsterfüllten Jahren des Wartens auf diesen Augenblick. Sie will vor mir ins Haus flüchten – ich packe sie am Gewand, zerre sie nahe zu mir hin und sage ihr nun klar ins Gesicht: Erst mit *ihrem eigenen* Tod würden die Träume enden! Klytämnestra scheint am Ende ihrer Kräfte, ihr silberner Stock fällt zu Boden, kaum kann sie sich mehr aufrecht halten. Auge in Auge stehen wir einander gegenüber, sie voll Angst, ich voll Wut. Plötzlich erscheint eine ihrer Vertrauten, flüstert ihr etwas ins Ohr. Ihr verzweifelter Gesichtsausdruck weicht mehr und mehr einem maßlos triumphierenden Grinsen. Sie befiehlt, alle Fackeln anzuzünden, dann sieht sie mich mit grenzenlosem Spott an, verfällt in ein grauenvolles Lachen, das nicht enden will. Sie wendet sich von mir, geht zwischen den Lichtern in den Palast, immer noch lachend und in bösem Triumph auf mich zurückblickend, mit gekrümmtem Finger auf mich deutend. Ich fasse es nicht, stehe verwirrt und verlassen im Hof, begreife nichts ... Plötzlich rennt Chrysothemis von draußen herein, heult und schreit wie ein vom Jäger waidwund geschossenes Wild: Orest sei tot! Zwei Fremde seien gekommen und hätten es auf den Feldern draußen schon allen erzählt.«

»Hast du es geglaubt?« fragt Pallas Athene lächelnd.

»Doch, ja«, erwidert Elektra, »obwohl ich zuerst laut geschrien habe, dass es nicht wahr sei. Ich wollte es einfach nicht wahrhaben, dass Orest von seinen Pferden erschlagen worden sei, wie behauptet wurde – aber was weiß man schon als Mensch über den Zorn der Götter und ihren ewigen Ratschluss. Ich habe es einfach geglaubt.«

»Mit solchen frevlerischen Lügen haben sich die Mörder den Zutritt zu ihren Opfern erschlichen!« keift Tisiphone, die wortgewandteste unter den Erinnyen. »Allein dies erfordert eine harte Strafe für den Angeklagten.«

»So weit sind wir noch nicht«, stellt Athene die Ordnung wieder her. »Sag uns jetzt, wie es zur Tat gekommen ist.«

Elektra atmet tief durch und schüttelt das glänzend schwarze Haar. Selbst jetzt, da sie dem leidenschaftslosen Reich der Schatten angehört, hat ihre eigene Schilderung sie tief bewegt.

»Unter dem Gesinde herrscht große Aufregung. Man sendet einen Boten hinaus, der Ägisth von der für ihn so freudigen Nachricht verständigen soll. Da weiß ich nur noch das eine: Jetzt muss ich die Rache selbst in die Hand nehmen und koste es mein Leben! Ich fordere die ewig zaudernde Chrysothemis auf, die beiden Elenden gemeinsam mit mir noch heute Nacht zu erschlagen. Erst will sie mich nicht verstehen, dann, als sie begreift, fährt sie entsetzt zurück, zittert, weigert sich. Ich verrate ihr, was niemand weiß – dass ich das Beil, mit dem meine Mutter Agamemnon getötet hat, heimlich für Orest aufbewahre, im Hof vergraben. Sie fürchtet sich noch immer – ich merke ihr an, dass sie den Tod der beiden üblen Kreaturen zwar herbeiwünscht, aber selbst nichts damit zu tun haben will. Ich schmeichle ihr, ganz gegen meine sonstige Art, streichle ihre Arme, preise ihre jugendliche Stärke, gelobe ihr zu dienen, wenn sie einst heirate und Kinder habe, umfasse sie, küsse ihr die Füße. Alles vergeblich, sie entwindet sich mir und flüchtet ins Haus. Ob sie meinen Fluch noch gehört hat, weiß ich nicht – ich weiß nur das eine: Jetzt vollbringe ich es *allein*!«

Die Erinnyen nicken einander zufrieden zu und flüstern miteinander – sie wollen dafür sorgen, dass Elektra das weiße Gewand derer, die für das Elysium bestimmt sind, ablegen muss und in den Tartaros geworfen wird.

Das passt Apollo gar nicht. »Die Damen der Anklage sollten lieber zuhören und ihre Privatgespräche nach der Sitzung fortsetzen!« wirft Orests göttlicher Verteidiger spöttisch ein.

Pallas Athene gebietet Ruhe und lässt die Zeugin weitersprechen.

»Niemand war in meiner Nähe«, fährt Elektra mit bebender Stimme fort, »so habe ich gleich begonnen, die Mordwaffe auszugraben. Plötzlich sehe ich eine dunkle Gestalt in den Palasthof treten, einen hoch gewachsenen Mann, der mich still ansieht. Hat er bemerkt, was ich hier vorhabe? Zitternd vor Angst fordere ich ihn auf, mich in Ruhe zu lassen, er aber erwidert, er habe hier ›ein Geschäft‹ und müsse warten. Er will mich in ein Gespräch verwickeln, fragt, ob ich im Haus diene. Ich hingegen frage ihn, was er hier wolle. Er sagt, er habe einen Auftrag an die Frau des Hauses: Er und sein Begleiter könnten bezeugen, dass Orest von seinen Pferden getötet worden sei. Meine steigende Erregung lässt ihn erraten, dass ich mit Agamemnon und Orest verwandt sei – ich sage ihm nun trotzig, wer ich bin. Der Fremde sieht mich groß an, entsetzt sich über mein Aussehen, meine hohlen Wangen, über meine unruhig flackernden Augen. Ich will nichts mehr hören, wende mich ab, um zu gehen – da flüstert er mir zu, dass mein Bruder noch am Leben sei! Seine Art zu sprechen lässt mich aufhorchen – ich frage ihn, wer *er* denn sei ... Den Rest wisst ihr.«

»Es war ein bewegendes Wiedersehen«, sagt Athene mild.

»Das kann man wohl sagen«, antwortet Elektra weich. »Wir haben uns alles Leid, alle Qualen, alle Verzweiflung der vergangenen Jahre von der Seele geredet. Alle Vorsicht haben wir vergessen, sodass der Begleiter meines Bruders hereinkam und uns warnte. Jetzt war der entscheidende Moment gekommen: Ich kann förmlich fühlen, wie Orest sich überwinden muss, die furchtbare Tat zu verüben. Doch tritt er endlich langsam in das Innere des Hauses, der andere Mann ihm nach. Ich fluche mir selbst, weil ich ihm die Waffe nicht hatte geben können – jetzt atemlose Stille! Dann mitten hinein in das furchtbare Schweigen zwei grässliche Schreie – das Letzte, was ich von meiner Mutter höre ... Das Gesinde rennt wild durcheinander, will in den Palast zur Herrin, doch Orest hat alle Türen verschlossen. Plötzlich schreit eine, dass Ägisth nach Hause komme – ihn fürchten sie mehr als alles andere, verziehen sich eilig. Ich bleibe mit ihm, dem feigen Mörder, allein. Er schimpft und flucht, dass ihm niemand leuchtet. Ich nehme eine Fackel, geleite ihn mit falscher Freundlichkeit zur Tür, die sich mittlerweile geöffnet hat, deute auf die beiden Männer, die drinnen warten, sage ihm, dies seien diejenigen, die ihm die Botschaft vom Tode des Orest brächten. Er tritt ein – kurze Stille, noch kürzeres Kampfgetöse, jammervolle Hilfeschreie – niemand steht ihm bei. Ich sehe noch sein widerwärtiges, feistes Gesicht in einem Fenster, um Beistand winselnd und brüllend – dann ist es vorbei, die Rache vollendet.«

»Nun, Elektra, lange hast du deinen Triumph nicht ausgekostet«, sagt Tisiphone bösartig.

»Nein, das sollte auch nicht so sein«, erwidert Elektra anfangs noch ganz ruhig. »Ich habe Orest aus dem Haus kommen gesehen, umschwärmt von der Dienerschaft und in unglaublicher Weise hofiert von Chrysothemis, die sich am liebsten dem eigenen Bruder hingegeben hätte ... jetzt, wo keine Gefahr mehr bestand, wo keine heroische Tat mehr zu vollbringen war. Eine wahrhaftige Tochter ihrer Mutter!«

»Sie ist auf ihre Weise glücklich geworden«, besänftigt Pallas Athene Elektra, »so wie du nun deinen Frieden gefunden hast.«

»Ich hatte nur noch das Bedürfnis, vor Freude und Triumph zu tanzen«, sagt Elektra, »denn ich fühlte, dass für mich alles zu Ende war. Mein ganzes Sinnen und Streben war nur auf diesen Moment der Sühne ausgerichtet. Jetzt, da diese vollbracht war, hatte mein Leben keinen Inhalt, kein Ziel mehr – da war es denn auch vorbei.«

Pallas Athene deutet ihr, dass ihre Befragung beendet sei. Elektra wendet sich noch einmal freundlich ihrem Bruder zu, der mit den Tränen kämpft. »Leb wohl, Orest, wir sehen einander wieder«, sagt sie leise, dann ist sie verschwunden.

»Ich rufe Chrysothemis vor das Gericht«, spricht Athene mit hallender Stimme.

Die Jüngste aus dem Atridenstamm tritt schüchtern ein, furchtsam schaut sie auf die Respekt einflößenden Gestalten ringsum. Als sie ihren Bruder Orest sieht, eilt sie hin, umarmt ihn heftig.

»Eine feine Zeugin, ganz unvoreingenommen!« sticheln die Erinnyen.

»Ich darf die Vertreterinnen der Anklage um Ruhe bitten«, unterbricht Pallas Athene mit einiger Schärfe. »Wir werden ja hören.«

Chrysothemis hat keine Ähnlichkeit mit ihrer dunklen Schwester Elektra. Langes blondes Haar umrahmt ein gesundes rundes Gesicht. Die etwas üppige Gestalt steckt in einem einfachen blauen Gewand.

»Lass dich durch nichts beirren«, sagt Athene freundlich, »und sag uns in allem die Wahrheit, auch wenn es um deinen Bruder geht.«

»Mein früheres Leben erscheint mir heute wie ein böser Traum«, beginnt sie zögernd. »Heute geht es mir gut. Ich habe einen braven Ehemann und zwei liebe Kinder, doch niemand kann sich vorstellen, was wir beide – Elektra und ich – erlebt haben. Ich bin ganz anders als sie. Niemals hätte ich gewagt, gegen unsere Mutter und diesen Ägisth aufzubegehren. Ich hatte panische Angst vor den beiden; vor ihm fast noch mehr. Am schlimmsten war für mich, dass er sich dauernd an mich heranzumachen versuchte, immer dann, wenn die Mutter fort war oder ich allein auf den Feldern umherlief, um ein wenig den düsteren Mauern zu entfliehen. Meine Schwester hingegen war eine starke Frau – ich bin sicher, dass sie die furchtbare Tat auch allein vollbracht hätte, wenn Orest nicht gekommen wäre. Sie war zu allem fähig.«

»Zur Sache endlich!« keifen die Erinnyen, sichtlich angewidert von so viel gekränkter Unschuld und Lieblichkeit.

»Beim Mord an unserem Vater war ich nicht dabei, ich war ja noch ein Kind«, erzählt Chrysothemis mit rotem Kopf, der ihr gar nicht übel steht. »Doch ich erinnere mich, dass Elektra schreiend und tobend in wilder Verzweiflung zu mir gelaufen kam und mir von der Schreckenstat berichtete. Ich konnte das alles nicht verstehen: Eben war Agamemnon aus dem Krieg zurückgekehrt, gerade erst hatte ich den Vater kennen gelernt, und nun das ... Eigentlich hatten wir gehofft, dass Ägisth das Haus verlassen werde, wenn der Vater wieder daheim war –«

»Aber er ist nicht allein gekommen, wie du ja bemerkt haben wirst!« wenden die Erinnyen ein.

»Ich hatte damals noch nicht verstanden, was es mit dieser Kassandra für eine Bewandtnis hatte«, sagt Chrysothemis verlegen, »ich war ja wie gesagt noch ein halbes Kind. Ich wusste nur, dass sie plötzlich weg war, und es hieß, Ägisth habe sie umgebracht. Von da an hat der alltägliche Schrecken in unserem Haus begonnen. Dass ich noch einen Bruder hatte, war mir kaum bewusst. Auch er war mit einem Mal verschwunden, und Elektra sagte mir, sie habe ihn fortschaffen lassen, damit er nicht auch noch diesen wilden Tieren – so nannte sie die Mutter und Ägisth – zum Opfer falle. Elektra war wie besessen von dem Gedanken, dass unser Bruder zurückkäme und den Mord an unserem Vater rächen werde. Kassandra hatte Derartiges kurz vor ihrem Tod prophezeit – das war wohl auch ein Grund dafür, dass sie getötet worden ist. Aber nun lebten Klytämnestra und Ägisth in ständiger Angst vor dem Eintreten dieser Weissagung. Es wurde uns verboten, von Orest zu sprechen und wir hatten keine Ahnung, was aus ihm geworden war.«

»Hast auch du auf seine Rückkehr gehofft?« fragt Athene.

»Natürlich, aber geglaubt habe ich nicht mehr daran. Ich versuchte immer wieder, aus Gesprächen zwischen der Mutter und Ägisth etwas über ihn zu erfahren, ich horchte an Türspalten und Fenstern – in meiner Gegenwart wurde das Thema Orest stets vermieden, und Elektra versuchte gar nicht erst, etwas zu erlauschen. Sie hatte sich ganz in ihre Rachegedanken vergraben und war von vornherein überzeugt, dass er kommen werde. Sie wurde von der Mutter immer schlechter behandelt, bekam kaum mehr zu essen, lief nur noch in Fetzen herum und suchte jeden Kontakt mit dem Herrn und mit Klytämnestra zu meiden.«

»Mit dem *Herrn*!« höhnt Orest mit Spott und Bitterkeit in der Stimme.

»Wie sollte ich ihn denn nennen?« fragt Chrysothemis verzweifelt. »Er war ein strenger Herr im Haus, das Personal fürchtete ihn, und meine Schwester wurde von ihm sogar geschlagen, wenn sie einander begegneten – obwohl ich sicher bin, dass er sie in gewisser Weise auch gefürchtet hat.«

»Kommen wir nun zu dem Tag, an dem alles anders wurde«, sagt Pallas Athene ruhig, aber bestimmt.

Chrysothemis nickt eifrig. »Es hat damit begonnen, dass ich ein Gespräch zwischen *ihr* und *ihm* belauscht hatte, wonach sie meine Schwester für immer einsperren wollten, weil ihnen ihre gespenstischen Auftritte im Palast unheimlich und lästig geworden seien. Ich musste Elektra sogleich davor warnen – immerhin war sie doch die Einzige, mit der ich noch über alles reden konnte, auch wenn sie nicht immer freundlich zu mir war und mich verspottete, wenn ich sagte, ich wolle leben wie andere Frauen auch – jetzt habe ich ja endlich ein solches Leben! Sie aber lachte nur über meine Träume von Ehe und Kindern und sagte mit

»Orest!«

einem furchtbaren Klang in der Stimme, sie wolle mit ihrer Mutter reden. Ich hatte zuvor bemerkt, dass Klytämnestra übel gelaunt war, weil sie schlimm geträumt hatte, und befürchtete eine grauenhafte Szene zwischen ihr und Elektra. So versteckte ich mich im hintersten Winkel des Palastes, um nichts davon zu hören. Nach einiger Zeit wagte ich mich wieder hervor. Da erlebte ich das Furchtbare: Diener verbreiteten die Nachricht, dass unser Bruder gestorben sei, gleichzeitig lief meine Mutter durch das Haus und lachte – lachte kreischend und brüllend, wie ich noch nie einen Menschen lachen gehört habe! Ich stürzte hinaus in den Hof zu Elektra, um ihr das Schreckliche mitzuteilen – sie aber achtete nicht darauf, schrie nur immer wieder, es sei nicht wahr. Ich aber hatte die beiden Männer draußen stehen gesehen, umringt von unserer Dienerschaft, doch Elektra wollte davon nichts wissen. Erst als ein Diener ausgeschickt wurde, um den Herrn ... um Ägisth von den Feldern zu holen, damit auch er die Botschaft gleich erfahre, da schien sie mir zu glauben.«

Chrysothemis bittet um etwas Wasser, die Erinnerung an die Ereignisse hat sie in Erregung versetzt. Immer wieder schaut sie auf Orest, der unbewegt auf einer steinernen Bank sitzt und ihre Blicke nicht erwidert.

»Woran hast du erkannt, dass sie jetzt an Orests Tod glaubte?« fragt Apollo, wobei er sich gelangweilt auf seinem Polstersitz ausstreckt.

Athene bedeutet ihm mit einem strengen Blick, die Würde des Gerichtes zu wahren.

»Nun, sie hat mich aufgefordert, mit ihr zusammen selbst das Werk der Rache zu vollenden. Ich war entsetzt: die eigene Mutter ... mit eigener Hand? Doch Elektra gestand mir, das Beil, mit dem Agamemnon erschlagen worden war, an sich gebracht und versteckt zu haben. Im Schlaf sollten wir sie töten, und nur, weil sie zusammen schliefen, solle ich ihr dabei helfen – sonst vollbrächte sie es allein! Verzweifelt wehrte ich mich, schlug vor, gemeinsam zu flüchten, dieses furchtbare Haus für immer zu verlassen.«

»Aber im Grunde hattest du gar nichts einzuwenden gegen die Tötung der Herrschenden von Mykene, du warst nur zu feig dazu, nicht wahr? Jemand anderer sollte es tun?« fragen die Erinnyen giftig.

»Unser Leben war ja furchtbar genug. Es war in Wahrheit gar kein Leben mehr, nur eine einzige Qual. Aber Elektra begann, mich zu umschmeicheln, sprach von meiner Kraft und Schönheit, versprach mir, für den Rest ihres Lebens mehr als eine Schwester für mich zu sein, mir zu dienen, alles für mich zu tun, was ich nur wolle. Ich rief in meiner Verzweiflung immer nur, sie solle mich lassen – schließlich riss ich mich los und rannte aus dem Haus. Den Fluch, den sie mir nachschrie, habe ich noch gehört, ich vergesse ihn niemals!«

Chrysothemis ist in Tränen aufgelöst: »Nun hatte ich auch sie verloren, meine starke große Schwester. Was blieb mir denn noch auf dieser Welt? Ich schlich in das Haus zurück, warf mich auf ein Lager in meinem Zimmer, wollte nichts mehr hören und sehen. Plötzlich Lärm, grässliches Schreien – ich gehe auf den Hof, sehe Elektra, die den Mägden den Eintritt in die Gemächer der Mutter verwehrt. Wilder Tumult unter der Dienerschaft – irgendetwas muss geschehen sein. Plötzlich noch lauteres Schreckensgeheul unter den Mägden: Ägisth kommt nach Hause! Ihn fürchten sie mehr als alles andere; seine Brutalität haben sie alle schon zu spüren bekommen. Im nächsten Augenblick sind sie verschwunden, auch ich ziehe mich in einen Winkel zurück. Ich höre sein wütendes Schimpfen, dass ihm niemand den Weg ins Haus beleuchte. Plötzlich Elektras ungewohnt honigsüße Worte, mit denen sie ihm den Weg zu weisen scheint – es muss etwas Ungewöhnliches geschehen sein, so habe ich sie noch nie mit dem Verhassten reden gehört. Jetzt sehe ich endlich die beiden fremden Männer, die Ägisth unter dem Torbogen in Empfang nehmen, gleich darauf sein Wehgeschrei – jetzt wird mir klar, es ist Orest. Orest, der endlich gekommen ist und das Werk der Rache vollendet hat! Mein erster Gedanke ist Erleichterung – nun muss mich Elektra nicht mehr bedrängen, die Tat mit ihr zu begehen. Dann dumpfe Ungewissheit – hat er auch die Mutter erschlagen? Rasch klärt sich alles auf: Die Diener und Mägde sind in blutigen Streit verstrickt, schlagen und schreien auf einander ein; ich höre heraus, dass beide tot sind, die uns so lange unterdrückt haben! Bald sind die wenigen, die Klytämnestra und Ägisth die Treue gehalten haben, überwunden, erschlagen, geflüchtet – die anderen versuchen, Orest auf die Schultern zu heben, ihn ekstatisch zu feiern. Ich selbst eile auf ihn zu, will ihn umarmen. Er entzieht sich all dem, ist plötzlich verschwunden. Ich sehe meine Schwester, will meine Freude über die Befreiung mit ihr teilen, mit ihr reden – sie hört mich nicht, scheint überhaupt auf nichts mehr hören zu wollen, beginnt tanzend im Hof umherzurasen, immer schneller, immer wilder. Endlich nimmt sie mich wahr, schreit mir zu, sie allein trage die Last des Glückes, alle sollten schweigen und tanzen, nichts als tanzen. Dann bricht sie plötzlich zusammen, liegt regungslos. Ich rufe nach Orest, eile zum Tor, suche ihn. Vergebens.«

»Und weiter?« fragt Athene.

»Meine Freude über das Ende der jahrelangen Qualen war getrübt durch den Tod meiner Schwester. Ich habe Mykene bald verlassen und bin jetzt glücklich und zufrieden mit meiner Familie.«

»Für dich kann das Leben in der Burg ja nicht so quälend gewesen sein«, spottet Tisiphone. »*Du* warst von deiner Mutter doch wohlgelitten!«

»Aber ich musste ständig die Spannungen zwischen ihr und Elektra miterleben«, sagt Chrysothemis, »und die ewige Angst der Mutter und Ägisths vor der Weissagung Kassandras machte das Leben in Mykene nicht gerade erträglicher. Außerdem seine ewigen Nachstellungen!«

»Waren dir die wirklich so unangenehm?« fragen die Erinnyen höhnisch.

Chrysothemis stockt, doch Athene beendet die peinliche Situation: »Das gehört nicht hieher. Ich dulde keine weiteren Fragen an die Zeugin.«

Chrysothemis wird entlassen. Sie umarmt im Weggehen ihren Bruder, der dies regungslos über sich ergehen lässt.

Athene schließt die Verhandlung und fordert die Parteien auf, ihr Schlusswort zu halten. Die Erinnyen, vertreten durch ihre Sprecherin Tisiphone, fordern die Verurteilung Orests, da die Tötung der eigenen Mutter über all das hinausgehe, was beim Vollzug einer Rache noch hingenommen werden könne, und Orests Tat die Grundsätze des Matriarchats verletze. Über die Hinrichtung des Ägisth verlieren sie kaum ein Wort. Als männliches Wesen – auch wenn er sich nicht gerade wie ein Mann verhalten hat – ist er den furiosen Verfechterinnen weiblicher Belange nicht so wichtig. Auch war seine Rolle in dem Drama so wenig ruhmreich, dass es ihnen schwer fällt, sich für ihn einzusetzen.

Auf der anderen Seite erhebt sich Apollo lässig aus seinem goldenen Polstersitz: »Was hätte mein Mandant eigentlich tun sollen? Er hat, wie wir alle wissen, nicht aus eigenem Entschluss gehandelt, sondern das Orakel in Delphi – mein Orakel! – befragt. Ich habe der Pythia freie Hand gelassen, sie nicht bedrängt, wie sie entscheiden solle. Ihr alle kennt die Dame und wisst, dass es selbst *mir* schwer fallen würde, diese eigensinnige Person mitsamt ihren Dünsten und Düften in irgendeine Richtung zu beeinflussen.«

Unterdrücktes Gelächter und zweifelnde Gesichter bei Athene, den Erinnyen und den Archonten, welch Letztere das Geschehen schweigend verfolgt und sich bisweilen Notizen gemacht haben.

Apollo runzelt die edle Stirn und fährt in ernstem Ton fort: »Ihr wisst ja auch, mit welchen Folgen die Pythia dem Angeklagten gedroht hat, wenn er die Rache für Agamemnon nicht vollziehe: An einer furchtbaren Krankheit hätte Orest zugrunde gehen müssen, und ich bin nicht sicher, dass es *selbst mir* gelungen wäre, ihn davon zu heilen.«

»Wie sie ihre Macht herunterspielen, diese Olympier, wenn es ihnen in den Kram passt«, flüstern die Erinnyen einander wütend zu, verzichten aber auf weitere Einwände. *Dass die Entscheidung jetzt bei den Menschen liegt, bei diesen neunmalklugen Archonten, das ist schon ein schwerer Mangel beim Verfahren vor dem Areopag,* sinnieren sie, während Pallas Athene eben diese Laienrichter auffordert, sich zur Entscheidung und Abstimmung zurückzuziehen.

Lange dauert die Beratung. Selbst Athene, Apollo und die Erinnyen zeigen allmählich Ungeduld, während Orest teilnahmslos wartet und bereit ist, jede Entscheidung über sich ergehen zu lassen. Schließlich erscheinen sie – jeder gibt eine Karte mit seiner Entscheidung ab, man zählt sie aus: Stimmengleichheit! Nun ist nach den Regeln Pallas Athene als Leiterin des Verfahrens zur Entscheidung berufen. Sie zögert nicht lange und entscheidet, wie es Apollo erwartet und die Erinnyen befürchtet hatten: Freispruch für Orest, weil der *Vater* gegenüber der *Mutter* bevorrechtet sei, seine Ermordung schwerer wiege als die Tat Orests an der Mörderin. Eine folgenschwere Entscheidung zugunsten des Patriarchats, noch dazu gefällt von einer Frau.

Was weiter aus Orest geworden ist, erfährt der Leser weder bei Hofmannsthal, noch bei Richard Strauss, sondern bei den großen Dramendichtern der Antike, bei Aischylos, Sophokles und Euripides, allerdings in recht verschiedenen Versionen. Darüber ist im Folgenden noch ein wenig nachzulesen.

Dass bei Hugo von Hofmannsthal und dem auf seiner Tragödie basierenden Musikdrama von Richard Strauss Elektra am Ende tot zusammenbricht, kann wohl als gesichert betrachtet werden – mit dem Tode der Klytämnestra und des Ägisth hat sich ihr einziges Lebensziel, die Rache für Agamemnons Ermordung, erfüllt; ihr weiteres Leben hätte nach dem ausdrücklich erklärten Willen des Dichters keinen Inhalt, keinen Sinn mehr. Über Orest erfahren wir in der Oper und im Drama nichts mehr; er tritt nach dem Doppelmord an der Mutter und deren Liebhaber nicht mehr auf, wird wohl noch von Chrysothemis kurz erwähnt, muss aber wohl schon auf der Flucht vor den ihn verfolgenden Erinnyen (Furien) sein.

Ganz anders bei den antiken Vorbildern, die zur Konzeption des Dramas und dessen Komposition durch Richard Strauss geführt haben. Behandelt haben den Sagenstoff Aischylos in seiner »Orestie«, Sophokles in »Elektra« und Euripides in den Dramen »Orest« und »Elektra«. Bemerkenswert ist, dass Homer, soweit er sich mit der Atridensage befasst, Elektra namentlich überhaupt nicht erwähnt, die Tötung der Klytämnestra und des

Ägisth durch Orest jedoch gutheißt. Hofmannsthal hat sein Drama auf Grund der Lektüre von Sophokles' «Elektra» 1901 begonnen.

Wie werden nun unsere Hauptpersonen der Oper in den verschiedenen antiken Dramen behandelt? Darauf kann an dieser Stelle angesichts der Kompliziertheit und vielfachen Überschneidungen der griechischen Sagenkreise nur kurz eingegangen werden, wollte man nicht – wie es Michael Köhlmeier brillant gelungen ist – Gustav Schwabs »Sagen des klassischen Altertums« ganz neu schreiben. Versuchen wir es dennoch:

Bei Sophokles bringt Elektra das Kind Orestes zu König Strophios nach Phokis, um es vor der Ermordung durch die Mutter und Ägisth zu retten. Dort befreundet sich Orest mit Pylades, dem Sohn des Strophios, der wieder ein alter Freund und überdies der Schwager des Agamemnon ist. Später ermutigt sie Orest und Pylades (der bei Hofmannsthal und Strauss nicht vorkommt, sondern zum etwas indifferenten »Pfleger« des Orest wird) zur Tötung der Klytämnestra und ihres Liebhabers. Auch bei Aischylos gehen Orest und Pylades nach Mykene, um die Rache zu vollenden.

Bei Euripides hat Ägisth Elektra dadurch gedemütigt, dass er sie an einen Bauern verheiratete, der diese Ehe aber aus Respekt vor der königlichen Herkunft seiner Frau nicht vollzog. Hier werden Ägisth und Klytämnestra durch Elektra und Orest getötet. Euripides und auch Aischylos lassen übereinstimmend die Erinnyen Orest sogleich nach dem Doppelmord in den Wahnsinn treiben, denen bei Euripides die symbolhafte Funktion einer Spiegelung des eigenen Schuldbewusstseins zukommt. Im »Orest«-Drama hingegen lässt dieser Dichter noch Menelaos auftreten, dessen Ehefrau Helena von Orest und Elektra nach einigen – hier nicht wesentlichen – Komplikationen zwecks Sühne ihres Ehebruchs mit Paris (der zum Trojanischen Krieg führte) getötet werden soll. Da dies wegen der Unsterblichkeit Helenas – als Tochter des Zeus! – nicht möglich ist, nehmen sie deren Tochter Hermione als Geisel, bis schließlich Apollo eingreift und Orest von seinem Wahn befreit, sobald er Hermione freilasse. Auf Anordnung Apollos heiratet Elektra nun Pylades, mit dem sie zwei Kinder hat.

Aischylos wieder schildert, wie Orest nach einem neuerlichen Besuch beim Orakel von Delphi zum Areopag nach Athen gelangt und dort sein Gerichtsverfahren erlebt, wie es nach unserer Geschichte verlaufen sein könnte. Der Dichter deutet zwar an, dass die Erinnyen ihn von da an nicht weiter verfolgten, einer anderen Überlieferung nach musste er jedoch zuvor auf Befehl Apollos nach Tauris reisen, um von dort ein heiliges Bildnis der Artemis zu holen. Dieses Abenteuer bildet den Gegenstand des Dramas »Iphigenie auf Tauris« von Euripides, später der Dichtung Goethes und der Vertonung durch Gluck. Die Sage endet wieder damit, dass Pylades seine Cousine Elektra heiratet, während Orest nach einigen Verwicklungen – er tötet angeblich einen Sohn von Ägisth und Klytämnestra, also seinen Halbbruder – König von Mykene und Argos wird, nach dem Tod des Menelaos auch die Herrschaft über Sparta übernimmt und seine einstige Verlobte Hermione heiratet.

Erwähnen wir noch kurz die Figur der Chrysothemis, die man ohne Kenntnis der antiken Dramen für eine Schöpfung Hofmannsthals und Strauss', für eine effektvoll hinzu erfundene lichte Kontrastgestalt zur düsteren Schwester Elektra halten könnte. Tatsächlich aber scheint sie bereits in der »Elektra«-Tragödie des Sophokles als diejenige auf, die zwar Elektras Rache-

gefühl versteht, daran aber nicht teilhaben will und ihr von der Mordtat abzuraten sucht. Hier besteht kein nennenswerter Unterschied zwischen antikem Vorbild und dem Musikdrama. Bei Richard Strauss ist Chrysothemis zu einer der Hauptgestalten aufgewertet. Sie erfüllt in der Komposition ihre musikalische Kontrastfunktion gegenüber Elektra, indem ihr melodisch ausschwingende Bögen zugeordnet sind, die sich deutlich von den dramatischen Ausbrüchen Elektras und noch mehr von den die Grenzen der Tonalität streifenden Passagen der Klytämnestra abheben. Noch Jahrzehnte später, 1942, hat Richard Strauss den faszinierenden Gegensatz zwischen der »dämonischen Rachegöttin Elektra« und der »Lichtgestalt ihrer irdischen Schwester« in seinen Aufzeichnungen festgehalten.

Betrachten wir das banale Ende aller dieser recht unheroisch in Hochzeiten mündenden antiken Familiengeschichten, wie sie die griechischen Autoren überliefern, so wird uns bewusst, wie sehr Hofmannsthal als Dichter und Strauss als Komponist in ihrer nicht ganz zweistündigen Oper die Wucht der antiken Tragödie noch verdichtet und durch die Konzentration auf eine einzige Person – die zwar selbst nicht handelt, aber das gesamte Geschehen durch ihren Willen bewegt – ein modern anmutendes Drama von unwiderstehlicher Gewalt geschaffen haben.

Brudermord

CLAUDE DEBUSSY

»PELLÉAS ET MÉLISANDE«

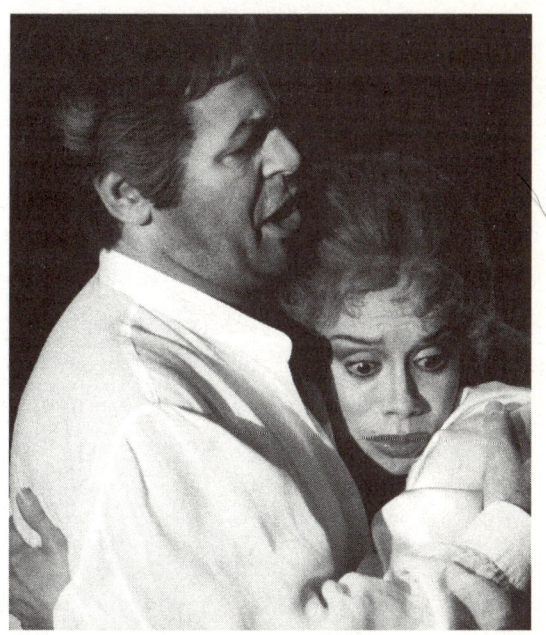

José van Dam als Golaud und Maria Ewing
als Mélisande, Wiener Staatsoper, 1991

»PELLÉAS ET MÉLISANDE«
Pelléas und Mélisande
Musikdrama in fünf Akten
Text von Maurice Maeterlinck
Musik von Claude Debussy

Uraufführung am 30. April 1902 in Paris
Deutsche Erstaufführung am 19. April 1907 in
Frankfurt am Main

Ein geheimnisvoller Gerichtshof, irgendwo zwischen Diesseits und Jenseits, zwischen Tag und Traum, zwischen Traum und Wirklichkeit. Die Richter seltsame Wesen, umgeben von einer leuchtenden Aura, doch ohne Gesichter, wie aus einem Nebel aufsteigend. Der Ort, wo das Gericht tagt: Den wissen nur diejenigen, die zum Gerichtstag zitiert werden. Wer geladen wird, erscheint dort, ob tot oder lebend. Es gibt kein Entrinnen.

Über welche Taten, für welchen Bereich spricht dieses Gericht Recht? Heute ist es das sagenhafte Königreich Allemonde, ein Land, das sich auf keiner Karte findet, das aus dichterischer Fantasie entstanden ist und wo sich doch alle menschlichen Leidenschaften und Nöte ereignen wie Liebe, Eifersucht, Verbrechen, Leid und Krankheit.

Heute hat das Gericht über eine Tragödie zu befinden. Sie hat sich in den höchsten Kreisen dieses fantastischen Königreiches ereignet. Prinz Golaud, ein Enkel des regierenden Königs Arkel von Allemonde, hat seinen jüngeren Halbbruder Pelléas aus Eifersucht mit dem Degen getötet, als er ihn in Umarmung mit seiner Gemahlin Mélisande überrascht hatte. Mélisande, Mutter seiner kleinen Tochter, war kurz darauf gestorben und Golaud in Verzweiflung, dem Tode nahe. Doch diesem höheren Gericht entkommt er nicht und so sieht er sich plötzlich den gesichtslosen Männern gegenüber, in einem scheinbar unendlichen Raum ohne erkennbare Grenzen. Eine körperlose Stimme, die aus keiner der nebelhaften Gestalten und doch aus ihnen allen gleichzeitig zu dringen scheint, fordert ihn auf:

»Sprich, rechtfertige dich. Du weißt, weshalb du hier bist.«

Golaud sucht ein Gesicht bei einem der Richter zu erkennen, schaut aber hindurch, ins Nichts. Seine einst hohe, kraftvolle Gestalt ist gebeugt, Haar und Bart, schon vor Jahren frühzeitig ergraut, sind weiß geworden. Nur seine Stimme ist kräftig geblieben, als er nun spricht:

»Hohe Richter, wer immer Ihr auch seid: Ich bin der unglücklichste Mensch auf dieser Welt. Ich habe alles verloren, was mir teuer war. Und ich habe es selbst verschuldet. Hört meine Leidensgeschichte an.«

»Dazu sind wir da«, tönt es zurück. »Wir hören.«

»Mélisande war für mich der Inbegriff ätherischer Schönheit, aber auch eine rätselhafte Frau. Bis heute weiß ich nicht, wer sie in Wirklichkeit war und woher sie kam; sie schien mir wie ein Wesen von einem anderen Stern. Ich hatte mich während einer Reise fern vom heimatlichen Schloss auf der Jagd verirrt, die Blutspur eines verwundeten Ebers bis in einen düsteren Wald verfolgt. Da sah ich sie – weinend saß sie am Rand einer gefassten Quelle und starrte in das klare Wasser. Als sie mich erblickte, schien sie wie von Todesangst ergriffen. Ich beruhigte sie, fragte, ob ihr jemand etwas angetan habe. *Alle*, sagte sie zitternd, alle hätten ihr ein Leid zugefügt – doch was ihr eigentlich geschehen war und wer ›alle‹ waren, konnte sie mir nicht sagen. Den Menschen sei sie entflohen und stamme von weit her – mehr wollte oder konnte sie mir nicht erklären. Im Quellwasser entdeckte ich eine goldglänzende Krone; sie sagte, beim Weinen sei sie ihr in die Quelle gefallen. War sie ein Königskind? Ich machte mich erbötig, die Krone herauszuholen – das Wasser war ja seicht genug –, doch das Mädchen hinderte mich daran. Lieber wolle sie den Tod und springe ins Wasser, rief sie in heller Aufregung. Ich beruhigte sie wieder, sagte ihr meinen Namen und wer ich sei. Sie starrte mich an, meinte, für sie sei ich ein Riese. Wir blickten einander tief in die Augen, endlich nannte sie mir ihren Namen. Nun forderte ich sie auf, mit mir zu kommen, sie könne nicht in der Nacht allein im Wald bleiben. Als ich ihre Hand berühren wollte, schrie sie auf, folgte mir aber dann doch. Ich war durch ihre zarte Schönheit so verwirrt, dass ich selbst nicht recht wusste, wohin wir gehen würden, als sie mich danach fragte.«

»Und du hast nichts über das Mädchen in Erfahrung gebracht? Auch später nicht?« fragen die gesichtslosen Stimmen.

»Bis heute nicht«, erwidert Golaud, »und glaubt mir, ich habe alles versucht, herauszufinden, wer sie war und woher sie kam.«

»Und dennoch hast du sie bald geheiratet?«

»Ja, fern der Heimat, in aller Stille. In ihrer Gegenwart habe ich alles um mich vergessen – die Trauer um meine verstorbene Frau Ursula, selbst Yniold, meinen kleinen Sohn, der mir aus dieser Ehe verblieben ist. Für mich gab es nur noch Mélisande, diese zarte, schutzbedürftige Lichtgestalt. Es schien mir wie ein Wunder, als sie meinem Werben nachgab und die meine wurde.«

»Mit ihr bist du dann nach Allemonde zurückgekehrt?«

»So ist es. Ich wusste nicht, wie die Familie meine Heirat aufnehmen würde, daher habe ich meinem Bruder Pelléas einen Brief geschrieben und ihn gebeten, drei Tage nach Einlangen des Briefes auf dem Schlossturm eine Fackel zu entzünden, als Zeichen des Einverständnisses. Hätte ich von meinem Schiff aus kein Licht gesehen, wäre ich nie mehr heimgekehrt – und es wäre wohl besser gewesen, wenn ich mit Mélisande in der Fremde gelebt hätte«, sagt Golaud mit düsterer Miene.

»Nun, das ist vorbei«, ertönt die geisterhafte Stimme erbarmungslos. »Sprich weiter!«

»Mélisande ist von meiner Familie freundlich aufgenommen worden, dennoch schien sie stets verschlossen und unglücklich. Ich verdächtigte bald meinen Bruder, sich ihr genähert zu haben. Hatte am Ende auch sie Gefallen an ihm, dem Jüngeren, gefunden? Als ich nach einem Jagdunfall – mein Pferd hatte mich abgeworfen – auf dem Krankenbett lag, war sie jedoch freundlich, umsorgte mich liebevoll, bemühte sich um meine Genesung. Aber sie weinte immer wieder, und als ich sie eindringlich nach dem Grund fragte, sagte sie, auch sie sei krank. Sie fühle sich nicht glücklich im Schloss, obwohl ihr niemand Böses getan habe. Ich fragte immer wieder drängend, ob die Schuld bei meinem Bruder liege, doch bestritt sie dies heftig, meinte sogar, dass Pelléas sie gar nicht leiden könne. Ich suchte sie zu beruhigen, schob es auf die Jugend meines Bruders und dass sich sein Verhalten mit der Zeit schon ändern würde. Sie aber sagte zitternd, sie könne hier nicht leben, sie fühle, dass sie bald sterben müsse. Auf mein inständiges Fragen, ob es denn vielleicht das düstere Schloss mit seinen vielen alten Menschen sei, die finstere Gegend, die wildverwachsenen Wälder, die sie bedrückten, bestätigte sie mir endlich, was ich hören wollte: Ja, das sei es, niemals sehe sie den Himmel, heute habe sie ihn zum ersten Mal erblickt.«

»Und das hast du geglaubt?«

»Ich wollte es einfach glauben. Heute erkenne ich, dass ich ihr diese Antwort durch mein ständiges Fragen geradezu in den Mund gelegt habe, dass in Wahrheit schon damals ein Einverständnis zwischen ihr und meinem Bruder entstanden war, das ich nicht wahrhaben wollte. In meiner Frage war ja die von mir erhoffte unverfängliche Antwort bereits enthalten – ich wäre doch mit ihr sogleich fortgezogen, in hellere, freundlichere Gegenden, damit sie dort unser Kind zur Welt bringe, das wir beide mit Sehnsucht erwarteten. Aber es sollte nicht so sein, es musste alles anders kommen.«

»Das wissen wir«, sagt die eisige Stimme. »Was ist weiter geschehen?«

Golaud fühlt plötzlich eine ungeheure Müdigkeit. Vergebens sucht er eine Stütze; es gibt weder eine Barriere, an die er sich lehnen könnte, noch einen Stuhl. Er nimmt alle seine Kräfte zusammen und fährt mit fahler Stimme fort:

»Noch auf meinem Krankenlager, als ich ihre Hände in meine nahm, entdeckte ich, dass sie den Trauring nicht mehr trug, den ich ihr in der Fremde gegeben hatte. Auf meine misstrauische Frage zögerte sie, stammelte, sie glaube ihn verloren zu haben und wisse, wo dies geschehen sein könnte – in jener Grotte am Meer, wo sie für Yniold oft Muscheln sammle. Sie habe gefühlt, dass er ihr vom Finger glitt, aber die Flut sei gekommen und sie habe ihn nicht mehr suchen können. Ich wurde plötzlich von wilder Eifersucht und Wut übermannt und befahl ihr – dieser schüchternen, zarten Frau! –, den Ring jetzt sofort zu suchen, obwohl es schon dunkel wurde. Ich begreife bis heute nicht, wie ich auf diesen boshaften Gedanken kommen konnte. Entsetzt flehte sie, nicht allein in die Finsternis zu müssen. Ich trug ihr auf, Pelléas zu bitten, mit ihr zu gehen. Mich hatte eine merkwürdige Unruhe erfasst: Wenn sie den Ring zurückbrachte, konnte ich ihre Geschichte vielleicht glauben, andererseits war ich mir bewusst, die Ursache meiner Eifersucht zu vertiefen, wenn ich sie gemeinsam mit Pelléas in der Nacht fortschickte – vielleicht wollte ich sie auf die Probe stellen, meinen Verdacht rasch bestätigt sehen. Ich weiß es heute nicht mehr. Jedenfalls klagte Mélisande wieder, sie könne hier nicht glücklich werden. Dann ging sie. Den Ring habe ich nie wieder gesehen.«

»Weißt du mittlerweile, dass der Ring in ganz unverfänglicher Weise verloren gegangen ist? Dass Mélisande ihn einfach beim Spiel ins Wasser fallen ließ?«

»Das hätte ich nie geglaubt, auch wenn sie es mir gesagt hätte. Sie hat mir ja auch verschwiegen, dass Pelléas bei diesem ›Spiel‹ dabei war. Der Funke muss damals bereits übergesprungen sein – ich konnte ihr ja schon nicht recht glauben, als sie mir sagte, mein Bruder möge sie nicht leiden. Unglücklich war sie in Wahrheit, weil sie – die ja schon unser Kind erwartete – sich zwischen mir und dem jungen Pelléas hin und her gerissen fühlte.«

»Das wusstest du damals noch nicht, das war bloße Ahnung«, sagt die wesenlose Stimme gleichgültig.

»Nein, aber bald wurde meine Vermutung zur schlimmen Gewissheit. Kurze Zeit später kam ich an einem mondhellen Sommerabend gerade hinzu, als sich Mélisande weit aus dem Fenster ihres Schlossturms nahe dem Meer zu Pelléas hinabbeugte, ihr herrliches, überlanges Blondhaar weit hinabfallen ließ und mein Bruder sein Gesicht hineinhüllte. Es war für mich der Ausdruck innigster Vertrautheit zwischen den beiden. Bei all meiner Eifersucht war ich einen kurzen Moment lang fasziniert von der Ästhetik und Schönheit dieses Anblicks. Ich beherrschte mich und spielte die Rolle des fürsorglichen Vormunds, sagte ihnen beschwörend, dass sie Kinder seien, diese Kindereien lassen sollten und Mélisande solle sich hüten, nicht aus dem Fenster zu fallen. Mit aller Gewalt, um jeden Preis wollte ich mir selbst einreden, dass sie ja beide Kinder seien, aber –«

»Hast du deinen Bruder nicht zur Rede gestellt?« fragen die kalten Stimmen.

»Doch«, erwidert Golaud lebhaft, »zunächst habe ich ihn in Schrecken versetzt, indem ich ihn in ein dumpfes, stickiges Gewölbe unter dem Schloss führte und dort in einen Abgrund blicken ließ, der ihn schaudern machte. Da geriet er in die rechte Verfassung, um für ein ernstes Wort zugänglich zu sein. Als wir wieder ins Freie kamen, habe ich ihm deutlich erklärt, dass ich solche ›Kindereien‹, wie sie zuletzt geschehen seien, nicht wünsche, dass ich über jedes Wort seiner Unterhaltung mit Mélisande Bescheid wisse und man auf die werdende Mutter besondere Rücksicht nehmen müsse, um sie nicht zu gefährden. Ich ließ auch keinen Zweifel daran, dass ich von ihrer aufkeimenden Leidenschaft wusste und dies nicht der erste Vorfall gewesen sei, von dem ich Kenntnis bekommen hätte. Eindringlich habe ich ihn gewarnt und aufgefordert, Mélisande mehr und mehr zu meiden, ohne dass sie es merke – ich war ja darauf bedacht, ihre zarte Natur zu schonen.«

»Das ist nun gründlich misslungen«, tönen die unheimlichen Stimmen wieder.

Golaud verliert seine mühsam gewahrte Haltung, mit finsterer Miene starrt er in den unendlichen Raum: »Meine Eifersucht konnte ich nicht mehr im Zaum halten, seit ich wusste, dass sie begründet war. Pelléas hatte auf meine Vorhaltungen nicht geantwortet und war stumm fortgegangen. In meiner Verzweiflung begann ich sogar, Yniold, meinen kleinen Sohn, der sich gern bei Mélisande aufhielt und mit ihr spielte, auszuhorchen. Immer wieder fragte ich ihn, ob Pelléas oft bei ihr sei, wurde unwillig, wenn ich keine klare Antwort bekam, brachte das arme Kind sogar zum Weinen. Schließlich gestand mir der Kleine, er habe gesehen, dass sie einander küssten. Einmal hob ich ihn sogar hoch, ließ ihn durch ein Fenster in Mélisandes Zimmer blicken, fragte gierig, ob er seinen Onkel auch dort sehe und was die beiden täten. Fast enttäuscht war ich, als Yniold mir sagte, sie säßen nur dort und starrten in eine Flamme, kämen einander nicht nahe.«

Golaud scheint während seiner Aussage um Jahre gealtert zu sein, kaum hält er sich noch aufrecht, während er mit gehetztem Blick in die furchtbare Leere starrt, wo eigentlich Gesichter sein sollten.

»Nun verlor ich vollends die Beherrschung, obwohl mir zu Ohren gekommen war, dass Pelléas uns ohnehin verlassen wolle. Am Tag seiner geplanten Abreise traf ich Mélisande bei König Arkel. Ich hatte mich an einem Dornbusch leicht an der Stirn verletzt und Mélisande wollte mir die Wunde kühlen. Ich wies sie schroff zurück und befahl ihr, mir meinen Degen zu bringen – die Waffe, mit der ich bald so großes Unheil stiften sollte. Dem König berichtete ich von der Hungersnot im Lande: Immer wieder wurden dem Hungertod verfallene Bauern am Strand und auf den Feldern gefunden. Dann brachte Mélisande mir den Degen – ihre betont zur Schau getragene Furcht reizte mich bis zum Äußersten. Ich schrie sie an, ich sei kein Bettler, der von ihr Almosen wolle, redete wirres Zeug über den ›Stolz in ihren schönen Augen‹, und als König Arkel – dieser ahnungslose Greis! – meinte, er sehe in ihren Augen nichts als die bloße Unschuld, da war es mit meiner Haltung vorbei. Ich tobte, sie solle die Augen schließen, sonst würde *ich* sie ihr auf ewig schließen, packte ihre heißen Hände, stieß sie von mir, sagte sogar, sie sei mir körperlich zuwider – unverständlich und grauenhaft scheint mir das alles heute –, und zuletzt packte ich sie an ihrem schönen langen Haar, in dem Pelléas sein Gesicht verborgen hatte, und schleifte sie auf den Knien durch den Raum ...«

Golaud zittert am ganzen Körper, Schweißtropfen stehen auf seiner Stirn, obwohl in dem mystischen Gerichtssaal eisige Kälte herrscht.

»Ich hab' es geahnt, dass die beiden einander vor der Abreise meines Bruders noch einmal treffen würden. Im dunklen Park habe ich mich verborgen und als ich sie endlich erspäht hatte, ließ ich die Tore des Parks mit Ketten verschließen – sie sollten mir nicht entrinnen! Ich glaube, die beiden hatten mich sogar schon entdeckt, doch sie achteten nicht weiter darauf – deutlich konnte ich ihr Liebesgestammel hören. Übelkeit stieg in mir auf, und als sie einander zuletzt in die Arme fielen, stürzte ich, ohne ein Wort zu sagen, hinzu und durchbohrte meinen Bruder mit einem einzigen Stoß meines Degens. Er war sofort tot. Dass auch meine Frau – war sie es denn überhaupt noch? – leicht verletzt wurde, bemerkte ich erst später.«

Golaud bittet um eine Pause im Verhör, um sich ein wenig zu erholen. Sie wird ihm nicht gewährt. »Sag, ob du bereust«, fordert die Stimme.

»Niemand vermag zu begreifen, wie sehr ich seither leide. Wie in Trance wankte ich zurück ins Schloss, verbarg mich in meinem Zimmer – von ferne hörte ich, wie man Mélisande ins Schloss geleitete und die Leiche des Bruders forttrug. Bald danach brachte Mélisande unsere Tochter zur Welt. Endlich überwand ich mich, zu ihr zu gehen, um zumindest das Kind zu sehen. Sie schien mein Kommen nicht zu bemerken, reglos lag sie ausgestreckt auf ihrem Bett; der König und ein Arzt waren bei ihr. Sie wirkte auf mich, als ob sie im Sterben liege. Ich machte mir bitterste Vorwürfe wegen meiner sinnlosen Gewalttat, sagte mir immer wieder vor, dass die beiden einander ohnehin nur wie harmlose Kinder umarmt hätten, auch wenn ich es längst besser wusste. Plötzlich schien sie zu erwachen, bat den König, das Fenster zu öffnen, sagte ihm, sie fühle sich besser als je zuvor. Noch immer hatte sie mich nicht entdeckt. Ich fürchtete ihre Reaktion bei meinem Anblick, doch als Arkel ihr sagte, dass ich da sei, fragte sie, warum ich denn nicht ganz nahe zu ihr käme. Ich bat die anderen, uns kurz allein zu lassen, kniete an ihrem Lager nieder, flehte um Verzeihung für all das Leid, das ich ihr angetan hatte. Sie schien verwirrt, halb schon im Jenseits, sagte, sie verzeihe mir, fragte aber, weshalb. Wusste sie nicht, was geschehen war? Noch immer plagten mich quälende Zweifel, selbst jetzt noch: Ich beschwor sie, mir im Angesicht des Todes die Wahrheit zu sagen, ob sie Pelléas geliebt habe. Aber natürlich habe sie das, meinte sie unbefangen, fast heiter, und fragte, wo er denn sei – sie schien die Erinnerung verloren zu haben und mich nicht zu verstehen. Unbarmherzig drängte ich sie, mir zu sagen, ob zwischen ihnen etwas Verbotenes geschehen sei; jetzt, wo wir beide sterben müssten, solle sie die Wahrheit sagen. Sie meinte, sie wüsste nicht, dass sie dem Tode so nahe sei, sagte aber mit ersterbender Stimme, die schon aus dem Jenseits zu kommen schien, dass nichts Verbotenes geschehen sei – die reine Wahrheit ... In diesem Augenblick kamen der König und der Arzt zurück, der Raum füllte sich mit dem Gesinde des Schlosses. Plötzlich sanken alle auf die Knie, und ohne hinzusehen fühlte ich, es war vorbei. Ich bin sicher, dass ich ihren Tod durch mein Drängen herbeigeführt, zumindest beschleunigt hatte ... Hohe unbekannte Richter, ich bitte Euch, lasst mich sterben, macht ein Ende mit mir. Ich werde jedes Urteil freudig annehmen.«

»Man wird die Zeugen hören«, tönt es durch den Raum.

Golaud versucht zu erkennen, ob das Gericht mit einer oder mehreren Stimmen spricht. Ihm scheint, dass das gefühllose, unmenschliche Organ aus all den gesichtslosen Gestalten gleichzeitig klingt.

»Zeugen?« fragt er verwirrt, »wozu Zeugen? Ich habe doch alles gesagt.«

Keine Antwort. Doch nach einer Geste der anonymen Richter erscheint ein helles Licht in weiter Ferne. Es nähert sich rasch, wird immer stärker, zuletzt unerträglich blendend. Golaud verdeckt mit den Händen die Augen – dann steht plötzlich eine schlanke Frauengestalt in langem weißen Gewand vor den Richtern.

Golaud erkennt das zarte Gesicht, das üppige, fast bis zum Boden fallende leuchtend blonde Haar. »Mélisande!« schreit er fassungslos, will auf sie zu eilen, sie umarmen, vor ihr in die Knie sinken, doch eine magische Kraft hält ihn auf der Stelle fest, er ist keiner Bewegung fähig. »Lebst du denn?« stammelt er verwirrt.

»Schweig und höre!« fordert die eherne Stimme.

Gebannt hört er, was die ätherische Erscheinung spricht: »Warum bin ich hier? Ich bin ins Jenseits gegangen; soll ich nun weiter gequält werden? Lasst mich doch in der Ewigkeit in Frieden auf den Zeitpunkt warten, zu dem ich mein Kind, das ich liebte, wieder in die Arme schließen werde.«

»Wir diskutieren nicht«, tönt es gefühllos zurück. »Wir fragen und urteilen.«

»Muss ich denn an mein Unglück im Leben wieder erinnert werden? Ich versuche vergebens zu vergessen«, klagt Mélisande .

»Heute noch, dann niemals wieder.«

Golaud glaubt, erstmals eine Spur von Verständnis aus dem bisher so unmenschlichen Ton herauszuhören.

»Erzähle alles von dem Augenblick an, als du Golaud zum ersten Mal begegnet bist.«

Brudermord

»Ich war ein Königskind aus einem Nachbarland von Allemonde. Man hat mich aus meinem Land vertrieben, ausgestoßen – ich musste fliehen, das weiß ich jetzt wieder. Aber ich weiß nicht, warum.«

»Als du Golaud begegnetest, hast du auch über deine Herkunft nichts gewusst.«

»Nein«, sagt die zarte Mädchenstimme, »ich habe an der Quelle gesessen, war unglücklich und als ich mich über das Wasser beugte, fiel mein Diadem hinein. Ich konnte nur noch weinen –«

»Golaud wollte es aus der Quelle heraufholen«, unterbricht die grausame Stimme. »Warum wolltest du das nicht?«

»Das goldene Diadem war meine letzte Verbindung zur früheren Zeit, an die ich nicht mehr erinnert werden wollte. Sein Verlust ist mir wie ein Symbol dafür erschienen, dass nun eine neue Zeit anbrechen würde.«

»Die war dann aber auch nicht besser«, fährt die Stimme zynisch dazwischen.

»Doch«, erwidert Mélisande, »es gab viele glückhafte Momente neben allem Leid. Ich hatte zunächst Angst vor Golaud, diesem großen, kraftvollen Mann, der mir wie ein Riese erschien. Doch als ich seine Fürsorge und Zuneigung erkannte, hoffte ich, dass nun eine neue, bessere Periode in meinem Leben beginnen würde. Ich habe mich ihm ganz anvertraut, seiner beruhigenden Kraft und Überlegenheit, und bald haben wir an einem fernen Ort – ich kann ihn nicht mehr nennen – die Ehe geschlossen.«

Golaud hört angespannt zu. Die Erinnerung an die schöne Zeit des ersten Zusammenseins quält ihn.

Mélisande wirft einen kurzen Blick auf ihn und fährt fort: »Bald wollte Golaud mich zu seiner Familie nach Allemonde bringen. Zum ersten Mal wurde ich nachdenklich, als er in einem Brief anfragen musste, ob er mit mir nach Hause kommen dürfe. Er schien eine seltsame Beziehung zu seiner Heimat und den Seinen zu haben. Doch als wir ankamen, wurde ich von seinem Großvater, dem regierenden König von Allemonde, und Geneviève, der Mutter von Golaud und Pelléas, freundlich empfangen. Besonders sie suchte mich darüber hinwegzutrösten, dass mir das düstere Schloss, die verwachsenen Bäume im Park und die lichtlose Umgebung unheimlich waren. Als ich dort Pelléas kennen lernte, erschien er mir wie ein Lichtstrahl in diesem finsteren Land. Seine Jugend, sein unbekümmertes Auftreten und die fürsorgliche Art, wie er sich um mich bemühte, gefielen mir vom ersten Augenblick an.«

Golaud fühlt Hass und Verachtung gegen sich selbst aufsteigen: *Was bin ich doch für ein verrückter alter Narr gewesen, mich in dieses junge Wesen zu verlieben und zu glauben, dass sie mir Gleiches entgegenbrächte. Mir, dem früh gealterten Sonderling, der Haus und Hof verlassen hat! Dankbarkeit war es – wenn es überhaupt eine menschliche Regung war –, Dankbarkeit, weil ich sie aus einer verzweifelten Lage, über die ich bis heute nichts weiß, herausgeholt habe, nichts weiter ...*

»Pelléas ging es ähnlich, wie ich bald merkte. Er schien es kaum zu ertragen, dass ich die Frau seines Bruders war, dass ich von Golaud ein Kind erwartete. Was hätte er sonst für einen Grund gehabt, mir immer wieder seine bevorstehende Abreise anzukündigen? Meine Fragen, warum und wohin er gehen wolle, hat er nie beantwortet; er schien vor den Gefühlen, die er für mich empfand, zu flüchten. Ich wurde traurig, weinte immer wieder und konnte doch Golaud, meinem treuen Ehemann, den Grund nicht nennen, spürte aber, dass auch er über die Veränderung meines Wesens grübelte und beunruhigt war. Anders als bei

Pelléas äußerte sich seine Sorge aber in zunehmender Ungeduld, die bis zur Gewalt ausartete. Er schien meine Sympathie für seinen Halbbruder zu spüren, fragte mich immer wieder, was mich bedrücke, und wollte mir nicht wirklich glauben, als ich meine Traurigkeit auf die finstere Umgebung in Allemonde zurückzuführen trachtete.«

Schonungslos führt sie mir meine Leidensgeschichte vor Augen, denkt Golaud, *klar sieht sie alle Zusammenhänge – jetzt, von einer höheren Warte ...*

»Der Augenblick, als meine Beziehung zu Golaud völlig zerbrach, kam, als ich beim kindlichen Spiel mit Pelléas unglücklicherweise meinen Trauring in den Springbrunnen im Schlosspark fallen ließ. Es war nicht so, dass ich ihn absichtlich weggeworfen habe, auch wenn Golaud dies vielleicht vermutet haben mag. Ich wagte nicht, meinem Gemahl zu sagen, wie es geschehen war, obwohl Pelléas mir geraten hatte, bei der Wahrheit zu bleiben. Golaud bemerkte das Fehlen des Ringes kurz darauf, als ich ihn nach einem leichten Jagdunfall pflegen wollte. Er war schon vorher übler Laune, lehnte meine Hilfe ab und war so grob, dass ich wieder einmal in Tränen ausbrach. Er bedrängte mich mit Fragen, wollte wissen, ob ich ihn verlassen wolle, verdächtigte auch Pelléas, was ich mit der Bemerkung abtat, sein Bruder könne mich wohl nicht leiden, außerdem mache mir die finstere Umgebung zu schaffen. Nun schien er sich zu beruhigen, entdeckte aber im selben Augenblick das Fehlen des Ringes. Ich war dumm genug, die ohnehin unverfängliche Wahrheit zu verschweigen und stammelte, ich hätte ihn in einer Grotte am Strand verloren, wo ich für den kleinen Yniold, den ich sehr liebte, Muscheln sammelte. Nun wurde er wieder wütend und befahl mir, den Ring augenblicklich zu suchen, obwohl es bereits Nacht wurde. Als ich mich weigerte, erklärte er mir, keine Ruhe zu finden, solange der Ring verschwunden sei, und forderte mich auf, Pelléas zur Suche mitzunehmen – der tue ohnehin alles, was ich von ihm wolle! Aus dieser Bemerkung erkannte ich recht deutlich, dass er mir und seinem Bruder nicht traute und von unserer wachsenden Zuneigung wusste, obwohl nichts Verbotenes vorgefallen war. Tatsächlich ging Pelléas mit mir zu der Grotte und hieß mich trotz der unheimlichen finsteren Nacht allein hineingehen – mit Verschwörermiene sagte er, wenn sein Bruder mich ausfrage, müsse ich den Ort genau beschreiben können. Mit Entsetzen sah ich drei bis zum Skelett abgemagerte Männer in der Grotte liegen. Pelléas führte mich weg und erklärte mir, dass große Not im Land herrsche und die Menschen vor Hunger sterben müssten.«

»Das war der Anfang vom Ende?« fragt die teilnahmslose Stimme.

»So scheint es mir heute. Meine Begegnungen mit Pelléas wurden immer häufiger. Nur er vermochte mich durch seine fröhliche, unbefangene Art aufzuheitern, und wir konnten uns stundenlang über dieses und jenes unterhalten. Pelléas zeigte mir seine Verehrung von Mal und Mal deutlicher – mir aber wurde die Ausweglosigkeit unserer Lage immer bewusster. Einmal wurden wir auch durch Golaud überrascht, als ich mich aus dem Fenster meines Gemachs beugte, während Pelléas draußen stand und sein Gesicht in mein lang hinabfallendes Haar hüllte. Golaud hielt sich mühsam zurück, nannte uns Kinder und meinte, ich solle mich nicht so weit hinaus beugen, damit ich nicht selbst hinabfalle – Pelléas aber sagte mir später, sein Bruder habe ihm ordentlich die Leviten gelesen und ihn vor weiteren Zusammenkünften mit mir gewarnt. Golaud glaubte wohl, ich wüsste von nichts, doch ich habe bald danach sehr wohl gesehen, dass er sogar seinen kleinen Sohn dazu benutzte, mich zu bespitzeln – Yniold hat es mir selbst erzählt. Außerdem ist es mir nicht entgangen, dass er den Kleinen sogar zu meinem Fenster hob und hineinschauen ließ, während ich mit Pelléas traurig beim offenen Feuer saß und wir darüber sprachen, dass unsere Liebe keine Zukunft habe. Kein Wunder, dass mir der Mann, dessen Kind ich bald zur Welt bringen sollte, immer fremder wurde.«

»Du selbst hast dazu beigetragen!« spricht die Stimme des Gerichtes.

»Gewiss«, erwidert Mélisande ungerührt, »aber mit Golaud konnte ich nicht mehr leben. Immer wenn sich etwas Gutes und Schönes ereignete, wendete es sich schnell zum Schlimmen. Pelléas berichtete mir, dass sein Vater, der lange Zeit schwer krank im Schloss darniederlag und den ich bisher nicht kennen gelernt hatte, gesund geworden sei und sich alle im Hause darüber freuten. Doch habe er zu Pelléas gesagt, er solle schnell aus dem Schloss fortziehen – an seinem Gesicht erkenne er, dass ihm hier der Tod drohe. Das waren prophetische Worte! Und Pelléas war jetzt endgültig bereit zu reisen und bat mich um ein letztes Treffen im Park des Schlosses. Während der König mich freundlich zu trösten suchte, trat unvermittelt Golaud ins Zimmer. Er teilte uns sichtlich zufrieden mit, was wir alle schon wussten, dass sein Bruder noch heute abreisen werde. Als ich eine kleine Wunde an seiner Stirn versorgen wollte, wies er mich mit bösen Worten von sich und schrie, ich solle ihm seinen Degen holen. In Angst vor seinen Wutausbrüchen brachte ich ihn, doch als König Arkel mich in Schutz nahm und zu verteidigen suchte, begann er zu toben. Ich sei ihm widerwärtig, solle nur meine Augen schließen, bevor er sie mir für immer schließe. Nur noch auf den

Knien solle ich ihm folgen, schrie er, packte mich an den Haaren und schleifte mich gewaltsam durch den Raum. Jetzt sei mein langes Haar doch zu etwas nütze, meinte er höhnisch, bevor er mich zu Boden schleuderte und den Raum mit irrem Lachen verließ. Der König fragte mich, ob Golaud betrunken oder krank sei, doch mir war klar, dass er mich nicht mehr liebte. Nur die Aussicht, bald mein Kind zu bekommen, hielt mich noch aufrecht. Ich weiß nicht, was ich sonst getan hätte.«

»Viel Zeit mit deinem Kind war dir ja nicht beschieden!« lässt sich die unheimliche Stimme vernehmen.

Golaud fühlt Hass und Empörung gegen die unmenschlichen Erscheinungen, die sich Richter nennen. *Quält das arme Wesen doch nicht so,* will er dazwischenschreien, *ich bin es ja, der an allem schuld ist, ich allein!* Doch er bringt keinen Ton heraus, ihm ist, als ob die gesichtslosen Wesen ihm die Fähigkeit zu sprechen genommen hätten.

»Ich tröste mich jetzt damit«, fährt Mélisande fort, »dass es ihm auch ohne mich gut geht. Geneviève und der König kümmern sich liebevoll um die Kleine, und Pelléas' Vater findet in ihr Trost über den Verlust seines Sohnes.«

Dort drüben wissen sie alles, was auf Erden vorgeht, kommt es Golaud in den Sinn. *Auch ich will mich um das Wohl Yniolds und meiner kleinen Tochter kümmern, das ist ja nun meine einzige Aufgabe in diesem Leben, sofern das Urteil mich nicht gleich ins Jenseits schickt.* Gebannt hört er dem letzten Teil von Mélisandes Aussage zu:

»Am späten Abend nach Golauds furchtbarem Auftritt habe ich mich voll banger Ahnungen in den Garten des Schlosses geschlichen. Pelléas war schon da. Er fragte mich, warum ich so spät gekommen sei. Ich erwähnte kurz meine Auseinandersetzung mit

Brudermord

seinem Bruder und dass ich hatte warten müssen, bis er, wie ich meinte, eingeschlafen war. Pelléas fürchtete dennoch, dass wir gesehen würden, und zog mich in den Schatten einer Linde, wo die Strahlen des Vollmondes uns nicht treffen konnten. Ich war erfüllt von Skrupeln – war es denn etwas anderes als Betrug an Golaud, wozu ich mich hinreißen ließ? Doch Pelléas überschüttete mich förmlich mit Liebesbeteuerungen und sagte, er müsse nur deshalb fort, weil er mich liebe. Auch ich gestand ihm, dass ich ihm seit unserem ersten Zusammentreffen verfallen gewesen sei. In diesem Augenblick hörten wir, dass die Tore des Parks mit Riegeln und Ketten geschlossen wurden – man hatte uns entdeckt. Alles war mir plötzlich gleichgültig, sollten sie uns doch überraschen! Ich bemerkte Golaud, der sich näherte, sah den Degen an seiner Seite. Pelléas wollte mich wegschicken, ich sollte ins Dunkel fliehen, doch ich blieb – sollte er mich doch töten ... Auch Pelléas rührte sich nicht von der Stelle, und im nächsten Augenblick, als wir einander fast besinnungslos in die Arme sanken, stürzte Golaud herbei. In dumpfer Wut, ohne ein Wort zu sagen, fiel er über uns her – ein Stoß mit der Waffe und Pelléas war tödlich getroffen.«

Mélisande schildert diese dramatischen Momente mit ruhiger, gleichmäßig klingender Stimme, ohne jede Emotion.

Dort drüben sind wohl alle Wogen menschlicher Leidenschaft für immer verebbt, denkt Golaud, der die Ruhe, die Mélisande ausstrahlt, förmlich fühlen kann.

»Ich bin wohl bewusstlos geworden«, berichtet Mélisande weiter. »Ich weiß nur noch, dass man mich ins Schloss geleitete, wo ich kurze Zeit später meine kleine Tochter zur Welt brachte. Ich war sehr schwach, fühlte mich aber erstmals nach langer Zeit entspannt und friedvoll, als mich Golaud aufsuchte und um Vergebung bat. Das Letzte, woran ich mich erinnere, war seine Frage, ob ich Pelléas geliebt hätte und ob etwas Verbotenes zwischen uns vorgefallen sei. Wie in Trance gab ich zu, ihn wohl geliebt zu haben, dass aber nichts von dem, was er vermute, geschehen sei. Ich hörte noch, wie er sagte, wir beide müssten sterben, fragte ihn, warum ... Dann fühlte ich eine große Kälte aufsteigen – kam schon der Winter? Sie brachten mir mein Kind – ich war zu schwach, es in den Arm zu nehmen, der König selbst hielt es mir vor die Augen. Golaud hat Recht, dachte ich, das ist der Abschied für immer von diesem Leben ... Dann fand ich mich dort wieder, wo ich jetzt bin.«

»Vergibst du ihm, was er getan hat?« Die Stimme ist wieder kalt und unpersönlich.

»Ich habe ihm schon vergeben, damals, als ich ihn zum letzten Mal gesehen habe«, sagt Mélisande ruhig und wendet sich zum Gehen.

Golaud streckt die Arme nach ihr aus, sie wendet sich zu ihm, lächelt – dann erscheint wieder das blendend helle Licht, in dem sie verschwindet. Es entfernt sich, wird schwächer und verglüht.

Golaud ahnt, was nun geschehen wird. »Erspart mir die weitere Qual, auch meinen Bruder sehen zu müssen«, ruft er beschwörend.

»Das ist nicht möglich«, sagt die gnadenlose Stimme ungerührt. Schon nähert sich aus der Ferne das fremdartige Licht, und plötzlich sieht Golaud seinen Halbbruder Pelléas im Raum stehen. Die beiden zeigen kaum Ähnlichkeit miteinander, Pelléas ist keine so kraftvolle Erscheinung wie Golaud – sein schmales Gesicht wird von blondem Haar umrahmt. Er trägt dasselbe hellblaue Gewand wie zuletzt beim Treffen mit Mélisande im Schlosspark. Mit Schrecken erblickt Golaud einen blutigen Fleck an der

Brudermord

linken Brustseite, wo ihn sein Degen getroffen hat. Sein Gesicht ist ernst und friedlich, als er Golaud in die Augen sieht, bis ihn die unheimlichen Richter auffordern, zu ihnen zu sprechen.

»Mein Bruder war für mich wie ein Vater, allein weil er um Jahre älter ist als ich«, beginnt er mit heller, ruhiger Stimme. »Er hat diese Rolle für mich übernommen – seinen eigenen Vater hat er nie kennen gelernt, und mein Vater war jahrelang so krank, dass er für mich nie da sein konnte. Doch hat seine rastlose Natur meinen Bruder kaum jemals wirklich im Kreis unserer Familie ruhen lassen, was unsere Mutter Geneviève oft kränkte. Immer ging er auf Reisen, jagte in fremden Ländern, dachte nach dem Tod seiner ersten Frau Ursula nie daran, wieder eine eigene Familie zu gründen. Umso mehr waren wir erstaunt, als er uns in einem Brief wissen ließ, dass er sechs Monate zuvor geheiratet habe und fragte, ob der König einverstanden sei, dass er seine junge Frau nach Allemonde mitbringe, von der er nur in Rätseln sprach und über die er eigentlich nichts Näheres zu wissen schien.«

»Und Yniold, sein Sohn – dein Neffe?« fragt die Stimme.

»Ihn hat unsere Mutter gemeinsam mit mir versorgt und aufgezogen. Auch um ihn hat mein Bruder sich kaum gekümmert während seiner Witwerschaft – und danach noch weniger.«

»Sprich jetzt über Mélisande!«

»Ja, hohe Richter, das will ich tun. Sogleich als Golaud mit ihr nach Allemonde kam, waren wir alle im Schloss bezaubert von ihrer Anmut, ihrer zarten Schönheit und ihrem liebenswerten Wesen. Ich habe vom ersten Augenblick an eine tiefe Zuneigung zu ihr gefasst, war mit ihr zusammen glücklich, wenn sie lachte, und unglücklich, wenn sie traurig war. Das Letztere war bald nach ihrem Eintreffen immer öfter der Fall; niemand wusste den Grund. Voll Eifersucht war ich, als ich hörte, dass sie bald Mutter werden sollte, doch war sie zu mir immer freundlich und ich fühlte, dass auch sie mir zugetan war. Ich hatte ja noch nie zuvor eine Frau geliebt und es waren für mich die schönsten Augenblicke, wenn ich mich mit ihr unterhalten, sie auf unseren kleinen Spaziergängen begleiten, ihr meinen Arm reichen durfte. Doch je näher wir einander kamen, umso mehr empfand ich die Hoffnungslosigkeit dieser Beziehung. Sie war ja an Golaud gebunden, an meinen großen Bruder, den ich liebte und verehrte – bald würde sie die Mutter seines Kindes sein. Kein Wunder, dass ich daran dachte, wie seinerzeit Golaud das Schloss zu verlassen, auf Reisen zu gehen und alles hier zu vergessen. Ich erwähnte auch gegenüber Mélisande, dass ich fortgehen würde, wusste aber keine Antwort, als sie mich nach dem Grund fragte – sie wird ihn wohl gefühlt haben.«

»Warum bist du denn nicht wirklich fortgereist, hast es immer nur angekündigt?« fragt die Stimme des Gerichtes.

»Ich konnte nicht, war noch nicht so weit«, erwidert Pelléas ruhig. »Ich erkannte immer deutlicher, dass mich Mélisande auch liebte. Wir kamen ständig zusammen, spielten wie Kinder im Schlosspark, beim Springbrunnen, bis es zu dem Vorfall kam, bei dem Mélisandes Ehering in das Brunnenbecken fiel, als sie ihn fröhlich – oder doch ein wenig frevelhaft? – abgezogen hatte und spielerisch in die Luft warf. Sie war sogleich verwirrt und unglücklich, ahnte wohl, dass mein Bruder ihr Vorwürfe machen werde, und meinte, wir würden ihn nie mehr finden. Ich suchte ihre Bedenken zu zerstreuen und riet ihr, Golaud die Wahrheit über den Verlust zu sagen. Sie aber verschwieg ihm, dass ich dabei gewesen war und erzählte ihm, sie habe ihn in einer Grotte am Strand verloren, als sie für Yniold Muscheln gesammelt habe. Weinend kam sie danach zu mir und sagte, Golaud habe ihr befohlen, den Ring sofort trotz des Anbruchs der Nacht zu suchen und mich um meine Begleitung zu bitten. Ich merkte zum ersten Mal, dass er von unserer bisher so harmlosen Beziehung wusste oder sie zumindest ahnte, als mir Mélisande sagte, er habe spöttisch erklärt, ich täte ja alles für sie, was immer sie wolle. Natürlich mussten wir zur Grotte gehen und so tun, als ob wir den Ring suchten. Mélisande sollte ihm ja, wenn er fragte, diesen – in der Nacht besonders unheimlichen – Ort beschreiben können.«

»Dennoch hast du die Zusammenkünfte mit ihr nicht beendet?« tönt es schneidend aus den leeren Gesichtern.

»Ich war dieser Frau völlig verfallen, obwohl oder gerade weil sie bei all ihrer sanften Freundlichkeit stets eine gewisse Distanz zu wahren suchte – auch sie war sich wohl der Auswegslosigkeit der Situation bewusst. Doch kamen wir einander bei jeder Begegnung näher, wohl wissend, dass mein Bruder uns mit Argwohn verfolgte. Ich konnte und wollte mich der Faszination dieser Fee – als solche erschien sie mir in meinem jugendlichen Überschwang! – nicht entziehen. Das sollte ich bald büßen: Als ich eines Abends im Garten vor ihrem Fenster stand, ganz in Anbetung versunken und auf nichts rundum achtend, ließ Mélisande ihr langes, goldblondes Haar aus dem Fenster bis zu mir hinabfallen. Gerade als ich glückselig, wie ich nun eben einmal war, mein Gesicht in diesen goldenen Katarakt – so konnte man es schon nennen! – eintauchte, kam mein Bruder des Weges. Er sagte zunächst nichts Böses, nannte uns Kinder und forderte Mélisande auf, sich nicht so weit hinauszubeugen. Am nächsten Mittag aber, als ich mit ihm allein war, bekam ich andere Töne zu hören. Er ging mit mir in ein wahrhaft furchterregendes finsteres Gewölbe unter dem Schloss – ich hatte davon reden gehört, es aber bis dahin selbst nie gesehen. Ich meinte, keine Luft zu bekommen, zu ersticken, und war wie befreit, als er mit mir wieder ins Sonnenlicht trat. Nun hielt er mir vor, dass der gestrige Vorfall zwar eine Kinderei gewesen sei, er aber alles über uns und unsere aufkeimende Beziehung wisse und ich mich allmählich, sodass sie nichts merke, von Mélisande zurückziehen solle – als werdende Mutter müsse sie besonders rücksichtsvoll behandelt werden. Ich solle sein Wort als Warnung auffassen.«

»Und dies alles war dir noch nicht genug?«

»Doch. Nun habe ich mich entschlossen, sogleich abzureisen, um der Qual für uns beide ein Ende zu machen. Dazu kam, dass mein seit Jahren schwer kranker Vater ganz unvermutet seine Gesundheit wiedererlangt und mir mit visionären Worten geraten hatte, unverzüglich zu verreisen, weil mir hier der Tod drohe. Noch am selben späten Abend wollte ich das Schloss verlassen, doch einmal musste ich Mélisande noch sehen, mit ihr sprechen, von ihr Abschied nehmen. Ich konnte für die Zeit des Einbruchs der Dunkelheit ein Treffen im Park vereinbaren. Mélisande erschien verspätet in höchster Erregung – sie hatte eine schwere Auseinandersetzung mit meinem Bruder gehabt. Nun gestanden wir einander frei und rückhaltlos unsere Liebe ...«

Golaud hört gesenkten Hauptes zu. *Ausgestoßen bin ich*, denkt er, *ausgeschlossen von den Vorrechten der Jungen. Aber bin ich nicht undankbar? Habe ich nicht einst Gleiches erlebt mit Ursula, die mir meinen wunderbaren kleinen Sohn geschenkt hat? Wäre sie doch nicht so früh gestorben, kaum dass wir eine Familie geworden waren ...*

»In diesem Augenblick hörten wir beide, dass der Park mit schweren Ketten versperrt wurde. Wir wussten, nun war es vorbei, es gab keine Zukunft, weder gemeinsam, noch getrennt. Wir standen eng umschlungen im Schatten eines Baumes, Golaud stürzte mit erhobenem Degen auf uns zu ... dann fand ich mich hier. Bald darauf sah ich auch Mélisande wieder – in diesem Reich, wo alle Leidenschaft vergeht und Friede herrscht.«

Pelléas wendet sich seinem Bruder zu, der wie erstarrt steht und versucht, ihn nicht anzusehen. »Ich habe meinen Frieden mit dir gemacht, es war ja auch meine Schuld«, sagt er leise, bevor ihn das gleißende Licht aufnimmt und mit ihm in die Ferne schwebt.

Plötzlich steht Yniold im Raum. Mit großen, furchtsamen Kinderaugen schaut er auf die Angst einflößenden gesichtslosen Männer, dann stürzt er weinend auf seinen Vater zu und verbirgt seinen Lockenkopf an Golauds Brust.

»Nein«, ruft dieser, seinen Sohn fest an sich drückend, »lasst das Kind aus dem Spiel! Ihr habt genug gehört. Was soll euch der Kleine denn noch sagen, der in seinem kindlichen Alter schon so viel Trauriges erlebt hat? Wollt ihr sein Leben zerstören? Sprecht endlich das Urteil über mich!«

Die augenlosen Gestalten wenden sich einander zu, als ob sie beraten würden. Dann sieht Golaud seinen Sohn im Nebel verschwinden. Erleichtert hört er die Stimme des Gerichtes:

»Vernimm unseren Spruch: Du hast schwere Schuld auf dich geladen, du hast deinen Bruder getötet und zu Mélisandes frühem Sterben beigetragen. Für dich spricht, dass deine Eifersucht nicht unbegründet war und dass du seither schwer leidest unter allem, was vorgefallen ist. Geh hin, leb weiter mit dem Bewusstsein deiner Schuld und sorge für die Kinder, solange sie deiner Sorge bedürfen.«

Golaud will erwidern, dem Gericht danken, doch die Gesichtslosen sind mit einem Mal verschwunden. Er sieht sich plötzlich an einem tiefen Abgrund stehen, eine unheimliche Macht zieht ihn hinab, lässt ihn ins Bodenlose fallen ... er stürzt ...

Golaud erwacht aus schwerem Traum, findet sich in seinem Zimmer im Schloss in gewohnter Umgebung auf seinem zerwühlten Bett.

Yniold steht neben ihm, legt die zarte Kinderhand auf seinen Arm. »Vater, was ist dir? Hast du schlecht geträumt? Ich habe dich im Schlaf stöhnen und sprechen gehört.«

»Es ist gut, mein großer Sohn«, sagt Golaud und erhebt sich mühsam. »Ich habe wirklich Furchtbares geträumt. Komm, lass uns nach deiner kleinen Schwester sehen.«

Ursprung der mystisch-esoterischen Geschichte von Pelléas und Mélisande ist eine alte flämische Sage, nach der der belgische Schriftsteller Maurice Maeterlinck (1862–1949) seine »dramatische Dichtung« verfasste, die 1892 in Paris zur Uraufführung gelangte. Maeterlinck war etwa bis zur Jahrhundertwende führender Vertreter des Symbolismus und bringt in seinem Werk das Prinzip dieser Stilrichtung zum Ausdruck, dass der Mensch seinem Schicksal nicht entgehe und sich nur »innerlich« über das ihm vorbestimmte Los erheben könne. Jürgen Grimm charakterisiert den Symbolismus treffend, wenn er sagt, der Tod sei als unsichtbarer Dritter die eigentliche Hauptperson aller dieser Dichtungen, dessen permanente Drohung sich dahin gehend auswirke, dass die handelnden Personen nicht fähig seien, initiativ zu handeln. Später wandte sich Maeterlinck von dieser Tendenz ab, war aber in der Folge nur noch mit dem Märchenspiel »L'oiseau bleu/Der blaue Vogel« (1909) erfolgreich, für das er jedoch 1911 den Nobelpreis für Literatur erhielt.

Claude Debussy, der bestrebt war, mit seiner Musik einen Gegenpol zu Wagners dramatischem Gesamtkunstwerk zu schaf-

fen, wollte bereits 1891 Maeterlincks erfolgreiche »Princesse Maleine« komponieren, wurde jedoch abgewiesen, weil der Dichter – der Vertonung seiner Werke grundsätzlich nicht abgeneigt – dem zu dieser Zeit noch bekannteren Vincent d'Indy den Vorzug gab. Dieser wie auch Erik Satie kamen mit dem Stoff nicht zurecht, sodass Debussy schließlich im Herbst 1893 die Zustimmung Maeterlincks erhielt, dessen »Pelléas« zu vertonen. Der Dichter stand Debussys Projekt nun äußerst aufgeschlossen gegenüber und regte selbst verschiedene Kürzungen des Textes an. Tatsächlich komponierte Debussy fünfzehn der insgesamt neunzehn Szenen des Schauspiels unter Beibehaltung der Einteilung in fünf Akte.

Vor der Uraufführung kam es allerdings zum Ausbruch wilder Feindschaft zwischen dem Dichter und dem Komponisten, weil Maeterlinck seine damalige Freundin Georgette Leblanc in der weiblichen Hauptrolle sehen wollte, was Albert Carré, der Leiter der Pariser Opéra-Comique, der vorgesehene Dirigent André Messager und auch Debussy selbst ablehnten. Der temperamentvolle Dichter bedrohte daraufhin Debussy mit Misshandlungen und versuchte vergeblich, die Aufführung durch ein gerichtliches Verbot zu verhindern. Tatsächlich hatte man in der jungen Schottin Mary Garden die ideale Darstellerin der Mélisande gefunden. Maeterlinck weigerte sich, die Oper anzuhören, hoffte in einem offenen Brief an die Zeitung »Le Figaro« auf einen Misserfolg – der nicht eintrat – und überwand sich erst viele Jahre später, nach dem Tod des Komponisten, das Werk zu hören und seine Fehlmeinung daraufhin zu ändern.

Am 30. April 1902 fand die Uraufführung statt. Das Werk stieß zunächst auf wenig Verständnis bei Publikum und Presse; zu neuartig waren die jedem äußeren Effekt abgewandte Musik und wohl auch die viele Fragen offen lassende mysterienhafte Handlung: Wer ist Mélisande? Woher ist sie gekommen? Welches Leid hat man ihr in ihrer Heimat zugefügt? Wer ist der Verursacher ihres Leids und demnach ihrer Flucht? Warum wehrt sie sich vehement dagegen, dass Golaud ihre Krone aus dem Wasser holt? In welchem Zusammenhang steht die mehrfach erwähnte Hungersnot in Allemonde mit der Handlung? Auch unsere Geschichte vermag auf die meisten dieser Fragen keine Antwort zu geben. Lassen wir daher lieber die eigenartige Atmosphäre von Maeterlincks geheimnisvoller Dichtung und Debussys verzaubernder Musik auf uns wirken und fragen nicht zu viel ...

Stolzing gegen Stolzing

RICHARD WAGNER

»DIE MEISTERSINGER VON NÜRNBERG«

Theo Adam als Hans Sachs,
Wiener Staatsoper, 1990

»DIE MEISTERSINGER VON NÜRNBERG«
Oper in drei Aufzügen
von Richard Wagner

Uraufführung am 21. Juni 1868 in München

An einem sonnigen Junimorgen des Jahres 15.. herrscht in Nürnberg große Aufregung bei den biederen Bürgern. Ganze Scharen pilgern mit Weib und Kind in das graue alte Gebäude des Amtsgerichts, um das traurige Ende einer Beziehung mitzuerleben, die ein Jahr zuvor für größeres Aufsehen in der Stadt des Meistergesanges gesorgt hatte. Schon seit einiger Zeit war darüber geflüstert worden, dass die reizende Eva Pogner, Tochter des reichsten Mannes der Stadt, des angesehenen Juweliers und Goldschmieds Veit Pogner, in dauerndem Streit leben solle mit ihrem Ehemann, dem fränkischen Burgherrn Walther von Stolzing. Der hatte damals in kunstinteressierten Kreisen für immense Konfusionen gesorgt, als er ohne jede Ausbildung und ohne Kenntnis der strengen Regeln des Meistergesanges mit dem Vortrag eines – noch dazu recht fremd in den Ohren der Meister klingenden – Liedes in die Zunft aufgenommen worden war und dazu Eva Pogner zur Frau bekam, die er erst zwei Tage zuvor kennen gelernt hatte.

Es hatte einiges Getuschel in der Stadt gegeben, nicht zuletzt deshalb, weil der Ritter bei diesem erstmals öffentlich abgehaltenen Wettsingen seinen Konkurrenten Sixtus Beckmesser, einen höheren Beamten der Stadtverwaltung und profunden Kenner der Meisterregeln, nicht nur besiegt, sondern vor allem Volk regelrecht blamiert hatte. Man flüsterte hinter vorgehaltener Hand, dass der allseits beliebte Hans Sachs, seines Zeichens Schuster, vor allem aber genialer Verfasser von Komödienspielen und Meisterliedern, seine Hand im Spiele hatte, nachdem die hübsche Eva, die ihm selbst äußerst gut gefiel, ihm ihre große Zuneigung zu dem jungen Ritter gebeichtet hatte.

Sachs aber war ein besonnener, kluger Mann, der voraussah, dass eine Ehe mit Eva – die ihn gern genommen hätte – wegen des doch größeren Altersunterschiedes vielleicht nicht gut gegangen wäre. Da war ihm die Schwärmerei der jungen Dame aus gutem Haus für den Junker Walther gerade recht gekommen, um zwei Fliegen auf einen Schlag zu treffen – die eigenen Zweifel zu beseitigen, ob er sich etwa doch um Eva bewerben solle, vor allem aber zu verhindern, was der alte Pogner mit seiner Tochter vorhatte: Unter dem abstrusen Vorwand, das, wie er meinte, »wenig gepriesene« Image der Bürgerschaft zu verbessern, hatte er damals vorgeschlagen, beim bevorstehenden Wettsingen der Meister dem Sieger zusätzlich zur Aufnahme in die Meistergilde die eigene Tochter als Preis zuzuschanzen. Außerdem hatte er festgelegt, dass sie den Ehekandidaten zwar ablehnen, aber dafür keinen anderen Mann »begehren dürfe« – so hatte er sich bei der »Freiung« in der Katharinenkirche seinerzeit ausgedrückt. Damit sollte nach seiner Meinung dem freien, doch als spießig verschrienen Bürgertum ein liberalerer »touch«, wie man heute sagen würde, verliehen werden. Dieses Verschachern des eigenen Kindes hatte natürlich bei den Meistern heftige Diskussionen ausgelöst und – wie man vermutete – den klugen Schuster Sachs veranlasst, Evas Verehrer zu einem Meisterlied mit sicheren Siegeschancen und dem jungen Paar dadurch zu seinem Glück zu verhelfen.

Wie dem auch sei, des Schusters Plan war aufgegangen, und allen Widrigkeiten zum Trotz hatte der Junker Walther das Wettsingen gegen seinen einzigen Konkurrenten, den Stadtschreiber Beckmesser, gewonnen. Dieser, ein starrer Verfechter der Meisterregeln ohne einen Funken eigener Inspiration und Fantasie, hatte zu seinem Fiasko selbst beigetragen, indem er bei einem Besuch in Sachsens Schusterstube am frühen Morgen vor dem Wettsingen das Manuskript von Walthers Meisterlied entwendet hatte, aber den Text wegen der Kürze der Zeit bis zu seinem Antreten nicht mehr richtig lernen konnte, weshalb er das Lied vor versammeltem Volk völlig entstellt vortrug. Sachs hatte den Schreiber beim Diebstahl des für Beckmesser wertvollen Papiers erwischt, ihm das Blatt jedoch geschenkt, weil er vorhersah, dass der Stadtschreiber damit nichts Rechtes anfangen werde.

Skeptiker hatten schon vor der Hochzeit Walthers mit der reichen Pognerin bezweifelt, ob diese Ehe zwischen Menschen aus so verschiedenen gesellschaftlichen Kreisen gut gehen werde. Und der Ritter hatte selbst allen Anlass zu derartigen Spekulationen geboten, dies noch dazu bei besonders unpassender Gelegenheit: Unmittelbar nach seinem Sieg auf der Festwiese, als der alte Pogner – nun sichtlich erleichtert, dass sein Plan, die Tochter einem beliebigen Zufallssieger beim Wettbewerb auszuliefern, noch einmal gut ausgegangen war – dem Junker Walther die Kette mit dem Bild König Davids umhängen und ihn in die Zunft der Meistersinger förmlich aufnehmen wollte, hatte der junge Mann frech erklärt, er wolle »ohne Meister selig sein«. Erst nach einer groben Standpauke des Schusters, der ihn auf die Bedeutung der Kunst in guten und schlimmen Zeiten hinwies, war der störrische Walther bereit gewesen, der Zunft beizutreten. Doch wer die junge Pognerin während dieses peinlichen Vorfalls beobachtet hatte, konnte schon ahnen, dass den beiden jungen Leuten stürmische Zeiten bevorstehen würden. Mühsam beherrscht und den Tränen nahe hatte sie mit fast trotziger Geste Walthers Siegeslorbeer an sich genommen und Hans Sachs, dem geistesgegenwärtigen Retter der Situation, aufgesetzt. So schien denn alles wieder ins rechte Lot gebracht ...

Aber nun ist eingetreten, was viele befürchtet, andere nicht ohne Schadenfreude erwartet hatten: In dem engen, stickigen Gerichtssaal, durch die frühsommerliche Temperatur aufgeheizt, sitzen einander Eva und Walther gegenüber, flankiert von ihren Advokaten. Eva, eine große, schlanke Erscheinung, trägt ein einfach geschneidertes dunkelgraues hochgeschlossenes Kleid aus teurem Stoff. Ihre Haltung lässt erkennen, dass ihr der Auftritt in der Öffentlichkeit des Gerichtssaals peinlich ist; sie trachtet den Blickkontakt zu dem ihr gegenüber sitzenden Walther zu meiden. Er wieder, ein noch recht attraktiver Mann, dessen Gesicht aber etwas aufgedunsen wirkt, hat unpassenderweise sein Festgewand angezogen, in dem er vor Jahresfrist das Wettsingen gewonnen hatte. Obwohl seither eigentlich kein Anlass mehr bestanden hat, es wieder zu tragen, wirkt es abgenützt und ungebügelt. Er blickt erhobenen Hauptes um sich und wechselt hin und wieder ein paar Worte mit seinem Advokaten.

Im übervollen Auditorium drängen sich die spießigen Meisterkollegen mit ihren neugierigen Weibern. Ein solches Verfahren wird zu jener Zeit in aller Öffentlichkeit durchgeführt, und so kann man sie alle in zünftiger Aufmachung beobachten: Kürschner, Spengler, Zinngießer, Würzkrämer, Seifensieder, Strumpfwirker und Kupferschmied, mit vor Aufregung und Erwartung schwitzenden roten Gesichtern, untereinander schwatzend und flüsternd. Sogar der angeblich stets kränkelnde alte Meister Nikolaus Vogel ist erschienen, was zu besonders giftigen

Bemerkungen unter den übrigen Meistern Anlass gibt. »Bei den Freiungen lässt er sich ständig entschuldigen, aber zum Glotzen und zum Tratschen ist er nicht krank genug!« und dergleichen ist von denen zu hören, die selbst nur aus diesem Grund gekommen sind.

Von den Meistern sind nur der aufgeblasene, wichtigtuerische Fritz Kothner, der seit seiner Niederlage völlig zurückgezogen lebende Stadtschreiber Beckmesser, der alte Pogner und natürlich Hans Sachs nicht im Saal zu sehen, weil sie von den Streitparteien als Zeugen benannt worden sind und erst für ihre Aussagen hereingerufen werden sollen.

Das Gemurmel endet jäh, als der Richter mit Puderperücke und festlicher Robe in den Saal tritt, gefolgt von zwei Schreibern, die einander ablösen sollen – man erwartet einen langen Prozess mit endlosen Einvernahmen. Nur das Summen der Fliegen an den hohen Fenstern stört die plötzlich eingetretene Stille, bis der Richter die Verhandlung eröffnet.

»Ehescheidungssache Stolzing gegen Stolzing. Der Vertreter der klagenden Partei wird aufgefordert, die Klageschrift vorzutragen«, beginnt der Richter in emotionslos leierndem Ton. Kläger ist Walther von Stolzing, der einen Advokaten aus dem fernen München betraut hat, wohl wissend, dass sich in Nürnberg kein Anwalt bereit gefunden hätte, gegen die einflussreiche Familie Pogner einen Prozess zu führen.

Der Advokat, eine weltmännische, elegante Erscheinung, erhebt sich lässig und sichtlich desinteressiert – Walther ist nicht in der Lage, ihm ein hohes Honorar zu zahlen und er hat die Sache nur übernommen, um in der Provinzstadt Nürnberg als Staranwalt zu brillieren; auch kann man ja nicht wissen, ob sich dort nicht betuchtere Klienten aufgabeln lassen.

»Ich verweise auf meine schriftliche Klage«, sagt er näselnd. »Mein Mandant wird in der Parteienvernehmung seinen Standpunkt selbst darlegen, nachdem wir die Zeugen gehört haben. Wir beantragen die Aufhebung der Ehe aus dem alleinigen Verschulden der Beklagten.«

»Nun, wenn das so ist, werden auch wir zur Klage erst am Ende der Verhandlung Stellung nehmen«, erwidert Evas Rechtsvertreter, ein rundlicher, kleiner lebhafter Mann, der mit allen Bürgern der Stadt gut Freund ist.

»Besteht die Möglichkeit einer Versöhnung, bevor wir in die Sache eingehen?« fragt der Richter routinemäßig, wohl ahnend, wie die Antwort lauten wird.

»Das nun wohl nicht«, erwidert der Anwalt des Ritters, ohne aufzustehen, »aber wir verzichten auf die förmliche Vernehmung aller Personen, wenn die Beklagte die alleinige Schuld auf sich nimmt.«

»Unverschämtheit!« springt Evas Vertreter empört auf und sein rotes Gesicht färbt sich noch dunkler. »Meine Klientin wird vom Kläger seit einem Jahr skandalös behandelt, was leicht zu beweisen sein wird! Es war leider eine Illusion, zu hoffen, dass hier noch etwas zu retten gewesen wäre. Wir, ja wir selbst beantragen jetzt die Scheidung aus dem Alleinverschulden des Herrn von Stolzing. Bitte das ins Protokoll zu nehmen.«

»Aber machen Sie doch hier nicht so einen Aufstand, Herr Kollege«, sagt der Rechtsanwalt aus München von oben herab. »Ihre Mandantschaft weiß ganz genau, dass sie nicht die geringste Chance gegen uns hat.«

Das kann sich nun der lokale Advokat nicht bieten lassen, noch dazu angesichts der fast vollzähligen Bürgerschaft im Saal und in Erwartung des üppigen Honorars, das er vom zahlungskräftigen

Vater seiner Mandantin erhofft. »Sie hochnäsiger Ausländer!« brüllt er, etwas unkorrekt formulierend. »Nur weil Sie aus der Großstadt daherkommen, glauben Sie, sich alles erlauben zu können, aber warten Sie nur ...!«

»Ruhe im Saal!« fährt der Richter dazwischen. »Ich eröffne die Beweisaufnahme.« Und zum Saaldiener: »Den Zeugen Kothner bitte.«

Erhobenen Hauptes, standesgemäß in aufdringliches Weiß gekleidet, stelzt der aufgeblasene Bäcker herein, nickt selbstgefällig dem Publikum zu und muss vom Saaldiener nachdrücklich aufgefordert werden, im Zeugenstand Platz zu nehmen.

»Kothner Friedrich, sechzig Jahre, Berufsstand Bäcker–«

»–meister!« unterbricht der Zeuge die leiernde Aufzählung der persönlichen Daten durch den Gerichtsschreiber, wofür er einen bösen Blick des Richters und spöttisches Gelächter im Publikum erntet.

»Nun erzählen Sie kurz, was Sie über das Verhalten der Streitparteien wissen. Aber nur aus eigener Beobachtung, ohne Schlussfolgerungen wohlgemerkt.«

Der Bäcker in seiner Zunftkleidung bläht sich auf, der stattliche Bauch droht das Gewand förmlich zu sprengen:

»Hohes Gericht, jene Zunftberatung vor einem Jahr – nie werde ich sie vergessen. Es war am dreiundzwanzigsten Juni, dem Tag vor Johannis, und schon am Vormittag war es nach der Messe in der Katharinenkirche so heiß, dass wir alle hofften, die Sitzung würde rasch und schmerzlos vorbeigehen –«

»Beschränken Sie sich auf das Wesentliche«, unterbricht der Richter den Wortschwall genüsslich.

Beleidigt scheint der Zeuge geradezu körperlich zu schrumpfen. Erst im Verlauf seiner weiteren Aussage wird er sich wieder seiner vermeintlichen Bedeutung bewusst. »Eben als ich zur Wahl des Merkers auffordern wollte und dafür auch noch von Herrn Beckmesser beflegelt wurde – offenbar hatte er Angst, ein anderer könnte ihm dieses lästige Amt streitig machen –, hat sich der Pogner mit ›wichtigem Antrag‹, wie er sagte, zu Wort gemeldet. Ihm wird ja nie etwas abgeschlagen, reich und eigensinnig wie er ist, und jeder glaubt, von seinem Einfluss profitieren zu können –«

»Schweifen Sie nicht schon wieder ab!« fährt der Richter so schnell dazwischen, dass der Anwalt der Beklagten nicht dazu kommt, gegen die Verunglimpfung des Vaters seiner Mandantin zu protestieren.

»Müssen wir uns das bieten lassen?« zischt Eva dazwischen, lässt sich aber durch den Advokaten beruhigen.

»Niemand hat zuerst verstanden«, fährt der Zeuge gehässig fort, »warum der Pogner auf die verrückte Idee gekommen ist, nicht nur seine Tochter, sondern dazu auch sein ganzes Vermögen, also eine Riesen-Aussteuer sozusagen, als Siegespreis für das nächste Wettsingen auszusetzen. So überständig war die Dame ja noch nicht, dass man sie mit einer Morgengabe von ein paar Millionen auf den Markt werfen musste ...«

Jetzt bricht ein wilder Tumult im Saal aus. Eva ist aufgesprungen und stammelt mit brechender Stimme etwas von Skandal, wird aber übertönt durch lautes Geschrei, Lachen, Pfeifen und höhnischen Applaus der Anwesenden. Erst als der Richter mit Glocke und Hammer die Ordnung wiederherzustellen trachtet und den Parteienvertretern nahe legt, auf die weitere Vernehmung zu verzichten, beruhigt sich die Stimmung allmählich.

Aber keiner der Advokaten ist bereit, von der Anhörung dieses selbstgerechten, aber gerade wegen seiner aggressiven Ausfälle doch recht aufschlussreichen Zeugen abzusehen, und so spricht Kothner nach eindringlichen Ermahnungen des Richters weiter, sichtlich stolz darauf, dass er durch seine Äußerungen gleich zu Beginn der Befragung eine derartige Wirkung ausgelöst hat.

»Sie können sich vorstellen, hohes Gericht, welches Erstaunen der Vorschlag des Pogner bei der Meisterversammlung zunächst bewirkt hat. Sogar Witze wurden gemacht – der Sachs hat gemeint, so mancher würde seine Ehefrau für eine derartige Konkurrenz zur Verfügung stellen – er hat ja leicht reden als Witwer! Gegen seine Idee, das Volk anstatt der Meister entscheiden zu lassen, habe ich sofort eingewendet, dass es der Kunst bisher nie gut getan hat, wenn sie dem Volk nachgelaufen ist. Aber letztlich haben dann alle dem Herrn Pogner zugestimmt, dem sich ja keiner zu widersprechen traut. Nicht einmal erörtert haben sie den Vorschlag Herrn Beckmessers, das Mädchen doch gleich nach Belieben einen Mann wählen zu lassen. Das wäre ja zumindest realistisch gewesen! Aber als der Pogner dann klar gemacht hat, dass seine Tochter den Sieger zwar ablehnen, dann aber keinen anderen Mann wählen dürfe – so etwas muss man sich ja auf der Zunge zergehen lassen, bitte! –, da hat sogar der Sachs plötzlich nichts mehr dagegen einzuwenden gehabt. Der hatte wohl schon damals vor, die junge Dame dem Ritter zukommen zu lassen.«

Von nun an beginnt Kothner geradezu wie ein Schauspieler zu deklamieren. »Ja, und nun geschieht das Unglaubliche: Der Pogner lässt diesen jungen Herrn hier« – der Zeuge deutet auf den scheinbar teilnahmslos dasitzenden Walther – »vor die Versammlung hintreten und erklärt so ganz ohne Umschweife, dass man ihn jetzt gleich als Bewerber für die Meisterwürde – und natürlich für die Pognerin – anhören solle. So ganz ohne Vorbildung und ohne jede Ahnung von der Tabulatur und den Regeln. Aber arrogant war er, der edle Junker! Auf meine übliche Frage, ob er frei und ehrlich geboren sei, hätte er mich am liebsten mit seinem Degen durchbohrt, aber der Pogner hat ihn augenblicklich wortreich unter seine Fittiche genommen, für ihn gebürgt und uns mitgeteilt, dass er als Letzter seiner Familie auf Burg und Hof verzichtet habe und nach Nürnberg gezogen sei, um hier als Bürger zu leben – wovon, frage ich? *(zustimmendes Murmeln im Saal)* Die Meisterkollegen wollten die Bewerbung natürlich nicht zulassen, aber Hans Sachs musste pflichtgemäß darauf hinweisen, dass wir selbst dereinst beschlossen haben, jedermann dürfe versuchen, Meister zu werden. Nun gut, dagegen ist nichts zu sagen, aber als ich den unbedarften Kandidaten – wie es meine Pflicht ist – frage, welchen Meisters Geselle er sei und wo er das Singen gelernt habe, nennt dieser Verrückte wirklich und wahrhaftig den längst verstorbenen Walther von der Vogelweide und die Vögel im Wald als seine Lehrer! Sie können sich vorstellen, wie da ganz besonders der Herr Stadtschreiber protestiert hat, der ja einen Konkurrenten um die Hand der reichen Erbin fürchten musste. Als einer der wenigen Junggesellen unter uns und als souveräner Kenner aller Regeln – das muss ihm der Neid lassen – war er ja sicher, den in jeder Hinsicht begehrenswerten Preis ohne Mühe zu erobern. – Glauben Sie mir, hohes Gericht, es war mir ein besonderes Vergnügen, dem Junker die Meisterregeln mit allen ihren Formen und Fallen vorzulesen. Und mit noch größerem Gusto hat danach Herr Beckmesser ihm erklärt, dass er sich nicht mehr als sieben Verstöße gegen die Regeln leisten dürfe, um nicht sofort aus dem Bewerb auszuscheiden. Man konnte dem jungen Herrn aus feinem Haus ansehen, wie widerwärtig es ihm war, sich an unsere Traditionen zu halten; unseren Singestuhl hat er geradezu mit Ekel betrachtet!«

Plötzlich scheint sich Kothners Gesicht zu verklären, bevor er weiterspricht: »Und dennoch, hohes Gericht – ich weiß nicht, wie ich es beschreiben soll: Irgendwie haben wir uns vor ihm alle klein und unterlegen gefühlt; selbst dann noch, als er sein seltsames Lied gegen den Protest des Merkers und unter dem Geschrei der Kollegen und der Lehrbuben auf der Galerie unbeirrt zu Ende gesungen hat. Auf einmal habe ich die Empfindungen der Pognerin für den Fremden und auch die deutlich gezeigte Sympathie von Sachs verstanden, auch als er – gegen alle Sitte! – auf den Singestuhl gesprungen ist und seine Strophe über alle Köpfe hinweg beendet hat.«

Ungläubig registrieren Eva und Walther die unerwartete Änderung in Kothners Schilderung. Der Richter macht ein paar Notizen, und alle fühlen instinktiv, dass der Zeuge seine Eindrücke und die aller damals Anwesenden jetzt zutreffend wiedergegeben, seinen Neid, seine Bosheit überwunden zu haben scheint.

»Was weiter passiert ist, nachdem die beiden verheiratet waren, weiß ich nur zum geringsten Teil aus eigener Beobachtung«, endet der Zeuge. »Der junge Herr ist bei Pogners eingezogen, wo ja ständig Türen und Fenster sperrangelweit offen sind – ebenso wie ja auch bei Sachs gegenüber. Dafür haben schon der David, der freche Lehrbube des Sachs, und die nicht mehr so ganz junge Frau Magdalene, die Amme und Hausdame bei Pogners, gesorgt, damit sie ungeniert jederzeit miteinander turteln konnten. Beim Vorübergehen war immer öfter lautes Streiten zu hören, wobei es – soweit ich es mitbekommen habe – meist darum ging, dass die Pognerin ihrem Mann vorwarf, keiner Arbeit nachzugehen, die Meistersingergemeinde zu brüskieren und das Familienvermögen zu verschwenden. Die Dispute waren oft so heftig, dass nicht nur ich allein stehen geblieben bin, o nein, die ganze Stadt hat bald alles gewusst. Ich selbst kann dazu nur sagen, dass der Junker seit seiner Aufnahme in die Zunft nie wieder zu einer Freiung oder sonstigen Meisterversammlung erschienen ist.«

Niemand von den Parteien wagt es, dem Zeugen noch Fragen zu stellen, jeder befürchtet – nicht zu Unrecht –, dass er wieder in seinen gehässigen Ton verfallen könnte. Enttäuscht darüber, dass seine Rolle schon ausgespielt ist, verlässt Kothner trotzig erhobenen Hauptes den Saal.

Der Richter ordnet eine kurze Pause an, um den glutheißen Verhandlungssaal zu lüften und die mannigfaltigen Ausdünstungen ins Freie zu befördern, die vom Auditorium her den ganzen Raum schwallartig erfüllen. Alle müssen den Saal verlassen; Eva, die in der stickigen Luft und nach den eben erlebten Aufregungen einer Ohnmacht nahe ist, wird von ihrem Advokaten mit kalter Limonade gelabt, wobei Walther teilnahmslos zusieht. Nach einer halben Stunde geht die Sitzung weiter. Die Atmosphäre ist wohl etwas gereinigt, doch geht es mittlerweile gegen Mittag und die Hitze scheint kaum gemildert. Aber das Gericht ist offenbar gewillt, die Sache mit Tempo durchzuziehen. Kaum haben die etwas durchgelüfteten Zuschauer und die Streitparteien wieder Platz genommen, wird der nächste Zeuge, der Stadtschreiber Sixtus Beckmesser, aufgerufen.

Er betritt den Zeugenstand mit ernster Miene, ohne um sich zu blicken, ein blasser Mann in mittleren Jahren, mit markantem, nicht unhübschem Gesicht, das durch einen verhärmten, etwas verkniffenen Ausdruck entstellt wird. In seiner schwarzen eleganten Amtstracht bemüht er sich um ruhiges Auftreten, nur die unsteten Bewegungen seiner Hände verraten die innere Anspannung.

»Beckmesser Sixtus, fünfundvierzig Jahre, Gemeindebeamter«, liest der Gerichtsschreiber die persönlichen Daten des Zeugen vor.

Als der Richter ihn höflich auffordert, seine persönliche Sicht der Vorgänge zu schildern, beginnt er mit klarer, etwas schneidender Stimme zu sprechen:

»Sie können mir glauben, dass es mir nicht leicht fällt, nach Jahresfrist – als ich bereits dachte, dass endlich Gras über die leidige Angelegenheit gewachsen sei – hier öffentlich über alles zu reden. Ich leide heute noch unter der Erinnerung an die furchtbaren Ereignisse vor einem Jahr auf der Festwiese. Schlimmeres kann einem Menschen wie mir nicht passieren, der ich stets auf Präzision und Einhaltung aller Arten von Regeln, Gesetzen und ›Gemäßen‹ – wie Herr Kothner sich auszudrücken beliebt – größten Wert lege. Vor allem Volk als immerhin stadtbekannter Mann derartig bloßgestellt zu werden ...«

Der Stadtschreiber ist noch blasser geworden und bittet um ein Glas Wasser, das ihm vom Gerichtsdiener gebracht wird. Nach kurzer Unterbrechung fährt er in seinem etwas geschraubtem Tonfall fort: »Es sei von mir ganz offen bekannt, dass ich größte Sympathie für Eva Pogner empfunden habe – auch wenn mir das schöne Wort Liebe nie recht über die Lippen kommen wollte. Aber ich habe eben wirklich gehofft, mit ihr endlich eine Familie zu gründen, wenn ich auch nicht mehr in dem Alter bin, in dem sich die Mädchen noch besonders für einen interessieren. Glauben Sie mir, Herr Richter, es war tiefe Zuneigung und nicht bloße Berechnung, weil sie ja auch eine ›gute Partie‹ gewesen wäre. Ich verwalte ein gut bezahltes Amt und wäre in der Lage, eine Familie problemlos zu erhalten. Dennoch war es mir bisher nicht vergönnt, eine Frau für mich einzunehmen. Ich bin todunglücklich über mich selbst und meine Art; vielleicht liegt's auch an meinem nüchternen Beruf, weiß der Teufel! Dazu meine Eifersucht, die machte alles noch viel schlimmer. Und da war nun diese Pognerin, eine wahre Lichtgestalt in meiner Trübsal. Dabei hat sie mir nie die geringsten Hoffnungen gemacht bei meinen ungeschickten Avancen, nicht einmal eines Blickes hat sie mich gewürdigt. Wie ich auch nur einen Moment lang hoffen konnte, verstehe ich jetzt, nach allem Geschehenen, überhaupt nicht mehr.«

»Gut«, unterbricht ihn der bisher erstaunlich geduldige Richter, »jetzt haben Sie uns Ihre persönliche Situation zu Beginn der Ereignisse geschildert. Nun aber zur eigentlichen Sache, wenn ich bitten darf.«

Beckmesser, jäh aus seinen Erinnerungsträumen gerissen, zuckt zusammen, blinzelt kurzsichtigen Auges, fasst sich aber sogleich wieder. »Am Vorabend der Freiung habe ich zufällig den Herrn Junker in das Haus der Familie Pogner eintreten gesehen – ein Fremder, noch dazu eine elegante Erscheinung, fällt in unserer kleinen Stadt ja auf. Und als dieser Herr dann am nächsten Vormittag bei der Freiung auftaucht, von Herrn Pogner hereingeführt und der Meisterversammlung präsentiert wird, da war's mir schon recht übel zumute. Dann kam ja außerdem noch Herrn Pogners Sermon über die angeblich so dringend notwendige Aufwertung des Bürgerstandes und die *Auslieferung* – ja, ich benutze dieses Wort ganz bewusst, anders kann ich es nicht nennen! –, die Auslieferung der Eva Pogner an einen Zufallssieger beim Wettbewerb. Darin aber habe ich meine letzte Chance gesehen, doch noch des Mädchens Hand und vielleicht auch ihre Gunst zu gewinnen. Den ahnungslosen Ritter, der vom Meistergesang völlig unbeleckt war, gedachte ich mühelos aus dem Feld zu schlagen. Wer kann denn mir schon etwas über die Meisterregeln erzählen, ausgerechnet mir, ha!!«

Der Zeuge steigert sich zusehends in Wut, und das Publikum kann sich ausmalen, wie er sich seinerzeit bei der Freiung aufgeführt haben mag, als er bei Walthers Vorsingen den Merker gespielt hatte.

»Es war ja einfach läppisch, was der Herr Ritter über den alten Walther von der Vogelweide und das Gezwitscher der Finken und Meisen – so kam's mir vor – dahergeschwätzt hat. Und dennoch war mir nicht recht wohl, als ich gleich darauf sein Probelied anhören musste. Vor Wut gezittert habe ich in meinem Gemerk, aber auch aus Angst vor dem, was ich nun zu hören bekam. Eine ganz fremde Melodie brach förmlich über mich – und uns alle – herein, scheinbar weit entfernt von unseren Regeln – und doch wieder nicht. Ich weiß nur, dass ich meine Tafel mit Kreidestrichen malträtierte, bis sie voll war, dass ich aus meinem Gemerk herausrannte, bevor der Mann fertig gesungen hatte, und dass ich der Versammlung all das scheinbar Regelwidrige wütend vor die Füße warf. Mein einziger Gedanke war: Das darf einfach nicht wahr sein, damit kann er mich nicht aus dem Rennen werfen! Dabei fühlte ich instinktiv, was Herr Sachs kurz danach aussprach: Dass dieses Lied nicht wirklich die Regeln über den Haufen warf, sondern einfach nur neu für unsere Ohren klang. Ha, und zuletzt musste ich mir von Sachs noch vor allen Meistern vorwerfen lassen, dass ich ungerecht geurteilt hätte, weil ich ja selbst auf Freiersfüßen gewandelt sei! Aber spätestens nach den Ereignissen der folgenden Nacht, hohes Gericht, hätte ich zu mir kommen und meine Bewerbung zurückziehen müssen, weiß Gott. So auf den Schuster hereinzufallen! War ich denn blind und taub, nicht vorauszusehen, dass er mein vorbereitetes Lied bei der nächtlichen

Serenade in Grund und Boden hämmern würde? All dies unter dem heuchlerischen Vorwand, von mir die Kunst des Merkers erlernen zu wollen? In meinem blinden Ehrgeiz war ich nur von dem Gedanken beseelt, der Angebeteten mein Ständchen um jeden Preis – auch um diesen! – zu bringen. Inzwischen weiß ich ja, wer damals wirklich am Fenster gestanden hatte. Und was mir dann durch das aufgehetzte Volk und besonders durch diesen David zugestoßen ist, das habe ich noch wochenlang gespürt. Leider war nicht zu beweisen, dass der Bursche durch seinen Meister angestiftet worden ist, obwohl ich's bis heute vermute.«

Eva hat diesem Exkurs aufmerksam zugehört, ihr Gesicht scheint etwas wie Mitleid mit dem völlig aus der Fassung geratenen Stadtschreiber auszudrücken. Als Beckmesser dies bemerkt, strafft sich seine schmale Gestalt ein wenig.

»Herr Zeuge«, mischt sich der Richter ein, »Ihre Darstellung ist sehr plastisch, aber das alles ist uns ja nicht unbekannt. Was können Sie uns aus eigener Beobachtung über Probleme zwischen den Streitteilen berichten?«

»Nun«, fährt Sixtus in hartem Ton, sichtlich wieder gefestigt, fort, »ich bin nicht derjenige, der an fremden offenen Fenstern und Türen zu horchen pflegt.«

»Nein, Sie gehen nur in fremde Häuser und stehlen Papiere von fremden Tischen!« unterbricht ihn Walther wütend, wobei er aufspringt und drohend auf Beckmesser zugeht, der verschreckt zurückweicht.

»Ruhe im Saal!« schreit der Richter mit sich überschlagender Stimme, wobei seine Glocke für mehr Lärm sorgt als Walther und Beckmesser zusammen.

Der Staranwalt aus München zerrt seinen Mandanten zu seinem Platz zurück und redet beschwörend auf ihn ein, während der

Richter ihm zu verstehen gibt, dass er bei einem weiteren solchen Zwischenfall des Saales verwiesen werde. Mit rotem Kopf murmelt der Ritter eine Entschuldigung, während Beckmesser wieder zu Wort kommt.

»Natürlich war es mir und den anderen Meistern schon bei dem Eklat nach dem Wettsingen klar, dass Herr Walther« – er wirft einen süffisanten Seitenblick auf den Kläger – »kein gutes Mitglied der Meistergilde sein würde. Tatsächlich hat er uns seither nicht ein einziges Mal die Ehre seiner Anwesenheit bei einer Sitzung erwiesen. Ich habe sogar seinen Ausschluss beantragt, aber Herr Pogner hat es wohl verstanden, dies zu verhindern, was mich wundert, nach all dem, was seine Tochter durch ihren Ehemann zu leiden hat ...«

»Ach so, Herr Zeuge«, wirft der Richter sofort ein, »dann wissen Sie ja offenbar doch etwas mehr über die Ereignisse seit dem Johannistag vorigen Jahres. Wenn Sie hier vorsätzlich etwas verschweigen, könnte das sehr unangenehme Folgen für Sie haben, noch dazu als Beamter!«

Beckmesser wird abwechselnd blass und rot; er scheint sich förmlich in sich selbst zu verkriechen, alle Selbstsicherheit ist wieder dahin. Ganz leise, nur für den Richter und die Parteien vernehmbar – sehr zum Unwillen des sensationslüsternen Publikums – fährt er fort: »Einmal, es wird vor drei oder vier Monaten gewesen sein, bin ich der Pognerin auf der Spitalbrücke begegnet. Mir ist aufgefallen, dass sie trotz des schönen milden Wetters ein großes Tuch um Kopf und Hals gewickelt hatte, sodass man ihr Gesicht kaum sehen konnte. Sie hat mich bemerkt, scheu gegrüßt und bei meinem Vorübergehen das Tuch noch enger zugezogen. Dann ist sie ganz schnell weitergegangen. Trotzdem ist mir nicht verborgen geblieben, dass sie blaurote Striemen an der

Wange und am Hals hatte. Ich konnte sie ja nicht gut fragen, was ihr zugestoßen war, aber in der Stadt spricht man darüber, dass es im Hause Stolzing bisweilen zu Tätlichkeiten kommen soll ...«

Evas hübsches Gesicht ist vor Verlegenheit rot angelaufen, während Walther mit versteinerter Miene vor sich hinblickt.

»Vermutungen, pure Spekulation!« tönt der Advokat aus München dazwischen, und der Richter ermahnt den Zeugen: »Bleiben Sie bei den Fakten! Die Schlüsse zieht das Gericht schon selbst.« Dann wendet er sich an die Parteien: »Möchten Sie vielleicht gleich jetzt zu diesem Vorfall etwas sagen?«

Beide schütteln die Köpfe; Eva flüstert: »Vielleicht später, wenn Sie mir gestatten, zur Klage Stellung zu nehmen.«

»Was wissen Sie, Herr Zeuge, sonst noch aus eigener Beobachtung?« fragt der Richter.

»Kürzlich kam ich bei der Pfandleihe am Schönen Brunnen vorbei«, erinnert sich Beckmesser förmlichen Tones. »Da sah ich den jungen Herrn gerade hineingehen mit einem goldenen Leuchter unter dem Arm, den ich schon früher im Hause Meister Pogners gesehen und wegen der kunstvollen Schmiedearbeit stets bewundert hatte – wahrscheinlich ein vom Hausherrn selbst gefertigtes Stück. Nun, ziehen Sie doch jetzt Ihre Schlüsse daraus, hohes Gericht!«

Während Beckmesser eine Kunstpause einlegt, erbleicht Walther, wogegen Eva zornig aufspringt und von ihrem Rechtsvertreter davon abgehalten werden muss, ihren Ehemann zu attackieren. Der Richter fragt den Kläger kurz, ob dies stimme, der Junker nickt nur betreten, ohne sich zu rechtfertigen. Keiner der Parteienvertreter will dem Zeugen weitere Fragen stellen, worauf Beckmesser vom Gericht entlassen wird und wie ein Schatten verschwindet.

Mittlerweile ist die Dämmerung hereingebrochen, schräge Sonnenstrahlen fallen zwischen den Türmen der Stadt durch das hohe gotische Fenster in den Saal. Hier hält die brütende Hitze noch an, Beteiligte und Zuschauer sind erschöpft. Der Richter verkündet die Fortsetzung der Verhandlung für den nächsten Morgen um neun Uhr.

Draußen ist es ein wenig kühler geworden. Eva geht festen Schrittes auf Walther zu und zieht ihn zu einem abgelegenen Platz am Ufer der Pegnitz. »Du versetzt Sachen aus dem Haus meines Vaters?« fragt sie mit eisiger Stimme. »Weiß er davon?« fügt sie leiser hinzu.

Walther schüttelt den Kopf.

»Aber er hat es doch gleich merken müssen!« sagt Eva erregt.

Walther zuckt mit den Schultern. »Ich muss ja mein Quartier zahlen«, erwidert er mit brüchiger Stimme. Seit der Ehestreit eskaliert ist, wohnt er nicht mehr im Hause Pogner, sondern in einem bescheidenen Wirtshaus am Stadtrand.

»Was hast du aus unserem Haus sonst noch weggebracht?« setzt Eva nach.

»Nichts sonst«, murmelt er, wendet sich ab und geht langsam in Richtung seiner Unterkunft, ohne sich noch einmal umzusehen.

Eva blickt ihm lange nach. Während sich ihre Augen mit Tränen füllen, wendet sie sich ihrem Vaterhaus zu.

Am nächsten Morgen versammelt sich die neugierige Bürgerschaft schon frühzeitig, lange vor Verhandlungsbeginn vor dem Gerichtsgebäude, um die besten Plätze zu erobern. Man diskutiert eifrig die Aussagen vom Vortag, bald bilden sich Gruppen, die für die eine oder die andere Seite Partei ergreifen. Es kommt zu lauten Auseinandersetzungen, doch bevor Tätlichkeiten ausbrechen, wird das Tor geöffnet und alle strömen zu ihren Plätzen. Als entdeckt wird, dass etliche noch am gestrigen Tag ihre Plätze in den vorderen Reihen mit Kleidungsstücken belegt haben, bricht neuerlich ein Tumult aus, der erst durch den Eintritt des Richters und der Streitparteien beendet wird.

Als Zeuge tritt nun Veit Pogner in den Saal, eine hohe Gestalt in reich verzierter Kleidung. Eine dicke goldene Uhrkette ziert seine Weste, die er trotz des heißen Sommerwetters unter dem samtbestickten Gehrock trägt. Sein Gesicht mit kurzem grauen Bart wirkt verschlossen und zugleich sorgenvoll. Er nickt seiner Tochter kurz zu, würdigt Walther keines Blickes und verbeugt sich kurz vor dem Richter, der ihn auffordert, über seine Wahrnehmungen zur Sache zu berichten – nicht ohne ihn zuvor auf die Möglichkeit hinzuweisen, die Aussage zu verweigern, da es um seine eigene Tochter gehe. Doch der Goldschmied weist dies mit einer knappen Handbewegung zurück und beginnt mit voller, tiefer Stimme zu sprechen:

»Hohes Gericht! Ich bin mir wohl bewusst, dass ich an allem, was geschehen ist, in gewisser Weise die Schuld trage. Ich habe die Einstellung unserer Bürger zu ihrem eigenen Stand falsch eingeschätzt. Sie fühlen sich offenbar durchaus satt und zufrieden in der räumlichen und geistigen Enge unserer Stadt und sind für Experimente, wie das von mir versuchte, nicht zu begeistern. Ich muss aber zugeben, dass es Verblendung war, meine Tochter als Siegespreis für das Wettsingen einzusetzen. Als Herr Stolzing, der mir von Freunden empfohlen worden war, kurz zuvor in unser Haus gekommen ist, habe ich in ihm nichts anderes als den idealen Mann für Eva gesehen – jung, gut aussehend und aus edler Familie. Wohlhabend musste er nicht sein, nachdem Gott mich selbst zum reichen Mann geschaffen hat. Darum konnte ich ja auch mein ganzes Vermögen nebst der Braut als Preis einsetzen, weil ich hoffte, es werde ohnehin in der Familie bleiben. Denn dass dieser so souverän auftretende Mann das Wettsingen gewinnen würde, dessen war ich mir von Anbeginn sicher! – Ich habe kurz zuvor darüber mit meinem Freund Sachs gesprochen, der mich zwar gewarnt, mir aber seine Hilfe zugesagt hat, wenn Probleme auftauchen sollten. Ich wusste ja von seiner eigenen Zuneigung zu Eva; umso mehr war ich vom Erfolg der Sache überzeugt. Außerdem waren die beiden Jungen vom ersten Augenblick an ineinander geradezu vernarrt. Was, dachte ich, sollte da noch schief gehen?«

Pogner wirft einen verächtlichen Blick auf den Junker, der verlegen auf den öligen dunklen Holzboden vor dem Richtertisch starrt und jeden Augenkontakt mit seinem Schwiegervater zu meiden trachtet.

»Ich bin aus allen Wolken gefallen nach dem Wettsingen«, fährt der Zeuge unbeirrt fort, »als Herr Stolzing« – er lässt das »von« demonstrativ weg – »unsere Feststimmung durch seine unanständige Weigerung, der Gilde beizutreten, so plötzlich zerstört hat. Doch einige Zeit schien dann alles wieder gut zu gehen. An der Hochzeit hat praktisch die ganze Stadt teilgenommen – auch diejenigen, die heute dort hinten sitzen und sich an unserem Unglück weiden!« Mit knapper Geste deutet er in Richtung des Publikums, wo sogleich Murren aufkommt und einzelne Zwischenrufe ertönen. »Eva schien im siebenten Himmel und der Bräutigam benahm sich wirklich wie ein liebenswertes neues Familienmitglied, höflich, freundlich, charmant und wie man sich's eben von einem verliebten jungen Mann erwartet. Natürlich haben wir dem jungen Paar im Haus eine Wohnung eingerichtet – groß genug ist es ja. Die Spannungen haben aber früh genug begonnen. Wir haben erwartet, dass der Herr Junker allmählich daran denken werde, einer Arbeit nachzugehen, da er ja nach dem Auszug aus Burg und Hof über keinerlei Einkünfte oder Vermögen mehr verfügte – sein Personal war natürlich zu den neuen Besitzern übergelaufen, und mit dem Zehent, mit den Erträgen aus Wald und Flur war's vorbei!«

Walther stützt den Kopf in beide Hände und nickt in stummer Verzweiflung vor sich hin. »Ja, nicht einmal mein treuester Knecht ist mir geblieben«, murmelt er dumpf. »Schon als er mir das Festgewand für das Singen gebracht hat, wollte er mich nicht mehr sehen, sondern hat es bei Herrn Sachs abgeliefert, ohne Abschied von mir. Da hatte er wohl schon einen anderen Herrn.«

»Es mag ja schwer gewesen sein, auf Eure bisherige Lebensweise zu verzichten«, wendet sich der Zeuge direkt an Walther, »aber Ihr habt es ja darauf angelegt, ganz auf unsere Kosten zu leben. Hätte ich das geahnt, wieviel Leid hätt' ich uns allen und vor allem meiner Tochter erspart!«

»Bitte sprechen Sie nur zum Gericht«, unterbricht der Richter den Exkurs, »und berichten Sie zur Sache. Sie müssen doch durch Ihr Nahverhältnis zu den Parteien alles mitbekommen haben, was hier von Interesse ist.«

»Verzeihen Sie, Herr Richter«, fasst sich Pogner wieder, »ich bin schon wieder bei der Sache. Ich kann einfach nicht verstehen, wie Herr Stolzing sich anmaßen kann, hier als Kläger aufzutreten. Er war es doch, der nur Unheil über unsere Familie gebracht hat. Dass er nicht gerade ein begeisterter Meistersinger geworden ist, kann man ja nach den Anfeindungen durch Herrn Beckmesser noch begreifen, dennoch hätte er den Anstand haben können, zumindest zu den Freiungen oder Zunftberatungen zu erscheinen. Immerhin hat er durch den Meistergesang ja erreicht, was er unbedingt wollte. Aber wie man sieht, war es halt doch nur ein mit Sachs einstudiertes Gedicht und der Herr hat es nicht der Mühe wert befunden, sich wenigstens im Nachhinein mit den Regeln zu befassen. An Begabung dafür hätte es ihm vielleicht nicht gefehlt, das hat man ja an seinem Lied erkannt, auch wenn er es nicht ganz allein erfunden haben mag. Aber ich schweife schon wieder ab«, unterbricht Pogner sich selbst, als er Zeichen von Ungeduld in der Miene des Richters – der selbst nicht der Sängerzunft angehört – zu erblicken vermeint.

»Aber was uns alle in der Familie alsbald gestört hat«, fährt er fort, »war die völlige Weigerung, sich in irgendeiner sinnvollen Weise zu beschäftigen. Er hat untätig herumgesessen, begonnen, sich mehr und mehr von Eva bedienen zu lassen und war ungehalten, wenn nicht allen seinen Wünschen und Anordnungen – es waren schon eher Befehle – sofort nachgekommen wurde. Immer hat er auf seine vornehme Herkunft hingewiesen, er sei es nicht gewohnt, auf die Erfüllung seiner Wünsche zu warten. Ich hatte dem jungen Paar anfangs ein monatliches Salär – nicht zu wenig! – ausgesetzt. Damit ist der Herr aber bald nicht mehr ausgekommen, obwohl Eva zu sparen versucht hat, wo es nur ging. Sie werden verstehen, dass ich zeitweise noch etwas zugeschossen habe; man lässt sein Kind ja nicht darben, noch dazu in dieser unerquicklichen Situation. Außerdem hat er immer reichlicher dem Frankenwein und dem Bier zugesprochen. Wenn er betrunken war, ist er auch mir gegenüber aggressiv geworden, sodass ich ihm sogar seinen Degen, mit dem er herumzufuchteln pflegte, wegnehmen und verwahren musste. Wie Eva unter diesen Verhältnissen leiden musste, können Sie sich wohl vorstellen. Die Atmosphäre im Haus wurde immer gespannter, sogar unsere Magdalene hat angedeutet, uns verlassen zu wollen, obwohl sie ja ihren jungen Freund in nächster Nähe, gegenüber bei Sachs, in Reichweite hatte – übrigens auch eine Verbindung, die ich nicht goutiere. Aber das ist eine andere Sache ... Jedenfalls wurden in letzter Zeit aus den Streitigkeiten, die man bis auf die Straße hören konnte, Tätlichkeiten. Ich war ganz entsetzt, Eva eines Tages mit blau verschwollenem Gesicht beim Frühstückstisch zu sehen –«

»Daran ist mein Mandant nicht schuld!«, fährt der Anwalt des Junkers heftig dazwischen, wird aber gleich vom Richter zum Schweigen gebracht.

»Ja, ja«, sagt Pogner unwillig, »zunächst wollte sie mir weismachen, sie sei schlaftrunken gegen einen Kasten gestoßen. Aber ich habe nicht locker gelassen, und schließlich hat sie mir gestanden, von ihrem Mann mit einem Ledergurt geschlagen worden zu sein.«

Eva hält sich die Ohren zu und scheint sich in sich selbst verkriechen zu wollen.

Empörtes Raunen im Publikum, die Stimmung ist ganz gegen den Junker gerichtet.

»Da steht Aussage gegen Aussage«, wendet Walthers Anwalt ein, doch der Ritter macht eine resignierende Geste, die auszudrücken scheint, darauf käme es nun auch nicht mehr an. Der Advokat zuckt mit den Achseln und scheint die Lust an weiteren Fragen und Einwänden zu verlieren.

»Das war mir nun doch zuviel«, setzt Pogner fort. »Ich habe dem Herrn Ritter erklärt, dass er nicht länger in unserem Haus leben könne und binnen einer Woche ziehen solle, wohin er wolle. Eva hat geweint und mich umzustimmen versucht, aber ich konnte all das nicht länger mit ansehen. So hat der große Meistersinger von

Hans Sachsens Gnaden denn seine Sachen gepackt und mein Haus verlassen. Ich habe aber bald gemerkt, dass er immer wiedergekommen ist, sobald ich nicht daheim war. Jedesmal war Eva dann außer sich, hat geweint und mich angefleht, ihren sauberen Gemahl doch wieder einziehen zu lassen. Erst seit gestern, als herausgekommen ist, dass er Wertsachen stiehlt, um sie zu Geld zu machen, scheint sie zur Vernunft zu kommen. Ich hatte es längst bemerkt, wollte aber nicht sofort Krach schlagen. Doch hat Eva davon jetzt aus der Aussage des Herrn Beckmesser erfahren, und der saubere Herr hat es ja sogar zugegeben.«

Jetzt erwacht Walthers Rechtsvertreter aus seiner Lethargie und ersucht, dem Zeugen eine Frage stellen zu dürfen.

»Fragen Sie«, fordert ihn der Richter auf, unwillig über die Unterbrechung.

»Herr Zeuge, ist Ihnen aufgefallen, dass Ihre Tochter im letzten halben Jahr immer häufiger Besuche bei Ihrem Nachbarn, Herrn Sachs, gemacht hat?«

»Selbstverständlich«, erwidert Pogner. »Hans Sachs ist ein alter Freund der Familie und wir alle haben ständig Kontakt zu ihm. Er ist sehr klug und lebenserfahren, und Eva und ich haben stets alle Probleme mit ihm besprochen und seinen Rat eingeholt. Was soll denn dabei sein?«

»Nun«, höhnt der Klagevertreter, »ich habe Informationen, dass diese Zusammenkünfte über bloße Freundschaftsbesuche hinausgegangen sein sollen.«

Eva springt von ihrem Stuhl auf. Sie ist bleich geworden und ballt die Fäuste, als ob sie den Advokaten aus München attackieren wollte. »Ihr Verleumder!« schreit sie Walther und seinen Vertreter an. »Was wollt ihr denn mit eurer schmutzigen Fantasie? Das also ist der Grund deiner Klage!« schleudert sie ihrem Ehemann ins Gesicht. »Damit willst du fein aussteigen und aus deinem miserablen Verhalten noch ein Geschäft machen!«

Pogner scheint fassungslos; gemeinsam mit ihrem Rechtsanwalt sucht er seine Tochter zu beruhigen. Eva wird von Weinkrämpfen geschüttelt. Der Richter verfügt eine Pause von zehn Minuten.

Danach schließt Pogner seine Aussage ab: »Es wäre mir nie im Traum eingefallen, in den Besuchen meiner Tochter bei Sachs mehr als Freundschaftsgesten zu sehen, auch um Trost zu suchen«, erklärt er, wieder ruhig geworden. »Solche Besuche gab es schon immer, wir alle haben die Verbindung zu ihm stets geschätzt und davon profitiert. Selbst wenn Eva es darauf angelegt hätte, mit ihm etwas anzufangen, ich bin sicher, dass er klug genug gewesen wäre, unsere Freundschaft durch etwas Derartiges nicht zu zerstören.«

Pogner wird vom Gericht entlassen. Mit finsterer Miene verlässt er kopfschüttelnd den Saal. Draußen trifft er auf Hans Sachs, der als nächster Zeuge vorgesehen ist. Er verwickelt ihn in eine intensive Unterhaltung, die durch den Aufruf des Gerichtsdieners unterbrochen wird.

Sachs verabschiedet sich schnell und betritt ruhigen Schrittes den Saal, ein attraktiver Mann von nicht mehr als fünfundvierzig Jahren. Er trägt ein schmuckloses Gewand aus gutem Stoff, das seine kraftvolle Gestalt vorteilhaft kleidet. Die Kappe hat er im Gerichtssaal abgenommen; lässig streicht er seinen kurzen dunklen Bart, während er wachen Auges das Gericht mustert und auf den Beginn seiner Befragung wartet.

»Ich bin Ihnen dankbar, hohes Gericht«, beginnt er, »Ihnen eine Darstellung der Ereignisse aus meiner Sicht geben zu dürfen. Allzuviel wird seit einem Jahr über alles, was passiert ist, geredet, hinzuerfunden, gelogen und verleumdet. Vielleicht kann ich etwas Klarheit in diese unselige Angelegenheit bringen. Wie Sie wohl wissen, bin ich der Zunft der Meistersinger sehr verbunden – grad deshalb war es mir aber stets ein Anliegen, die Kunst nicht in ihren eigenen Regeln erstarren zu lassen. Ich muss meinem alten Freund Pogner beistimmen, dass es schwer ist, hier in Nürnberg, dieser alten, traditionsreichen Kleinstadt, etwas zu bewegen. Ich habe zu viel in alten Büchern geschmökert und zu viel erlebt, um nicht zu wissen, dass die Nürnberger an herkömmlichen Bräuchen hängen und dem Neuen nicht sonderlich aufgeschlossen sind. So ist es für mich nicht verwunderlich gewesen, dass Freund Pogner versucht hat, durch seine Idee des öffentlichen Wettsingens – ›vor allem Volk‹, wie er sagte – etwas frischen Wind in die verknöcherten Sitten der Gilde zu bringen. Dass er aber auch seine Tochter, die mir seit ihrer Kindheit sehr am Herzen liegt *(beziehungsvolles Räuspern und Flüstern zwischen Walther und seinem Advokaten)*, in sein Projekt einbringen wollte, ist mir schon bedenklich erschienen. Da war es ein – wie ich glaubte – glücklicher Zufall, dass grad jetzt der Ritter auftauchte, in den Eva so verliebt war. Denn während Pogner den alten Bräuchen eine neue Form geben wollte, war es schon lange mein Bestreben, auch den Inhalt der Meisterlieder zu reformieren. Und dafür glaubte ich nun den rechten Moment gekommen.«

Der Richter hat mit sichtlichem Desinteresse und steigender Ungeduld zugehört. Da er der Zunft selbst nicht angehört, versteht er von alldem nichts, will aber dem angesehenen Mann, dem alle Bürger Hochachtung entgegenbringen, nicht gleich ins Wort fallen. Dem klugen Schuster bleibt dies nicht verborgen; er unterbricht sich selbst und bemüht sich, zur Sache zu kommen.

»Nachdem der Ritter, wie alle Meister meinten, versungen und vertan hatte«, fährt Sachs fort, »war ich bestrebt, ihm zu helfen. Sein Lied habe ich tatsächlich als vollkommen neu und ungewohnt, aber nicht, wie alle behaupteten, verwirrt gefunden. Klar, dass sie durch das hysterische Getue des Merkers mit der vollgeschmierten Tafel beeinflusst waren, klar auch dass Herr Beckmesser selbst ein starkes Interesse daran hatte, den Kandidaten verlieren zu lassen. Schon auf Grund meiner Freundschaft mit der Familie Pogner konnte ich nicht zulassen, dass Eva an diesen Menschen, den sie nicht mochte, im wahrsten Sinn des Wortes verkauft werden sollte – als Preis für ein stümperhaftes, wenn auch nach uralten Regeln konstruiertes Lied!«

Sachs hat sich in Eifer geredet; er merkt nicht, dass der Richter ihm kaum zuhört und weiter vergeblich auf Aussagen zur Sache wartet.

»Ich weiß, dass man in der Stadt redet, ich hätte David, diesen respektlosen Gesellen, angestiftet, Herrn Beckmesser tätlich anzugreifen, damit er nicht imstande sei, auf der Festwiese zur Konkurrenz anzutreten. Das ist völliger Unsinn – als ich sein so genanntes Lied zu später Stunde anhören musste, war mir klar, dass er damit ohnehin nicht reüssieren würde. Meine nächtliche Arbeit allein hätte die Nachbarn nicht aufgeweckt; die sind einiges von mir gewöhnt. Aber dass die Katzenmusik des Herrn Merker einen solchen Wirbel verursachen würde, das konnte ich nun wirklich nicht ahnen. Es wäre unehrlich von mir, nicht zuzugeben, dass ich die Vorfälle keineswegs bedauert habe. Im Gegenteil, kurz zuvor konnte ich Eva und Walther belauschen und dabei hören, dass der junge Mann das Mädchen entführen wollte. Das galt es nun jedenfalls zu verhindern, und so nutzte ich die Gelegenheit, den Junker mit sanfter Gewalt zu mir ins Haus zu holen und gleich am frühen Morgen mit ihm sein Lied zu memorieren. Mehr als ein paar Ratschläge für den Vortrag habe ich ihm nicht gegeben, das müssen Sie mir schon glauben, auch wenn Herr Beckmesser bis heute herumposaunt, das Lied sei ganz von mir verfasst.«

Zustimmendes Brummen und Murmeln im Saal. An Sachsens Autorität bestehen in ganz Nürnberg keine Zweifel.

Ruhig spricht er weiter: »Aber nun wirklich zur Sache. Eva hat mich ja schon immer gern besucht und alle ihre Angelegenheiten mit mir besprochen – wie übrigens auch ihr Vater. In letzter Zeit nach ihrer Heirat sind diese Besuche häufiger geworden, und sie hat sich zunehmend über ihren Ehegatten beklagt, dass er nicht arbeite, nur herumkommandiere, sich nicht um die Meistergilde kümmere, immer öfter in Wirtshäuser gehe, spät nachts betrunken heimkomme, ausfällig und sogar bisweilen tätlich werde. Selbst konnte ich immer wieder lautes Streiten und Schimpfen hören – sie wohnen uns ja gegenüber – und Eva war bisweilen in Tränen aufgelöst, wenn sie herüberkam und mir von den hässlichen Dingen erzählte, die sie erleben musste.«

Hans Sachs blickt Eva tief in die Augen, bevor er weiterspricht: »Dennoch habe ich bis heute nicht wirklich den Eindruck, dass sie ihren Mann deshalb verlassen wollte. Er war halt doch ihre ganz große Liebe, und noch etwas: Vor dieser ganzen Affäre hat sie mich ganz offen erkennen lassen, die meine werden zu wollen. Sie wissen, dass ich vor einigen Jahren meine ganze Familie verloren habe – es war eine furchtbare Zeit für mich und wenn mich etwas ein wenig trösten konnte, so war es der Umgang mit Eva und ihrem Vater. Aber seit Herr Walther hier in Nürnberg erschienen ist, war davon keine Rede mehr. Irgendwie war ich darüber erleichtert; die Versuchung war groß, dieses liebenswerte Wesen heimzuführen. Wahrscheinlich wäre ich trotz des Altersunterschiedes letztlich ja doch hineingerannt, das Beispiel des alten König Marke vor Augen – ich nehme an, Sie wissen, was ich meine.«

Der Richter hat keine Ahnung, nickt jedoch scheinbar wissend und ersucht den Zeugen, fortzufahren.

»Viel mehr kann ich aus eigener Beobachtung nicht sagen. Ich habe versucht, mit Herrn Walther allein zu sprechen, um ihm ins Gewissen zu reden, aber er weicht mir aus, wo immer ich ihn treffe. Wenn ich abends auf ein Bier in die benachbarte Wirtschaft gehe und er dort sitzt und – meist zu viel – getrunken hat, verlässt er das Lokal, kaum dass er mich sieht. Wenn ich Veit Pogner besuche, zieht er sich sofort in seine Räume zurück, und wenn wir einander auf der Straße begegnen, wirft er mir gehässige Blicke zu und geht schnell weiter. Offenbar lebt er in dem Wahn, dass ich ihm seine Frau abspenstig mache – was davon zu halten ist, habe ich schon gesagt.«

Jetzt ersucht Walthers Advokat um das Wort. »Herr Zeuge«, fragt er, »wenn ich richtig verstehe, bestreiten Sie, mit Frau von Stolzing jemals intime Beziehungen aufgenommen zu haben.«

»Sie haben richtig verstanden«, erwidert Sachs spöttisch, sichtlich angewidert von dem hochtrabenden Tonfall des Fragestellers, »allzu schwer ist das ja nicht zu verstehen! Ich meine, dass sonst jeder hier im Raum das verstanden hat«, fügt er in grobem Ton hinzu.

Der Advokat bekommt einen roten Kopf. Im Saal kommt unterdrücktes Gelächter auf. Der Richter fordert Ruhe.

»Ich beantrage die Vernehmung einer weiteren Zeugin«, näselt der Anwalt aus München beleidigt.

Bevor der Richter über den Antrag entscheiden kann, fährt Evas Vertreter dazwischen. »Zu welchem Beweisthema denn?« fragt er provokant, bevor der Richter die Frage übernimmt und wiederholt.

»Zum Beweis für die Richtigkeit des Klagebegehrens. Wie Sie wissen, machen wir als Scheidungsgrund die Verletzung der ehelichen Treue geltend«, erwidert der Klagevertreter nunmehr wieder gelassen.

»Und wen wollen Sie dazu hören?« fragt der Richter ungehalten über den Antrag, der den Abschluss dieser heiklen Verhandlung hinauszögert. Eigentlich wollte er den Prozess morgen mit der Vernehmung der Streitparteien beenden.

»Zu dem genannten Beweisthema beantrage ich die Zeugin Magdalena Dimpflmoser, per Adresse der Familie Pogner«, schnarrt der Advokat und blickt gleichsam Applaus heischend im Saal umher.

Allgemeines Erstaunen bei Eva, ihrem Anwalt und im Publikum, wo heftig geflüstert und diskutiert wird. »Das kann doch nicht ernst gemeint sein«, flüstert Eva ihrem Vertreter zu. »Meine treue Lene – da stimmt doch etwas nicht!«

Der Advokat bringt sie mit einer beruhigenden Handbewegung zum Schweigen. »Möglich ist vieles«, sagt er leise, »auch ich höre bisweilen, was die Leute reden. Warten wir nur ab. Im Ernstfall werden wir sie fertigmachen, dass sich der große Herr aus München wundern wird. – Aber«, fährt er ganz leise, zu Eva gewandt, fort, »sind Sie auch wirklich ganz sicher, dass diese Person, falls sie Sie belasten sollte, die Unwahrheit sagt?«

Eva zuckt mit den Schultern: »Wenn mir mein eigener Rechtsanwalt nicht glaubt ...«

Sie werden durch den Richter unterbrochen, der erklärt, dass dem Antrag stattgegeben und die Zeugin für morgen neun Uhr geladen werde.

»Einspruch«, erklärt der Advokat Walthers sofort, »ich beantrage, dass die Zeugin noch heute vernommen wird, und zwar jetzt sofort. Bis morgen kann sie durch ihre Herrschaft so weit beeinflusst werden, dass sie nicht wahrheitsgemäß aussagt.«

»Wofür halten Sie uns eigentlich?« ruft Eva mit rotem Kopf. »Sie gehen offenbar von Ihrer eigenen Moral aus!«

Der Richter bleibt zum Ärger des Klagevertreters bei seinem Entscheid und weist auf die späte Stunde und die allgemeine Erschöpfung der Beteiligten hin. »Nach Stunden in diesem Mief hier kann man nicht mehr klar denken«, brummt er unfreundlich.

Was allen entgangen ist: Magdalena hat das Haus kurz nach Veit Pogner verlassen, ist zum Gericht geeilt und saß während der ganzen Verhandlung in einer der letzten Reihen, sodass sie ohnedies alles Bisherige hören konnte. Jetzt verlässt sie das Gebäude als Erste, um noch vor Eva daheim zu sein, nachdem sie Stolzing, der nachdenklich langsam in Richtung seines Quartiers wandert, noch einen langen Blick zugeworfen hat.

Als Pogner mit seiner Tochter heimkommt, vermeidet Lene jegliches Gespräch mit ihren Herrschaften und will sich möglichst unbemerkt in ihr Zimmer zurückziehen. Es juckt die Pogners natürlich, sie zu fragen, wie sie dazu kommt, gegen ihre junge Herrin auszusagen, doch nach einer längeren Unterhaltung zwischen Vater und Tochter beschließen sie, die Aussage vor Gericht abzuwarten. Eva schwört dem besorgten Vater neuerlich, nichts mit Sachs angefangen zu haben, auch wenn es ihr zuletzt schwer gefallen sei, angesichts des Benehmens ihres Ehegatten. Voll Unruhe über das, was sie morgen im Gericht erwartet, geht Eva früh zu Bett, schläft aber sogleich ein, erschöpft von den Ereignissen des Tages.

Am dritten Verhandlungstag ist das Gedränge im Saal womöglich noch größer als an den vergangenen Tagen; jeder erwartet gierig die große Wende, nachdem die Verhandlung bisher ungünstig für Walther gelaufen ist. Schon am frühen Morgen lastet bleierne Hitze im Saal. Man öffnet die Fenster, was aber wenig Erleichterung bringt; bald steigt die Sonne hoch genug, um die Temperatur wieder in schweißtreibende Höhen zu befördern. Dann steht Jungfer Lene angstvoll zitternd mit rotem Kopf vor dem Richter. Schon als der Gerichtsschreiber ihre persönlichen Daten vorliest, blickt sie Hilfe suchend zu Walther, der ihrem Hundeblick ausweicht und scheinbar uninteressiert in die Luft zu schauen versucht.

»Zeugin Magadalena Dimpflmoser, achtunddreißig Jahre alt, Amme und Hausdame im Hause Pogner, ebenda wohnhaft«, leiert der Schreiber gelangweilt, bis der Richter das Wort ergreift: »Nun, haben Sie doch keine Angst, junge Frau«, sagt er begütigend. »Wenn Sie unsere Fragen wahrheitsgemäß beantworten, sind wir gleich fertig.«

Lene fasst sich rasch und ist sichtlich erfreut, als junge Frau angeredet zu werden, wirft noch einen Blick des Einverständnisses zu Walther und spricht dann mit ländlichem Akzent zum Gericht. Sie trägt ein sauberes Leinenkleid mit weißer Schürze; unter einem Spitzenhäubchen guckt ein frisches Gesicht mit lebhaften dunklen Augen hervor, aus dem die Furcht nun gewichen ist.

Zunächst will das Gericht wissen, wie sie aus ihrer oberbayerischen Heimat hierher nach Franken gekommen ist.

Oben: René Kollo als Walther von Stolzing und Lucia Popp als Eva, Bayerische Staatsoper München, 1982; Lilian Benningsen als Magdalene und Friedrich Lenz als David, Bayerische Staatsoper München, 1963 (unten)

»Ja wissen S', ich stamm' aus dem selben Dorf wie der Straubinger David und wir haben uns dort schon gut gekannt. Unsere Eltern waren arm, und ein g'scheiter Arbeitsplatz war auf dem Land nicht zu finden. Die Arbeit bei einem Bauern im Stall und auf'm Feld war mir zu schwer und so hab' ich gehofft, in der Stadt was Passendes zu finden. Drauf hat der David erklärt, er bleibt ohne mich auch nicht im Dorf und so sind wir gemeinsam z'erst nach München, dann aber bald weiter hierher gezogen, wo alles kleiner und übersichtlicher ist. Das ist jetzt schon viele Jahre her. Da haben wir dann das große Glück gehabt, sogar ganz nahe beinander unterzukommen, was für den David recht gut war, denn der ist ja damals noch ein Kind g'wesen und hat von der Welt keine Ahnung g'habt. Frech war er schon von klein auf, und da war's nur gut für ihn, dass ihn der Schuster in der Lehre hart herg'nommen hat; immerhin hat er's bis zum Gesellen gebracht. Er ist hier in Nürnberg mehr unter die Leut' gekommen, als mir lieb war. Wenn ich denk', wie er damals auf der Festwiese mit allen jungen Mädchen getanzt hat! Die Kameraden haben ihn deswegen verspottet und g'sagt, er soll aufpassen, weil die Lene zusieht. Dabei war ich gar nicht dabei, das haben sie mir nachher erzählt.«

»Wieso nennen Sie sich eigentlich Amme?« fragt der Richter. »Haben Sie denn ein eigenes Kind?«

»Ja, schaun S', das ist so: Ich hab' die Eva – pardon das Fräulein Pogner – halt schon als kleines Kind kenneng'lernt und als ihre Mutter früh verstorben ist, hab' ich sie wie ein eigenes Kind in ihrem Elternhaus aufgezogen. Und so ist diese Anred' dann entstanden.«

Eva hat gerührt zugehört und blickt Lene voll Zärtlichkeit an; die aber schaut demonstrativ in die andere Richtung und fixiert den Junker, sodass der Richter sie ermahnen muss, zu ihm zu sprechen.

Er zieht ein Blatt Papier aus den Akten und liest es schnell durch. Nicht mehr so freundlich hält er ihr vor: »Frau Zeugin, bleiben Sie doch bei der Wahrheit, auch wenn sie Ihnen unangenehm ist! Wer ist denn der Xaver Dimpflmoser?«

Magdalena bricht daraufhin unvermittelt in Tränen aus und schneuzt sich laut in ein großes kariertes Taschentuch. »Es bleibt ja doch nix verborgen und jetzt ist mir schon alles egal. Ja, in früher Jugend hab' ich eine Dummheit g'macht, die nicht ohne Folgen geblieben ist. Der Vater von dem Kind hat nix mehr von mir wissen wollen, die Eltern waren bitterbös, arbeiten gehen hab' ich müssen und aufziehen hab' ich's drum nicht selber können. Da hab' ich's in Gemeindepflege gegeben, und das Ganze war ja der Grund, warum ich weggegangen bin. Für mich war's ein Glück, dass bei Pogners nach dem Tod der gnädigen Frau eine Amme gebraucht worden ist! Mein Bub, der Xaver, ist mittlerweile ja erwachsen, und wir sehen uns ziemlich regelmäßig in meinem Heimatdorf, wenn die Pogners mir Urlaub geben.«

»Wollen Sie uns nicht sagen, wer der Vater ist?« fragt der Richter die betretene Lene.

Die aber will darüber nicht mehr reden; es war ihr schon peinlich genug, überhaupt über ihren damaligen Fehltritt auszusagen.

»Das gehört nicht zur Sache«, mischt sich auch der Advokat aus München ein, doch Evas Vertreter sagt locker: »Na, Herr Kollege, freut Sie das, wenn Ihre Zeugin gleich am Anfang bei Unwahrheiten erwischt wird?«

»Was zur Sache gehört, bestimme ich«, beendet der Richter das Geplänkel. »Sie müssen den Namen nicht bekannt geben. Erzählen Sie jetzt, was Sie über die Ehe der Parteien wissen. Aber keinen Tratsch, nur Tatsachen bitte!«

»Also«, fasst sich Lene wieder, »so hab' ich das gnädige Fräulein ja in den ganzen Jahren zuvor nie erlebt. Als der Ritter zu uns gekommen ist, war sie wie ausgewechselt; am liebsten wär' sie mit ihm gleich auf und davon. Und er erst: Am Tag vor dem Wettsingen, stellen Sie sich vor, bis in die Kirche ist er uns nachglaufen! Ob sie schon Braut ist, hat er ganz ungeniert g'fragt. Und sie hat ihn angehimmelt, dass es schon nicht mehr schön war. Ich muss ja zugeben, mir hat er auch gleich sehr gut g'fallen, aber die junge Dame war ja ganz von den Socken. ›Euch oder keinen‹ hat sie vor allen Leuten ganz laut zu ihm hingerufen und mit dem David hat sie ihn verglichen – nein, nicht mit meinem natürlich, mit dem vom Goliath, Sie wissen schon! Es war einfach nicht mehr vernünftig zu reden mit ihr. Verstehen hab' ich sie ja können, wann kommt denn jemals so ein Märchenprinz zu uns in die Stadt? Drum hab' ich ja auch die Komödie für sie mitgemacht mit dem Ständchen des Herrn Stadtschreiber, hab' mich anstatt ihrer beim Erkerfenster von ihm ansäuseln lassen, während sie unten mit dem Ritter ... ach, wer weiß, was die dort unter dem Baum und dem Fliederbusch –«

»Lassen Sie das«, unterbricht der Richter. »Was war dann später während der Ehe los?«

»Ja, also das war so: Der Junker ist gleich nach der Hochzeit zu uns ins Haus gezogen, und damit hat das Unheil angefangen. Mein gnädiges Fräulein hat sich in ihrem Benehmen zu ihrem Mann stark verändert, kaum dass sie ihn fix gekriegt hat. Immer deutlicher hat sie ihn merken lassen, wer der Herr im Haus ist, wer das Geld und das Sagen hat. Beschimpft hat sie ihn, dass er nicht arbeitet – woher hätte er denn in der G'schwindigkeit eine

Anstellung kriegen sollen, die für einen so feinen Herrn passend g'wesen wäre? Und dass er nie zur Zunftberatung geht, hat sie ihm vorgeworfen – wundert Sie das, nach dem, wie er dort behandelt worden ist? Außerdem ist sie knauserig g'worden, hat an allem gespart, was zum Leben für einen vornehmen Herrn g'hört, hat ihm lauthals erklärt, er soll doch selbst sein Geld verdienen. Da ist es kein Wunder, dass er auch manchmal ausfällig geworden ist. Wenn er g'sagt hat, er war der Meinung, *reich* geheiratet zu haben, was hat sie ihm geantwortet? Sie hat geglaubt, *vornehm* geheiratet zu haben. So ist's da zugegangen bei dem jungen Paar!«

Eva sitzt starr und kann nicht fassen, was sie da von ihrer vermeintlichen Vertrauten zu hören bekommt. Magdalene bemüht sich, geschraubtes Hochdeutsch zu sprechen, verfällt dabei immer wieder in ihr heimatliches Idiom. Während einer Atempause schaut sie Anerkennung heischend zu Walther, der ihr unauffällig zunickt und triumphierend zur Gegenseite hinüberblickt.

»Und was war mit den angeblichen Besuchen bei Herrn Sachs?« Der Richter beugt sich über den Tisch und fixiert die Zeugin durch seine starke Brille.

»Ja, die sind immer häufiger geworden«, sagt die Zeugin jetzt in etwas mühsamem Hochdeutsch. »Ich hab' sie ja immer schon in Verdacht gehabt, dass das keine reinen Freundschaftsbesuche waren, schon damals nicht, bevor der Herr Junker nach Nürnberg gekommen ist. Und ich bin sicher, dass der Meister Pogner nicht immer gewusst hat, wo sich das Fräulein herumtreibt ... au!«

Eva, die während dieser Erzählung kaum mehr ruhig sitzen konnte, ist aufgesprungen und hat der Zeugin eine Ohrfeige versetzt. »Da, für deine Unverschämtheiten!«

Auch der Richter verliert für einen Moment die Fassung, blättert hektisch in einem Gesetzbuch. Evas Anwalt redet beschwörend auf sie ein, während sich Walther und der Advokat zufrieden zurücklehnen und das Geschehen verfolgen. »So benimmt sich nur, wer seinen Standpunkt nicht mit Argumenten vertreten kann!« doziert der Rechtsverdreher aus München pathetisch. Der Schreiber notiert das Ereignis im Protokoll.

Eva wird später mit einer Strafe rechnen müssen. »Du verlässt unser Haus augenblicklich«, ruft sie, »du brauchst gar nicht mehr heimzukommen. Deine Sachen lasse ich auf die Straße stellen!«

Der Richter fordert energisch Ruhe und lässt die Zeugin weitersprechen.

»Am achtzehnten August, ich weiß es noch genau, es war ein heißer Abend und Herr Pogner war zu einem Kunden gefahren, Herr Walther war auch nicht zu Hause, und als es dunkel wurde, ist das gnädige Fräulein weggegangen. Ich hab' das beobachtet, und als sie geradewegs gegenüber in das Haus des Herrn Sachs gegangen ist, bin ich ihr nach und, ich geb's zu, ich habe im Finstern am Fenster gehorcht und versucht, etwas zu sehen. Anscheinend hat der Herr Sachs gewusst, dass sie kommen wird, denn die Tür war offen und sie konnte rein, ohne zu klopfen.«

»Der langen Rede kurzer Sinn – was haben Sie da gesehen?«

»Zuerst gar nichts *(Gelächter im Saal)*, dann aber schwaches Licht im Nebenzimmer, und auf einem Sofa Herrn Sachs eng neben dem Fräulein – Verzeihung, neben der jungen Frau sitzend und erregt mit ihr sprechend. Ich glaube, sie haben mich leider bemerkt, als ich die Nase ans Fenster gedrückt habe. Plötzlich ist es drinnen dunkel geworden, dann bin ich heimgegangen. Eineinhalb Stunden später habe ich unten den Schlüssel gehört, als Frau von Stolzing zurückgekommen ist. Vorher ist noch der Herr

Ritter heimgekommen und hat mich gefragt, wo seine Frau ist. Ich habe ihm gesagt, dass ich sie zu Herrn Sachs gehen gesehen habe.«

»Möchten Sie dazu etwas sagen?« fragt der Richter die vor Wut zitternde Eva, die nur mit einer abfälligen Geste reagiert.

»Alles erlogen«, sagt sie schließlich auf Drängen ihres Anwaltes, das nicht auf sich sitzen zu lassen. »Ich habe schon vorhin erklärt und mein Vater hat es bestätigt, dass ich Herrn Sachs öfter – auch abends – besucht habe, um mich mit ihm auszusprechen. Ich weiß nicht, welcher Teufel in die Lene gefahren ist. Sie war immer mehr als eine Freundin für mich – und jetzt das! Anscheinend ist sie selber in meinen Mann verknallt – sie gibt es ja irgendwie zu – und hat darüber den Verstand verloren.«

Der Richter redet der Zeugin noch zu, bei der Wahrheit zu bleiben, noch könne sie korrigieren, wenn sie etwas Falsches gesagt habe. Aber Magdalene bleibt bei ihren Angaben, auch wenn man ihr anmerkt, dass sie sich nicht wohlfühlt in ihrer Haut. Da niemand mehr an sie eine Frage stellen will, geht sie heim, um ihre Sachen zu packen, bevor Veit Pogner von ihrer Aussage erfährt und sie mit einem Riesenkrach hinauswerfen würde – dessen ist sie sich bewusst.

Mittlerweile hat der Richter einen Boten zu Hans Sachs geschickt, um dessen Gesellen David Straubinger als letzten Zeugen holen zu lassen.

Der trifft nach kurzer Pause im Gericht ein; ein recht hübscher Bursche von kaum zwanzig Jahren mit frecher Miene, insgesamt aber nicht unsympathisch. Er ist von der Arbeit weggeholt worden und hat nicht einmal den ledernen Schurz abgelegt, was den Richter zu einer tadelnden Bemerkung veranlasst. Aber da kommt er sogleich an den Falschen: »Sie haben mir bestellen lassen, dass es dringend ist und ich sofort mitkommen soll«, erklärt er mit Nachdruck, nicht ohne leisen Hohn. »Da wollte ich das hohe Gericht natürlich nicht warten lassen und mich mit Fragen der Kleidung aufhalten.«

Der Richter verkneift sich eine Erwiderung, um den frechen Kerl nicht weiter zu provozieren. »Wissen Sie, warum Sie als Zeuge geladen wurden?« fragt er betont förmlich.

»Vorstellen kann ich mir's schon«, erwidert der Bursche leichthin, »aber Sie werden mir's schon noch sagen.«

»Zuerst zu Ihren persönlichen Verhältnissen«, überhört der Richter die neuerliche leichte Herausforderung.

»Also ich bin mit der Lene aus den oberbayrischen Bergen hierhergezogen«, fährt der Zeuge etwas sachlicher fort, »weil es für sie dort keine Arbeit und kein Auskommen gegeben hat –«

»Einen Augenblick«, unterbricht der Richter, »gab es da nicht noch einen weiteren Grund, wegzuziehen?«

David errötet und beginnt herumzustottern.

»Bleiben Sie bei der Wahrheit!« mahnt der Richter in schärferem Ton. Keiner der Anwälte will sich über den etwas fragwürdigen ersten Eindruck des Zeugen freuen oder ärgern, weil sie nicht wissen, für wen seine Aussage günstig sein wird.

»Ja, aber das hab' ich erst Jahre später begriffen«, erwidert David. »Ich war ja noch ein Kind und später bin ich draufgekommen, dass sie auch wegen ihres kleinen Sohnes weggehen musste, der jetzt etwa in meinem Alter ist. Erst bin ich mit ihr im Haus Pogner geblieben, bis ich groß genug war, bei Herrn Sachs als Lehrling anfangen zu können. Da bin ich dann allmählich draufgekommen, dass die Lene nicht nur eine Art Mutter für mich war, sondern auch eine hübsche junge Frau ist. Natürlich hat die Lene den gut bezahlten Posten bei dem reichen Herrn Pogner nicht nur als Amme, sondern später als Hausdame behalten. Ich hab' ja mein Auskommen beim Herrn Sachs, der ein feiner Mann und ein ganz großer Meistersinger ist. Aber ein hartes Brot war es schon als Lehrbube, bis ich dann etwas überraschend Geselle geworden bin vor einem Jahr. Ich glaub', die Schelle nach altem Brauch hab' ich weniger wegen meiner guten Leistungen beim Schustern gekriegt, sondern eher, weil ich mich sehr für die Meisterregeln interessiert und den Spruch zum Johannisfest gut gekonnt hab' – fast hätt' ich damals ja das nächtliche Gejaule des Stadtschreibers nachgesungen. Aber der Meister war zumindest in musikalischer Hinsicht sehr zufrieden mit mir.«

Meister Sachs hat nach seiner Zeugenaussage unauffällig hinten im Saal Platz genommen; ein spitzbübisches Lächeln huscht über sein Gesicht, als er so manche Wahrheit aus dem Mund seines Gesellen zu hören bekommt.

»Also wie gesagt, es ist mir bei diesem wirklich besten und größten aller Meistersinger durchaus gut gegangen. Trotzdem hat mich die Lene immer wieder mit feinen Sachen verwöhnt, die sie wohl in dem üppig versehenen Haus Pogner für mich abzweigen konnte.« Er merkt gar nicht, dass er damit Magdalene und auch sich selbst ein klein wenig strafbarer Taten bezichtigt. »Dadurch konnte ich meinen Lohn sparen und wenn ich einmal Meister bin, wollen wir heiraten und selbst Kinder haben. Dann mache ich eine eigene Werkstatt auf, und die Lene muss nicht mehr arbeiten gehen. Fein ist natürlich auch, dass wir so nah beieinander wohnen; da kann ich die Lene oft treffen, was unserer Liebe bisher stets wohl getan hat.«

»Jetzt kommen wir zum Thema«, sagt der Richter, der nicht ohne Ungeduld zugehört hat. »Da müssen Sie ja alles mitbekommen haben, was seit Jahresfrist zwischen Herrn Walther und seiner

Frau vorgefallen ist und welche Rolle Herr Sachs dabei gespielt hat.«

»Herr Sachs«, sagt David mit Festigkeit, »hat immer nur die Rolle des Hausfreundes, Beraters der Familie und später des Trösters der Frau Eva gespielt. Mir war der Ritter Stolzing von Anfang an eigenartig vorgekommen. Warum verlässt so ein feiner Herr ganz ohne äußeren Anlass wie Krieg, Aufstände oder dergleichen seine Burg, lässt alles hinter sich und geht in die Stadt? Doch wohl nur, weil er nichts mehr zu beißen gehabt hat – im Grund ja nicht anders als bei uns, die wir uns auf dem Land nicht mehr richtig fortbringen konnten – von Lenes Kind einmal abgesehen. Und dass es mit den Rittern und Burgherren schon seit einiger Zeit bergab geht, ist ja weithin bekannt.«

»Keine Vermutungen!« fährt der Richter dazwischen, kann aber den aufgeweckten Burschen nicht aus dem Konzept bringen.

»Verzeihung«, erwidert der sogleich, »aber ich muss Ihnen doch auch das Umfeld der ganzen Angelegenheit ein wenig beschreiben, wie ich es empfunden habe.«

Walther und sein Anwalt sind sichtlich verärgert, verkneifen sich aber Zwischenbemerkungen.

Der Zeuge spricht unbefangen weiter: »Ich war ja dabei, als Herr Stolzing damals in der Kirche und vor allen Leuten – auch vor der Lene – der Frau Eva lautstark seine Liebeserklärung hinausposaunt hat, obwohl er sie erst am selben Tag oder am Vortag zum ersten Mal zu sehen bekam in dem reichen und schönen Haus ihres Vaters. Da ist mir seine ungenierte Frage, ob sie schon Braut sei, recht eindeutig und durchschaubar vorgekommen, na ja! Und dann, als die Damen weg und nur noch meine Kameraden in der Kirche waren, um alles für die Zunftberatung herzurichten, hat er begonnen, mich über die Meisterregeln auszufragen – so grad weg, ohne jedes Studium wollte er gleich Meister werden. Dann sollte ich ihn auch sofort in die Singkunst einführen – als ob das so einfach wäre! Mit einigem Vergnügen hab' ich ihm die ganze Theorie quasi an den Kopf geworfen. Aber mit eben solcher Schadenfreude haben wir Lehrbuben dann die verdutzten Gesichter der alten Meister gesehen, als der Herr Ritter sein Probelied vom Stapel gelassen hat.«

»Zur Sache jetzt endlich!« brummt der von keiner Muse geküsste Richter übellaunig.

»Ja, ja, gleich, gleich«, erwidert David anmaßend. »Die Lene hat mir natürlich laufend berichtet, was sich im Hause Pogner abgespielt hat. Zunächst die maßlose Verliebtheit der Frau Eva in den Herrn Stolzing, die Heimlichtuerei vor dem Vater Pogner ... Nur den Kleidertausch vor Herrn Beckmessers unglückseliger Serenade, den hat sie mir natürlich erst im Nachhinein erzählen können. Damit wollte sie mich wohl eifersüchtig machen! Es tut mir leid, dass ich mich habe hinreißen lassen, dem Herrn Schreiber den Hintern zu versohlen, als ich entdeckt hatte, dass die Lene oben am Fenster seinem Katzenkonzert zuhörte, wirklich. Ich habe mich später bei ihm entschuldigt, als ich ihm die Schuhe in sein Quartier brachte.«

»Hat Sie jemand dazu aufgefordert oder wenigstens ermuntert, ihn zu verprügeln?« fragt der Anwalt aus München vorsichtig.

»Auf gar keinen Fall, aber ich weiß schon, wen Sie meinen«, reagiert David nicht ohne – gespielte? – Empörung. »Sie können sich gar nicht vorstellen, wie brutal er mich gleich darauf am Kragen gepackt und mit einem Fußtritt in meine Kammer befördert hat, mein erboster Meister. Umso mehr hab' ich mich gewundert, dass er am nächsten Morgen wieder freundlich zu mir war; eigentlich hab' ich mir eine Sonderbehandlung mit dem Knieriemen erwartet. Aber nach dem Sankt-Johannesspruch war er ganz feierlich, und kurz darauf war ich ja Geselle!«

Hans Sachs hat es sich auf seinem Platz im Hintergrund des Saales bequem gemacht und lächelt zufrieden über die lebensnahen Ausführungen seines aufgeweckten jungen Gesellen. Der erzählt munter weiter:

»Von jetzt an, nach der Hochzeit, war dann alles plötzlich anders. Ich hab' selbst beobachtet, dass der Ritter immer öfter in Wirtshäusern gesessen ist und viel getrunken hat, stets in solchen, wo ich mich mit meinen Kameraden auf einen Schluck treffe, also nicht gerade in den teuersten und feinsten der Stadt, das würde ich mir nicht leisten wollen – ich spare ja wegen unserer Zukunft, Sie wissen schon. Und wie mein Meister arbeite auch ich bei schönem Wetter draußen vor der Tür, da kriegt man schon einiges mit aus der Nachbarschaft! Streitereien zwischen den jungen Ehegatten konnte man immer häufiger hören, überhaupt, wenn der Meister Pogner auswärts war. Nach dem Lärm zu schließen sind auch Sachen geworfen worden, Sessel wahrscheinlich, aber gesehen hab' ich das nicht. Nur hab' ich mich dann nicht gewundert, als die Frau Eva eines Tages mit einem ordentlichen blauen Auge aus dem Haus gelaufen ist. Ganz komisch ist es mir aber vorgekommen, dass mir die Lene immer weniger von ihrer Herrin und dem Ritter erzählt hat. Ich hab' sie ja gefragt, aber sie war ausweichend, hat nur ein- oder zweimal erwähnt, dass die junge Frau unfreundlich und herrschsüchtig gegenüber ihrem Ehemann geworden sein soll – mich hat's nicht gewundert nach dem, was ich selbst so mitbekommen hab'. Und aus meinem Meister war auch nichts herauszukriegen; er ist mehr und mehr verschlossen geworden, mit sorgenvollem Gesicht, ich habe mich zuletzt nicht mehr getraut, ihn zu fragen. Die junge Frau hat ihn immer häufiger besucht, meist abends, wenn ihr Mann im Wirtshaus gehockt ist. Sie sind dann immer ins Wohnzimmer neben der Werkstatt gegangen, ich habe die junge Frau weinen gehört und dazwischen immer wieder die besänftigende Stimme meines Meisters – was sie im Einzelnen geredet haben, konnte ich nicht verstehen, aber denken habe ich es mir schon können.«

»Haben Sie, Herr Zeuge, jemals so etwas wie intimere Beziehungen zwischen Frau Eva und Herrn Sachs beobachtet?« fragt der Richter etwas umständlich. Ihm ist angesichts der Beliebtheit und des Ansehens, das Sachs in der Stadt genießt, nicht recht wohl bei dieser – allerdings unumgänglichen – Frage.

»Niemals, Herr Richter«, antwortet David sofort mit heftiger Betonung. »Jeder hier in der Stadt weiß, dass mein Meister die Frau Eva schon seit ihrer frühsten Jugend kennt und schätzt, dass da aber nichts anderes als eine langjährige echte Freundschaft besteht. Ich selbst habe immer gehofft, dass nach dem Tod seiner Frau – das war vor meiner Zeit – wieder eine Meisterin ins Haus kommt und die nette Frau Eva wär' mir schon recht gewesen. Vielleicht wär's auch noch dazu gekommen, wenn nicht dieser adelige Verehrer hereingeplatzt wäre.«

Der Advokat aus München drückt seinen wutschnaubenden Mandanten auf dem Sitz nieder und fragt den Zeugen: »Erinnern Sie sich an den achtzehnten August?«

»Ja natürlich«, erwidert David sofort, »aber was hat das mit der Sache zu tun?«

»Hören Sie«, sagt der Anwalt mit Betonung, während David einen roten Kopf bekommt. »Ich halte Ihnen die Zeugenaussage der Frau Dimpflmoser vor, dass sie am späteren Abend des achtzehnten August beobachtet hat, dass die Beklagte, als ihr Mann nicht daheim war, zu Herrn Sachs geschlichen ist, sein Haus durch die unversperrte Tür betreten und sich gleich eng neben Herrn Sachs gekuschelt hat, der dann das Licht löschte. Erst eineinhalb Stunden später soll sie heimgekommen sein.«

»Das soll meine Lene gesagt haben?« David ist fassungslos.

»Ja doch«, mischt sich der Richter ein. »Was sagen Sie dazu und wieso erinnern Sie sich so genau an dieses Datum?«

»Das kann ich Ihnen wohl erklären, obwohl ich nicht gern über so etwas rede. Aber an diesen Sommerabend erinnere ich mich deshalb so genau, weil Herr Pogner und Herr Stolzing nicht daheim waren – insoweit stimmt die Aussage noch – und die Lene mir deshalb gesagt hat, ich dürfe sie ausführlicher als sonst in ihrer Kammer besuchen. Frau Eva sei nach einem Streit mit ihrem Mann früh zu Bett gegangen und das Haus sei sonst leer. Und da bin ich zu ihr gekommen und hab' sie erst nach Mitternacht verlassen. Dass sie während dieser Zeit ständig bei mir und ich bei ihr war – na ja, das werden Sie sich leicht vorstellen können. Sie kann daher an diesem Abend überhaupt nichts auf der anderen Straßenseite oder sonst irgendwo beobachtet haben!«

Nun erhebt sich Evas Rechtsanwalt: »Hohes Gericht, ich beantrage, die Zeugin Dimpflmoser neuerlich vorzuladen und zu dieser Aussage Stellung nehmen zu lassen.«

Bevor der Richter über diesen Antrag entscheidet, meldet sich der Anwalt des Junkers zu Wort. »Herr Zeuge«, beginnt er, »wie ist Ihre Beziehung zu Herrn Sachs?«

»Sie werden ja bemerkt haben, dass ich ihn verehre, wie man einen guten Meister eben schätzt und liebt«, erwidert David zornbebend.

»Und würden Sie für diesen Mann alles tun, was er von Ihnen verlangt?«

»Selbstverständlich!« antwortet David mit erhobener Stimme. »Sie haben doch sicher mit ihm über Ihre Zeugenaussage gesprochen«, hält ihm der Anwalt des Ritters ungerührt vor, »und da hat er Ihnen, der Sie ja von ihm abhängig sind, nicht etwa nahe gelegt, in seinem Sinn auszusagen?«

Bevor David auf diese Unterstellung antworten kann, springt Hans Sachs hinten im Saal von seinem Platz auf, geht raschen Schrittes zum Richtertisch nach vorne. »Hohes Gericht«, sagt er mit fester Stimme, aus der die Verachtung für den Fragesteller herauszuhören ist, »ich darf Sie dringend ersuchen, diesem jungen Mann, über dessen Charakter ich mir ein genaues und durchaus positives Bild machen konnte, vor solchen Anwürfen Schutz zu gewähren und die Befragung selbst zu übernehmen.«

Während er den Saal rasch verlässt, nicht ohne die Tür heftig zugeworfen zu haben, ergreift der verunsicherte Richter zögernd wieder die Initiative: »Also Herr Zeuge«, sagt er, »was meinen Sie zu der Aussage der Frau Dimpflmoser?«

David kämpft mit den Tränen. »Ich verstehe das alles nicht. Ich hätte mich hier nie freiwillig über mein Privatleben ausgelassen, aber ihre Aussage ist einfach falsch. Und in letzter Zeit hat sie sich auffallend und ganz merkwürdig von mir zurückgezogen; sie redet nur das Nötigste mit mir, und die feinen Sachen, die sie mir immer zugesteckt hat, bleiben auch aus. Als ob sie einen anderen hätte ...«

»Bitte bleiben Sie noch hier im Saal«, sagt der Richter. »Wir werden das jetzt gleich klären. Holen Sie die Zeugin noch einmal her«, wendet er sich an den Gerichtsdiener, »aber schnell, bevor sie das Haus Pogner verlässt!«

Erwartungsvolles Raunen und Flüstern im Saal während der

nun folgenden Pause. Schon nach zehn Minuten erscheint der Gerichtsdiener mit der sichtlich erregten Magdalene.

»Ich hab' doch schon alles gesagt«, platzt sie ungefragt heraus, mit einem unsicheren Blick auf David, der sich kopfschüttelnd von ihr abwendet, und einer fragenden Geste in Richtung des Junkers.

»Lassen Sie die Hilfe suchenden Blicke«, sagt der Richter. »Beeinflussen können Sie hier niemanden und helfen kann Ihnen auch keiner. Ich ermahne Sie zum letzten Mal, bleiben Sie endlich bei der Wahrheit!«

An dieser Stelle schickt sich Walther an, aufzustehen und etwas zu sagen, lässt es aber bleiben und nimmt mit resignierender Handbewegung wieder Platz.

»Der Zeuge Straubinger«, erläutert der Richter, »hat behauptet, an jenem achtzehnten August in der fraglichen Zeit mit Ihnen zusammen gewesen zu sein. Sie hätten daher keine Möglichkeit gehabt, das Haus von Herrn Sachs zu beobachten. Also was haben Sie dazu zu sagen?«

Magdalena wird abwechselnd totenblass, dann wieder puterrot im Gesicht. Sie schaut auf Davids ratloses, dann wieder auf Walthers teilnahmsloses Gesicht. Dann bricht sie in haltloses Schluchzen aus, das Taschentuch tritt wieder in Aktion. »Es hat doch alles keinen Sinn«, schnaubt sie, zu Walther gewandt. »Ich geb's zu, ich hab' gelogen. Er hat mir ja so gefallen, der Herr Junker. So ein wunderbarer Mann, und lebt mit mir unter einem Dach! Und freundlich war er zu mir immer, so nett und aufmerksam. Ich hab' für nichts anderes mehr Augen gehabt als für ihn, sogar Hoffnungen hab' ich mir gemacht, wenigstens auf eine kurze Stund' hie und da ... Gelegenheit wär ja genug gewesen im Haus! Aber alles, was ich für ihn hab' tun können, war, dass ich ihm Essen zugesteckt hab', wie die junge Frau angefangen hat, an ihm zu sparen ... so wie früher halt beim David. Ihm einen Antrag zu machen, hätt' ich mich nie getraut. Ich bereu' alles, Herr Richter, wirklich! Aber wie der David ang'fangen hat, sich immer öfter nach Jüngeren umzuschaun, da hab' ich mir gedacht, man wird doch noch ... Aber ich seh's ein, es war alles ganz falsch und dumm von mir. David, kannst mir noch einmal vergeben? Es ist ja Gott sei Dank nichts passiert.«

»Wir reden später drüber«, murmelt der bleich gewordene David.

Das Gericht will von Magdalene noch wissen, ob der Kläger sie zu der falschen Aussage angestiftet hat, aber sie schüttelt entschieden den Kopf: »Alles hab' ich mir selbst ausgedacht«, versichert sie mit einem fast zärtlichen Seitenblick auf Walther. »So ein feiner Herr würde so was doch nie machen.«

»Na, mit der Redlichkeit hat er es ja auch sonst nicht immer so genau genommen!« wirft Evas Vertreter unter Anspielung auf den Vorfall mit dem Pfandhaus ein. Das Gericht und die Parteienvertreter haben keine weiteren Fragen an sie und an David. Beide verlassen den Saal in merklichem Abstand voneinander, nachdem Lene noch einen dankbaren – vielleicht sogar verheißungsvollen – Blick des Junkers aufgefangen hat.

Der Richter ordnet die Fortsetzung der Verhandlung für den nächsten Morgen um neun Uhr zur Vernehmung der Parteien an. Erschöpft von der Hitze im Saal schleichen die Beteiligten ins Freie.

Eva verabschiedet sich schnell von ihrem Advokaten, der ihr gern noch Ratschläge für die morgige Einvernahme erteilt hätte; sie aber eilt Magdalene nach, die noch nicht dazu gekommen ist, ihre Sachen zu packen und aus Angst vor Veit Pogner rasch dessen Haus verlassen will. Eva kann sie noch einholen, bevor sie das Haus betritt. Sie nimmt sie um die Schulter und redet beschwichtigend auf die heftig Weinende ein. »Warum hast du mir nicht gesagt, dass du in meinen Mann verliebt bist? Wir hätten über alles reden und viel Schlimmes vermeiden können. Du hast doch gehört, was für ein feiner Herr er ist. Wie der dich ausgenutzt hätte! Komm jetzt, du bleibst natürlich bei mir. Wir gehen gemeinsam zu meinem Vater und besprechen alles mit ihm. Und mit dem David werd' ich auch noch reden; es wird schon alles wieder gut werden.«

Hand in Hand gehen sie ins Haus, während Eva die immer noch weinende Magdalene zu beruhigen sucht. »Schau, Lene, mach dir nichts draus, ich bin ja selbst auf ihn hereingefallen. Jetzt geh in dein Zimmer, ruh dich ein wenig aus, und alles weitere wird sich finden!«

Der letzte feuchtschwüle Verhandlungstag ist angebrochen. Die Sonne hat kein Einsehen mit den Beteiligten; noch heißer brennt sie schon am frühen Morgen auf Nürnberg herab, was die neugierigen Bürger nicht daran hindert, in noch größeren Scharen zum Gericht zu pilgern. Eng aneinander gequetscht hocken sie im Auditorium, alsbald schweißgebadet und nicht eben frisch duftend. Walther wirkt erschöpft und müde; er mag am Vorabend zu lange dem Frankenwein zugesprochen haben, um seine Furcht vor der Einvernahme und dem Ausgang des Prozesses zu betäuben. Eva hingegen wirkt ruhiger und selbstbewusster als zuletzt. Sie trägt heute ein knapp sitzendes schwarzes Kleid, das, wie sie wohl selbst sagen würde, dem Schneider geglückt ist und ihre hohe, schmale Erscheinung vorteilhaft zur Geltung bringt. Sie lehnt sich entspannt zurück, während der Richter den Kläger auffordert, in die Mitte zu treten und eine zusammenhängende Darstellung zum Klagebegehren zu geben.

»Hohes Gericht«, beginnt er mit unsicherer Stimme, »Sie haben ja von den Zeugen gehört, wie sich unsere Ehe im Laufe des letzten Jahres entwickelt hat. Ich habe meine Burg verlassen, wie viele andere auch in letzter Zeit, weil sie nicht mehr zu erhalten war. Und nach Nürnberg bin ich gegangen, weil es eine Provinzstadt ist *(unwilliges Brummen im Saal)*, in der ich hoffte, mir eine neue Existenz aufzubauen. Freunde haben mich der Familie Pogner empfohlen, die mich, so hoffte ich, dabei unterstützen würde. Herr Pogner hat mich freundlich aufgenommen und mit seiner Tochter bekannt gemacht. Es war Liebe auf den ersten Blick, glauben Sie mir – ich habe mich gefühlt wie vom Blitz getroffen! Wenn hier von Zeugen behauptet wurde, ich hätte es nur auf eine reiche Partie abgesehen, so sind das bösartige Unterstellungen, von purem Neid geleitet. Ich habe gar nicht gewusst, dass Herr Pogner überhaupt eine Tochter hat, als ich ihn auf Empfehlung meiner Freunde aufgesucht habe.«

Walthers müde Gesichtszüge beleben sich, etwas Rot steigt in seine Wangen, während Eva ein wenig von ihrer Ruhe einzubüßen und mit Anteilnahme zuzuhören scheint.

»Ich bin ja sonst keine so überschäumende Natur«, fährt Walther fort, »und war selbst erstaunt, wozu einen die Leidenschaft beflügeln kann. Nie hätte ich mich früher hinreißen lassen, einer Dame vor aller Welt den Hof zu machen, wie damals in der Kirche! Und dass ich mich auf ein geradezu demütigendes Geplänkel mit dem frechen Lehrbuben über die Kunst der Meistersinger eingelassen habe, in der Hoffnung, dadurch die Regeln und das Singen zu erlernen, das erscheint mir nachträglich absurd, noch dazu, wo ich nicht mehr als durchschnittlich musikalisch gebildet bin. Aber ich wusste, dass ich rasch lerne und wollte einfach mit dem Kopf durch die Wand. Meine Wut und Enttäuschung über den Ausgang des Probesingens können Sie sich vorstellen, dies noch dazu in dem Bewusstsein, dass meine Leidenschaft ja erwidert wurde und nur dieser öde Wust von Regeln und der spießerische Starrsinn einiger Menschen unserem Glück entgegenstand. Wundert es Sie, dass wir die gemeinsame Flucht aus der Stadt geplant haben? Im Nachhinein bedacht war es natürlich eine verrückte Idee – wohin hätten wir denn gehen sollen ohne Geld, ohne Unterkunft? Meine bescheidenen Ersparnisse wären binnen kurzem verbraucht gewesen, und in der Not wäre Evas Zuneigung wohl auch keine lange Dauer beschieden gewesen, wie man ja jetzt sieht.«

Eva senkt betreten den Kopf. Der Richter, den dieser Teil der Geschichte wenig interessiert, fordert den Ritter auf, zum Wesentlichen zu kommen.

»Nun wissen Sie ja, dass sich letztlich durch die Güte und Klugheit des Herrn Sachs zunächst noch alles zum Guten gewendet hat – wie ich damals meinte. Ich habe das Lied, mit dem ich gewinnen wollte, wirklich selbst gedichtet und mir von Hans Sachs nur einige Ratschläge zum Vortrag ›im weiteren Kreise‹ geben lassen. Ich war nach der kurzen Nachtruhe ganz hellwach und habe intuitiv mehrere Texte für die mir vorschwebende Melodie gedichtet. Als Eva dann im Festkleid in die Schusterstube kam – wahrhaftig, ich hab' mich schon wie bei der Hochzeit gefühlt!«

Eva sitzt starr und scheinbar abweisend neben ihrem Advokaten, der Walthers lyrische Ergüsse mit leichtem Kopfschütteln kommentiert.

Der Junker streicht mit der Hand über die Augen, als ob er Bilder aus früheren Tagen verscheuchen wollte. In sachlichem Ton fährt er fort, während der Richter ab jetzt aufmerksam zuhört:

»Aber bald ist die große Ernüchterung gekommen. Auf dem Heimweg von der Festwiese hat mir Eva heftigen Tones vorgeworfen, dass ich ›ohne Meister selig‹ werden wollte. Sie hat mich beschuldigt, ihren Vater vor allem Volk brüskiert und beleidigt zu haben, und mir erklärt, wenn sie mich nicht so sehr liebe, müsste sie eigentlich unsere Verbindung lösen. Ich hatte ein schlechtes Gewissen und habe mich dann sofort bei meinem künftigen Schwiegervater entschuldigt. Er hat das zur Kenntnis genommen und gemeint, es sei doch etwas zu viel gewesen, was ich in diesen letzten zwei Tagen erlebt hätte. Dann war wieder alles in Ordnung, und es gab die große Hochzeit mit allem Drum und Dran. Um mein künftiges Berufsleben wollte ich mich nach den Flitterwochen zu kümmern anfangen, so dachte ich. Aber der nun folgende Alltag war ernüchternd. Meine Frau schien mich als ihr persönliches Eigentum zu betrachten, wurde zusehends unfreundlicher im Umgang mit mir und hielt mir vom ersten Tag an vor, nichts zum Haushalt beizutragen – dabei hatte ich noch gar keine Gelegenheit, mich nach einer angemessenen Beschäftigung umzusehen oder mit Herrn Pogner darüber zu reden.«

»Warum haben Sie nicht mit Herrn Sachs über diese Probleme gesprochen?« hält der Richter ihm vor. »Sie haben doch selbst erlebt, dass er Ihnen gewogen war und Ihnen in allen Dingen mit Rat und Tat beigestanden hat.«

»Nun, das war ja mein Dilemma. Eva ist immer öfter zu jeder Tages- und Nachtzeit zu Herrn Sachs gegangen und hat sich offensichtlich über mich beschwert. Wann immer ich später heimkam, war sie nicht zu Hause, und die Magdalene hat mir jedes Mal erklärt, sie sei ›nach vis-à-vis‹ gegangen. Das musste schließlich meinen Verdacht wecken, der durch die Erzählungen der Lene für mich zur Gewißheit geworden ist. Die war ja ein weiteres Problem und für mich ein Grund, wenig daheim zu sein: Dieses überreife Mädchen hat mich gleichsam mit den Augen verschlungen, sie hat mir nachgestellt und mir mehr oder weniger deutliche Anträge gemacht. Um des lieben Friedens willen und um Eva nicht noch mehr zu reizen, musste ich zu ihrer geliebten Amme freundlich bleiben, was die Arme in ihren Vorstellungen noch bestärkt hat. Glauben Sie mir, das war kein lustiges Leben mehr in diesem Haus, wo ich bald wie ein Außenseiter vegetierte. Kein Wunder, dass ich immer öfter in die Gaststätten und in den Alkohol geflüchtet bin!«

»Hat es auch Tätlichkeiten gegeben?« unterbricht der Richter schroff die Ausführungen des in Selbstmitleid badenden Junkers.

»Ich habe mich nicht immer unter Kontrolle gehalten«, weicht der Kläger der direkten Frage aus, aber der Richter lässt nicht locker: »Sie haben die Aussage des Zeugen Veit Pogner gehört, dass er Ihnen den Degen wegnehmen musste, um Unheil zu vermeiden. Und dass Sie Ihre Frau zumindest einmal im Gesicht verletzt haben, ergibt sich aus mehreren Aussagen, die Sie alle kennen.«

»Dazu möchte ich nichts sagen«, erwidert Walther betreten, »aber wenn ich bisweilen ausfällig geworden bin, dann nur wegen der für mich erwiesenen Untreue meiner Frau, das müssen Sie schon verstehen! Herr Sachs hat ja nie seine Sympathie für Eva verhehlt, und sie selbst hat ihn ja sogar am frühen Morgen vor dem Wettsingen noch als ihren Freund bezeichnet. Er wieder hat ungeniert geäußert, wenn er mich nicht als Bräutigam für Eva gefunden hätte ...« Nach kurzem Flüstern mit seinem Advokaten ergänzt Walther förmlich: »Ich halte mein Klagebegehren auf Ehescheidung aufrecht und mache als wesentliche Gründe Ehebruch mit Herrn Sachs und unheilbare Zerrüttung geltend. Das Alleinverschulden liegt bei der Beklagten, da meine eigenen vergleichsweise geringen Fehlreaktionen nur auf das Verhalten der Beklagten zurückzuführen sind.«

Diese sichtlich durch den Anwalt einstudierten Phrasen bewirken sogleich lautes Murren und zahlreiche Unmutsäußerungen der Zuhörer, die auch angesichts der Hitze und Enge im Saal jede Zurückhaltung verlieren. Als der Richter das vulgäre Getöse mit Hammer und Glocke nicht mehr einzudämmen vermag und Tätlichkeiten gegen Walther befürchtet, lässt er Wachen kommen, die binnen Minuten den Saal räumen, was nicht ohne blaue Flecken bei der aufgebrachten Meute abgeht.

Nach einer Stunde wird die Sitzung fortgesetzt. Die Zuschauer werden beim Eintritt in den Saal durch die Wachen nach waffenähnlichen Gegenständen durchsucht. Zu Beginn teilt der Richter mit, dass jede weitere Störung mit dem gänzlichen Ausschluss der Öffentlichkeit geahndet werde. Dann tritt Eva vor den Richtertisch.

»Ich war bis vor einem Jahr ein glücklich und zufrieden lebender Mensch«, beginnt sie leise.

Der Richter blickt in komischer Verzweiflung zum Himmel, offenbar sollen hier schon wieder das Umfeld und die Vorgeschichte endlos erörtert werden. Doch will er die Beklagte nicht sofort auffordern, sich auf die Sache zu beschränken; immerhin genießt auch sie hohes Ansehen in der Stadt und die Zuschauer haben sichtlich für sie Partei ergriffen. Einen weiteren Publikumswirbel möchte er um jeden Preis vermeiden, also lässt er sie weitersprechen.

»Ich bin in einem wunderbaren Familienverband aufgewachsen und war ein so genanntes wohlbehütetes Kind, hatte aber auch alle Freiheiten, auf die es mir ankam. Den frühen Tod meiner Mutter habe ich nicht mitbekommen, da war ich noch ein Säugling, aber die Magdalene war mir wie Mutter und Freundin zugleich. Der Vater war stets bemüht, streng zu sein, hat sich aber meinen Wünschen – und Launen – im Grunde nie widersetzt; wir haben bis heute ein kameradschaftliches Verhältnis. Mein Umgang mit den jungen Herren in der Stadt war nicht von Bedeutung, in dieser Richtung wurde ich eher kurz gehalten. Ein echter Freund in des Wortes bestem Sinn war unser Nachbar, Herr Sachs, auch wenn mein Mann glaubt, darunter etwas anderes verstehen zu müssen.« Sie wirft Walther einen trotzigen Blick zu. »Auch mein Vater ist mit Herrn Sachs sehr befreundet. Wir haben ihn oft gemeinsam besucht, gelegentlich mein Vater, manchmal auch ich allein. Man konnte mit ihm alles besprechen und bekam in allen Dingen von ihm stets guten Rat und freundschaftliche Hilfe.«

»Zur Sache jetzt, wenn ich Sie bitten darf«, wendet der Richter vorsichtig ein.

»Es gehört zur Sache«, erwidert Eva jetzt heftiger, »weil ich ja beschuldigt werde, mit Herrn Sachs die Ehe gebrochen zu haben.«

Ganz still wird es im Saal, in dem heute auch alle bisher gehörten Zeugen Platz genommen haben.

Eva fährt mühsam beherrscht fort: »Meinen Mann habe ich im Vaterhaus kennen gelernt. Er war ganz plötzlich da, als empfohlener Gast meines Vaters, und, glauben Sie mir, er war damals eine strahlende Erscheinung, dazu freundlich, mit guten Manieren.«

Walther hat die leichte Betonung des Wortes »damals« nicht überhört und schaut resigniert zu Boden, während Eva weiterspricht.

»Und so ist es halt über mich gekommen, wie es kommen musste. Auch ich war ›wie vom Blitz getroffen‹, wollte als unerfahrenes

Mädchen unbedingt die Seine werden und war natürlich, das gebe ich zu, gewohnt, meine Wünsche erfüllt zu bekommen. Ich hab' ja auch gleich gemerkt, dass es ihm nicht anders ergangen ist. Stundenlang, eine halbe Nacht habe ich mit dem Vater diskutiert, der nicht davon abgehen wollte, mich als Trophäe für das Wettsingen einzusetzen. Ich weiß nicht, was da in ihn gefahren ist; er war immer ein vernünftiger und maßvoller Mensch, aber diese aberwitzige Idee mit der Aufwertung oder Auflockerung des spießigen Bürgertums, wie er es nannte, hat ihn nicht losgelassen. Also musste ich letztlich gute Miene zu dem gefährlichen Spiel machen – gefährlich deshalb, weil ich den Gegenkandidaten bei dem frevelhaften Spiel auf keinen Fall heiraten mochte, obwohl er ein ehrenhafter Mann ist. Und keinen anderen zu ›begehren‹, wie der Vater es formulierte, danach war mir auch nicht zumute, das werden Sie ja verstehen. Ich bin mir wie verkauft vorgekommen!«

Eva ist in Fahrt geraten, ihr hübsches Gesicht ist leicht gerötet, trotzig blickt sie ins Auditorium, den Blick ihres Vaters suchend. Der aber schaut mit steinerner Miene vor sich hin, wogegen Sachs ihr aus der letzten Reihe aufmunternd zunickt.

»Ich hatte keine Ahnung, dass Hans Sachs dem Ritter so gewogen war. Als ich abends nach dem Probesingen zu ihm gekommen bin und gefragt habe, was dort los war, da hat er sich nicht besonders freundlich über ihn geäußert. Erst hinterher habe ich seine Worte richtig gedeutet – dass er nämlich von dem Lied angetan war, als er meinte, der werde in keinem Land Meister, weil er schon als solcher geboren sei. Ich war daher völlig überrascht, als ich mit der Lene am frühen Morgen des Johannistages zu ihm gekommen bin und Herrn Walther *(leicht ironisch)* im Festgewand angetroffen und sein Lied gehört habe. Einen Festspruch für die Taufe des neuen Liedes musste ich mir schnell auch noch einfallen lassen. Der Name ›Morgentraumdeutweise‹ erscheint mir heute recht umständlich, damals aber war ich fast von Sinnen vor Freude und Rührung darüber, was Herr Sachs da vollbracht hatte – denn dass er den Ritter zu dem Lied zumindest inspiriert hat, daran zweifle ich bis heute nicht.«

»Haben Sie damals nicht gesagt, wenn Sie die freie Wahl hätten, würden Sie Herrn Sachs wählen?« fragt Walthers Advokat dazwischen. »So hat es mir mein Mandant geschildert.«

»Weiß Gott, was ich damals gesagt hab'«, erwidert Eva leichthin. »Ich weiß nur, dass ich keine andere Wahl als Herrn Stolzing hatte und ich damals auch gesagt habe, dass es gleichsam ›mich gewählt‹ hat, dass es ein Müssen, ja ein Zwang war. Daraus werden Sie mir keinen Strick drehen, Herr Rechtsanwalt!«

»Ich muss jetzt schon sehr bitten, sich auf das Wesentliche zu beschränken«, sagt der Richter immer noch höflich. »Aber wir wollen doch zu einem Ende kommen, darin stimmen Sie alle mir doch bei?«

»Ja, das Wesentliche kommt ja jetzt«, sagt Eva etwas ironisch. »Gleich nach dem Wettsingen, bei dem ich übrigens Mitleid mit Herrn Beckmesser hatte – man hat ihn so furchtbar ausgelacht –, ja, also gleich danach bin ich zum ersten Mal etwas irre geworden an meinem Bräutigam, bei aller Festesstimmung. Wie Sie wissen« – der Richter weiß gar nichts, er war auch auf der Festwiese damals nicht dabei –, »hat mein verehrter Herr Bräutigam sich öffentlich geweigert, in die Meisterzunft aufgenommen zu werden, und das nach allem, was Hans Sachs für ihn getan hat! Es war eine unbeschreibliche Situation, alle waren verstört, und von den Zuschauern, die grad zuvor noch das Lied bejubelt hatten, waren sofort unfreundliche Zwischenrufe zu hören. Ich bin fast im Erdboden versunken, aber wieder einmal hat Herr Sachs das rechte Wort gefunden und dem Ritter mit fast schon grober Deutlichkeit gesagt, welchen Sinn die Kunstausübung durch die Meistergilde hat. Wie ein Schulbube hat der sich diese Standpauke anhören müssen, von Überheblichkeit war da nichts mehr zu spüren. Aber, hohes Gericht, schon da habe ich zum ersten Mal gemerkt, wer von den beiden Herren die wahre Persönlichkeit ist, und geahnt, dass ich vielleicht im Begriff war, den Fehler meines Lebens zu machen. Dann wieder habe ich mir eingeredet, dass die Aufregungen des letzten Tages doch zuviel gewesen sein mögen für Herrn Stolzing, dass man ihm verzeihen müsse, und was man sich halt sonst vormacht, wenn man das Unangenehme nicht wahrhaben will. Und bis nach der schönen Hochzeit, bei der ich noch in Seligkeit geschwommen bin, war ja alles wieder gut.«

Eva hat bisher lebhaft und mit Festigkeit gesprochen; jetzt verdüstert sich ihr Gesicht und nimmt einen fast verhärmten Ausdruck an. Mit leiser Stimme fährt sie fort:

»Damit war die schöne Zeit aber zu Ende. Wie die Zeugen schon ausgesagt haben, wollte mein Mann von regelmäßiger Arbeit nichts wissen, hat sich im Haus breit gemacht, anzuschaffen begonnen und nicht im Entferntesten daran gedacht, mit meinem Vater und mir über die Zukunft zu sprechen. Vom Besuch der Meisterzusammenkünfte war nie mehr die Rede – Zeit genug hätte er dafür gehabt, eine andere Beschäftigung hatte er ja nicht! So ist es immer öfter zum Streit gekommen, besonders als er zu trinken begonnnen hat und täglich in Wirtshäusern herumgesessen ist. Da konnte es schon vorkommen, dass er aggressiv heimgekommen ist – mein Vater hat ja erzählt, dass er ihm sogar einmal den Degen wegnehmen musste, als er damit auf uns beide losgehen wollte. Und es stimmt auch« – sie beginnt leise zu weinen –, »dass er mich ins Gesicht geschlagen hat. Ich habe mich so vor allen Leuten geschämt, man konnte den ständigen Streit ja bis auf die Gasse hören, und in unserer Kleinstadt, Sie wissen ja ...«

Der Advokat redet beruhigend auf sie ein; bald fasst sie sich wieder.

»Die Leute haben mich auf der Straße angesprochen und gefragt, was denn da los ist. Ich konnte mich gar nicht fest genug in Tücher hüllen, um nicht ständig angeredet und bemitleidet zu werden – auch wegen der Verletzungen. Wohl war da eine ganze Menge Heuchelei dabei und Schadenfreude, wie die Menschen halt so sind. Dass er auch meiner Magdalene den Kopf verdreht hat, dessen war ich mir gar nicht bewusst, bevor sie mit ihrer eingelernten falschen Aussage dahergekommen ist. Ihre dümmste Behauptung ist aber, dass ich ihm nichts zu essen gegeben habe. Das war im Haushalt gar nicht meine Sache! Und dass ich dem Personal Anweisung gegeben hätte, ihm die Rationen zu kürzen, glaubt der Herr Kläger doch wohl selbst nicht ... Und so ist es gekommen, dass ich immer öfter zu Hans Sachs hinübergegangen bin, um mich auszuweinen. Dass mein Herr Gemahl jetzt versucht, mir daraus einen Strick zu drehen, ist wohl das Erbärmlichste an der Sache. Dass ich vor der ganzen Affäre auf die dezente, stille Werbung von Herrn Sachs nicht eingegangen bin, war wohl rückblickend der größte Fehler meines Lebens. Denn ich hab's gespürt, bei all seiner Zurückhaltung, bei all seinen Hinweisen auf sein höheres Alter – liebend gern hätte er mich genommen, und ich hätte es gut gehabt bei ihm. Heute, hohes Gericht, bin ich so weit, dass ich fast bedaure, nicht Herrn Beckmesser erhört zu haben. Er ist ein anständiger, korrekter Beamter, und ich wäre bis an mein Lebensende zumindest versorgt gewesen – wer weiß, wie lange mein braver Vater noch arbeiten kann?«

Erstauntes Gemurmel im Saal; dass die souveräne, wohlbestallte Pognerin unter Existenzängsten leidet, hat wohl niemand vermutet.

»Wollen Sie nun bitte zur Klage Stellung nehmen«, sagt der Richter. »Ich nehme nicht an, dass Sie aus Ihrem alleinigen Verschulden geschieden werden wollen, wie von der Gegenseite verlangt wird.«

Eva antwortet nicht sogleich, sie scheint zu überlegen. Lange blickt sie zu Walther hinüber, der sie flehend mit feuchten Augen ansieht, eine einzige stumme Bitte um Verzeihung. Dann sagt sie mit erstickter Stimme: »Ich spreche mich gegen das Klagebegehren aus.«

Der Richter beugt sich vor: »Soll das heißen, Sie beantragen die Scheidung aus dem Verschulden des Klägers?«

Der Advokat redet beschwörend auf Eva ein, flüstert ihr zu, dass die Sache für sie gelaufen sei und sie die Antwort ihm überlassen solle. Sie aber hört nicht hin und wiederholt nur mechanisch: »Ich trete dem Antrag des Klägers entgegen.«

Verwirrt verkündet der Richter das Ende der Verhandlung, die Entscheidung werde schriftlich ergehen und den Parteien durch Gerichtsboten zugestellt werden.

Die Zuhörer verlassen den Saal enttäuscht; sie hatten begierig erhofft, ein Urteil zu hören und die Reaktion der streitenden Parteien zu erleben. Walther und Eva bleiben noch eine Weile auf ihren Plätzen, um mit ihren Vertretern das weitere Vorgehen zu besprechen. Doch scheint sich auf keiner Seite Klarheit zu ergeben. Weder der Junker, noch die Pognerin hören so recht hin, obwohl die Advokaten eifrig auf sie einreden; vielmehr schaut jede der Streitparteien zur gegnerischen Seite hinüber, als ob sie einander etwas viel Wichtigeres zu sagen hätten. Schließlich verlassen die Anwälte kopfschüttelnd das Gerichtsgebäude: Evas Vertreter schon im Gehen kalkulierend, wie viel er Veit Pogner als Honorar verrechnen könne, der Gast aus München in Gedanken darüber versunken, wie er von dem mittellosen Junker doch noch eine angemessene Entschädigung für sein Einschreiten – zumindest aber die Spesen – ersetzt bekommen kann.

Während der letzten Verhandlungsstunde hat sich der Himmel schnell verfinstert und mit starkem Sturm ist ein heftiges Gewitter niedergegangen. Nun bricht wieder die Sonne durch die abziehenden Wolken, aber die brütende Hitze ist frischer Kühle gewichen. Eva und Walther gehen, jedes für sich, aber wie von einem gemeinsamen Gedanken geführt, zum Ufer der Pegnitz hinab, wo sie ein sanfter kühler Windhauch erfrischt. Zögernd kommen sie aufeinander zu, ohne zu sprechen schauen sie auf das ruhig fließende Wasser.

»Das war's also«, beginnt Eva stockend und blickt dem Junker in die Augen.

»Das soll nun alles gewesen sein?« erwidert der Junker nicht minder zaghaft. »Das ist von unserer großen Liebe geblieben?«

»Es ist wohl allzuschnell über uns gekommen damals vor einem Jahr«, flüstert Eva und legt dem Ritter ganz leicht die Hand auf die Schulter.

»Wir waren ja wie die Kinder«, erwidert Walther sanft. »Aber haben wir etwas gelernt aus allem, was geschehen ist?«

»Ich meine doch«, sagt Eva vorsichtig, »aus dem Prozess, aus allem, was die verschiedensten Menschen da dem Gericht und uns beiden erzählt haben. Da steckten wohl schon einige Wahrheiten drin.«

»Und was nun?« stellt der Junker in den Raum.

»Ja, was nun?« wiederholt Eva bitter. »Du wirst die Stadt wohl verlassen, die dir kein Glück gebracht hat?«

»Und du«, sagt der Junker mutlos, »du wirst dich zwischen Herrn Sachs und dem Stadtschreiber entscheiden?«

Eva lacht leise, es klingt verzweifelt. »Denkst du das wirklich? Nun, du hast ja ausdrücklich die Scheidung aus meinem Verschulden gewollt.«

»Gewollt?« sagt Walther achselzuckend. »Ich habe nachgesagt, was mir der Anwalt eingepaukt hat – und emotionell aufgeladen waren wir ja beide!«

»Das kann man wohl sagen«, erwidert Eva leichthin. »Aber soll das denn heißen, dass du gar nicht wirklich ...?«

Eva steht in ihrer ganzen Schönheit vor ihm, die Sonne lässt ihr ausdrucksvolles Gesicht noch strahlender erscheinen.

Walther setzt sich auf eine Bank am Ufer. »Soll denn all dieses Glück wirklich verloren sein, durch meine Verblendung und durch meinen sinnlosen Stolz? Worauf sollte Herr von Stolzing denn noch stolz sein? Ich hatte daheim alles aufgegeben und mit dir und den Deinen ein neues glückliches Leben gefunden. Das alles hab' ich aufs Spiel gesetzt – und wieder verloren, jetzt wirklich alles verloren.« Er verbirgt den Kopf zwischen den Händen.

»Nun«, sagt Eva zart, »einige Fehler hab' ich wohl auch gemacht.«

Walther blickt zu ihr auf, sie streicht leicht über sein Gesicht. »Du meinst«, fragt er ungläubig, »wir sollten noch einmal von vorn anfangen? Hätte es einen Sinn?«

»Schau«, erwidert Eva locker, »unsere Fehler haben wir einander ja schon heftig an den Kopf geworfen. Dazu war der Prozess wohl nützlich und auch dafür, dass wir einander jetzt erst wirklich kennen gelernt haben. – Und noch etwas«, fügt sie verschämt hinzu, »vielleicht werden wir bald zu dritt sein ...«

Walther sieht sie mit großen Augen an, dann schließt er sie ganz fest in die Arme. »Jetzt gehen wir aber sofort zum Richter, bevor er sein Urteil niederschreibt«, sagt er eifrig.

Hand in Hand eilen sie zur Wohnung des Richters. Unterwegs begegnen sie David und Magdalene, beide lachend und einander gleichfalls an den Händen haltend, wobei sie einen großen Korb mit Würsten, Kuchen und einer Weinflasche schleppen. »Den bringen wir dem Meister Sachs«, ruft David im Vorübergehen. »Diesmal wird er ihn nicht verschmähen!«

»Diese Strolche«, lacht Eva im Vorübergehen. »Denen sollte man doch einmal das Handwerk legen. So unerschöpflich ist unsere Vorratskammer denn doch nicht.«

Unbeschwert setzen sie ihren Weg fort.

»Erinnerst du dich an deine Morgentraumdeutweise?« fragt Eva, bevor sie zu des Richters Haus kommen.

»Und ob«, erwidert Walther. »Ich weiß nicht, ob mir eine solche wieder gelingen würde, aber ich möchte es versuchen.«

»Da würde sich der Vater freuen und Meister Sachs noch mehr«, sagt Eva. »Übrigens, ich hatte auch einen Morgentraum, erst heute.«

»Und was war das?«

»Ich hab' geträumt, dass unsere ganze Geschichte – dereinst, viel später, in dreihundert Jahren vielleicht – von einem ganz großen Meister, einem wahrhaftigen Meistersinger eben, in Worte und Töne gesetzt werden wird. Ich bin sehr glücklich, dass sich alles zum Guten gewendet hat, mein Lieber, denn ein so trauriges Ende hätte diesen größten aller Meister wohl doch nicht zu einem Meisterwerk angeregt!«

So weit also unsere Geschichte, die Richard Wagners Meisterwerk ein wenig fortzuspinnen versucht. Historisch daran sind neben der Stadt Nürnberg die Namen der Meister und der Meisterweisen samt ihren Regeln sowie die Gestalt des Hans Sachs, der von 1494 bis 1576 gelebt hat. Sein Verzicht auf die schöne Eva sollte uns nicht allzu traurig stimmen, denn die Historie besagt, dass der verwitwete Meister später neuerlich geheiratet und eine große Familie gegründet haben soll ...

Erfunden und in ein historisches Milieu gestellt hat die Handlung der Oper Richard Wagner selbst, der aber aus verschiedensten Quellen Anregungen schöpfen konnte: Genauere Kenntnis über den Meistergesang entnahm er dem 1697 erschienenen »Buch von der Meistersinger holdseliger Kunst« von Johann Christoph Wagenseil. Dies ermöglichte ihm, die Schreibweise der fränkischen Meister in gereimten Knittelversen nachzubilden, die zu den geschliffenen, den Meistern »fremd vorm Ohr« klingenden Versen des Stolzing einen deutlichen Kontrast bilden. Eine Lieblingslektüre Wagners war die »Geschichte der deutschen Literatur« von Georg Gottfried Gervinus, dessen Anmerkungen zu Hans Sachs und dem Meistergesang den ersten Anstoß gaben, sich mit der Materie auseinander zu setzen. Vor Wagner hatte schon Albert Lortzing eine Oper »Hans Sachs« komponiert; auch diese und das Theaterstück von Deinhardstein, das dafür die Grundlage bot, mögen Wagner inspiriert haben. In den »Meistersingern von Nürnberg« findet sich ein einziger Originaltext von Hans Sachs, nämlich der »Wach auf«-Chor im dritten Akt, der musikalisch einen Lutherchoral zitiert.

Die skurrile Gestalt des Beckmesser, die Wagner keineswegs ausschließlich als Karikatur verstanden wissen wollte, sollte zunächst »Veit Hanslich« oder »Hans Lick« heißen und auf den erbitterten Wiener Wagner-Gegner Dr. Eduard Hanslick hinweisen, wovon Wagner letztlich, wenn auch ungern, Abstand nahm.

Wagner arbeitete an den »Meistersingern« mit Unterbrechungen 23 Jahre: vom Marienbader Prosa-Entwurf 1845 bis zur bejubelten Uraufführung 1868 in München in Anwesenheit König Ludwigs II. unter der Leitung von Hans von Bülow.

Liebe und Tod

ALEXANDER ZEMLINSKY

»EINE FLORENTINISCHE TRAGÖDIE«

Mirjana Irosch als Bianca und Kurt Schreibmayer als Guido Bardi, Volksoper Wien, 1990

»EINE FLORENTINISCHE TRAGÖDIE«
Oper in einem Aufzug
Text vom Komponisten nach Oscar Wilde
in der deutschen Übertragung von Max Meyerfeld
Musik von Alexander Zemlinsky

Uraufführung am 30. Januar 1917 in Stuttgart

F ünfzehn Jahre! Das ist unmenschlich! Das ertrage ich nicht! Mein Leben ist zerstört!«

Mit einem Aufschrei bricht Bianca im Saal des allerhöchsten Gerichtshofes von Florenz zusammen, wo die Richter eben den Urteilsspruch über ihren Ehemann Simone, den angesehenen und wohlhabenden Tuchhändler, gefällt haben. Einstimmig schuldig erkannt des Mordes an einer der strahlendsten, aber auch schillerndsten Persönlichkeiten der Stadt Florenz, dem unermesslich reichen, schönen jungen Prinzen Guido Bardi, dem Schwarm aller Frauen und Mädchen, bekannt durch unzählige Affären in allen Schichten der Gesellschaft von der Fürstin bis zur Straßendirne, von der Bürgersfrau bis zum Schulmädchen – ein echter Renaissancefürst eben, wie man ihn sich gern vorstellt. Passenderweise ereignet sich unsere Geschichte in der ersten Hälfte des sechzehnten Jahrhunderts in dieser Stadt, die gleichsam als Symbol für die Epoche der Renaissance steht, der Stadt des Filippo Brunelleschi, der schon hundert Jahre zuvor die Pazzi-Kapelle in der Basilika Santa Croce errichtet hat, der Stadt des Benvenuto Cellini, dessen 1547 entstandener »Ganymed auf dem Adler« im Bargello zu sehen ist, der Stadt des Sandro Botticelli, dessen um 1485 gemalte »Geburt der Venus« die Uffizien ziert, und – neben vielen anderen – natürlich die Wirkungsstätte des Michelangelo, dessen um 1530 fertig gestellte Medici-Kapelle alljährlich tausende Besucher anzieht.

Renaissancefürsten – bisweilen durchaus auch dem höchsten Klerus angehörend, wie man weiß – pflegen manchmal nicht nur anderen ein gewaltsames Ende zu bereiten; auch ihnen selbst ist hie und da ein nicht ganz natürlicher Tod beschieden. Unser Prinz Guido ist da nur ein Beispiel von vielen. Blenden wir also zurück zum Beginn des Verfahrens gegen den bürgerlichen Kaufmann Simone. Das Aufsehen, das der Prozess in der florentinischen Öffentlichkeit verursacht, ist beträchtlich – selbst in einer Epoche, in der man mit Dolch und Gift eher locker umgeht, ist es doch nicht alltäglich, dass eine so hoch gestellte Persönlichkeit durch einen Mann aus dem Volk – wenn auch einen im wahrsten Wortsinn »Betuchten« – zu Tode gebracht wird. Die Sympathien vor allem der männlichen Zuhörer sind überwiegend auf der Seite des Täters; man hört allenthalben, dass angesichts des Lebenswandels des Ermordeten mit einem derartigen Ende eigentlich zu rechnen gewesen und ihm im Grunde Recht geschehen sei.

Simone gibt seine Tat ohne Umschweife zu – was bliebe ihm auch anderes übrig, nachdem er dabei angetroffen worden ist, als er die Leiche mithilfe seiner Frau Bianca aus dem Haus schleppte, um sie im Arno zu versenken. Bianca selbst ist nach kurzer Haft auf freien Fuß gesetzt worden: Die Begünstigung der Straftat eines nahen Angehörigen ist nach florentinischem Recht straflos, und dass sie selbst daran mitwirken wollte, den Toten ins Wasser zu werfen – im Rechtsjargon unpassenderweise »Störung der Totenruhe« genannt –, konnte ihr bei der gerichtlichen Untersuchung nicht nachgewiesen werden. So steht denn Simone allein vor seinen Richtern, streng bewacht durch mehrere Bewaffnete. Bianca hat ihn seit seiner Festnahme nicht mehr gesehen und erschrickt über sein Aussehen, als er den Sitzungssaal betritt: In der

Haft ist seine kräftige Gestalt hager geworden, das blasse Gesicht hat harte, scharf gezeichnete Züge angenommen. Dennoch erscheint er ihr anziehender als je zuvor – seit der Mordnacht ist ihre Einstellung zu ihm eine völlig andere geworden. Doch davon später ...

»Hohes Gericht«, beginnt Simone seine Verteidigung, »ich habe mein Leben lang schwer gearbeitet, um den Wohlstand zu erreichen, in dem wir zuletzt lebten. Ich bin in halb Italien umhergereist, um kostbare Stoffe für meine Kunden hier in Florenz zu erstehen. Billige Ware hätte ich in dieser Stadt der Reichen und Schönen niemals an den Mann gebracht. Ganz klein habe ich begonnen, bis ich genug Geld erspart hatte, um wertvolles Tuch erstehen zu können. Gemeinsam mit meiner Frau Bianca – wir haben jung geheiratet – ist es mir gelungen, unser Geschäft aufzubauen und nach manchen Rückschlägen zum Erfolg zu führen –«

»Das alles ist uns nicht unbekannt«, unterbricht ihn einer der Richter grob. »Sie sind ... waren ja in der Stadt eine bedeutende Persönlichkeit im Geschäftsleben. Hier geht es um andere Dinge!«

»Verzeihen Sie, hoher Rat, aber darauf wollte ich gerade kommen«, sagt Simone bestimmten Tones. »Meine persönliche Tragödie bestand ja darin, dass es bei zunehmendem Wohlstand mit unserer Ehe ständig bergab gegangen ist. Ich war wohl zu sehr damit beschäftigt, mich um meine Bilanzen und Geschäftsbücher zu kümmern, Aufträge reicher Besteller zu erfüllen und zu diesem Zweck immer wieder auf Reisen zu gehen. Die Stoffe konnten meinen Kunden nie kostbar genug sein: Damast aus Lucca, Staatsgewänder mit reichem Zierrat aus Venedig und so weiter ... Überall musste ich selbst hinfahren, um diese Schätze heimzuholen; einem Fremden hätte ich sie nie anvertraut. Und so ist es eben gekommen, dass Bianca oft allein war, immer übellauniger wurde, sich vernachlässigt gefühlt hat. Wir konnten selbst zu Zeiten, wenn ich zu Hause war, unser Leben nicht genießen. Ihre unbestrittene Schönheit habe ich gar nicht mehr wirklich wahrgenommen, sie war mir alltäglich geworden. Aber auch sie, Bianca, hatte aufgehört, mir freundlich entgegenzukommen. Teilnahmslos und stumpf, ohne jede freudige Regung lebten wir in dieser herrlichen Stadt in unserem prächtigen Haus dahin und aneinander vorbei.«

»Aber warum haben Sie dann den Liebhaber Ihrer Frau getötet«, fragt einer der Richter wenig taktvoll, »wenn sie Ihnen doch nichts mehr bedeutet hat?«

»Sie meinen, ich hätte eher *sie* töten müssen, um unsere leidige Situation zu beenden?« erwidert Simone. »Wer weiß, ob ich dann überhaupt vor Gericht gestellt worden wäre, nachdem ich sie ja beim Ehebruch erwischt habe! Das werde ich Ihnen am Ende schon noch erklären. Also, an dem fraglichen Abend bin ich mit einem riesigen Stoffballen heimgekehrt, übler Laune, weil ich den Kunden, für den die Sachen bestimmt gewesen wären, nicht überzeugen konnte, etwas zu kaufen – die Geschäfte gingen zuletzt schlechter. Anscheinend ist die Stadt schon so übersättigt an Schönem und Edlem, dass es schwieriger wird, noch etwas Reizvolles anzubieten. Nun, ich sehe auf den ersten Blick, dass sich ein Fremder im Zimmer befindet, der bei meinem Eintreten gerade im Begriff ist, sich von Bianca schnell zurückzuziehen. Vermutet hatte ich schon, dass da etwas im Gange sein könnte, nun kam ich gerade im rechten Augenblick. Betont unfreundlich werfe ich Bianca meinen Mantel und mein Gepäck hin, tue, als ob ich den jungen Herrn erst jetzt entdeckt hätte. Mit blumigen Worten und gespielter Freundlichkeit frage ich Bianca, ob es sich um einen Verwandten handle, entschuldige mich heuchlerisch, dass ich bei seiner Ankunft nicht zu Hause war. Mit stiller Freude sehe ich das betretene Gesicht des Burschen, den ich sofort erkannt habe und der sich mir mit dürren Worten als Guido Bardi vorstellt. Während Bianca düster vor sich hinstarrt, heiße ich den vornehmen Gast willkommen, bin nun ganz Herr der Situation. Um meine Frau bewusst zu demütigen, spreche ich die heuchlerische Hoffnung aus, dass mein ehrbares Weib ihn nicht mit seichtem Geschwätz belästigt habe. Zu meinem Erstaunen beginnt der Prinz aber ganz ungeniert von ihrer Schönheit zu schwärmen und erklärt mir, wenn es mir recht sei, würde er immer wieder kommen, um meine verlassene Frau zu trösten, wenn ich in Geschäften über Land fahre. Fast hätte es mir die Rede verschlagen darüber, mit welcher Frechheit dieses adelige Bürschchen mit uns bürgerlichen Menschen umging – seien sie auch noch so angesehen wie wir!«

»Aufsässiger Proletarier«, murmelt einer der Richter, der einem eher unbedeutenden Adelsgeschlecht angehört.

Doch er vermag Simone nicht aus dem Konzept zu bringen: »Gar keinen Zweifel ließ er daran, was er eigentlich hier im Haus wollte, aber ich habe mich immer noch beherrscht und ihm für die Fürsorge des hohen Herrn gegenüber einfachen Bürgern gedankt. Dabei bin ich auf die Idee gekommen, wie ich ihn kleinkriegen und davon auch noch profitieren könnte.«

»Gierige Krämerseele«, wirft derselbe Richter laut genug ein, sodass es alle im Saal hören können. Der präsidierende Richter fordert mit schneidender Stimme Ruhe und Disziplin im Senat, doch Simone lässt sich in seiner Schilderung ohnehin nicht stören:

»Ich habe ihn, der sich ja doch in einer peinlichen Zwangslage befand, genötigt, mir meine teuersten Stoffe abzukaufen. Zu diesem Zweck sei er doch wohl gekommen, schwatzte ich auf ihn ein. In barschem Ton habe ich Bianca befohlen, alle prachtvollen Gewänder und Stoffe, die wir im Haus hatten, vor ihm auszubreiten, ausführlich auf all den Perlenbesatz, die Kristalle, das Gold und Silber besonders an dem venezianischen Staatskleid hingewiesen und dafür einen unverschämten Preis genannt. Der junge Herr von Bardi hat sich förmlich gewunden vor Verlegenheit, den geforderten Preis von sich aus aber noch verdoppelt und beteuert, sein Kämmerer werde die Ware morgen holen und anstandslos zahlen. Ich fand nichts dabei, die Summe für das kostbare Gewand zweideutig als Lösegeld zu bezeichnen. Immer kühner wurde meine Rede, ich sprach zu ihm von schönen Damen und gehörnten Männern, was ihn sichtlich verärgerte. Als er mir schließlich für das Gewand hunderttausend bot, warf ich lässig hin, für diesen Betrag gehöre ihm mein ganzes Haus samt allem, was darin sei. Das hätte ich vielleicht nicht sagen sollen, denn nun fragte er unverfroren, was wohl sei, wenn er auch die Hausherrin Bianca dazu fordere.«

»Und da ist Ihnen nun der Gedanke gekommen, den Mann zu ermorden?« fragt einer der Richter.

»Sehr wohl, hohes Gericht«, erwidert Simone fest. »Ich habe ihm gesagt, dass sie des hohen Preises nicht wert sei – ein einfaches Weib, für den Haushalt geschaffen, zum Spinnen feiner Stoffe! Ihr befahl ich, sich sofort hinzusetzen und mit dem Spinnen eines feinen Gewandes anzufangen. Ein Purpurkleid solle sie spinnen, geeignet als Hülle für einen toten Mann vielleicht. Das war nun schon recht deutlich, da musste er wohl gemerkt haben, dass er das Haus nicht lebend verlassen werde. Noch habe ich ihm und Bianca Zeit gelassen, über belangloses Zeug geredet und mit Absicht ein Stoffbündel in einen Nebenraum getragen. Kaum war ich dort drinnen, hörte ich sie miteinander tuscheln. Sie flüsterte ihm zu, wie sehr sie mich hasse, den feigen Krämer, der Tod solle mich auf der Stelle treffen. So weit war es also mit uns beiden gekommen! Während der junge Herr sie zu beruhigen trachtete, kam ich ins Zimmer zurück, griff das Wort vom Tod auf und meinte, davon solle man nur in Häusern reden, wo die Ehe gebrochen werde. Sehr blumig habe ich mich auszudrücken versucht, ganz gegen meine sonstige Art – von Häusern sprach ich, in denen keusche Frauen, ihrer edlen Männer überdrüssig, den Vorhang ihres Ehebettes lüften und in besudelten Kissen der unerlaubten Wollust frönen.«

»Bleiben wir sachlich«, fährt der präsidierende Richter dazwischen, »kommen wir endlich zum Kern der Angelegenheit!«

»Nun ja, hohes Gericht«, erwidert Simone mit kalter Höflichkeit. »Ich forderte Herrn Guido noch auf, uns mit einem Lied auf seiner Gitarre zu erfreuen, was er jedoch ablehnte. Je abfälliger ich daraufhin von Bianca sprach, desto geiler begann er von ihrer Schönheit zu schwärmen. Mit zunehmender Erregung sah ich, wie er ihr ein gefülltes Weinglas reichte und ihr gierig zutrank, nachdem sie davon genippt hatte. Ich konnte den Anblick nicht ertragen, es war mir, als müsste ich ersticken. Ich wankte hinaus in den Garten, hörte durch die Tür, wie sie drinnen Liebesschwüre austauschten. Als ich wieder eintrat, sah ich Bianca und den Prinzen in inniger Umarmung, in endlose Küsse versunken. Als sie mich erblickte, löste er sich von ihr und erklärte ganz locker, nun gehen zu müssen.«

»Hätten Sie in diesem Moment die Tat nicht noch vermeiden können? Hätten Sie ihn doch gehen lassen!« wirft der Ankläger ein.

»Nicht doch«, sagt Simone lässig, »da war mein Entschluss schon gefasst. Ich bitte ihn, noch zu bleiben, nehme sein blitzendes Schwert zur Hand, bringe das Gespräch auf Waffen, erwähne mein eigenes, schon verrostetes Schwert, mit dem ich aber immerhin einst einen Räuber getötet hätte, werde immer deutlicher mit Drohungen – alle Schmach könne ich ertragen, doch wer mir etwas stehle, für den kennte ich keine Gnade! Herr Guido begreift den Ernst der Lage, ergreift sein Schwert, ich packe ganz fest das meine. Als wir aufeinander mit den Waffen eindringen, höre ich Bianca, wie sie ihn in höchster Erregung auffordert, mich zu töten. Herr Guido attackiert mich heftig, aber ungeschickt. Wohl ritzt er mir ein wenig den Arm, doch nach einigen Waffengängen schaffe ich es, ihm seinen Stahl aus der Hand zu schlagen. Ich werfe mein Schwert fort und befehle Bianca, die ihren Liebhaber weiter anfeuert, das Licht zu löschen. Im Dunkel, nur durch den Mond schwach angestrahlt, stürzen wir uns mit gezückten Dolchen aufeinander. Es gelingt mir, ihn niederzuwerfen, ich packe ihn mit starkem Griff am Hals und drücke zu, lange und fest, immer stärker, bis er keinen Laut mehr von sich gibt – endlich lasse ich ihn los ... tot! Ich wende mich meiner Frau zu, will die Rache vollenden ...«, Simones Augen blitzen, als er diesen Augenblick schildert, seine Stimme verändert sich, wird weich, fast schwärmerisch, »... und jetzt, hohes Gericht, geschieht das Unglaubliche: Bianca hat die Tür zum Garten weit geöffnet, das Mondlicht umgibt sie wie mit einem sanften Schleier. Mit einem Mal empfinde ich, was mir durch die Jahre verloren schien: ihre überirdische Schönheit, die Sinnlichkeit, die sie ausstrahlt, die sie dem Anderen schenken wollte. So seltsam es klingen mag, meine Herren, aber ich war plötzlich zutiefst beeindruckt davon, dass sie ausbrechen wollte aus unserer spießigen Enge, dass sie einen Herrn wie den Prinzen für sich zu gewinnen verstanden hatte, bereit war, sich ihm hinzugeben. Plötzlich erkannte ich, welch wunderbare Frau mir beschieden war. Aber auch sie, Bianca, schien Ähnliches zu empfinden, sie flüsterte etwas von meiner männlichen Kraft, die ihr nicht bewusst gewesen sei. Wie im Rausch taumelten wir auf einander zu, fielen einander in die Arme und liebten uns in diesem Augenblick und an diesem Ort, wie nie zuvor, ohne einen Gedanken an den Toten, der neben uns auf dem Boden lag. Was da in unseren Seelen vorging, ich kann es nicht sagen. Die wahre Tragödie, in meiner jetzigen Lage, ist die, dass wir wohl nie wieder zusammen sein werden.«

Es entsteht eine Pause. Die Richter stecken die Köpfe zusammen, flüstern miteinander und beraten, ob es nötig sei, angesichts dieses Geständnisses Bianca als Einzige, noch dazu wahrlich nicht unbeteiligte Zeugin der Tat überhaupt zu vernehmen. Sie kommen aber rasch zu dem Schluss, dass der persönliche Eindruck der Frau, deren Verhalten zur Ursache des Mordes geworden ist, für die Beurteilung der Strafhöhe wesentlich sei. Auch wollen wir nicht ausschließen, dass die Richter – eben auch als echte Renaissancemenschen – die Frau, die zwei angesehene Männer zur Raserei treiben konnte, einfach aus nächster Nähe erleben wollten. So wird denn Bianca, die vor der Befragung ihres Ehegatten aus dem Saal geschickt worden war, aufgerufen.

Die Neugier des Gerichtes wird nicht enttäuscht: eine rassige Schönheit, deren üppige Sinnlichkeit durch ein enges Kleid aus Simones teuerstem Tuch noch betont wird. Das aparte Gesicht mit etwas schräg stehenden Augen und vollen Lippen wird von einer blauschwarzen Mähne umrahmt, die durch Steckkämme kaum zu bändigen scheint. Kleine Fältchen um den Mund und auf der Stirn zeugen vom Leid der letzten Zeit. Ein Blick in die Gerichtsakten zeigt den sichtlich beeindruckten Richtern, dass die

Zeugin fünfunddreißig Jahre alt ist, also etwa zehn Jahre jünger als Simone.

Noch bevor ihr das Gericht die ersten Fragen stellen kann, beginnt sie mit dunkler Stimme in flehendem Ton, dabei aber durchaus temperamentvoll, zu reden:

»Meine hohen Herren, ich bitte Sie um Gnade für meinen Gatten! Ich, ich allein trage die Schuld an dem furchtbaren Ereignis, für das mein Simone nun büßt. Verdammen Sie *mich* zur Kerkerhaft, nicht ihn, der nur meine Ehre zu verteidigen suchte, der durch seine Tat das Äußerste verhindert und mich vor dem Bruch unserer Ehe bewahrt hat –«

»Das Schicksal Ihres Gatten liegt nicht in Ihrer Hand, darüber entscheiden wir«, schneidet der Präsident des Gerichtes der Zeugin das Wort ab. »Nun erzählen Sie dem Senat, wie und wann Sie Herrn Guido Bardi kennen gelernt haben und was an dem bewussten Abend in Ihrem Haus geschehen ist.«

Bianca fasst sich ein wenig und umklammert die Barriere vor dem Richtertisch. Mit wachsendem Temperament schildert sie den schicksalhaften Abend und wie es dazu kam:

»Ich bin seit mehr als fünfzehn Jahren mit Simone verheiratet; ich war nicht einmal zwanzig damals. Ich stamme aus einfacher Familie wie auch er. Beide mussten wir hart arbeiten, so haben wir einander kennen gelernt. Er hat mir von seinen hochfliegenden Plänen erzählt und dass er reich und angesehen werden wolle. Das wollte natürlich auch ich und da ich seinen starken Willen erkannt hatte, traute ich ihm zu, sein, unser Ziel zu erreichen. Es waren schwere Jahre, aber wir waren glücklich, als wir sahen, dass unser Geschäft immer besser lief. Kinder wollten wir noch keine, das hätte unserem wirtschaftlichen und gesellschaftlichen Aufstieg geschadet ... zunächst, später sollte eine richtige

Familie gegründet werden, wenn die Grundlage dafür geschaffen war. Aber das ist ja nun alles nicht mehr möglich.«

Bianca bricht in Tränen aus; mit zitternder Stimme fährt sie fort: »Es kam, wie es kommen musste: Simone spürte den Erfolg, vergrub sich ganz in seine Geschäfte, reiste ständig umher, um noch teurere, noch edlere Stoffe einzukaufen. Immer seltener blieb er länger als ein paar Stunden daheim, verhandelte mit seinen Kunden, scheffelte Geld und beachtete mich kaum mehr. Ich hatte immer weniger zu tun, musste bloß das wertvolle Tuch im Lager ordnen und fühlte mich im Übrigen völlig allein gelassen. Auch ich habe in ihm nur noch einen Fremden gesehen, der Geld ins Haus brachte, mich als seine Haushälterin betrachtete und kaum noch ein freundliches Wort mit mir wechselte. Wo war die Zeit geblieben, als wir arm, aber voller Zukunftspläne waren?«

Bianca betupft die feuchten Augen mit einem Spitzentüchlein. Aus den ungeduldigen Mienen der Richter erkennt sie, dass sie endlich zur Schilderung der Mordnacht kommen solle; schnell spricht sie mit festerer Stimme weiter:

»Wie Sie sich denken können, war mir das ewige Daheimbleiben und Warten auf Simones Rückkehr unerträglich geworden und so habe ich immer öfter das Haus verlassen, bin durch die Stadt spaziert, habe hin und wieder eine Trattoria aufgesucht – im Grunde unmöglich für eine Frau ohne Begleitung! Da ist mir immer wieder ein attraktiver junger Mann aufgefallen, der mir offensichtlich folgte. Bald sah ich ihn am Ufer des Arno, bald bei den Magazinen am Ponte vecchio, endlich auch in einer Locanda, wo ich für ein Glas Wein eingekehrt war. Dort sprach er mich schließlich an, stellte sich als Guido Bardi, Principe von Florenz, vor, sagte wiederholt zu mir, wie sehr ich ihm gefiele – ein Labsal für mich, die ich für meinen Mann gar nicht mehr vorhanden war!

Ich hatte zuvor nie von ihm gehört; eingeschlossen und verborgen in unserem Haus wie in einer Festung, wusste ich nichts von seinem zweifelhaften Ruf, sah in ihm nur einen schönen Menschen, der freundlich zu mir war, der auf mich einzugehen schien und mit mir redete – allein das war für mich schon ein neues Erlebnis in meiner Abgeschiedenheit, so bescheiden war ich geworden. Und so kam es dann, dass ich ihm nach einigen Treffen erlaubte, mich in unserem Haus zu besuchen.«

»Hätten Sie dem auch zugestimmt, wenn Sie gewusst hätten, dass Herr von Bardi einen gewissen Ruf genießt ... genossen hat?« fragt einer der Richter.

Der Vorsitzende wirft seinem Kollegen einen bösen Blick zu; als Freund der Familie Bardi ist ihm diese Frage nicht genehm.

Doch Bianca löst die etwas peinliche Situation auf ihre Weise: »Ich weiß es nicht, hoher Rat«, sagt sie fest. »Bei meiner inhaltsleer gewordenen Lebensweise ist mir jede Abwechslung willkommen gewesen. Jedes seiner freundlichen Worte, seine bloße Gegenwart –«

»Kommen wir jetzt zum Wesentlichen«, sagt der Vorsitzende hastig.

Bianca fährt lebhaft fort: »Als mir Simone sagte, dass er die nächsten zwei Tage auswärts sein werde, ich glaube, in Pisa oder Siena, da habe ich Herrn Guido gestattet, mich daheim aufzusuchen. Die möglichen Konsequenzen dieses Besuches waren mir gleichgültig; ich habe diesem Tag geradezu entgegengefiebert, unseren besten Wein und das Beste aus der Speisekammer aufgetischt und konnte sein Kommen kaum erwarten. Es sollte ein wunderschöner Abend werden, so dachte ich, und als er kam und mir von der Florentiner Gesellschaft und ihren kleineren und größeren Affären erzählte, da habe ich mich wie in einer anderen

Welt gefühlt. Klar, dass er mir immer näher kam, wieder zu schwärmen begann, mir Komplimente machte und mich zu umarmen trachtete. Genau in diesem Augenblick – rückblickend im rechten Moment – hörte ich, wie sich die Tür öffnete. Schwere Schritte, dann fiel die Tür krachend ins Schloss – Simone war vorzeitig zurückgekehrt! Ich verfluchte den Augenblick, den ich eigentlich hätte segnen sollen. Der Prinz trat schnell einen Schritt zurück, doch Simone hatte seine zärtliche Annäherung wohl bemerkt, dessen war ich mir sicher. Höhnisch fragte er mich, warum ich ihm so langsam und zögernd entgegenkäme. Seinen Mantel und sein schweres Gepäck warf er mir hin; mit finsterer Miene erklärte er, dass sein Geschäftsabschluss, auf den er gehofft hatte, gescheitert sei. Erst jetzt schien er von dem Fremden im Zimmer Notiz zu nehmen, tat, als ob er ihn für meinen Vetter hielte, und entschuldigte sich heuchlerisch dafür, dass er nicht daheim gewesen sei, als jener zu Besuch kam. Was blieb mir übrig, als ihm zu sagen, dass es sich nicht um einen Verwandten, sondern um den Prinzen Guido Bardi handelte, der sich alsbald auch mit diesem Namen vorstellte. Nun kam es zu einer Szene, die an Peinlichkeit nicht zu überbieten war: Simone unterstellte meinem verwirrten Besucher kurzerhand, dass der doch wohl nur gekommen sei, um unsere kostbare Ware zu kaufen. Während mir Simone mit rauen Worten befahl, alle unsere Stoffe vor dem Prinzen auszubreiten, fasste sich Guido allmählich und erklärte meinem Mann, er wäre gern bereit, mich zu trösten, während er auf Reisen gehe. Simone schien die Unverschämtheit zu überhören und überschwemmte Herrn Guido förmlich mit Anpreisungen seiner Ware, die er in immer größeren Mengen vor ihm auftürmte. Der Prinz in seiner Zwangslage erklärte sich schließlich bereit, auch das teuerste Festgewand zu dem maßlosen Preis, den Simone ihm nannte, zu kaufen, und bot schließlich selbst hunderttausend dafür. In lebhaftester Erregung erwiderte ihm Simone, für diesen Betrag könne er sein ganzes Haus samt allem, was darin sei, haben. Damit hatte er dem Prinzen das Stichwort geliefert: Der forderte nun mich, die ›weiße Bianca‹, wie er sich – nicht sehr geistreich – ausdrückte, *mich selbst* dafür.«

»Das ist doch wohl nicht möglich. So würde ein Mann von Adel nicht reden!« fährt der bereits unangenehm aufgefallene Beisitzer dazwischen, doch sein Nachbar, der mit dem Prinzen anscheinend schon schlechte Erfahrungen gemacht hat, bringt ihn zum Schweigen und flüstert, er könne sich das durchaus vorstellen. Bianca wird aufgefordert, weiterzusprechen.

»Meine Gefühle und Gedanken konnte ich kaum beherrschen – verkaufen wollte mich Simone an den Mann, der mir so sehr den Hof gemacht hatte? Doch mein Gatte erklärte böse, so viel sei ich nicht wert, ich sei eine einfache Frau, für den Haushalt und die Arbeit geschaffen, sonst für nichts; ich solle an die Arbeit gehen und ein neues Gewand spinnen, am besten die Hülle für einen toten Mann. Nie habe ich Simone mehr gehasst als in diesem Augenblick, da er seiner Verachtung für mich so vernichtenden Ausdruck gab, glauben Sie mir! Nicht einmal die ahnungsvolle Bemerkung über den toten Mann habe ich so recht wahrgenommen, so empört war ich. Und als er sein Reisegepäck in ein Nebenzimmer trug, da flüsterte ich dem Prinzen zu, dass ich nichts mehr wünschte als Simones Tod. Das schien er aber mitbekommen zu haben, denn als er zurück ins Zimmer trat, ließ er zweideutige Bemerkungen über das Alter und den Tod fallen und redete in schwülstiger Weise über Ehebruch und verworfene Weiber. Plötzlich wechselte seine Stimmung; er wurde scheinbar heiter, suchte den Prinzen zum Gitarrenspiel zu animieren, schenkte neapolitanischen Wein ein und forderte uns zum Trinken auf. Als Herr Guido von meinem Glas trank, verließ Simone mit einem Mal den Tisch und eilte hinaus in den Garten. Kaum war er verschwunden, umarmte mich der Prinz, sagte mir liebevolle Worte und begann mich leidenschaftlich zu küssen. Ich habe alles um mich herum vergessen, dachte nicht mehr an Simone, der jeden Augenblick wieder eintreten konnte, und wollte nur das eine: dass dieser wunderbare Augenblick nie enden würde!«

Bianca ist während ihrer Schilderung sichtlich in Erregung geraten und sieht mit gerötetem Gesicht und weit geöffneten blitzenden Augen noch schöner aus. Die Richter starren sie mit offenen Mündern fasziniert an; was jetzt in ihrer Fantasie vorgeht, lässt sich nicht beschreiben: Vermutlich wäre darüber und angesichts dieses temperamentvollen Weibes ein jeder aus der Fassung geraten. Schließlich bedeutet ihr das Gericht, zum Ende zu gelangen.

Bianca streicht sich durch ihr dichtes Haar, ohne es bändigen zu können, und spricht gefasst weiter:

»Plötzlich lässt Guido mich aus seinen Armen gleiten und erklärt unvermittelt, nun gehen zu müssen. Ich wende mich um, sehe Simone auf der Schwelle der Gartentür stehen. Er fordert mich auf, dem Gast auf der Treppe zu leuchten, nimmt aber gleichzeitig dessen Schwert von einem Stuhl und gibt vor, die fein ziselierte Arbeit zu bewundern. Nun geht alles sehr schnell: Simone spricht von seinem eigenen alten Schwert, mit dem er schon einen Räuber getötet habe, und sagt bedeutungsvoll, dass er sich nichts, nicht einmal das Schlechteste und Billigste seines Besitzes stehlen lasse – wieder eine bösartige Spitze gegen mich! Plötzlich halten beide Männer ihre Schwerter in den Händen und stellen sich zum Zweikampf. Simone fordert mich auf, ihnen zu leuchten. Wild gehen die beiden aufeinander los; ich fordere Guido auf, Simone zu töten. Er verletzt meinen Gatten am Arm; ich muss ihn verbinden, doch reißt er sich den Verband gleich wieder ab. Jetzt muss ich das Licht löschen, Simone stürmt auf den Prinzen los und schlägt ihm die Waffe aus der Hand. Nun fallen beide mit gezückten Dolchen übereinander her – Simone wirft den seinen fort, packt Guido am Hals, drückt fest zu – Guido verliert seinen Dolch, stöhnt, bittet um sein Leben, er sei seines Vaters einziger Sohn. Doch Simone erwidert, der Vater werde kinderlos glücklicher sein – welch furchtbarer Zynismus! Erst als kein Hauch von Leben mehr in Guido ist, lässt er ihn zu Boden fallen. Mit unheilvoller Miene wendet er sich nun mir zu; ich glaube meine letzte Stunde gekommen ... Doch was jetzt geschieht, werden Sie mir nie und nimmer glauben: Plötzlich erscheint mir Simone stark und sieghaft wie Herakles; es schießt mir durch den Kopf: Er hat um mich gekämpft wie ein Held, hat den anderen, den Jüngeren, besiegt, er ist ein wirklicher Mann, *mein* Mann, der sein Leben für mich aufs Spiel gesetzt hat! Alles, alles wird wieder gut werden ... Und auch er, er sieht mich mit festem Blick an, spricht von meiner großen Schönheit, die ihm nicht mehr bewusst gewesen sei. Schwankend taumeln wir aufeinander zu, über den Toten hinweg, fallen uns in die Arme. Vergessen ist Guido Bardi, alles beginnt von neuem, unsere Jugend ersteht wieder vor uns! – Später helfe ich Simone, den Toten aus dem Haus zu schaffen; ganz allein will er ihn im nahen Arno versenken. Da kommt die Wache hinzu, die Situation lässt keinen Zweifel aufkommen. Alles andere wissen Sie.«

Simone hat der Aussage seiner Frau mit steigender Erregung zugehört. Nun springt er auf, stürzt auf sie zu, reißt sie förmlich in seine Arme. Uniformierte Wachen treten dazwischen, trennen die beiden gewaltsam. Bianca kratzt und beißt die Männer, wird überwältigt und aus dem Saal geschleppt.

Die Urteilsberatung dauert Stunden. Vieles spricht für Simone – seine begründete Eifersucht, sein Zorn, als er den Liebhaber seiner Frau im eigenen Haus angetroffen hat, schließlich auch seine Stellung als angesehener Bürger der Stadt und der fragwürdige Leumund des Getöteten. Letztlich mögen auch recht persönliche, wenn auch nicht eben juristische Argumente für und wider den Angeklagten ausschlaggebend gewesen sein: Einerseits ist der Gerichtspräsident ein Freund der Familie Bardi, andererseits könnte der Prinz auch bei den Ehefrauen oder sonstigen Gespielinnen einiger Mitglieder des hohen Gerichtes auf Gegenliebe gestoßen sein – was weiß man schon über die Möglichkeiten im Florenz der Renaissance?

Schließlich einigt man sich darauf, von der für ein solches Delikt üblichen Todesstrafe abzusehen, dafür aber eine lange Kerkerhaft zu verhängen, die der neu erblühten Leidenschaft Simones und Biancas keine Chance lässt. Wer die Kerker dieser Zeit kennt, weiß, dass kaum jemand fünfzehn Jahre unter diesen Bedingungen überleben kann, und selbst wenn – bis dahin sind Simone und Bianca alt und gebrochen.

Doch soll den beiden eine Hoffnung bleiben: Sogleich nach Verkündung des Spruches ist Bianca zum Fürsten Medici geeilt, um Gnade für ihren Ehegatten zu erflehen. Und wenn wir bedenken, wie sehr weibliche Schönheit auf die Fürsten dieser Epoche gewirkt haben mag, wie wenig zimperlich damals mit Gesetz und Recht umgegangen wurde und wie sehr Bianca ihre Reize beim Fürsten eingesetzt haben wird, so bestand wohl einige Aussicht für Simone und seine schöne Frau, einander wieder in Freiheit begegnen zu dürfen. Doch darüber wissen wir leider nichts Genaueres ...

Zu dieser psychologisch eigenartigen Geschichte gibt es keinen historischen, nur einen literarischen Hintergrund: Oscar Wilde schrieb das Theaterstück »Eine florentinische Tragödie« 1895, kurz bevor er wegen einer homoerotischen Straftat zu einer zweijährigen Haftstrafe verurteilt und in die Strafanstalt Reading bei London überstellt wurde. Noch während seiner Untersuchungshaft wurde das fertige Manuskript aus seinem Haus gestohlen und nicht mehr aufgefunden. Erst nach dem Tod des Dichters im Jahr 1900 fand man in seinem Nachlass eine unvollständige Abschrift der Tragödie. Darin fehlte insbesondere die einleitende Szene zwischen Guido Bardi und Bianca. Erst 1906 wurde das unvollständige Stück in Berlin in der deutschen Übersetzung von Max Meyerfeld mit Tilla Durieux als Bianca, Alexander Moissi als Guido und Rudolf Schildkraut als Simone in einer Inszenierung von Felix Hollaender an Max Reinhardts Deutschem Theater zur Uraufführung gebracht. Für die Vertonung ersuchte Alexander Zemlinsky Max Meyerfeld um die Nachdichtung der fehlenden ersten Szene. Da dieser sich weigerte, komponierte Zemlinsky ein umfangreiches, überaus eindrucksvolles Orchestervorspiel, das die Begegnung des Prinzen mit Bianca plastisch darstellt.
 Wie in anderen seiner Dichtungen zeigt sich Oscar Wilde auch hier als der feinsinnige Ästhet, der sich über die Moralvorstellungen seiner Zeit kühn hinwegsetzte – der in die prunkvolle Epoche der Renaissance gestellte Prinz Guido Bardi trägt unverkennbare Züge des Dichters. Wie in seiner »Salome« schreckt

Wilde auch hier nicht vor einem krassen Schluss zurück – Simone und Bianca vereinigen sich über der Leiche des Prinzen, nachdem sie füreinander durch einen wirkungsvollen psychologischen Effekt wieder attraktiv geworden sind. Er für sie durch den Sieg im mörderischen Streit um die Frau, sie für ihn dadurch, dass sie den jungen Adeligen durch ihre Schönheit an sich zu binden vermochte.

Alexander Zemlinskys Oper, die auf der Übersetzung von Max Meyerfeld beruht, erlebte ihre Uraufführung 1917 in Stuttgart. In den letzten Jahren ist das effektvolle Werk durch eine zunächst in Hamburg, später in Wien gezeigte Inszenierung von Adolf Dresen sowie durch Produktionen in Köln (Regie: Willy Decker) und Berlin (Regie: Andreas Homoki) weithin bekannt geworden.

Feine Familienverhältnisse

ENGELBERT HUMPERDINCK

»HÄNSEL UND GRETEL«

Barbara Scherler als Hänsel und Gerti Zeumer als Gretel, Deutsche Oper Berlin, 1971

»HÄNSEL UND GRETEL«
Märchenspiel in drei Akten
Dichtung von Adelheid Wette
Musik von Engelbert Humperdinck

Uraufführung am 23. Dezember 1893 in Weimar

Diese Geschichte ereignet sich in unruhigen Zeiten, gegen Ende des Dreißigjährigen Krieges, etwa um 1647. Europa ist in Unordnung geraten, seit vier Jahren bemüht man sich um Frieden. In Süddeutschland kämpft man gegen die Franzosen, die 1635 auf Betreiben Richelieus in den Krieg eingegriffen haben, und in Böhmen immer noch gegen die Schweden. Der Westfälische Friede von Münster und Osnabrück ist nicht mehr fern, doch noch ist dieser Krieg nicht zu Ende, der die Hälfte der Bevölkerung ausgerottet und die Überlebenden in bittere Armut gestürzt hat. In dieser Zeit finden vor allem in Deutschland, aber auch in England und Frankreich noch zahlreiche Hexenprozesse statt, bei denen die Delinquentinnen gefoltert oder der so genannten Wasserprobe unterzogen wurden und die meist mit der Verurteilung zum Tod auf dem Scheiterhaufen endeten.

Vor diesem Hintergrund findet die Tragödie statt, die vor einem fürstlichen Gerichtshof in Nürnberg aufgerollt wird. Vor Gericht stehen zwei Kinder im Alter von vierzehn und fünfzehn Jahren, denen zur Last liegt, Frau Rosina L., eine als Hexe verschriene, in einem Wald im Spessart lebende alte Lebkuchenbäckerin ins Feuer ihres eigenen Backofens gestoßen zu haben; außerdem steht die Mutter der beiden jugendlichen Rabauken unter Anklage. Ihr wird vorgeworfen, die Kinder brutal behandelt, ihre elterlichen Sorgeverpflichtungen grob vernachlässigt und den beiden Kindern zuletzt sogar vorsätzlich und ohne Wissen des Vaters, eines trunksüchtigen, aber gutmütigen armen Besenbinders, befohlen zu haben, allein in jenen finsteren Wald im Spessart zu gehen – dies in der Hoffnung, sie würden nicht wiederkommen, weil sie in ihrer Armut nicht in der Lage gewesen sei, die hungrigen Mäuler zu stopfen.

Zuerst wird Gertrud M., die Mutter der beiden Halbwüchsigen, in den Saal gerufen. Man hat sie auf freiem Fuß belassen, wogegen die Kinder wegen der Schwere ihrer Tat in Haft bleiben. Das Gericht befasst sich zuerst mit der Mutter, um Einblick in die, wie es scheint, trostlosen Familienverhältnisse zu gewinnen.

Frau Gertrud erscheint vor ihren Richtern in einem vielfach geflickten, aber sauberen alten Gewand, ein Kopftuch über das silbergrau durchzogene Haar gebunden. Das hohlwangige Gesicht mit den nervös flackernden Augen, die ausgemergelte Gestalt und die derben großen Hände, die ein Taschentuch umklammern, zeugen von Entbehrungen und schwerer körperlicher Arbeit. Bei den Fragen nach ihren persönlichen Daten gibt sie ihr Alter mit vierzig Jahren an; der äußere Eindruck lässt eher auf sechzig schließen.

»Wie erklären Sie sich, dass Ihre Kinder zu einer solch abscheulichen Tat fähig waren?« fragt der oberste Richter, gleich in medias res gehend. »Ich kann mir nicht vorstellen, dass den beiden von Natur aus eine derartige Neigung zur Gewalt eigen war. Sagen Sie uns ehrlich: Haben Sie oder Ihr Mann die Kinder misshandelt und auf diese Weise zur Brutalität erzogen? Erzählen Sie uns alles über die Art, wie Sie mit den Kindern umgegangen sind und wie sie sich entwickelt haben.«

Gertrud bricht in Tränen aus; ihre dürre Gestalt wird von hemmungslosem Schluchzen geschüttelt.

»Beruhigen Sie sich doch«, sucht der Richter den Tränenstrom zu unterbrechen. »Wir werden über alles reden, und Sie müssen uns dabei helfen, die Hintergründe aufzuklären.«

»Ja, hohes Gericht«, sagt Gertrud mit rauer Stimme. »Wir sind arme Leute und jeder im Haus hat mithelfen müssen, damit wir überleben können. Ich war nicht besonders grob oder gar grausam zu den Kindern. Wir sind aus allen Wolken gefallen, als wir erfuhren, was da passiert ist. Die Last der Erziehung ist allein auf mir gelegen; der Vater war nie daheim, musste als Besenbinder ständig darauf aus sein, seine Ware herzustellen und an den Mann zu bringen – das war nicht einfach. In Kriegszeiten haben die Leute andere Interessen, als neue Besen, Bürsten und ähnliches Zeug zu kaufen. Außerdem trinkt er gern einen über den Durst, dann hatte ich es auch daheim nicht einfach mit ihm. Die Kinder aber« – ihr Gesicht verzieht sich und bekommt einen bissigen Ausdruck –, »die hat er immer viel zu gut behandelt. Er liebt sie abgöttisch, und was geschehen ist, hat ihn besonders getroffen. Seither trinkt er noch mehr als zuvor. Und ich? Ich war für die Kinder immer die Böse, die sie zur Arbeit im Haus angehalten, bisweilen auch gezwungen hat. Aber das musste so sein; sie waren oft störrisch, da musste ich schimpfen und sie auch strafen. Aber so ist es doch in jeder Familie. Oder nicht?«

»Sie sollen die Kinder damals absichtlich in den Wald geschickt haben, in der Hoffnung, dass sie nicht wiederkämen«, hält ihr der hohe Richter vor. »Wobei Sie gewusst haben, dass dort eine zumindest fragwürdige Frau haust, die schon einmal als Hexe angeklagt war und in dem Ruf stand, dass bei ihr Kinder verschwunden sind.«

»Das ist nicht wahr!« schreit Gertrud und bekommt einen neuerlichen Weinkrampf. »Es war ganz anders. Ich war aus dem Haus, bei anderen Leuten arbeiten; der Hänsel sollte einstweilen ein paar Besen binden und die Gretel Strümpfe stricken. Ich komme heim, was sehe ich? Nichts haben sie getan, getanzt, gesungen und an der ohnehin nur noch spärlich vorhandenen Milch geschleckt haben sie, die Arbeit ist liegen geblieben. Da bin ich in Zorn geraten – nichts als Mühe und Plage, und dann obendrein diese nichtsnutzigen Kinder! In meinem Ärger habe ich auch noch den Milchtopf vom Tisch gestreift; dafür hat der freche Bub mich ausgelacht. Jetzt war gar nichts mehr zu essen im Haus. Da habe ich den beiden befohlen, Erdbeeren aus dem Wald zu holen, einen ganzen Korb voll. Das war alles!«

»Haben Sie den beiden nicht gedroht, sie zu prügeln, wenn sie nicht genug Erdbeeren heimbringen?« fragt der Richter ernst.

»Ich weiß es nicht«, antwortet die Mutter zögernd. »Ich kann mich nicht erinnern, was ich in meinem ohnmächtigen Zorn alles gesagt hab'.«

Gertrud weint wieder und schneuzt hörbar in ihr großes Taschentuch. »Und dabei wäre alles nicht notwendig gewesen: Kaum waren die Kinder weg, ist der Vater heimgekommen, zwar leicht betrunken, wie immer wenn er auswärts war, aber mit einem großen Korb voll feinster Sachen. Seine ganze Ware konnte er an diesem Tag verkaufen und dabei gute Geschäfte machen, wie bisher noch nie während dieser schrecklichen Kriegsjahre. Aber als ich ihm gestand, wo die Kinder sind, hat er sofort einen seiner Besen auf meinem Buckel tanzen lassen, weil ich sie in den Wald geschickt habe, am späten Nachmittag, kurz vor der Dämmerung, wie er mir vorhielt. Doch das eine muss ich schon noch sagen: Die Kinder sind recht gern in den Wald gegangen –«

»Weil sie Angst vor ihrer wütenden Mutter hatten, nicht wahr?« fährt der Richter dazwischen.

Gertrud nickt, zuckt mit den Achseln und sagt dazu nichts mehr.

»Was war dann weiter?« fragt der oberste Richter ungnädig.

»Wir – der Peter, mein Mann und ich –, wir sind sofort in den Wald gelaufen, um die Kinder zu suchen. Bald war es finster; man konnte nichts mehr sehen, doch wir sind nicht heimgegangen, sondern die ganze Nacht umhergeirrt. Und als wir sie am nächsten Abend endlich gefunden hatten, war das Unheil schon geschehen. Die Kinder wohl gesund und unversehrt, aber das Haus der alten Frau in Trümmern und sie selbst tot.«

»Da waren doch noch andere Kinder?« fragt einer der Richter.

»Ja, wir haben nicht gewusst, woher die auf einmal gekommen sind. Der Hänsel und die Gretel haben es uns auch nicht so richtig erklären können. Vielleicht, dass die Alte sie bei sich im Haus oder im Stall daneben eingesperrt hatte – was sie mit ihnen machen wollte, haben wir nicht herausgefunden; ich war nur glücklich, dass wir unsere eigenen wieder lebendig zurückbekommen hatten.«

»So, also glücklich waren Sie jetzt plötzlich? Wirklich? Wie und wann haben Sie erfahren, was Ihre Kinder mit der alten Frau gemacht haben?«

»Sie haben es gleich daheim erzählt. Den Hänsel hatte sie demnach in einen kleinen Stall gesperrt, weil sie ihn mästen und dann angeblich auffressen wollte – so haben sie wenigstens behauptet. Die Gretel, die muss sie irgendwie hypnotisiert haben; sie konnte sich anfangs überhaupt nicht bewegen, hat sie gesagt. Geheimnisvolle Kräfte waren da im Spiel; nicht umsonst ist diese Person schon einmal wegen des Verdachtes der Hexerei angeklagt gewesen ...«

»... und freigesprochen worden«, ergänzt der vorsitzende Richter eisig. »Wir werden uns das alles lieber von den beiden selbst erzählen lassen. Aber jetzt noch zu Ihnen: Sehen Sie nicht ein, dass Sie Ihre Kinder zur Gewalt erzogen haben? Gewalttätige Menschen haben fast immer in ihren frühen Jahren selbst Gewalt und Unterdrückung erlebt, die sie später weitergeben, an anderen ausleben, abreagieren.«

»Ich werde vielleicht manchmal zu streng gewesen sein, aber Sie wissen ja: die Not, diese ständige drückende Not, der Kampf ums tägliche Auskommen, da wird man eben hart, nicht nur zu sich selbst, auch zu den anderen. Aber fortgeschickt, damit sie im Wald umkommen – nein, das habe ich nicht getan; welche Mutter würde so etwas über sich bringen – das müssen Sie mir schon glauben!«

»Das Gericht glaubt gar nichts, bevor es nicht alle Beteiligten gehört hat«, brummt einer der Richter. »Ich schlage vor, jetzt gleich den Vater zu hören, noch bevor wir uns mit den jugendlichen Delinquenten befassen.«

Dem stimmen alle Richter zu, und so wird zwischendurch als Zeuge Peter M., Gertruds Ehemann, Hänsel und Gretels Vater aufgerufen.

Er betritt den Saal eher unbefangen, ein stattlicher Mann mit gemütlichem, rundem Gesicht, vom reichlichen Branntweingenuss etwas blaurot verfärbt und gegenwärtig in kummervolle Falten gelegt; auch der Backenbart hängt traurig beiderseits hinab. Von Hunger und Not ist ihm rein äußerlich nicht allzu viel anzumerken.

»Es geht um Ihre Frau und Ihre eigenen Kinder, wie Sie wissen«, belehrt ihn der oberste Richter. »Sie haben daher das Recht, die Aussage zu verweigern, weil Sie ja als Zeuge weder zugunsten noch zum Nachteil Ihrer Angehörigen lügen dürfen. Außerdem müssen Sie Fragen, durch deren Beantwortung Sie sich selbst belasten würden, nicht beantworten.«

»Ich sage alles, wie es war«, antwortet er lässig, »und zu belasten brauche ich mich nicht, weil ich mir keiner Schuld bewusst bin. Wir sind in den langen Kriegsjahren total verarmt und mussten zeitlebens hart arbeiten, um uns durchzubringen. Doch unsere Kinder waren mein ganzes Glück; ich glaube, ohne sie hätte ich diese schwere Zeit nicht durchgestanden.«

»Nun«, spottet einer der Richter, »ich meine, der Schnaps hat Ihnen auch über manche düstere Periode hinweggeholfen. Man kann es hier im Saal deutlich riechen.«

»Ich bitte um Verzeihung«, erwidert der brave Mann mit bekümmerter Miene, »aber es ist für einen einfachen Menschen wie mich nicht alltäglich, vor dem hohen Gericht zu stehen; da musste ich mir leider etwas Mut –«

»Saufkopf«, murmelt Gertrud leise, aber doch hörbar vor sich hin, »nicht einmal hier und heute beherrscht er sich.«

»Langsam wird einiges klar«, flüstert einer der Beisitzer dem obersten Richter zu.

Der nickt nur und fordert Peter auf: »Also schön, jetzt erzählen Sie weiter.«

»Natürlich gab es manchmal Streit zwischen uns, auch wegen der Kinder. Ich war stets der Meinung, dass Gertrud sie zu streng hält, auch wenn sie natürlich mithelfen mussten bei der Arbeit und im Haushalt. Der Hänsel konnte schon recht gut Besen binden, und die Gretel hat das Haus sauber gehalten, wenn die Mutter bei anderen Leuten gearbeitet hat. Außerdem musste sie von klein auf ihren jüngeren Bruder beaufsichtigen, der ein ungestümer kleiner Kerl war. Trotzdem, sie waren bis zuletzt fröhlich und brav, und ich bin fassungslos darüber, was da plötzlich über sie gekommen ist. Ich war außer mir, als die Gertrud mir eingestanden hat, sie weggeschickt zu haben – gegen Abend in diesen düsteren Wald, wo noch dazu dieses unheimliche hexenartige Wesen daheim war.«

»Ihrer Frau wird vorgeworfen, die Kinder in den Wald geschickt zu haben, in der Hoffnung, dass sie nicht zurückkämen und sie sie nicht mehr ernähren müsse«, wird dem Zeugen vorgehalten. »Können Sie dazu aus eigener Beobachtung etwas sagen?«

»Vorstellen kann ich mir das sehr wohl«, erwidert Peter, worauf Gertrud ihn mit aufgerissenen Augen anstarrt. »Sie war von dem Wahn geradezu besessen, dass wir verhungern müssten. Dabei ist mein Geschäft zuletzt sogar wieder etwas besser gegangen – die Leute kaufen meine Sachen eher, seit sich ein Ende des Krieges abzeichnet. Und von wegen Erdbeeren suchen? Dass ich nicht lache! Sie alle wissen, wie selten Walderdbeeren sind – deshalb sind sie ja auf dem Markt auch so teuer. Um einen Korb damit zu füllen, hätten sie viele Stunden oder sogar Tage suchen müssen – und das ab dem späten Nachmittag! Ganz genau hat sie gewusst und sogar damit gerechnet, dass die armen Kinder im Wald von der Nacht überrascht würden – und dass man sich dort in diesem Dickicht selbst bei Tag verirren kann, das weiß auch ein jeder. Sogar ich, der ich mich dort gut auskenne, hätte kaum wieder herausgefunden.«

Gertrud blickt ihren Mann hasserfüllt an. »Du Schwein, du versoffenes«, sagt sie mit heiserer Stimme, »jetzt, wo das Unglück über uns alle gekommen ist, willst du mich auf diese Art loswerden! Das ist der Dank für die jahrelange Plage in schlechten Zeiten und dafür, dass ich alle deine Räusche, deine unappetitlichen Exzesse ertragen habe – um der Kinder willen, die du ganz und gar verzogen hast.«

Während die Richter die wütende Frau zu besänftigen suchen, steht Peter steif in innerer Abwehrhaltung vor dem Richtertisch.

Um der Kinder willen hast du gar nichts ertragen, denkt er. Endlich tritt wieder Ruhe ein, nachdem man Gertrud angedroht hat, sie von der Teilnahme an der Verhandlung auszuschließen, wenn sie weiter störe.

»So glücklich war ich«, sagt der Besenbinder mit zunehmendem Selbstmitleid, »als wir die Kinder wieder gefunden hatten. Wenn die Not am größten ist, neigt sich Gott der Herr gnädig zu uns Armen – das habe ich gedacht und gefühlt. Doch kurz darauf die furchtbare Ernüchterung, als wir das zerstörte Haus und die schwarz verkohlte alte Frau gesehen haben – mag sie nun eine Hexe gewesen sein oder nicht.«

Peter ist bei der Schilderung ganz nüchtern geworden, er zittert am ganzen Körper, als er sich den schrecklichen Anblick in Erinnerung ruft.

»Was war mit den anderen Kindern dort beim Haus?« fragt der oberste Richter.

»Das kann ich nicht so recht sagen«, stottert Peter. »Mir schien, als ob sie wie aus einem Nebel plötzlich herausgetreten wären –«

»Ja, benebelt warst du, vom Branntwein!« wirft Gertrud ein und erhält dafür eine neuerliche scharfe Rüge der Richter.

»– und dann waren sie plötzlich wieder verschwunden«, fährt Peter fort, »wie Gespenster.«

»Säufer sehen immer Gespenster«, hetzt Gertrud gehässig.

»Ein Wort noch, und Sie sind draußen!« fährt der vorsitzende Richter sie an.

Sie scheint sich auf der Armesünderbank förmlich zu verkriechen und wirft tückische Blicke auf ihren Mann.

Mit ihm ist das Gericht noch nicht ganz fertig: »Wie haben die Kinder die Tötung der alten Frau geschildert?«

»Sie haben es als Notwehr dargestellt, um ihr Leben zu retten«, sagt Peter mit fester Stimme. »Der Bub war in einen kleinen Stall gesperrt, und die Gretel hat gesagt, eine seltsame Macht habe sie gezwungen, alles zu tun, was die Alte ihr aufgetragen habe. Sie sollte ihn füttern, damit er fett werde, dann – so soll die Alte gesagt haben – werde sie ihn schlachten, braten und verzehren. Irgendwie sei es ihr doch gelungen, sich aus der ... Hypnose, sagt man so? ... zu befreien, dann hätte sie ihren Bruder aus dem Stall geholt und gemeinsam hätten sie die Frau in den Backofen gestoßen. Der sei explodiert und habe das Haus zum Einsturz gebracht.«

»Merkwürdig, sehr eigenartig«, sinniert der oberste Richter, »wenn irgendetwas daran wahr ist, wundert es mich nicht, dass die Frau schon früher der Hexerei beschuldigt worden ist.«

Man einigt sich darauf, die Verhandlung am nächsten Morgen um neun Uhr fortzusetzen.

»Sorgen Sie dafür«, befiehlt der oberste Richter dem Kerkermeister, »dass die Kinder pünktlich vorgeführt werden und keine Gelegenheit haben, miteinander zu sprechen. Sie sollen in getrennten Räumen warten, bis ich sie aufrufen lasse.«

Als die Richter am folgenden Tag in den Saal einziehen, sind die Zuschauerbänke gefüllt. Seit gestern hat sich der Prozess in der Stadt herumgesprochen, und besonders aus der Nachbarschaft der Besenbinderfamilie sind Neugierige erschienen. Zunächst werden beide Kinder durch finster blickende Gefängniswärter hereingeführt. Sie würdigen die Mutter keines Blickes, schauen aber Hilfe suchend auf Peter, dem bei ihrem traurigen Anblick die Tränen kommen. Hänsel ist ein noch sehr kindlich wirkender Bub, dem man seine vierzehn Jahre nicht ansieht; nur die wissenden Augen in dem runden Kindergesicht lassen erkennen, dass er schon manches Leid erlebt hat. Gretel hingegen erscheint älter und reifer als fünfzehn; sie nimmt ihren verstört und schüchtern wirkenden kleinen Bruder fest an der Hand und tritt mit ihm vor den Richtertisch.

»Wir werden jetzt die ganze Sache in Ruhe besprechen, und ihr werdet uns alles erzählen, wie es war«, sagt der oberste Richter freundlich. »Als Angeklagte dürft ihr natürlich lügen und uns erzählen, was ihr wollt – aber ich rate euch, doch bei der Wahrheit zu bleiben und so rasch als möglich alles hinter euch zu bringen. Wir werden ja sehen, was dann mit euch geschieht.«

Als die Kinder merken, dass hier mit ihnen nicht geschimpft und geschrien wird, sind sie merklich erleichtert.

»Wir wollen euch einzeln anhören«, fährt der Richter fort. »Gretel, du bleibst hier. Den Hänsel führen Sie einstweilen ab«, sagt er zum Gefängniswärter, und so geschieht es.

»Nun erzähl uns einmal dein bisheriges Leben mit den Eltern bis zu dem Tag, an dem das mit der alten Frau passiert ist«, sagt der mit der Behandlung Jugendlicher wohl vertraute oberste Richter freundlich-aufmunternd. »Wie war es denn so mit deiner Familie? Gab es viel Streit oder war alles ganz normal?«

Gretel wirft verstohlene Blicke auf ihre Eltern. Die Mutter starrt unbewegt an ihr vorbei, während Peter ihr lächelnd zunickt. *Sag nur alles ohne Hemmungen*, scheint seine Geste auszudrücken.

»Vergiss all die Leute hier im Saal, stell dir vor, wir beide seien ganz allein«, hilft ihr der vorsitzende Richter noch ein wenig.

Gretel fasst sich und spricht, anfangs leise und schüchtern, dann aber zusehends sicherer:

»Ja, also dass wir arm sind, war mir seit frühester Kindheit klar. Der Vater hat ständig an seinen Besen und anderen Sachen gearbeitet und war tagelang fort, um sie zu verkaufen. Die Mutter hat uns immer wieder allein gelassen, weil sie zu fremden Menschen arbeiten gegangen ist, Häuser putzen, Gartenarbeit, Mehlsäcke schleppen beim Bäcker und noch Schwereres. Ich hab' mich schon als kleines Kind viel um den Hänsel kümmern müssen. Er ist wohl nur ein Jahr jünger als ich, aber Buben brauchen in der Entwicklung länger als Mädchen, wissen Sie.«

Leises Kichern im Saal ob der altklugen Äußerung des Mädchens, dem das Leben schon viel abverlangt hat. Der Richter nickt und deutet, sie solle fortfahren.

»Die Mutter war immer schon streng mit uns; das ist mit der Zeit noch schlimmer geworden. Oft sind wir beide zum Vater geflüchtet, wenn sie uns geschlagen oder Sachen nachgeworfen hat. Er war immer gut zu uns; sogar wenn er manchmal zu viel getrunken hat, war er nie gewalttätig – geschimpft hat er schon, aber wir waren ja auch wirklich oft sehr schlimme Kinder. Wir haben uns eben manchmal richtig austoben müssen; so lustig war unser Leben ja sonst nicht.«

»Das hat man nun von seiner Aufopferung«, murmelt Gertrud. »Undankbare Brut!«

»Reden wir jetzt von jenem schlimmen Ereignis«, fährt der Vorsitzende dazwischen. »Wie ist es überhaupt dazu gekommen?«

»Wir waren an diesem Nachmittag wieder einmal allein zu Hause. Der Vater war in den Dörfern und Städten auf den Märkten, die Mutter auswärts arbeiten. Es war ein sonniger, schöner Tag, wir haben getanzt, gesungen, einander geneckt und darüber unsere eigentlichen Aufgaben vernachlässigt. Ich sollte stricken, der Hänsel an einem Besen flechten. Plötzlich kommt die Mutter heim, abgearbeitet, müde und übler Laune. Die wird natürlich noch schlechter, als sie merkt, dass wir faul gewesen sind; sie schimpft, schreit, fuchtelt mit den Armen herum und dabei hat sie den Milchkrug zu Boden geworfen. Der Hänsel hat leider dazu frech gekichert – na, mehr haben wir nicht gebraucht! Sofort hat sie uns befohlen, in den Wald zu gehen wegen der Erdbeeren.«

»Wollte sie wirklich, dass ihr Erdbeeren bringt, oder wollte sie euch überhaupt loswerden?« fragt einer der Richter wenig einfühlsam.

Das Mädchen zuckt mit den Achseln und überlegt: »Jedenfalls hat sie uns gedroht, wenn der Korb nicht bis oben voll werden sollte, würde sie uns so hauen, dass wir an die Wand fliegen.«

»Lüge!« schreit Gertrud dazwischen. »Das hab' ich niemals so gesagt!«

Der oberste Richter gebietet Schweigen und blickt fragend auf Gretel.

»Doch, Herr Richter«, sagt sie mit fester Stimme und feuchten Augen, »sonst wären wir ja trotz allem nicht gegangen. Ich hab' gewusst, dass es bald dunkel werden würde und man viel Zeit braucht, um Walderdbeeren zu finden. Aber vor den Schlägen der Mutter hatten wir noch mehr Angst und so sind wir eben weggegangen, in den Wald rund um den Ilsenstein. Wir haben auch wirklich Erdbeeren gefunden, einen Kranz gewunden und Blumen gepflückt für die Mutter, um sie zu besänftigen. Leider hat der Hänsel dann in seinem Übermut die meisten Erdbeeren aufgegessen – ich auch ein paar, das gebe ich zu. Wir wollten dann neue Beeren suchen – hätten ja feine Prügel gekriegt, wenn wir mit leerem Korb heimgekommen wären. Es ist aber ganz schnell dunkel geworden und wir haben den Heimweg nicht mehr gefunden. Ich hab' allerlei geheimnisvolle Geräusche, Stimmen und Lichter im Wald bemerkt und mich sehr gefürchtet. Der Hänsel war am Anfang noch sehr tapfer, aber eben nur am Anfang ... Dann sind wir plötzlich sehr müde geworden und haben uns hingelegt, um bis zum Sonnenaufgang zu schlafen. Nach unserem Abendgebet haben wir uns gar nicht mehr gefürchtet. Wir waren ganz sicher, dass wir einen Schutzengel hatten und sind eingeschlummert, bis uns der frische Morgentau geweckt hat.«

Die Zuhörer im Saal und auch die Richter sind berührt von der einfachen Schilderung des Mädchens; sie vergessen beinahe, zu welch schrecklichem Ereignis es am nächsten Tag gekommen ist.

»Wir waren nach dem Schlafen natürlich sehr hungrig«, erzählt Gretel weiter, »und haben plötzlich mitten im Wald ein kleines Haus gesehen – uns schien es, als ob es geradewegs auf uns zugeschwebt wäre. Das Haus war aus lauter Kuchen, Keksen, Torten, Brotfladen, Zucker und Rosinen gemacht und rundherum führte ein Lebkuchenzaun. Es war mir trotzdem ein bisschen unheimlich, bei aller Pracht, und ich konnte den frechen Hänsel kaum davon abhalten, sofort hineinzugehen. Wir haben ein Stück von dem Haus abgebrochen und gekostet, es war wirklich Kuchen! Jetzt kam aber plötzlich eine Stimme aus dem Haus – das war wieder ein Schreck für uns. Wir haben weitergenascht, waren ja so hungrig, und auf einmal steht diese alte Frau vor uns. Sie hat furchtbar ausgesehen, eine lange Nase mit einer Warze darauf, kaum einen Zahn in ihrem riesigen Mund, kleine tückische Augen und auf dem Buckel irgendein Tier, ich weiß nicht, war es eine schwarze Katze oder ein Rabe. Sie hat uns sehr freundlich angeredet; sie freut sich, dass wir gekommen sind, hat sie gekrächzt, und sie hat Kinder so lieb, zum Fressen lieb! Zuerst habe ich mir nichts dabei gedacht. Wir Kinder haben ja nicht gewusst, dass es in diesem Wald beim Ilsenstein so eine unheimliche Frau gab. Sie hat uns die herrlichsten Sachen versprochen, ein richtiges Festessen, aber der Hänsel ist als erster misstrauisch geworden. Auch mir ist ihr Gerede bald falsch vorgekommen und als sie den Hänsel mit einer Schnur fesseln wollte und ganz offen gesagt hat, dass sie ihn aufessen will, da haben wir beide versucht davonzurennen.«

»Hast du dir das alles nicht selbst eingeredet oder ausgedacht?« fragt der oberste Richter.

»Nein, glauben Sie mir doch«, sagt Gretel eindringlich, »wir konnten auch nicht weglaufen. Sie hat eine komische Bewegung gemacht und uns starr angesehen, da konnten wir uns beide nicht mehr von der Stelle bewegen. Den Hänsel hat sie in einen hölzernen Käfig gesteckt; ich konnte mich nicht rühren, um ihm zu helfen. Sie hat mir erklärt, nun ins Haus zu gehen, um Rosinen und andere feine Sachen zu holen, um den Hänsel zu mästen. Ich war noch immer unbeweglich, aber der Hänsel war auf einmal ganz klug und gelassen und hat mir aus seinem Stall heraus zugeflüstert, ich solle zum Schein alles tun, was die Alte wolle. Gleich ist sie wieder aus dem Haus gekommen, hat den Hänsel mit süßen Sachen gefüttert und mich aus meiner seltsamen Starre befreit. Ich musste ihr drinnen den Tisch decken und für sie arbeiten, sonst würde sie mich auch in den Stall sperren, sagte sie mit schrecklichem Lachen und Kreischen. Dann drohte sie, mich als Erste, noch vor meinem Bruder, aufzufressen, sprang wie eine Verrückte umher, quietschend und brüllend, sogar auf ihrem Besen reitend – den hatte ihr sicher nicht mein Vater verkauft.«

»Das alles sollen wir dir glauben?« wirft der hohe Richter ein. »Nun ja«, murmelt er, »Hexenprozesse hat es in letzter Zeit ja mehrfach gegeben. Sollte der Freispruch dieser Rosina L. damals doch zu Unrecht erfolgt sein?«

»Es war wirklich so, wie ich es Ihnen erzähle«, sagt Gretel mit Bestimmtheit. »Ich wusste nicht, wie wir uns gegen die Hexe wehren oder vor ihr davonlaufen sollten. Aber nun hat es sich so ergeben, dass sie mich aufforderte, in den Backofen zu schauen, ob die neuen Lebkuchen schon schön braun gebacken seien. Ich hab' gefürchtet, wenn ich da hineinschaue, wird sie mich mit einem Schubs hineinstoßen. Da hab' ich mich ganz dumm gestellt und sie gebeten, mir zu zeigen, wie man das macht, während der Hänsel rasch aus seinem Käfig geschlüpft ist. Sie hat sich noch über meine Ungeschicklichkeit geärgert, dann aber wirklich ihre lange Nase in den Ofen gesteckt – und da haben wir sie in unserer Not hineingeschoben und schnell die Ofentür zugeschlagen, sonst hätte sie uns ganz sicher beide umgebracht und zum Abendessen verspeist.«

»Eine andere Möglichkeit hätte es nicht gegeben, davonzukommen?«

»Nein, wir waren der Hexe völlig ausgeliefert. Wenn sie uns angestarrt, ihre komische Handbewegung gemacht und irgendein Sprüchlein gemurmelt hat, waren wir wie angewurzelt. Sie konnte dann mit uns machen, was sie wollte. Ich habe einmal gehört, das nennt man hypno ...«

»Hypnotisieren«, ergänzt der oberste Richter mit leisem Lächeln, und Gretel nickt eifrig.

»Plötzlich ist der Backofen mit einem riesigen Knall zersprungen und das ganze Hexenhaus ist zusammengestürzt. Und wo vorher der Lebkuchenzaun stand, waren plötzlich lauter Kinder, alle wie im Stehen schlafend. Wir haben sie ganz sanft und vorsichtig berührt, da sind sie aufgewacht, haben sich bei uns bedankt – ich habe zuerst gar nicht recht verstanden, wofür, aber die waren wohl alle von der Hexe verzaubert gewesen. Sie haben mit uns getanzt und gesungen, bis unsere Eltern erschienen sind. Dann waren sie plötzlich verschwunden, einfach weggelaufen.«

»Hab' ich doch recht gesehen«, sagt Peter triumphierend. »So betrunken war ich also doch nicht, wie meine Frau mir dauernd unterstellen will.«

Der oberste Richter fordert Gretel auf, neben ihrer Mutter auf der Armesünderbank Platz zu nehmen. Doch das Mädchen zögert, bleibt kurz stehen und setzt sich dann auf einen Stuhl am anderen Ende des Richtertisches, möglichst weit von Gertrud entfernt, die ihrer Tochter feindselige Blicke nachsendet.

Der Richter lässt nun Hänsel in den Saal führen, der seine Schwester Hilfe suchend ansieht. Sie deutet ihm, ruhig zu bleiben und nur dem hohen Richter in die Augen zu schauen.

»Nun, junger Mann«, beginnt dieser, »jetzt wollen wir deine Version dieser schauerlichen Geschichte anhören. Erzähl uns alles, was du darüber weißt, aber vorher ein paar Worte über dein Zuhause.«

Der kleine Hänsel überlegt ein wenig, schaut kurz zur Decke, fährt mit der Zunge über seine Lippen und redet dann mit beinahe kindlicher, noch etwas gebrochener Stimme:

»Am schönsten war es, wenn der Vater daheim war. Der hat uns immer etwas mitgebracht. Wir haben uns gefreut, auch wenn es nur etwas Kleines gewesen ist – denn wissen Sie, wir waren sehr arm.«

Die Richter sind sichtlich angetan von der unbefangenen Art des Buben, der seine Schüchternheit schnell abgelegt hat. Peter nickt seinem Sohn anerkennend zu, wogegen Gertrud bestrebt ist, ihn nicht anzusehen.

»Die Mutter war sehr streng mit uns, aber sie hat ja viel arbeiten müssen, war immer müde und hat geglaubt, dass wir nicht genug zu essen haben.«

»Wart ihr eigentlich immer brav?« fragt einer der Richter etwas naiv.

»N-nein, das waren wir nicht immer«, sagt der Kleine etwas verlegen, »aber wir haben ja auch mitarbeiten müssen – ich kann schon recht gut Besen binden. Und meine große Schwester hat alles im Haus gemacht, wenn die Mutter nicht daheim war. Manchmal waren wir schon schlimm, aber meistens nur lustig. Doch die Mutter hat immer gesagt, dass wir schlimm sind, auch wenn wir nur lustig waren.«

Der hohe Richter beobachtet Gertrud während dieser Aussage, findet aber in ihrem Gesicht keine Regung, nur abweisende Gleichgültigkeit.

»Ganz arg war es an dem Tag, als uns die Mutter in den Wald geschickt hat«, erzählt Hänsel weiter, »da waren wir nämlich gar nicht schlimm. Wir sind allein im Haus gewesen und wollten nicht immer nur arbeiten, darum haben wir die Kinderlieder gesungen, die wir in der Schule gelernt haben; wir haben ein bisschen getanzt und Unsinn gemacht. Plötzlich war die Mutter wieder da, hat furchtbar geschimpft und geschrien. Dabei hat sie den Milchtopf hinuntergeschmissen und jetzt noch mehr mit uns geschimpft, obwohl wir ja nichts dafür gekonnt haben.«

»Ausgelacht haben sie mich dafür, die kleinen Ungeheuer«, presst Gertrud zwischen den Zähnen hervor.

»Die Gretel hat überhaupt nicht gelacht«, verteidigt Hänsel seine Schwester. »Ich hab' es halt komisch gefunden, dass der Mutter etwas passiert, wofür sie sonst uns furchtbar beschimpft hätte, aber es tut mir schon leid.«

»Kommen wir jetzt ein Stück weiter«, mahnt der vorsitzende Richter. »Die Mutter hat euch nun befohlen, in den Wald zu gehen, Erdbeeren zu suchen. Solltet ihr zum Sonnenuntergang wieder zurück sein?«

»Davon hat sie nichts gesagt. Sie hat uns nur gedroht, wenn der Korb nicht voll werden sollte, wird sie uns an die Wand schmeißen oder so ähnlich.«

Alle im Saal schauen auf Gertrud, die wie eine Statue sitzt, die Augen krampfhaft geschlossen hält und keine Regung zeigt.

»Hören Sie eigentlich zu?« fragt sie einer der Richter.

Sie nickt stumm, bleibt unbewegt.

»Wir waren sogar froh, dass wir fortgehen konnten«, sagt Hänsel. »Im Wald hatten wir es immer am schönsten bei singenden Vögeln, Libellen, Käfergesumse, beim Pilzesammeln und eben beim Erdbeerensuchen. Aber auf einmal war es finster, und wir haben den Heimweg nicht gefunden. Die Erdbeeren hatten wir auch selbst aufgegessen. Die Gretel hat sich gefürchtet, aber ich hab' sie getröstet. Ich bin ein Bub und fürcht' mich nicht!«

»Und dann habt ihr im Wald übernachtet?« fragt der oberste Richter lächelnd, wohl seiner eigenen Knabenzeit gedenkend.

»Ja, auf einmal waren wir ganz müde, es war wie Sand in den Augen. Wir waren beide ganz tapfer, haben gebetet und hatten keine Angst mehr. Wir haben nämlich beide einen Schutzengel, das hat mir die Gretel erklärt. Fest haben wir geschlafen, und als die Sonne aufgegangen ist, sind wir aufgewacht und waren ganz nass von den Tautropfen.«

»Das ist ja alles sehr schön«, sagt der vorsitzende Richter, »aber sag uns, was ist jetzt passiert? Das wollen wir schon auch hören.«

»Auf einmal haben wir dieses Haus gesehen, ganz aus feinen Leckereien, und das bei unserem großen Hunger! Ich wollte gleich hinein, aber die Gretel hat gesagt, wir sollen noch warten. Ich hab' ein Stück abgebrochen und gegessen, es war sehr fein. Aber als wir beide genascht haben, war da plötzlich so eine Stimme, die gefragt hat, wer da an dem Haus knabbert. Wir haben uns noch dumm gestellt und gesagt: ›Der Wind, der Wind, das himmlische Kind‹ – so haben wir's in der Schule gelernt. Hat uns aber nichts genützt; auf einmal war die garstige alte Frau da, vor der ich mich gleich gefürchtet hab'. Ich hab' auch gleich gemerkt, dass ihre Freundlichkeit falsch ist. Ja und dann hat sie gezaubert, sodass wir uns nicht bewegen konnten! Mich hat sie in einen Holzkäfig gesteckt und mir Rosinen und andere feine Sachen in den Mund geschoben und dazu gesagt, ich soll recht fett werden, damit sie mich bald fressen kann. Ich hab' mich danach schlafend gestellt, um nichts mehr essen zu müssen. Als sie nachschauen wollte, ob ich dicke runde Finger hätte, da hab' ich ein Holzstäbchen durch das Gitter gesteckt, das sie für meinen Finger gehalten hat; sie war sehr enttäuscht, wie dünn ich bin. Und die Gretel, die hat sich wieder bewegen dürfen und für sie den Tisch decken müssen.«

»Schwindelst du da nicht ein bisschen? Ist das alles wirklich wahr, was du uns da erzählst?« fragt einer der Richter.

»Wirklich, das stimmt alles ganz genau. Fragen Sie meine Schwester«, antwortet Hänsel selbstbewusst.

»Die haben wir schon gefragt, sie hat es uns genauso erzählt.«

»Na sehen Sie«, meint Hänsel keck, »wir lügen nicht, Sie können uns schon glauben. Die Alte ist dann wie verrückt herumgehüpft, hat geschrien, wie sehr sie sich schon darauf freut, uns aufzuessen. Ganz furchtbare Gedichte hat sie aufgesagt, ›Gretelchen‹ auf ›Brätelchen‹ hat sie gereimt. Da haben wir geglaubt, dass unser letztes Stündlein geschlagen hat. Unsere Schutzengel hätten wir jetzt schon sehr dringend gebraucht!«

Die Richter lächeln; auch unter den Zuhörern ist zustimmendes Flüstern zu hören. Man hatte eigentlich erwartet, zwei eiskalt mordende kleine Monster zu erleben.

»Ich hab' gleich gemerkt, dass mein Käfig nicht wirklich zugesperrt war und ich leicht heraus konnte. Der Gretel hab' ich zugeflüstert, sie soll alles tun, was ihr die Hexe befiehlt, aber nur zum Schein. Als die Hexe ihr angeschafft hat, ins Feuer zu schauen, ob die Lebkuchen schon schön braun gebacken sind, war das unsere Gelegenheit. Da war die Gretel sehr gescheit und hat so getan, als ob sie's nicht könnte. Als die Hexe es ihr dann vorgemacht und den Kopf in den Ofen gesteckt hat, bin ich rasch aus dem Stall geschlüpft und wir beide haben ihr einen festen Schubser gegeben, sodass sie in den Ofen geflogen ist. Die Tür haben wir schnell zugemacht, damit sie nicht heraus kann und uns am Ende wieder unbeweglich macht. Sonst wären wir von ihr bestimmt aufgefressen worden!«

»Darf ich etwas sagen?« meldet sich jetzt Gertrud zu Wort. »Sie hören ja, dass ich die Kinder nicht zur Gewalt erzogen habe. Wenn das wahr ist, was sie hier behaupten, dann haben sie ja nur ihr Leben verteidigt – dafür war meine ach so harte Erziehung ja wohl nützlich!«

»Darüber wird entschieden werden«, erwidert einer der Richter. »Jetzt soll der junge Mann noch den Rest seiner Geschichte erzählen.«

»Kaum war die Hexe im Ofen«, sagt Hänsel, »hat es einen furchtbaren Krach gegeben und der Ofen ist in die Luft geflogen. Gleich ist auch das ganze Hexenhaus zusammengefallen, und rundherum waren auf einmal lauter Kinder – die waren von der Hexe wohl verzaubert worden. Wir haben sie ganz lieb gestreichelt, da haben sie mit uns zu singen und zu tanzen begonnen. Als dann unsere Eltern gekommen sind, waren sie ganz rasch weg, einfach fortgelaufen. Die Mutter war sogar zwei Tage lang ganz freundlich zu uns, bis wir abgeholt und eingesperrt worden sind.«

Hänsel setzt sich neben seine Schwester, die beruhigend den Arm um ihn legt.

Der oberste Richter blättert lange Zeit in seinen Akten; dann fragt er die Kinder: »Wollt ihr eigentlich wieder nach Hause?«

Die Geschwister blicken einander freudig erstaunt an; damit haben sie nicht gerechnet. Dann, nach einem zweifelnden Blick auf Gertrud: »Nicht, wenn unsere Mutter wieder heimkommt. Wir wollen zum Vater, nur zu ihm!«

Das kommt gleichzeitig, wie im Chor, von beiden.

»Wie stellt ihr euch das vor?« fragt der oberste Richter. »Euer Vater muss den ganzen Tag arbeiten und ist oft auswärts. Außerdem –«

»Ich weiß, was Sie meinen, hoher Herr Richter«, mischt sich Peter ein, »aber ich verspreche, nicht mehr zu trinken.«

»Das hab' ich schon oft von dir gehört«, keift Gertrud dazwischen. »Wer's glaubt, muss ein großer Dummkopf sein.«

»Ruhe!« befiehlt der oberste Richter. »Wir werden darüber beraten.«

»Etwas darf ich noch sagen«, bittet Peter wieder um das Wort. »Mein Geschäft geht seit einiger Zeit wieder besser, man hört, dass der Frieden nicht mehr fern sein soll. Ich kann meine Kinder wirklich erhalten; die große Not ist vorbei, und ich habe keinen Grund mehr, zur Flasche zu greifen.«

»Die Entscheidung ergeht morgen um elf Uhr«, unterbricht der vorsitzende Richter Peters Beteuerungen. »Die Kinder bleiben bis dahin in Verwahrung.«

Aber als das Gericht am nächsten Tag zur festgesetzten Stunde den Saal betritt, ist von einem Urteil zunächst nicht die Rede. Der vorsitzende Richter verliest umfangreiche Berichte über Frau Rosina L., die schon einmal als Hexe angeklagt, jedoch freigesprochen worden war. Ganz ähnliche Vorwürfe waren damals erhoben worden: Eine Reihe von Kindern, die sich im Wald verirrt hatten, war verschwunden. Erst jetzt waren sie wieder aufgetaucht, nachdem das Lebkuchenhaus zusammengestürzt war. Die Befragung dieser Kinder hatte ergeben, dass sie über den Zeitraum ihrer Abwesenheit nichts wussten; sie schienen eine seltsame Gedächtnislücke zu haben. Übereinstimmend erklärten sie, durch Hänsel und Gretel aus einem tiefen Schlaf geweckt worden und daraufhin nach Hause gelaufen zu sein.

Jetzt endlich verkündet der oberste Richter den Entscheid: Hänsel und Gretel werden aus dem Grund der gerechten Notwehr freigesprochen. Das Gericht glaubt ihrer Darstellung, wonach sie keine andere Möglichkeit hatten, ihr Leben zu retten. Aus den zuletzt verlesenen Berichten und Untersuchungsergebnissen erhärtet sich der Verdacht, dass es sich bei Rosina L. tatsächlich um eine Hexe gehandelt habe, die dringend verdächtig sei, noch weitere Kinder verschleppt zu haben. Außerdem bestätigten die Aussagen der wieder gefundenen Kinder die Berichte von Hänsel und Gretel, wonach Rosina L. die Fähigkeit hatte, verirrte Jugendliche in ihre Gewalt zu bekommen.

Gertrud M. hingegen wird zu langjähriger Kerkerhaft verurteilt und im Gerichtssaal sogleich festgenommen. Das Gericht kommt zu dem Schluss, dass sie die Kinder tatsächlich in der Hoffnung fortgeschickt hat, dass sie nicht wiederkämen; dies umso eher, als Gertrud von der Existenz der unheimlichen Frau im Wald gewusst habe. Man kommt auch zu dem Ergebnis, dass die Kinder durch sie grausam und überhart behandelt worden seien, wobei als mildernder Umstand nur zugebilligt wird, dass sie mit dem Leben davongekommen sind und auch ihr Charakter durch die ungerechte und verfehlte Erziehung keinen Schaden genommen hat, obwohl sie zwischen der Härte der Mutter und der übergroßen Nachsicht durch den alkoholgeschädigten Vater ständig hin- und hergerissen worden seien. Es wird daher angeordnet, Hänsel und Gretel zur Sicherung ihres weiteren Fortkommens in die Pflege und Erziehung der Familie eines der durch sie befreiten Kinder zu geben, wo sie von ihrem Vater jederzeit besucht werden dürfen.

Nach der Verkündung dieses Spruches fallen einander die Kinder und ihr Vater glücklich in die Arme. Wollen wir hoffen, dass sie alle in der nahenden Friedenszeit ein schöneres Leben führen durften.

Der Stoff dieses wohl bekannten Märchens, das sich nicht nur bei den Brüdern Grimm, sondern auch in der Sammlung von Ludwig Bechstein findet, stammt aus der Zeit gegen Ende des Dreißigjährigen Krieges, als es noch üblich war, angeblichen Hexen den Prozess zu machen. Diese Verfahren entwickelten sich etwa ab 1400 zu Beginn der Ketzerverfolgung als besondere Erscheinungsform der Inquisiton und wurden in großer Zahl bis etwa zum Jahr 1700 durchgeführt. Der letzte offizielle Hexenprozess fand 1793 in Posen statt, und noch im Jahr 1836 (!) wurde auf der Halbinsel Hela vor der Danziger Bucht eine angebliche Hexe der Wasserprobe unterzogen und dabei ertränkt. Es ist daher nicht verwunderlich, dass in Geschichten, die aus der Zeit des 17. Jahrhunderts stammen, die Hexe als Märchengestalt immer wieder auftaucht.

Zu unserem Kapitel gibt es neben Humperdincks wunderschöner, musikalisch allerdings für Kinder nicht ganz leicht fassbarer Oper nicht nur den literarischen Hintergrund des Volksmärchens, sondern auch eine skurrile, angeblich historische Begebenheit, auf der das Märchen beruht, allerdings unter völlig anderen Vorzeichen:

Gegen Ende des Dreißigjährigen Krieges soll demnach der Nürnberger Hofbäcker Hans Metzler in Quedlinburg die Bäckerin der dortigen Abtei, eine Frau Katharina Schrader, mit Heiratsanträgen verfolgt haben, um in den Besitz eines von ihr erfundenen besonderen Lebkuchenrezeptes zu gelangen. Als sie seine Werbung ablehnte, habe er sie aus Rache der Hexerei bezichtigt; es sei zum Prozess gekommen, der aber mit einem Freispruch endete. Katharina Schrader habe sich in ein abgelegenes Haus im Spessart zurückgezogen, um vor Hans Metzler Ruhe zu haben. Daraufhin sei Bäcker Hans mit seiner Schwester Grete dorthin gezogen, sie hätten die Frau umgebracht und in deren eigenen Lebkuchenbackofen geworfen. Das Rezept hätten sie nicht gefunden, jedoch einige Lebkuchenstücke mitgenommen, um sie zu analysieren und danach ihre eigene Methode zur Herstellung eines ganz speziellen Nürnberger Lebkuchens zu finden. Sie seien des Mordes angeklagt, jedoch nicht verurteilt worden – immerhin war Hans Metzler fürstlicher Hofbäcker, für den gewisse Persönlichkeiten interveniert haben dürften. Nebenbei: Hans und Grete Metzler waren damals 37 bzw. 34 Jahre alt, also längst keine Kinder mehr. In späteren Jahren soll sich der Tourismus der Affäre angenommen haben; sogar Schulausflüge sollen zu den angeblichen Resten des Mordhauses unternommen worden sein. In unsere Geschichte sind Ort und Zeit des Geschehens und die Initialen der handelnden Personen – die Hexe heißt in der Oper Rosina Leckermaul – eingeflossen.

Das Märchen verniedlicht diesen vielleicht wahren Sachverhalt und stellt die böse Hexe als damals aktuelle Zeiterscheinung weitgehend in den Mittelpunkt des Geschehens, während die Kinder als brave, von der hartherzigen Mutter tyrannisierte Geschöpfe dargestellt werden. Im Originalmärchen kommt die Mutter der Kinder noch schlechter weg als in der Oper. Dort schickt sie die Kinder nicht in den Wald, um Beeren für das Abendessen zu suchen, sondern setzt sie regelrecht aus, um sie loszuwerden.

Das ursprünglich nur für den Hausgebrauch verfasste Märchenspiel, das erst später auf einen Text von Humperdincks Schwester Adelheid Wette zur durchkomponierten Oper ausgearbeitet wurde, verarbeitet drei Volksmelodien, nämlich »Der Besen, der Besen«, »Suse, liebe Suse« und »Ein Männlein steht im Walde«. Ansonsten finden sich Anklänge an Richard Wagner, was nicht verwundert, da der Komponist in seinen frühen Jahren Assistent Wagners war, der mit ihm zusammen die erste Einstudierung des »Parsifal« 1882 in Bayreuth vornahm und Humperdinck sogar einige Takte der Verwandlungsmusik hinzukomponieren ließ, als sich herausstellte, dass der Szenenwechsel bei der ursprünglichen Dauer nicht zu bewältigen war.

Die Märchenoper erschien Humperdinck als das geeignete Genre, um bloßes Wagner-Epigonentum zu vermeiden, ohne den Einfluss seines Bayreuther Meisters verleugnen zu wollen. Schon 1894 schreibt er die Musik zu einem Melodram von Ernst Rosmer (Pseudonym für Elsa Bernstein), das 1897 in München herauskommt und in der Folge zu einer durchkomponierten Oper umgearbeitet wird. Doch erst dreizehn Jahre später, am 28. Dezember 1910, wird diese zweite Märchenoper, »Königskinder«, an der Metropolitan Opera in New York uraufgeführt.

Trotz romantischer Schönheit der Musik und prominenter Besetzung mit Geraldine Farrar und Hermann Jadlowker in den Hauptrollen ist der anfängliche Erfolg nicht von ähnlicher Dauer wie der von »Hänsel und Gretel«.

Die Uraufführung von »Hänsel und Gretel« in Weimar am 23. Dezember 1893 dirigierte Richard Strauss. Er war von dem blühenden Melodienreichtum und der subtilen Orchesterbehandlung der Oper begeistert. In den Folgevorstellungen wurde die Rolle des Hänsel von Strauss' späterer Ehegattin Pauline de Ahna verkörpert.

Die Rolle der Hexe, eigentlich für einen Mezzosopran oder Alt geschrieben, wird vielfach zum Gaudium der kleinen und großen Besucher durch einen spielfreudigen Tenor oder hohen Bariton verkörpert.

Tausendunddrei?
WOLFGANG AMADEUS MOZART

»DON GIOVANNI«

Ruggero Raimondi als Don Giovanni,
Bayerische Staatsoper München, 1972

»DON GIOVANNI«
Dramma giocoso in zwei Akten
Dichtung von Lorenzo Da Ponte
Musik von Wolfgang Amadeus Mozart

Uraufführung am 29. Oktober 1787 in Prag
Deutsche Erstaufführung am 15. Juni 1788 in Leipzig

Unter dem Toben teuflischer Geisterchöre und mit ohrenbetäubendem Donner fährt Don Juan nach dem Besuch seines steinernen Gastes geradewegs durch den Marmorboden seines zusammenstürzenden Palastes zur Hölle. Der Hausherr dort empfängt ihn in seinem von meterhohen Flammen umgebenen Salon freundlich, ja ehrerbietig. Während die beiden Herren eine Flasche schlecht gekühlten Champagner leeren – es ist ja immer ziemlich warm hier –, bringt ein Diener das Register von Don Juans Lebenslauf.

»Nun«, sagt der Hausherr, »wollen wir einmal sehen, wie lange Sie uns die Ehre geben werden, bei uns zu logieren.«

Widerwillig nippt Don Juan an seinem lauwarmen Getränk. *Das hätte es bei mir nicht gegeben*, geht es ihm durch den Kopf, während sein Gastgeber die Liste studiert. Immer mehr verfinstert sich seine satanische Miene; schließlich lässt er das Blatt unwillig sinken. »Es tut mir leid«, brummt er, »aber wenn Ihnen sonst nichts zur Last liegt, können wir Sie nicht hier behalten.«

»Wie sieht denn mein Sündenregister aus?« fragt Don Juan hoffnungsvoll. Vielleicht gibt es eine Möglichkeit, diesem Ort, wo es nicht einmal gepflegte Getränke – und wahrscheinlich überhaupt keine Weiber – gibt, zu entkommen.

»Ja, sehen Sie«, erwidert der Fürst der Finsternis bedauernd, »was angeblich am schwersten wiegt, die Verführung von eintausendunddrei Frauen und Mädchen – warum soll einen dafür der

Teufel holen? Wir haben das Register Ihres früheren Dieners Leporello kopiert. Demnach soll es sich dabei vielfach um Alte, Dicke und Hässliche gehandelt haben. Was denken Sie, wie glücklich die waren, wenigstens einmal wirklich guten Sex erlebt zu haben? Und die anderen – so wie Sie, mein Herr, jetzt immer noch aussehen« – der Gastgeber kneift ein Auge zu und mustert den etwas derangiert, aber dennoch sehr viril wirkenden Besucher kritisch –, »die werden Ihnen wohl auch nicht ungern Tür und Tor geöffnet haben. Von Gewaltanwendung gegen Damen ist jedenfalls hier nichts vermerkt!«

»Nein, das war wirklich nie notwendig«, sagt Don Juan geschmeichelt, »auch wenn es etwa Donna Anna vor ihrem Vater behauptet hat. Und die kleine Zerlina ist ja gleich weggelaufen, als es ernst zu werden begann.«

»Ach«, sagt sein Gastgeber wegwerfend, »diese beiden sind ja in den Tausendunddrei gar nicht enthalten; dort sind nur die *erfolgreichen* Fälle aufgezählt. Bei Ihren allerletzten Versuchen haben Sie sich ja nicht gerade mit Ruhm bedeckt. Aber vergessen wir's, Sie haben den Damen ja nur Vergnügen bereitet.« Er hebt das Blatt wieder auf und liest weiter. »Dann hätten wir da noch die Tötung des Vaters der Donna Anna, dieses Komturs, Leiter eines *geistlichen*« – er spuckt verächtlich auf den roten Teppich zu seinen Füßen – »Ritterordens. Geistlich, wenn ich das höre! Ein eitler, eingebildeter Kerl war das, der sich schon zu Lebzeiten ein Monument auf dem Friedhof errichten ließ. Der wäre eigentlich selbst ein Fall für die Hölle: Zählen Eitelkeit und Selbstsucht nicht zu den Todsünden? Wir werden das noch prüfen müssen. Aber wie auch immer: Er ist mit dem Degen auf Sie losgegangen, wenn ich recht verstanden habe. Klarer Fall von Notwehr, wie ich das sehe. Nein, nichts zu machen, deswegen kann ich Sie wirklich nicht hier behalten, so Leid es mir tut. Sie wären ein angenehmer Gesellschafter, eine echte Bereicherung unserer illustren Runde gewesen!« Der Hausherr kratzt sich resignierend zwischen den kleinen spitzen Hörnern, wedelt sachte mit dem Schweif und stampft ärgerlich mit dem Huf auf den Boden. »Sonst haben wir nur noch die leichte Körperverletzung durch Verprügeln des Masetto, dieses dummen Bauernburschen. Das war wohl eine kleine Bosheit, aber für so etwas ist noch keiner in die Hölle gekommen. Also leider ... Sie werden sich mit dem Inquisitionsgericht auseinander setzen müssen. Gute Reise.«

Und ehe sich's Don Juan versieht, findet er sich wieder in seiner früheren Welt, wo ihn alsbald die Schergen der Inquisition aufspüren. Ob das wohl noch ein Werk des enttäuschten Höllenfürsten war?

Längere Zeit nach diesem Ereignis, Ende des Jahres 1786, sitzt Herr Lorenzo Da Ponte, seit fünf Jahren wohl bestallter und mit sicherem Theaterinstinkt begabter Hofpoet Josephs des Zweiten, in Wien in seinem Arbeitszimmer und denkt über seine nächsten Projekte und sein bisheriges abwechslungsreiches Leben nach. *Ich darf eigentlich nicht unzufrieden sein*, sinniert er vor sich hin, *wenn ich bedenke, wie weit ich es mit meinen siebenunddreißig Jahren gebracht und was ich bisher erlebt habe.*

1763 war der einer jüdischen Familie entstammende Emmanuele Conegliano im Jahre 1749 in Cesena (heute Vittorio Veneto) Geborene getauft worden und hatte den Namen seines Bischofs angenommen. Zehn Jahre danach wurde er zum Priester geweiht und im folgenden Jahr war er bereits Lehrer am Seminar von Treviso.

Tausendunddrei?

Leicht hatte ich es nicht immer, erinnert er sich, *eine Zeit lang ist es schon auch bergab gegangen. Wegen meiner Neigung zu Rousseau und seiner Naturphilosophie haben sie mich nach zwei Jahren aus der Schule gejagt. Dann muss ich wohl einiges angestellt haben, dass man mich – ich glaube, es war 1779 – gleich für zwölf Jahre aus der venezianischen Republik verbannt hat. Nicht umsonst habe ich in dieser Zeit mit dem berüchtigten Casanova Freundschaft geschlossen; mit einem Wort, auch ich war wohl jemand, den man einen Abenteurer zu nennen pflegt. Aber letztlich war das alles mein Glück, denn 1781 bin ich nach Wien gekommen und fast sofort zum Dichter seiner Majestät avanciert. Texte für den Hofkompositeur Salieri zu schreiben, war für mich keine Kunst, das konnten auch drei oder vier Stücke im Jahr sein. Und dass dieser große Herr mit mir zuletzt nicht zufrieden war – was für ein Vorteil für mich! Sonst wäre ich wohl nie zu Herrn Mozart gestoßen, dem der andere nicht annähernd das Wasser reichen konnte. Der Erfolg des »Figaro« voriges Jahr, der war nicht von Pappe! Und jetzt, nach kaum sechs Monaten schon der nächste Auftrag – aber ... worüber schreibe ich diesmal? Mit welcher Geschichte können wir den Triumph von 1786 wiederholen? Nehmen wir die Abenteuer des Casanova, seine Flucht aus den Bleikammern in Venedig, von denen er mir erzählt hat, ein venezianisches Sujet? Oder gleich den größten aller Liebhaber, Don Juan? Sevilla ist ja ein beliebter Schauplatz für Bühnenstücke ...*

Da Ponte versinkt tief in Gedanken. Er starrt auf die vielen Papiere auf seinem Arbeitstisch, alle voll von Skizzen, Stichworten und halb fertigen Ideen. Als er aufblickt, steht plötzlich ein Mann im Zimmer, eine hohe, elegante Gestalt in herrschaftlicher, wenngleich etwas abgetragener Kleidung mit Federhut, einen schwarzweißen Umhang über die Schulter geworfen. Insgesamt eine noch einigermaßen jugendliche Erscheinung, das Gesicht von einem kurzen dunklen Bart mit einzelnen Silberfäden umrahmt und von Ausschweifungen, aber auch von Leid und Entbehrungen gezeichnet.

»Wer sind Sie? Wie kommen Sie herein?« fragt Da Ponte verwirrt.

Der Besucher nimmt ungeniert auf einem großen alten Lederfauteuil Platz. »Das ist nicht so wichtig«, sagt er lässig. »Hauptsache ich bin da, und Sie kriegen von mir Ihren Opernstoff, nach dem Sie seit Tagen suchen.«

»Woher wissen Sie ... wer sind Sie nun wirklich?«

»Erkennen Sie mich nicht? So alt bin ich geworden? Ich bin Don Juan, über den Dichter und Komponisten seit Ewigkeiten schreiben, ohne mich wirklich zu kennen. Denken Sie an Tirso de Molina, besser noch an Herrn Molière – das liegt nicht ganz so lange zurück. Vor zehn Jahren bin ich schon durch einen Herrn Righini zu Opernehren gekommen, sogar in Prag und Wien annähernd gleichzeitig. Und eben erst hat Ihr Kollege Giovanni Bertati in Venedig für einen Signor Gazzaniga einen Operntext über mich fabriziert – das Stück steht kurz vor der Uraufführung, und Sie und Herr Mozart müssen sich sehr beeilen, wenn Sie noch vorher damit herauskommen wollen!«

In diesem Moment hat Da Ponte auch schon einen Entschluss gefasst. »Egal, wann wir damit fertig sind«, erwidert er eifrig, wobei es ihm ganz selbstverständlich scheint, plötzlich mit seinem Opernhelden zu sprechen. Auch weiß er mit einem Mal, dass er seinem musikalischen Auftraggeber dieses Sujet vorschlagen wird. »Mozart ist doch der weit Bessere, und unser Stück wird die Oper dieses Gazzaniga in Vergessenheit geraten lassen, darauf wette ich mit Ihnen jede Summe!«

Don Juan lächelt müde. »Da kann ich wirklich nicht dagegen wetten, obwohl ich das Geld brauchen könnte. Es war keine Kleinigkeit, der Inquisition zu entkommen; da ist man froh, dass man lebt. Nicht jeder hat das Glück des Herrn Casanova nach der Flucht aus Venedigs Kerkern.«

»Können Sie Gedanken lesen?« fragt der Dichter fasziniert. Eben hat er noch an seinen Freund Casanova gedacht.

»Klar kann ich das«, erwidert Don Juan leichthin. »Aber reden wir nicht länger herum, ich habe nicht viel Zeit ...«

»Nur eines noch«, sagt Da Ponte, »Sie erwähnen die Inquisition – wie alt sind Sie eigentlich? Wie soll ich mir das zusammenreimen?«

»Ach, am besten gar nicht; fragen Sie mich das nicht. Übrigens ist die Inquisition bis heute nicht wirklich abgeschafft, falls Sie das nicht wissen sollten. Aber jetzt hören Sie mir zu, wenn Sie einen Welterfolg landen wollen. Hätten Sie ein Glas Wein für mich?«

Da Ponte holt aus einem hohen, alten Schrank eine angestaubte Flasche Rotwein und zwei Gläser. Er schenkt ein, und sein Gast nimmt einen vorsichtigen Schluck. »Danke«, murmelt er, »der ist fast so gut wie der Marzimino aus meinem Schlosskeller.«

Er macht es sich in dem alten Stuhl bequem und beginnt zu erzählen, während Da Ponte vor sich einen Stoß Papier ausbreitet und die Feder in die Tinte taucht.

»Von all meinen eintausenddrei Frauen zu erzählen – wenn es überhaupt so viele waren, das behauptet nur mein guter Leporello – wäre unsinnig, daraus können Sie kein Libretto machen. Außerdem kann sich kein Theater der Welt leisten, ein so personenreiches Stück aufzuführen. Ich erzähle Ihnen einfach, was mir das Inquisitionsgericht vorgeworfen hat, wie ich mich dort verantwortet habe und was die Zeugen gegen mich vorzubringen versuchten. Einverstanden?«

Da Ponte nickt gespannt.

»Zunächst kurz zu meiner Person. Über meine Abstammung bin ich mir selbst nicht im Klaren. Einige Literaten sagen, ich sei ein Nachkomme des mittelalterlichen Wüstlings Don Juan Tenorio aus Kastilien, von dem man nicht einmal sicher weiß, ob er wirklich gelebt hat. Mein Lebenswandel spräche ja dafür, trotzdem wäre es mir unangenehm, schon wegen des unmännlichen Beinamens. Tenorio! Sagen Sie Herrn Mozart, er soll meine Rolle jedenfalls als Bariton oder Bass konzipieren. Als kastratenhaften Tenor kann ich mir mich auf der Bühne nicht vorstellen. Lieber wäre mir überhaupt die andere bisweilen vertretene Theorie, ich wäre ein Nachfahre des berühmten Don Juan d'Austria, des spanischen Heerführers. Wissen Sie noch etwas von ihm? Er ist seit mehr als zweihundert Jahren tot und war ein außerehelicher Sohn Karls des Fünften – Sie wissen schon, in dessen Reich, wie man so schön sagt, die Sonne nie unterging – mit Barbara Blomberg, die ja eine recht skrupellose Dame gewesen sein soll. Nach seinem Sieg über die Türken bei Lepanto 1571 ist dieser Don Juan seinem regierenden Halbbruder Philipp dem Zweiten zu mächtig geworden und der hat ihn nach den Niederlanden abgeschoben, wo er an der Pest gestorben sein soll. Finden Sie nicht auch, dass das eine würdigere Abstammung wäre?«

Da Ponte winkt seinem Gast ungeduldig, er solle fortfahren.

»Der Teufel allein weiß, wieso man mich gleich erwischt und vor das Inquisitionsgericht gestellt hat. Jedenfalls wurde ich des Mordes am Komtur von Sevilla, der versuchten Entführung und Vergewaltigung seiner Tochter Anna, des *versuchten Ehebruches* – so etwas gibt es tatsächlich! – zum Nachteil dieses dummen

Bauernpärchens, Zerlina und Masetto, und schließlich der – ohnehin nur leichten – Körperverletzung an eben jenem Masetto beschuldigt. In Wahrheit hat sich alles so abgespielt:

Diese Donna Anna war nicht nur wegen ihres prominenten Vaters, sondern auch wegen ihrer prachtvollen Erscheinung in ganz Sevilla stadtbekannt. Eine hoch gewachsene, schlanke Figur, ein bildhübsches blasses, dabei aber rassiges Gesicht, umrahmt von einer wahren Mähne blauschwarzen Haars. Alle, die sie kannten, haben nur den Kopf darüber geschüttelt, dass sie mit einem Schlappschwanz wie Don Octavio verlobt war, einem zwar von Haus aus wohlhabenden, aber weichlichen, unmännlichen Typ mit piepsiger Stimme und übertrieben höfischen Manieren. Diese Verbindung hatte offenbar der Vater eingefädelt, weil der junge Mann eine gute Partie war – dabei ist der Komtur selbst reich, aber Sie wissen ja: Wo Tauben sind, fliegen Tauben zu ...

Jedenfalls hatte ich mir vorgenommen, diese fantastische Person näher kennen zu lernen, was bei den vielen Bällen und Einladungen, wo wir einander begegneten, leicht zu bewerkstelligen war. Tatsächlich muss ich auf sie sofort starken Eindruck gemacht haben: Ich sollte, so schlug sie mir eines Tages überraschend vor, am nächsten Abend maskiert, um nicht erkannt zu werden, in ihren Garten kommen, sobald es ganz dunkel geworden sei. Ganz wohl war mir nicht bei dem Gedanken, eventuell vom Komtur überrascht zu werden, dessen hoch moralische, spießige Ansichten jeder kannte – mein Ansehen in Sevilla hätte bei einem Eklat schweren Schaden genommen, wie Sie sich denken können. Aber die Aussicht auf eine Liebesnacht mit der schönsten Frau der Stadt ließ mich alle Vorsicht vergessen. Und alles in unmittelbarer Nähe des großen Sittenapostels und Hüters seiner Tochter, das bedeutete im Grunde noch einen zusätzlichen Kick für mich!«

»So habe ich mir den Don Juan schon immer vorgestellt, unverbesserlich«, murmelt Da Ponte und blickt seinem Besucher anerkennend ins Auge.

Der lächelt etwas müde und fährt fort:

»Ja nun, so bin ich denn mit meinem Leporello zu später Stunde zum Palast des Komturs gegangen, habe ihn als Wache vor dem Tor gelassen und mich über das hohe Eisengitter des Gartens geschwungen, wo mich Donna Anna schon erwartete. Über das, was nun zwischen uns geschah, schweige ich selbstverständlich als – immer noch – Kavalier. Nur so viel: Nie hätte ich gedacht, dass die schönste Liebesnacht meines Lebens ein solches Ende nehmen würde: Noch schwer atmend lagen wir eng umschlungen zwischen duftenden Rosensträuchern, als es im Haus plötzlich hell wurde und der Vater des Mädchens mit gezogener Waffe tobend herbeistürzte. Sein Zorn schien zunächst gegen die Tochter gerichtet, die ihm vorzulügen trachtete, mich im Dunkel mit ihrem Don Octavio verwechselt zu haben, dann wieder etwas von Vergewaltigung stammelte. Dies wenige Minuten, nachdem sie mich ekstatisch festgehalten und mir versichert hatte, mich nie wieder ziehen zu lassen – was natürlich auch nicht gerade meinen Absichten entsprochen hätte! Wie dem auch sei, ich musste mich gegen den noch sehr rüstigen Alten zur Wehr setzen und nach kurzem Gefecht, nun ja, war ich eben der Sieger. Dass der Stich tödlich war, wollte ich wirklich nicht, aber im schwachen Mondlicht konnte ich wenig sehen und war froh, seine vehementen Ausfälle überhaupt pariert zu haben. Ich habe dann mit Leporello das Weite gesucht, aber zuvor gerade noch diesen Don Octavio aus dem Palast kommen gesehen – offenbar hatte er im

Haus des Komturs übernachtet. Rückblickend gesehen war es schon auch eine Kühnheit der schönen Anna, mir in nächster Nähe ihres Verlobten solch ein intimes Rendezvous zu gewähren. Lässt tief blicken, was sie im Grunde von ihm gehalten hat!«

»Das gibt eine wundervolle Eröffnungsszene für die Oper«, sagt Da Ponte eifrig, während Don Juan an seinem Weinglas nippt. »Nur eine Kleinigkeit erwähne ich am besten gleich: Wie Sie wissen, erscheint das Werk in italienischer Sprache, und Sie werden nichts dagegen haben, wenn ich auch die Namen übersetze. Sie würden dann als Don Giovanni und dieser Octavio als Don Ottavio auftreten. Schauplatz bleibt aber natürlich Sevilla.«

»Mir egal«, erwidert der Gast lässig. »Wollen wir in der Geschichte weitergehen? Ob mir das Gericht geglaubt hat, weiß ich nicht und werde es wohl auch nie erfahren – ich bin vor der Urteilsverkündung geflüchtet. Leporello hat mir dabei geholfen – es war sein letzter Dienst für mich, bevor er sich einen anderen Herrn gesucht hat. Seither meide ich natürlich Spanien ... Aber ich schweife schon wieder ab.

Seit diesem Tag schien ich vom Unglück verfolgt. Gleich am folgenden Morgen gehe ich mit Leporello spazieren, um mich nach einer neuen Dame umzusehen – sozusagen als Kontrastprogramm zu Donna Anna –, und wem laufe ich über den Weg? Ausgerechnet einer gewissen Donna Elvira aus Burgos, mit der ich – ganz gegen meine Gewohnheit – längere Zeit zusammen war und die mich seither verfolgt und ständig mit der Forderung belästigt, ich solle ein angebliches Eheversprechen einhalten. Glauben Sie mir, Señor Da Ponte, ich kann mich an keines erinnern, und sollte ich in irgendeiner Ekstase so einen Unsinn dahergeredet haben, so war das nicht ernst gemeint, das konnte jedermann – auch Elvira – erkennen!«

Da Ponte nickt stumm und macht Notizen.

»Ich konnte die im Lauf der Zeit etwas füllig gewordene Dame dann mithilfe Leporellos loswerden, der ihr – psychologisch richtig und zielführend – alle meine an Frauen begangenen angeblichen Untaten aus seinem Register vorgelesen hat, worauf sie schaudernd davongerannt ist. Aber das Pech ist mir treu geblieben, obwohl es zunächst gut weiterzugehen schien: Wir sind einer ländlichen Hochzeitsgesellschaft begegnet, und die Braut, die kleine Zerlina, hat mich fasziniert in ihrer provinziellen Frische und Unschuld – welch ein Gegensatz zu der adelsstolzen Komturstochter! Sie war auch gleich bereit, ihren Bräutigam, einen simplen Schafskopf namens Masetto, stehen zu lassen, der natürlich zornig wurde – aber Leporello hat schon immer verstanden, mit solchen Situationen umzugehen. Doch kaum war ich mit dem Mädchen allein, kaum hatte ich ihr – das gebe ich zu — das Blaue vom Himmel versprochen, was passiert jetzt? Schon wieder taucht diese Elvira auf, die sich wie eine Klette an mich hängt. Sie packt Zerlina an der Hand, zerrt sie weg, schildert mich ihr als Inkarnation alles Schlechten und Verdorbenen und geleitet sie schön sittsam zurück zu ihrer Hochzeitsgesellschaft.«

»Was für ein Pech«, wirft Da Ponte ein.

»Aber noch kein Ende der Komplikationen«, fährt Don Juan unwillig fort. »Die beiden Frauen sind kaum verschwunden, da begegnet mir Donna Anna mit ihrem bleichsüchtigen Verlobten Don Ottavio, wie Sie ihn für die Oper zu nennen belieben werden. Sie begrüßt mich freundlich und erwähnt natürlich in Anwesenheit dieses trostlosen Männleins mit keinem Wort und keiner Miene die vergangene Nacht, fordert mich vielmehr auf, ihr bei der Suche nach dem Mörder ihres Vaters behilflich zu sein –

jede Wette gehe ich ein, dass sie das ganze Duell ohnehin noch mitgekriegt hat und jetzt ihrem Verlobten ein Theater vorspielte! Aber die peinliche Situation eskalierte leider noch mehr, als die anscheinend allgegenwärtige Donna Elvira zurückkam. In geradezu nonnenhafter Manier schien sie bestrebt, alle Welt – alle Frauen – vor mir zu warnen. Wie eine Verrückte beschimpfte sie mich hysterisch in Gegenwart von Anna und Ottavio. Die glaubten meinen Beteuerungen nicht recht, dass es sich bloß um eine arme Närrin handle. So habe ich es auf mich genommen, Elvira mit mir fortzuziehen – das war bei ihrer unerträglichen Anhänglichkeit ja nicht schwer – und dem ungleichen Paar Hilfe bei der Suche nach dem Mörder zuzusagen.«

Don Juan nimmt wieder einen Schluck Wein, Da Ponte schenkt ihm nach. Sein Gast fährt fort:

»Ich habe das alles vor Gericht natürlich nicht so locker erzählt wie Ihnen hier. Da hätte ich mir wohl selbst geschadet. Besonders meinen Umgang mit dem einfachen Volk, mit Zerlina und Masetto, musste ich dort schon etwas dezenter darstellen. Diese Inquisitoren bestehen ja aus einer Mischung von säuerlicher Moral und geheucheltem sozialen Engagement, wenn es ihnen gerade in den Kram passt ... Aber gehen wir weiter: Ich hatte nicht vor, mir dieses entzückende Bauernmädchen entgehen zu lassen. Da musste ich erst einmal ein entsprechendes Umfeld schaffen, mein Hineinplatzen in den Hochzeitszug war denn doch eine zu plumpe Methode gewesen. So habe ich denn auf meinem Schloss – es liegt etwas außerhalb der Stadt – ein großes Fest für die Leute aus der Umgebung veranstaltet, und Leporello hat dafür gesorgt, dass die richtigen Gäste geladen wurden – natürlich auch die ganze Hochzeitsgesellschaft rund um Masetto und Zerlina, die rasch wieder miteinander versöhnt waren.

Es war ein prächtiges buntes Bild, all die Landleute in ihren Trachten. Auch die kleine Zerlina schien leicht zu beeindrucken, obwohl ihr der tölpelhafte Bräutigam nicht von der Seite wich und Leporello alle Hände voll zu tun hatte, um ihn abzulenken. – Plötzlich tauchten an der Pforte des Schlosses drei maskierte Gestalten in reich verzierten Gewändern auf. Ich deutete Leporello, sie einzulassen, was sich alsbald als Fehler erwies, wie Sie gleich sehen werden. Als es mir endlich gelungen war, die Kleine in ein abgelegenes Zimmer zu ziehen, begann sie um Hilfe zu rufen. Ich packte den überraschten Leporello, der wie immer in meiner Nähe geblieben war, am Kragen und tat, als ob ich ihn gerade bei einer unziemlichen Attacke gegen das Mädchen erwischt hätte. Nebenbei«, lacht Don Juan, während er sich weiter an Da Pontes Weinflasche bedient, »das habe ich natürlich vor Gericht bestritten. Ihnen erzähle ich für Ihr Projekt die reinen Tatsachen! Übrigens hat mir dieses Theater mit Leporello wenig genützt: Die drei Maskierten traten mir entgegen, legten ihre Larven ab, und ich stand der unvermeidlichen Elvira, Don Ottavio, der einmal im Leben den Helden spielen wollte, und seiner Braut, der schönen Anna, gegenüber. Ihr blasser Galan hatte sogar eine Waffe gezogen, was bei seiner – nennen wir's bescheidenen – Erscheinung ein wenig lächerlich wirkte. Elvira schimpfte wie gewohnt, doch in ihrem Blick schien mir ein Flehen zu liegen, dass ich zu ihr zurückkehren solle. Donna Anna hingegen war ersichtlich wütend, weil ich mich so kurz nach unserer Schäferstunde schon wieder einem anderen Mädchen genähert hatte. So bestand für sie alle ein Grund, auf mich loszugehen, doch was am unangenehmsten war: Sie hetzten alle meine ländlichen Besucher gegen mich auf, die natürlich jetzt bestrebt waren, dem bedrängten Hochzeitspaar beizustehen. Meine Dienerschaft verwickelte die undankbaren Gäste in ein Handgemenge, sodass ich Gelegenheit hatte, mir mit blankem Degen mitten durch das Völkchen einen Weg zu bahnen und vom Schauplatz zu verschwinden. Ich bemerkte noch, dass Ottavio versuchte, mich zu verfolgen, dass Donna Anna ihn aber davon abhielt – warum wohl? Fürchtete sie, dass mir etwas zustoßen könnte oder vermutete sie zu Recht, dass ich ihren Schwächling im Zweikampf nach ein paar Paraden abmurksen würde? Ich bin eigentlich sicher, dass sie mich – wohl noch unter dem Eindruck unserer nächtlichen Begegnung – heil davonkommen lassen wollte.«

»Das gibt ein prachtvolles Finale zum ersten Teil der Oper«, ruft Da Ponte begeistert. Er holt eine neue Flasche, füllt zwei Gläser und stößt mit seinem Gast an. »Aber hatten Sie nach all diesen Aufregungen noch nicht genug von den Weiberaffären?«

»Keineswegs«, erwidert Don Juan lebhaft. »Ich war jung und dynamisch und mein Prinzip hieß, nur eine zu lieben, wär' ein Unrecht an allen anderen! Allerdings muss ich zugeben, dass ich mich zuletzt ein wenig unter mein Niveau begeben habe. Gleich nach den geschilderten Ereignissen überlegte ich, wie ich mich der ständigen Belästigungen durch Donna Elvira endgültig entledigen konnte. Ich musste sie, so dachte ich, nur ordentlich demütigen.

So habe ich am folgenden Abend mit Leporello die Kleider getauscht, ihn, der nicht mehr so recht mitmachen wollte, mit dem Degen in der Hand gezwungen, statt meiner vor Elviras Haus zu posieren, während ich im Dunkel lauten Tones Reue und Besserung heuchelte. Tatsächlich ist sie augenblicklich heruntergelaufen, direkt in Leporellos Arme! Er hat ganz wacker den Liebhaber gespielt, während ich ihrer Kammerzofe ein Ständchen brachte – auf die hatte ich es eigentlich abgesehen. Dass ich dadurch Leporello in Schwierigkeiten brachte, sobald er entlarvt wurde, machte mir nichts aus – er hatte sich schon aus mancher derartigen Bedrängnis geschickt herausgewunden. Aus meiner Liebesstunde mit der Kammermaid wurde allerdings auch nichts, denn nun kam im unpassendsten Moment Masetto mit seinen Bauern daher, der mich in meiner Maskerade natürlich für Leporello hielt. Was blieb mir übrig, als diesen Irrtum zu nützen und ihm vorzuspiegeln, ich hätte mich von Don Juan getrennt. Die Bauern schickte ich in alle Himmelsrichtungen, angeblich, um den Verruchten zu fangen. Und dass ich diesem Masetto, als ich endlich mit ihm allein war, eine ordentliche Tracht Prügel verabreicht habe, wer will es mir verdenken nach all den Enttäuschungen der letzten Stunden?«

»Ja, ja, es passt schon ins Bild«, meint Da Ponte etwas verlegen, »aber sehr fein sind Sie ja nicht gerade mit all diesen Menschen umgegangen!«

»Heute sehe ich das ja auch schon etwas abgeklärter«, erwidert Don Juan und gähnt dezent. Der Wein beginnt allmählich seine Wirkung zu tun. »Aber schließlich war es ja mein letztes Abenteuer, wenn auch wieder ein danebengegangenes. Irgendwie hab' ich es geahnt, dass es damit zu Ende geht. Nachträglich erscheint es mir fast symbolisch, dass ich Leporello ausgerechnet auf dem Friedhof wiedergetroffen habe. Er hat mir dort ganz aufgeregt erzählt, dass ihn meine vereinten Feinde fast gelyncht hätten und wie er ihnen mit Mühe entkommen konnte. Ich wieder fand es lustig, ihn mit einer erfundenen Geschichte zu ärgern, wonach ich ihm eine seiner Freundinnen abspenstig gemacht hätte, und bald herrschte zwischen uns wieder die altgewohnte aggressive Heiterkeit. Plötzlich standen wir vor der Statue des Herrn Komtur, und aus einer Laune heraus befahl ich meinem

Diener, ihn zum Abendessen einzuladen, den eitlen alten Frömmler auf seinem Podest. Und wirklich, es schien mir, als ob die Steinfigur zustimmend mit dem Kopf nickte. Aus dem Rauschen der alten Bäume glaubte ich ein deutliches ›Ja‹ zu vernehmen.«

»So eine Friedhofsszene wollte ich immer schon schreiben«, sagt Da Ponte. »Das wird dem Meister Amadé bestimmt gefallen.«

»Soll mir recht sein«, meint Don Juan. »Leporello, der Feigling, ist vor Angst jedenfalls fast gestorben, ich aber habe für den nächsten Abend ein opulentes Essen in Auftrag gegeben, mit Fasanen, herrlichem Marzimino, Tafelmusik und allem Drumherum. Apropos Tafelmusik: Sagen Sie Ihrem Herrn Mozart, es wäre doch eine nette Idee, in diese Szene ein Stückchen aus seinem letzten Erfolg, dem ›Figaro‹, einzubauen, um denjenigen, die das Stück noch nicht kennen, Gusto darauf zu machen. Und damit man ihm und Ihnen nicht vorwirft, Eigenes mehrfach zu verwerten, lassen Sie ihn noch Zitate aus älteren Opern einbringen. Ich kenne mich da recht gut aus und meine, dass ein Stückchen aus ›Fra i due litiganti il terzo gode‹ von Giuseppe Sarti nicht übel wäre. Das ist vor fünf Jahren in Mailand mit gutem Erfolg herausgekommen, und die Leute erinnern sich daran. Und als weiteres Zitat – drei Nummern sollte eine gute Tafelmusik schon haben! – käme mir ›Una cosa rara‹ von Padre y Soler in den Sinn. Sie sehen, ein klassischer Liebhaber von Format sollte auch musisch bewandert sein.«

Da Ponte notiert die – ihm natürlich bekannten – Titel. »Vielen Dank für die Anregungen«, sagt er. »Sie hätten den Text Ihrer Oper wahrhaftig selbst schreiben können.«

»Nein, nein, dafür sind Sie geeigneter«, erwidert Don Juan galant. »Aber sei's drum, jetzt beende ich meine eigene Geschichte, bevor ich Ihnen erzähle, was die anderen vor Gericht dahergeredet haben. Der Rest ist rasch gesagt: Ich sitze an meiner festlichen Tafel in zweifelnder Erwartung meines steinernen Gastes. Wird er tatsächlich kommen? Es wird immer später, ich glaube schon nicht mehr an den seltsamen Besuch. Leporello serviert mir die köstlichsten Sachen, ich beginne zu essen – wahrscheinlich habe ich mir die Sache auf dem Friedhof doch nur eingebildet. Plötzlich stürzt Elvira herein – wie oft und wie sehr musste man dieses Weib noch demütigen, um sie loszuwerden? Sie umarmt mich, heult und schreit, ich solle mich bessern, zu ihr zurückkehren, erreicht damit natürlich das Gegenteil: Ich gerate in Wut, verspotte sie – ich muss zugeben, ziemlich unfein – und erwidere: ›Bevor ich mich bessere, will ich noch gut essen.‹ Wenn sie wolle, könne sie mir dabei Gesellschaft leisten. Sie wünscht alle Strafen des Himmels auf mich herab, öffnet die Tür, um zu gehen, prallt mit einem Schrei des Entsetzens zurück und flieht in Panik durch eine Seitentür. Leporello späht hinaus, auch er schreit auf und verkriecht sich unter dem Tisch. Nun öffne ich selbst die große Tür – und tatsächlich stampft mein steinerner Besucher in den Saal. Ich fasse mich schnell, biete ihm Platz an, doch nun fordert auch er mit hohler Stimme von mir Buße und Reue. In wildem Trotz weigere ich mich, Leporello flüstert mir zu, ich solle bereuen – doch was eigentlich? Ich bin mir keiner Schuld bewusst, trete dem Standbild mutig entgegen – da packt es mich mit seiner riesigen steinernen Hand, zerrt mich durch den Raum ... zumindest kam es mir so vor ... ich verliere kurz das Bewusstsein und gleich darauf finde ich mich wieder in Gesellschaft des Höllenfürsten höchstpersönlich. Der war zwar sehr freundlich zu mir, doch das ganze Ambiente dort hat mir nicht gefallen und zu meiner Erleichterung hat er mich auch sofort rehabilitiert, zumindest, was die Ewigkeit betrifft. Den Rest wissen Sie.«

Don Juan wirkt erschöpft, die Erinnerung hat ihm sichtlich zugesetzt. Er bittet um einen kleinen Imbiss, und Da Ponte, der froh darüber ist, dass er sein Personal zu dieser Stunde schon weggeschickt hat, versorgt ihn selbst mit dem Nötigsten. Bei einer neuen Flasche und im dichten Rauch teurer Zigarren erholt sich der Besucher schnell und nach kurzer Pause fährt er mit seinem Bericht fort, während Da Ponte einen weiteren Stapel Schreibpapier, frische Federn und Tintengläser bereitstellt.

»Als erste Zeugin hat das Inquisitionsgericht die vornehme Donna Anna in den Saal gebeten. Solche Personen von Stand konnten sie nicht warten lassen, und peinlich genug war ihr dieser öffentliche Auftritt ohnehin. Natürlich hat sie den Vorfall im nächtlichen Garten so dargestellt, dass ihre Ehre einigermaßen gewahrt blieb: Ein maskierter Unbekannter sei nachts in den Garten eingedrungen und habe ihr Gewalt angetan. Zurückzuhalten versucht habe sie ihn nur, damit ihr Vater mit seinem Personal ihn festnehme. Das Duell mit dem Komtur habe sie nicht mit angesehen, sondern erst kurz danach zusammen mit ihrem Verlobten die Leiche gefunden. Verehrter Meister, Sie hätten sie sehen sollen, wie sie mir in ihrer Verlegenheit immer wieder heimliche Blicke zugeworfen, die Augen aber sofort abgewandt hat, wenn ich ihr fest ins Gesicht schauen wollte! Als Täter erkannt haben wollte sie mich erst nach unserer Begegnung mit Elvira, aber sie hat sogar versucht, auch das gleich wieder abzuschwächen: Sie sei sich bis heute nicht ganz sicher, ob wirklich ich es war – da wusste sie noch nicht, dass ich die Sache zuvor ohnehin zugegeben hatte. Ja, und dann durfte ich der Zeugin Fragen stellen. Das hab' ich benutzt, um ihre Gefühle für mich zu testen, eitel, wie ich eben immer noch war: Zuerst habe ich sie gefragt, warum sie Herrn Ottavio gehindert hat, mich nach dem Eklat bei meinem

Fest zu verfolgen: Keine Antwort, nur verlegenes Lächeln. Noch peinlicher war ihr meine provokante Frage, warum sie lange nach all diesen Vorgängen – ich bin ja drei Jahre in Inquisitionshaft gesessen bis zur Verhandlung – ihren Verlobten noch immer nicht geheiratet hatte. Doch der Vorsitzende ließ die Frage nicht zu, weil sie angeblich mit den Vorwürfen gegen mich in keinem Zusammenhang stand. Das stimmte nun ganz und gar nicht. Denn man hätte doch daraus Schlüsse auf ihre Sympathie für mich ziehen können, und der Vorwurf der Gewaltanwendung wäre dadurch wohl zu Fall gebracht worden. Egal, ich bin dem Gericht ja rechtzeitig entkommen, aber ich werde nie vergessen, wie ihr blasses Gesicht von zarter Röte übergossen wurde und mir noch schöner erschien als damals, als es passierte ... Ich glaube, Señor Da Ponte, diese Frau wäre die Einzige gewesen, mit der ich mir vielleicht ein gemeinsames Leben hätte vorstellen können – zumindest aus heutiger Sicht, wo alles vorüber ist.«

Da Ponte hat gespannt zugehört; er fühlt etwas wie Mitleid und Anteilnahme am Schicksal dieses ruhelosen Mannes, der wie aus dem Nichts bei ihm aufgetaucht ist. Doch er weiß, dass davon nichts in sein Libretto einfließen darf, es muss beim »Dissoluto punito«, dem »bestraften Wüstling«, bleiben, um keine Probleme mit der kaiserlichen Zensur zu bekommen. Don Juan spricht eilig weiter:

»Die nächste Zeugin war dann Donna Elvira. Ich hätte sie kaum mehr erkannt, so unförmig dick war sie geworden. Offenbar aus Frust und Kummer über mich hat sie sich wohl mehr den kulinarischen Genüssen zugewandt – ich bin mittlerweile daran gewohnt, an allem die Schuld zu tragen, meinetwegen auch daran. Gleich bei ihrem Eintritt musste sie von Gerichtsdienern daran gehindert werden, sich auf mich zu stürzen, mich zu umarmen und mir schon wieder ihre ewige Liebe und Treue zu beteuern; es war ein peinlicher Auftritt. Mit erstickter Stimme hat sie dem Gericht in langen Tiraden von meiner Undankbarkeit erzählt, mich sogar immer wieder als ihren Gatten bezeichnet – es schaudert mich noch jetzt bei dem Gedanken! Sie hat zugegeben, seit unserer Trennung ununterbrochen in meiner Nähe geblieben zu sein und mir nachspioniert zu haben. Das erklärt auch, wieso sie stets dazwischentreten konnte, wann immer ich mich mit anderen Damen befasst habe. Dauernd hat sie das Gericht um Gnade für mich angefleht. Nichts, aber auch schon gar nichts, was ich ihr angetan hätte – und das war nicht wenig, denken Sie nur an den Kleidertausch mit Leporello –, könne die Flamme ihrer Liebe löschen ... Ich konnte das pathetische Geschwätz schon nicht mehr hören, obwohl es vor Gericht ja vielleicht zu meinem Vorteil gewesen wäre. Dass ich es seinerzeit länger mit ihr ausgehalten habe, kann ich heute nicht mehr begreifen. Wie ich zuletzt hörte, soll sie mittlerweile in ein Kloster gegangen sein, wo ihre arme Seele hoffentlich Ruhe finden wird.«

Die alte große Penduluhr im Zimmer schlägt elf Mal. Da Ponte öffnet ein Fenster, um den Weindunst und Zigarrenrauch ein wenig zu mildern. Von draußen ist kein Laut zu vernehmen, die Stadt schläft. Der Dichter versorgt seinen Gast mit weiterer Stärkung; Don Juan erhebt sich aus seinem Lehnstuhl, streckt sich wie ein Kater und geht im Zimmer umher, während er weiterspricht:

»Den erwarteten kläglichen Eindruck erweckte der nächste Zeuge, Don Ottavio. Über mich konnte er nicht viel sagen; meine letale Auseinandersetzung mit dem Komtur hatte er ja verschlafen. Im Übrigen schien er bemüht, seine Aussage der von Donna Anna anzupassen; das war wohl abgesprochen. Dennoch glaubte ich, aus seinen weinerlichen Worten eine gewisse Distanz zu seiner ewigen Verlobten herauszuhören – anscheinend dämmerte es ihm allmählich, dass er doch nicht der ideale Märchenprinz für seine Angebetete war. Ich konnte mir nicht verkneifen, auch ihn zu fragen, wieso Donna Anna ihn an meiner Verfolgung nach dem Wirbel im Schloss gehindert hatte und warum er noch immer nicht mit ihr verheiratet war. Konkrete Antworten darauf bekam ich nicht, er ist nur rot angelaufen, und es war offenkundig, was ich ohnehin schon wusste: dass er ein Popanz ohne eigene Persönlichkeit, eigentlich nur ein willenloses Anhängsel seiner so genannten Braut war.«

Don Juan sind der Ärger und die Verachtung für Don Ottavio anzumerken, und Da Ponte überlegt nicht ohne Besorgnis, wie es ihm gelingen werde, diesem Schwächling, den Mozart sicherlich als Tenor komponieren werde, doch irgendwelche sympathischen Züge zu verleihen.

Don Juan scheint auch diese Gedanken lesen zu können; er sagt zu seinem Gastgeber eindringlich: »Wenn Sie das Buch zur Oper schreiben und alles mit Herrn Mozart besprechen, dann sagen Sie ihm, dass diese Rolle nur durch ein oder zwei kunstvolle Arien zu retten ist. Ottavio ist, solange ich ihn kannte, niemals aus Eigenem initiativ geworden. Sogar auf mein Fest im Schloss hat er sich nur in Begleitung zweier starker Weiber getraut. Aber Herr Mozart ist ja ein gewiegter Theaterpraktiker, der wird das schon richtig machen.« Er setzt sich wieder, bedient sich am Wein und den Zigarren: »Ich komme allmählich zum Ende meiner Geschichte. Die letzte interessante Zeugin war die kleine Zerlina, die längst mit Masetto verheiratet war und mit zwei kleinen Kindern im Gericht auftauchte. Sie gab offen zu, dass sie von mir zutiefst beeindruckt gewesen sei und ohne Wenn und Aber die Meine geworden wäre. Dazwischen aber begann sie immer wieder mit etwas gespieltem Trotz über meine Unmoral zu schimpfen: dass wir Adeligen uns gegenüber den einfachen Leuten zu viele Freiheiten herausnähmen und sie mit ihrem Masetto, der ein simpler Bauer sei, ihr wahres Glück gefunden habe. Darüber konnte man schon geteilter Meinung sein, denn in ihrem Gesicht und an den bloßen Armen konnte ich ganz deutlich blaue Flecken und kaum verheilte Verletzungen erkennen – die konnten wohl nur vom Herrn Gemahl stammen. Ich hätte sie wahrscheinlich nach einer kurzen, glücklichen Zeit verlassen, aber misshandelt hätte ich sie niemals!«

»Woran ich nicht zweifle«, sagt Da Ponte überzeugt. Sein Gegenüber wird ihm immer sympathischer, er wird sein Textbuch so verfassen, dass auch Mozart in der Musik ihn nicht bloß als verabscheuungswürdigen Unhold darstellen kann.

»Schließlich«, sagt Don Juan ruhig, »haben sie noch meinen Leporello in den Zeugenstand geholt. Man musste ihn vorführen lassen, weil er sich nicht getraut hatte, vor Gericht zu erscheinen. Natürlich hatte er Angst, als mein Spießgeselle gleichfalls unter Anklage gestellt zu werden – das war beim Inquisitionsgericht, wo ja Ankläger und Richter identisch sind, nicht von der Hand zu weisen! Aber er hat ganz geschickt zum Ausdruck gebracht, dass er eigentlich schon lange nicht mehr mitmachen wollte und dass ihm die Handlangerdienste für mich, insbesondere das Zuführen von Weibern und deren Demütigung – wie bei Elvira –, eher peinlich gewesen sei. Da war aber schon auch ein gewisses Quantum an Feigheit mit im Spiel. Wie oft musste ich ihn unter Drohungen, sogar mit gezogenem Degen, zwingen, meinen Wünschen zu entsprechen! Leicht hat er es nicht immer gehabt, aber schlecht ist es ihm bei mir nicht gegangen. Er hatte stets genug Geld – großzügig war ich ihm gegenüber immer, um mich seiner Loyalität zu versichern –, und Frauen konnte er reichlich haben, so viele er wollte; die Mädchen aus dem Volk sind ihm bis ins Bett nachgelaufen. Durch die Beziehung zu ihm glaubten sie, etwas von meiner eigenen Aura mitzubekommen – verzeihen Sie die Anmaßung, aber er war letztlich so etwas wie ein Zerrbild, eine Karikatur meiner selbst, sozusagen ein kleines Abbild des großen Don Juan!«

Der Besucher ist wieder aufgestanden. Hoch aufgerichtet, mit Weinglas und Zigarre in den Händen, steht er vor Da Ponte, immer noch eine prächtige Erscheinung; seine zeitweilige Melancholie ist verflogen. »Nun bleibt nur noch zu erwähnen«, beendet er seine Erzählung, »dass der dumpfe Masetto als Zeuge ähnlich wie seine Frau bittere Klage geführt hat über seine schlechte Behandlung durch die großen Herren, besonders durch mich, und dass er noch drei Wochen lang die Folgen meiner Tracht Prügel verspürt habe. Ein feister, derber Kerl ist er geworden, und seit ich gesehen habe, dass er Zerlina schlägt, gönne ich ihm meine damaligen Prügel erst recht von Herzen!«

Mittlerweile ist es Mitternacht geworden. Da Ponte dankt seinem Besucher für die anregende Unterhaltung und will ihm ein Nachtquartier im Haus anbieten, doch Don Juan bedauert. »Meines Bleibens hier ist nicht länger«, sagt er etwas feierlich, »aber es war schön mit Ihnen. Und da ich nicht nur Gedanken lesen, sondern auch ein wenig in die Zukunft blicken kann, sage ich Ihnen: Die Oper wird sich durchsetzen und einer Ihrer größten Erfolge werden. Mit Herrn Mozart werden Sie noch ein weiteres äußerst erotisches Werk herausbringen. Dennoch werden Sie nach fünf Jahren Wien verlassen und nicht mehr zurückkehren. Zwölf Jahre werden Sie in einer anderen europäischen Metropole verbringen und danach bis ins hohe Alter in einem fernen Land leben. Mehr sage ich nicht; allzuviel soll man über die eigene Zukunft nicht wissen ... Nochmals vielen herzlichen Dank für Ihre Gastfreundschaft!«

Noch eine knappe Verbeugung, dann entschwindet der Besucher in den dichten Rauchwolken der Zigarren.

Da Ponte sitzt mit schweren Augenlidern an seinem Arbeitstisch, wie aus einem wirren Traum erwachend. Mit einem Ruck setzt er sich in seinem Lehnstuhl gerade auf. Niemand hier, die Tür fest verschlossen – habe ich das alles nur geträumt? Sein Blick fällt auf die Tischplatte, auf den großen Stapel beschriebenen Papiers, daneben *zwei* Gläser mit Resten von Rotwein. Der Dunst vieler Zigarren hängt in der Luft ...

Don Juan hatte übrigens auch als Hellseher seine Meriten – tatsächlich bringt Da Ponte mit Mozart noch am 26. Januar 1790 die frivole Komödie »Così fan tutte« heraus. Im Jahr nach Mozarts frühem Tod, 1792, übersiedelt er nach London, wo er 1794 noch ein »Don Giovanni«-Pasticcio arrangiert, das auf der Oper des Gazzaniga basiert. Nach zwölf Jahren, 1804, geht er nach New York, wo er sich zunächst als Opern-Impresario versucht, eine italienische Buchhandlung führt, sich als Sprachlehrer durchzubringen versucht und endlich 1825 zum Professor für italienische Literatur am Columbia College bestellt wird. Am 17. August 1838, nach fast neunzig Jahren, endet das abwechslungsreiche Leben des genialen Dichters und Librettisten in seiner neuen Heimat. Ob er dort wohl wirklich heimisch geworden ist?

»Der Mensch ist ein Abgrund«
ALBAN BERG

»WOZZECK«

Helga Pilarczyk als Marie und Dietrich Fischer-Dieskau
als Wozzeck, Städtische Oper Berlin, 1960

»WOZZECK«
Oper in drei Akten (fünfzehn Szenen)
Dichtung von Georg Büchner
Musik von Alban Berg

Uraufführung am 14. Dezember 1925 in Berlin

Diese Geschichte versucht, die drei Varianten des Dramas um den armen Soldaten so weit als möglich zu vereinen: Georg Büchners Fragment, Alban Bergs Textfassung zur Oper und die historische Gestalt des Mörders, der eigentlich Woyzeck hieß und nur durch einen Lesefehler des Erstherausgebers Karl Emil Franzos beim Entziffern des schwer lesbaren handschriftlichen Manuskripts nach Büchners Tod zu dem Namen kam, unter dem er Opernfreunden geläufig ist. Auf die Unterschiede soll am Ende dieses Kapitels noch kurz eingegangen werden.

Wir befinden uns in einer kleinen Garnison im Raum Leipzig. Es ist der 21. Juni 1821. Am späten Abend gehen der Hauptmann und sein Freund, der Doktor, am Ufer eines Teichs spazieren. Der Mond verbirgt sich hinter Wolken und wirft einen blutroten Schein auf das Wasser. Die beiden Männer fühlen sich unbehaglich und stehen im Begriff, zur Stadt zurückzugehen, als sie seltsame Töne aus dem Schilf hören.

»Das stöhnt, als stürbe ein Mensch«, sagt der Doktor. »Da ertrinkt jemand!«

Dem Hauptmann graut es vor dem düsteren Nebel und dem roten Mond, auch er hört das Ächzen. Als es wieder still wird, eilen die beiden zur Stadt, verständigen aber alsbald die Wache. Soldaten rücken aus und kehren nach kurzem mit ihrem Kameraden Friedrich Johann Franz Wozzeck – nennen wir ihn jetzt einmal so – zurück, der sofort zugibt, unmittelbar zuvor seine Lebensgefährtin Marie aus Eifersucht erstochen zu haben. Beim Versuch, das blutige Messer im Teich zu versenken, ist er ins tiefe Wasser geraten und durch die Soldaten gerade noch gerettet worden. Am Morgen findet man am Teich die Leiche des Mädchens, und Wozzeck wird ins Gefängnis nach Leipzig gebracht, wo er seinen Prozess erwartet.

Seinen Richtern macht es der Angeklagte leicht; er denkt nicht daran, seine Tat zu leugnen oder auch nur zu beschönigen. Zunächst wird er aufgefordert, dem Gericht sein bisheriges Leben zu schildern.

»Ich bin am dritten Januar 1780 hier in Leipzig geboren, mein Vater war Perückenmacher. Meine Mutter ist gestorben, als ich acht Jahre alt war; der Vater hat wieder geheiratet. Als ich dreizehn war, ist auch er gestorben. Man hat mich zu einem Perückenmacher in die Lehre gesteckt, dann bin ich auf Wanderschaft und Arbeitsuche gegangen, wie es halt üblich ist. Bald hab' ich gemerkt, dass mir der Dienst bei den Soldaten gut liegt, da hat man doch ein geordnetes Leben und ein kleines, aber sicheres Einkommen, grad dass es zum Überleben reicht. Ich hab' in verschiedenen Ländern gedient. Und ich glaub', dass ich ein guter Soldat war ... ich mach' ja immer, was mir meine Vorgesetzten anschaffen, drum bin ich bei ihnen auch wirklich beliebt gewesen, glauben Sie mir!«

»Ja, ja«, sagt der Vorsitzende des Gerichtshofes wenig interessiert, »aber kommen wir zur Sache. Wie war das denn nun mit dieser Marie, dem späteren Tatopfer?«

Ein Schatten legt sich über das Gesicht des Angeklagten, als der Name seiner Geliebten genannt wird. »Die Marie, die war drei

Jahre lang mein Ein und Alles, Herr Richter; das Einzige, das ich gehabt hab', das einzige Glück in meinem armen Leben. Ihr hab' ich meinen ganzen Sold abgeliefert, und damit es etwas mehr wird, hab' ich für die Vorgesetzten zusätzlich gearbeitet: Stecken geschnitten für den Major, Versuchskaninchen gespielt für den Herrn Doktor, meinen Hauptmann rasiert – der hat mir immer Vorwürfe gemacht, dass ich mit der Marie ein Kind hab', ohne sie zu heiraten. Ich glaub', er hat es ja gut gemeint mit mir, hat gesagt, ich soll ruhiger sein, nicht in allem so hetzen, ich bin ja ohnehin ein guter Mensch, hat er gesagt. Aber damals hab' ich schon angefangen, gespenstische Sachen zu sehen ... Als ich mit dem Andres, meinem Kameraden, Stecken schneiden war, hab' ich einen Kopf übers Gras rollen gesehen ... der Boden war hohl unter mir, überall waren Freimaurer und Feuer am Himmel, das von der Erde aufgestiegen ist ... der Andres hat mich für verrückt gehalten ...«

Der Vorsitzende unterbricht die Verhandlung. Wozzeck kauert schweißgebadet auf seinem Platz; mit wirrem Blick mustert er die Richter und die verstörten Zuschauer im Saal; er scheint wieder eine furchtbare Vision zu erleben.

Das Gericht beschließt, einen psychiatrischen Gutachter beizuziehen. Das ist für das Verfahren von besonderer Wichtigkeit, weil auf Wozzecks Tat die Todesstrafe steht, die jedoch an unzurechnungsfähigen Delinquenten nicht vollzogen werden darf.

So wird denn am 23. August 1821, nur zwei Monate nach der Tat, der sächsische Hofrat Doktor Johann Christian August Clarus zum Sachverständigen bestellt, um Wozzecks psychische Befindlichkeit zu untersuchen. Auf dessen Befragen erzählt Wozzeck von seinen regelmäßigen Zusammenkünften mit dem Doktor, der ihm kleine Geldbeträge schenkt und ihn dafür zu medizinischen Experimenten missbraucht:

»Ich hab' alles getan, um ein paar zusätzliche Groschen für den Unterhalt der Marie und des Buben zu kriegen. Unsere Beziehung war zuletzt nicht mehr gut; sie hat mich für verrückt gehalten, wenn ich zu ihr von den Gebilden am Himmel und von der Glut überall um mich herum gesprochen hab'. Traurig und verzweifelt war sie, dass ich mich um den Buben nicht gekümmert, ihn kaum angesehen hab', wenn ich bei ihr war. Aber irgendetwas hat mich verfolgt, ist hinter mir hergegangen, ich hab' einfach wieder wegmüssen von ihr und dem Kind. Der Doktor, dem ich von diesen furchtbaren Sachen erzählt hab', der war ganz begeistert davon. Allerlei wissenschaftliches Zeug hat er mir vorgesagt, ich hab' es ohnehin nicht verstanden; dann hat er sich über mich empört – er hat mich auf der Straße beim Verrichten des kleinen Geschäftes beobachtet, deshalb mit mir herumgeschrien und sich furchtbar aufgeregt. Plötzlich hat er begonnen, zu sich selbst zu reden, sich vorgesagt, dass er ohnehin ganz ruhig ist, sich selbst den Puls gemessen und ähnlichen Unsinn ...«

»Sie wagen es, die Behandlung durch den Herrn Doktor als Unsinn zu bezeichnen!« wirft ein Beisitzer ein, der dem Garnisonsarzt offensichtlich bisher selbst nicht in die Hände gefallen ist.

»Verzeihung, aber so ist es mir vorgekommen«, erwidert Wozzeck demütig. »Aber ich hab' ja das Geld gebraucht und so war ich einverstanden, als er mir befohlen hat, eine Zeit lang nur Bohnen zu essen, nächste Woche sollte es dann nur Schöpsenfleisch sein. Da wollte er beobachten, was mein Körper dazu sagt, hat er gemeint. Als ich das letzte Mal bei ihm war, ist es mir plötzlich vorgekommen, als ob die ganze Welt finster wäre und ein roter Schein im Westen flackern würde, wie von einem Fabrikschlot ... die Welt ist mittags in Feuer aufgegangen, eine entsetzliche Stimme hat zu mir geredet ... Schwämme hab' ich am

Boden gesehen, Figuren und Linien. Der Doktor, der war ganz wild auf diese Geschichten und hat gemeint, ich hätte eine fixe Idee, irgendeine aberra ... ich weiß nicht mehr, aber er hat mir noch eine Zulage zu meinem Lohn für seine Versuche an mir versprochen.«

Der Gutachter macht sich Notizen, während der Vorsitzende den Angeklagten auffordert, zur eigentlichen Sache zu kommen.

Wozzeck nickt eifrig: »Jawohl, Herr Richter. Also unsere ... meine Beziehung zur Marie ist immer schlechter geworden. Ich hab' gemerkt, dass sie einen anderen hat. Als ich ihr das letzte Geld vom Hauptmann und vom Doktor, außerdem meinen ganzen Sold gebracht hab', da hat sie versucht, zwei goldene Ohrringe vor mir zu verstecken, hat dann behauptet, sie hat's gefunden. Aber so dumm bin ich nicht, dass ich nicht begriffen hätt' – zwei auf einmal, die kann man doch wohl nicht finden, oder? Und wer's ist, das hab' ich auch kurz darauf erfahren. Da bin ich dem Hauptmann und dem Doktor auf der Straße begegnet. Die haben mich aufgehalten – ich wollte rasch weitergehen, gehetzt wie halt immer, aber sie haben auf mich so komisch eingeredet und Bemerkungen gemacht – ob ich nicht ein Haar, ein Barthaar in meiner Schüssel gefunden hätte, ein Haar von einem Tambourmajor zum Beispiel? Voll Hohn und Spott waren sie, da hab' ich erkannt, dass sie es mit mir in Wirklichkeit gar nicht gut meinen, dass sie mich armen Teufel bis jetzt nur ausgenutzt haben und schadenfroh drüber sind, dass meine Marie mich betrogen hat ... Ich bin gleich zur Marie gegangen und hab' ihr auf den Kopf zugesagt, dass sie einen anderen hat. Trotzig war sie, hat es gar nicht abgestritten. Und dann hat sie mich selbst auf die unselige Idee gebracht: Als ich in meinem Zorn auf sie hinschlagen wollte, hat sie gesagt, sie hätt' lieber ein Messer im Leib als meine

Hand auf sich ... dann hat sie mich einfach stehen gelassen. Ich war fassungslos und hab' gedacht, der Mensch ist ein Abgrund, es schwindelt einen, wenn man hinunterschaut ...«

»Und dadurch sind Sie auf den Gedanken gekommen, die Marie zu ermorden?« fragt Doktor Clarus vorsichtig.

»Jawohl ... nein ... ich weiß nicht. Ich wollt' die ganze Gewissheit haben, wer ihr Liebhaber ist. Auf dem Tanzboden in einem Wirtshausgarten hab' ich die beiden dann beobachtet, den Tambourmajor und die Marie unter lauter Betrunkenen, eng tanzend – wie er sie betastet, an ihr herumgegriffen hat ... ich hab' gar nicht mehr hinschauen können. Der Major, für den ich extra gearbeitet hab', und meine Marie! Ja, und dann kommt noch unser Narr dazu, ein Verrückter, der sich in allen Kneipen herumtreibt und Unsinn redet. Der setzt sich ganz nahe zu mir und flüstert mir ins Ohr, dass es nach Blut riecht. Was soll's, frag' ich ihn, aber er sagt immer wieder, er riecht Blut. Die Tanzmusik geht weiter, mir wird ganz seltsam – alles scheint rot vor meinen Augen, die Tanzenden wälzen sich übereinander, so kommt es mir vor. Ich renne weg, gehe in mein Quartier in der Kaserne, wo alle auf ihren Pritschen schlafen, lege mich hin, versuche auch zu schlafen, zu vergessen ... vergeblich. Immer sehe ich die Tanzenden, dazwischen ein breites Messer, es blitzt vor meinen Augen ... Ich wecke den Andres, meinen guten Kameraden, der mich anfährt, ich solle schlafen. Ich versuche gerade zu beten, da stürzt der Major herein, stockbetrunken. Er fängt an, von der Marie zu schwärmen, redet in widerlicher Weise von ihrem Busen, ihren Schenkeln. Er stürzt sich auf mich, will mir eine Schnapsflasche in den Mund schieben, beginnt mit mir zu ringen, würgt mich, bis ich auf der Erde liege, nur noch ein armseliger Haufen Dreck, ein armer Teufel, der ich ja immer schon war ...«

»Und das war es dann, der Entschluss zur Tat?« fragt der Vorsitzende leise, während Doktor Clarus den Angeklagten durch seine blitzenden Augengläser streng anstarrt.

»Jawohl, Herr Richter«, erwidert Wozzeck militärisch. »Ich hab' gedacht, wenn sie nicht mehr die Meine ist, dann soll der sie auch nicht haben!«

»Aber an das Kind, an Ihren Buben, haben Sie nicht gedacht? Dass der dann allein ist und ins Waisenhaus muss?«

Wozzeck schüttelt stumm den Kopf und schaut zu Boden.

»Sprechen Sie jetzt weiter«, fordert der Gutachter ihn auf.

»Da ist nicht mehr viel zu sagen«, erwidert Wozzeck achselzuckend. »Am Abend des nächsten Tages bin ich mit der Marie über den Waldweg zum Teich gegangen. Über die alten Zeiten haben wir geredet, dass es drei Jahre her ist, seit wir uns kennen. Aber an meinem Ton hat sie gemerkt, dass da was im Kommen ist, sie wollte schnell heim. Ich hab' sie festgehalten, ihr gesagt, wie schön sie ist, sie geküsst ... Ich gäb' was drum, wenn ich sie noch oft so küssen dürft'! Sie hat gezittert, ich weiß nicht, ob vor Kälte, oder ... Ich hab' ihr noch gedroht: Wer kalt ist, den friert nicht, hab' ich gesagt, und sie wird beim Morgentau nicht mehr frieren. Vielleicht hab' ich gehofft, dass sie sich heftig wehren wird, wenn sie merkt, dass es ernst wird, und dass sie mich davon abhalten wird. Doch in dem Moment ist der Mond aufgegangen, rot wie ein blutiges Eisen – und dann hab' ich's getan ...«

Wozzeck ist dem Zusammenbruch nahe; die Sitzung wird für kurze Zeit unterbrochen.

Dann spricht er seltsam unbeteiligt monoton weiter: »Ich bin dann wieder ins Wirtshaus gegangen, hab' Wein in mich hineingeschüttet, zu singen und zu schreien begonnen, die Margret, eine Nachbarin der Marie, auf die Tanzfläche gezerrt, bis sie und die anderen im Wirtshaus das Blut an meinem Arm entdeckt haben. Natürlich haben sie mir nicht geglaubt, dass ich mich selbst verletzt hätt' – mit der rechten Hand am rechten Arm? Da hab' ich sie alle weggestoßen und bin davongerannt, nichts als weg, weg von den Lebenden ... und plötzlich war ich wieder am Teich. Mein einziger Gedanke war: Wo ist das Messer, ich muss es verschwinden lassen. Ich stoße auf die tote Marie, sehe den tiefen roten Schnitt an ihrem Hals, die wirren schwarzen Haare ... finde endlich das Messer, werfe es in den Teich ... Ich muss mich waschen, kommt mir in den Sinn, das Blut abwaschen! Immer tiefer wate ich in das Wasser, das mir rot wie Blut scheint – über mir ist wieder ein roter Mond, scheint durch die Nebelwolken, färbt alles um mich ... Ich werde ohnmächtig und als ich zu mir komme, haben die Kameraden mich aus dem Wasser gezogen, bringen mich zur Kaserne.«

Wozzeck hat geendet. Weder der Ankläger, noch der Verteidiger stellen ihm Fragen, so klar liegt der Sachverhalt zu Tage. Doch die Verteidigung verfolgt eine bestimmte Taktik. Sie beantragt die Einvernahme des Hauptmanns, des Doktors, des Tambourmajors und des Soldaten Andres als Zeugen dafür, dass Wozzeck in einer tiefgreifenden Bewusstseinsstörung gemordet habe. Diese Aussagen, so der Verteidiger, würden eine Grundlage für das Gutachten des Doktor Clarus bilden und dem Angeklagten das – ansonsten unvermeidliche – Todesurteil ersparen.

Zunächst wird der Hauptmann aus der Kaserne zum Gericht geholt, eine feiste Erscheinung, aus der Uniform quellend, aufgedunsen, mit blaurotem Gesicht und dickem Hals. Mit hoher, aufgeregter Stimme legt er seine Aussage ab:

»Ich kann es noch gar nicht fassen. So ein guter Mensch, dieser Wozzeck, und ein braver Soldat dazu! Jeden Groschen, den ich ihm für seine Extradienste gegeben habe, hat er seiner Marie gebracht. Aber gehetzt war er, das muss ich schon sagen, immer gehetzt, keine langsame, ruhige Bewegung! Richtig gefürchtet habe ich mich, wenn er mich rasiert hat, er könnte mir in seiner Hektik den Hals abschneiden! Ich habe ihm zugeredet, er soll sich seine Zeit besser einteilen, er hat ja noch so viel davon, aber das war wohl umsonst. Selbst bemitleidet hat er sich immer wieder und erklärt, wie arm er ist und dass er schon tugendhafter wäre, wenn es ihm besser ginge ... Aber ein schlechter Kerl ist er nicht, wenn er auch nicht gerade viel vom Segen der Kirche gehalten hat.«

»Haben Sie etwas Abnormes an ihm festgestellt?« fragt Hofrat Clarus den Zeugen. »Wirre Reden etwa oder drohende Äußerungen?«

»Nein, das nicht«, erwidert der Zeuge, »nur seine innere Unruhe war auffällig und sein Drang, über alles zu diskutieren und mir seine nicht durch die Kirche abgesegnete Beziehung zur Mutter seines Kindes zu erklären – sonst nichts, ein guter Mensch insgesamt, wie ich schon sagte.«

Der Gutachter schaut zufrieden in seine Papiere, während der Verteidiger den Zeugen fragt, ob er niemals Äußerungen des Angeklagten über Visionen gehört habe, wie Wozzeck sie selbst geschildert hätte. Doch der Zeuge bleibt bei seiner Darstellung und wird alsbald entlassen.

Als nächster wird der Doktor der Garnison in den Zeugenstand gerufen, eine magere Gestalt mit blassem, stets unruhig zuckendem Gesicht und schwarzem Bart. Mit hektischen Bewegungen tritt er vor den Richtertisch, verbeugt sich tief vor dem Vorsitzenden, noch tiefer vor dem prominenten medizinischen Kollegen. Ungefragt fängt er sofort in affektiertem Ton an zu reden:

»Ein interessanter Fall, dieser Wozzeck, wirklich sehr interessant! Ich habe ihn gern gemocht, weil er sich präzise nach Vereinbarung – eben mit soldatischer Pünktlichkeit – bei mir eingefunden hat, wann immer ich ihn für meine Experimente benötigt habe. Eine Diät habe ich ihm verordnet mit wechselnden Phasen – eine Periode nur Hülsenfrüchte, die nächste nur Schafsfleisch – alles hat er brav mitgemacht, nur um den Sold zu sparen und ›dem Weib‹ – so drückte er sich aus – das Menagegeld geben zu können. Mag sein, dass seine fantastischen Visionen, von denen er mir erzählt hat, auf diese einseitige Ernährung zurückzuführen sind – ein interessanter Fall! Leider kann ich meine Versuche jetzt, wo er in Haft sitzt, nicht fortsetzen, sonst hätte ich mir unsterblichen Ruhm in der wissenschaftlichen Forschung erworben. Hat er Ihnen erzählt, welche Traumgesichte ihn verfolgt haben?«

Richter und Psychiater nicken nur kurz.

»Ich sage Ihnen meine Diagnose nach allem, was ich beobachtet habe: Dieser Wozzeck leidet an einer fixen Idee, einer aberratio mentalis partialis der zweiten Spezies, noch dazu einer sehr schön manifestierten. Er gehört eigentlich in ein Narrenhaus, das hab' ich ihm auch selbst gesagt!«

»Sie meinen also, dass er für seine Tat nicht verantwortlich ist?« hakt der Verteidiger nach.

»So ist es, fürwahr ein sehr interessanter Fall«, doziert der Zeuge, während Hofrat Clarus unmerklich den Kopf schüttelt.

»Haben Sie, Herr Kollege«, fragt der den Zeugen etwas sarkastisch, »sich auf ein bestimmtes ärztliches Fach spezialisiert?«

»Nein, ich bin praktischer Arzt in der Garnison, Militärarzt, wenn Sie wollen, aber ich behandle auch Zivilpersonen – sammle interessante Präparate von Karzinomen. Meine Diagnosen stimmen immer – dem Herrn Hauptmann prophezeie ich einen baldigen Schlaganfall, wenn er so weiter frisst ...«

Der Vorsitzende mischt sich in die unsachlich gewordene Diskussion ein: »Wer hat Sie ermächtigt, wissenschaftliche Versuche an Garnisonssoldaten zu unternehmen?«

»Pseudowissenschaftliche!« wirft Hofrat Clarus ein.

»Herr Wozzeck war selbst dazu bereit«, stottert der Doktor verlegen.

»Weil er jeden Groschen dringend gebraucht hat«, sagt der Vorsitzende eisig, »und Sie seine Notlage ausgenützt haben. Das wird für Sie noch Folgen haben. Ich dulde keine weiteren Fragen an den Zeugen.«

Betreten schleicht der Doktor aus dem Saal, nachdem er sich noch einmal tief verneigt hat. Beinahe wäre er mit dem Tambourmajor zusammengestoßen, der nun selbstbewusst, erhobenen Hauptes, in voller Montur mit leuchtendem Federbusch am Helm strammen Schrittes vor das Gericht tritt. Den ersten Dämpfer erleidet sein penetrant zur Schau getragener Stolz, als der Vorsitzende ihn in scharfem Ton auffordert, gefälligst seinen Tschako abzunehmen. Beleidigt legt er das blankgeputzte Stück neben sich auf die Bank, wobei sein Degen gegen den Richtertisch stößt.

»Sie haben vor Gericht keine Waffe zu tragen! Wissen Sie das nicht?« schnauzt der Vorsitzende ihn an.

Mit kaum verhehltem Zorn schnallt der Major den Degen ab und wirft ihn absichtlich krachend auf die Bank. Im Publikum hat sich verhaltenes Gelächter verbreitet, als unter dem schicken Helm eine leuchtende Glatze sichtbar geworden ist, die einen krassen Gegensatz zum martialischen Bart des Majors bildet.

Der Vorsitzende ersucht energisch um Ruhe im Saal. »Ist Ihnen der Angeklagte bekannt?«

»Natürlich kenne ich ihn, er war ja einer der Meinen, zweites Regiment, zweites Bataillon, vierte Kompanie!« antwortet der Major nun ganz militärisch.

»Besondere Auffälligkeiten?«

»Kann man nicht sagen. Immer dienstbeflissen, hat brav erfüllt, was ihm aufgetragen wurde, war von geradezu sklavischer Soldatentreue. Man konnte ihm anschaffen, was immer man wollte; er hat alles gemacht, um ein paar Groschen extra zu bekommen für seine Freundin. Ja, die Marie, die war wohl das Auffälligste an ihm, eine bildschöne, rassige Person mit Temperament. Nicht zu glauben, dass sich die mit einem wie ihm eingelassen hat. Es waren aufregende Stunden mit ihr, das können Sie mir glauben, aber die hat er mir ja nun für immer verdorben!«

Wozzeck, der den Major seit seinem Eintritt mit hasserfüllten, irren Augen angestarrt hat, springt auf, um auf ihn loszugehen.

Bevor die Gerichtsdiener eingreifen können, schleudert der Major den schwächlichen Soldaten mit einer lässigen Armbewegung zu Boden. »Noch nicht genug Prügel gekriegt neulich im Quartier?«

Wozzeck sinkt auf seiner Bank in sich zusammen.

»Ist das Ihre übliche Art, mit Untergebenen umzugehen?« fragt der Vorsitzende, nachdem wieder Ruhe im Saal eingetreten ist.

Der Tambourmajor zuckt mit den epaulettenbewehrten Schultern, ohne zu antworten.

»Ist Ihnen am Angeklagten im alltäglichen Dienstbetrieb etwas Abnormes aufgefallen?« fragt Doktor Clarus.

»Nein, höchstens das absolute Fehlen eines eigenen Willens«, erwidert der Zeuge nun einigermaßen seriös. »Man konnte mit ihm alles machen, er hat sich gegen nichts gewehrt, war nie aufmüpfig.«

»Der perfekte Soldat schlechthin also«, sagt der Vorsitzende ironisch und entlässt den Major, der im Weggehen rasch wieder den Federhelm aufsetzt und den Degen umschnallt.

Als letzter Zeuge wird Andres hereingerufen, der in Habt-Acht-Position vor dem Richtertisch Aufstellung nimmt.

»Ich war der Einzige, Herr Richter«, sagt er, »zu dem mein Kamerad Wozzeck ein wenig Vertrauen hatte. Er hat mir Leid getan mit all seinen Wahnvorstellungen. Überall hat er sich verfolgt gefühlt. Rollende Köpfe hat er zu sehen vermeint, von Freimaurern hat er immer wieder gefaselt – damit haben wir doch alle nichts zu tun! Er hat geglaubt, einzubrechen, weil der Boden unter ihm hohl sei, alles Unsinn. Ich hab' ihm einmal gesagt, er soll mit mir beim Stöcke schneiden ein Liedchen singen, um auf andere Gedanken zu kommen, da hat er plötzlich von einem riesigen Feuer gestammelt, von der Erde zum Himmel hinauf, es war ganz schrecklich, ich hab' auch schon selber begonnen, mich zu fürchten.«

»Und wie war das mit seiner Freundin, der Marie?« fragt der Vorsitzende.

»Die hat ihm alles bedeutet«, sagt Andres. »Der hat er seinen ganzen Sold gegeben und für ein paar Groschen hat ihn der Doktor für seine Versuche, der Hauptmann und der Major für niedere Dienste ausgenutzt. Nie ist er mit uns bei einem Glas Wein im Wirtshaus gesessen, dafür hat's nicht gereicht. Ob die Marie es ihm gedankt hat, kann ich nicht beurteilen. Sie war ein schönes, liebes Mädchen. Ob der Major ihr einziger Fehltritt war, das weiß ich nicht ...«

»Aber ich«, tönt plötzlich eine keifende Frauenstimme aus dem Auditorium, »die Marie war doch hinter jedem Uniformrock her! Durch sieben lederne Hosen hätt' sie durchgeschaut, das hab' ich ihr selber ins Gesicht gesagt, diesem Hurenweib!« Margret ist es, Mariens Nachbarin, die ihr die Affäre mit dem Major sichtlich neidet.

Wozzeck ist blass geworden, er reißt sich zusammen, um ihr nicht an den Hals zu fahren. Das Gericht nimmt den Vorfall zu Protokoll.

»Machen Sie sich nichts draus, ich werde mich um Ihren Buben kümmern, der soll nicht im Waisenhaus verkommen!« ruft Margret noch, bevor die Gerichtsdiener sie aus dem Saal befördern.

Das Gericht vertagt sich, um dem Hofrat Dr. Clarus Zeit für die Erstattung eines Gutachtens über den Geisteszustand des Angeklagten zu geben.

Am 16. September findet die nächste Sitzung statt. Der Psychiater erstattet in trockenen Worten sein mit Fachausdrücken gespicktes Gutachten und kommt zu dem Schluss, dass Wozzeck geistig gesund und daher für seine Tat voll verantwortlich sei. Die Fantasien des Angeklagten werden als Störungen des Blutkreislaufes, aber seltsamerweise auch damit erklärt, dass Wozzeck nicht zwischen Subjektivem und Objektivem zu unterscheiden verstehe.

Während sich der Ankläger zufrieden zurücklehnt, überschüttet der Verteidiger den Sachverständigen mit Fragen:

»Haben Sie den Angeklagten selbst hier in der Haft aufgesucht und mit ihm gesprochen?«

»Ja, natürlich.«

»Welche Eindrücke haben Sie von ihm gewonnen?«

»Man konnte – wie ich schon ausgeführt habe – normal mit ihm sprechen.«

»Haben Sie die Aussage des Garnisonsarztes in Ihrem Gutachten berücksichtigt?«

»Ja.«

»Dort wird aber von Anzeichen einer schweren geistigen Störung berichtet!«

Hofrat Clarus lässt sich nicht aus der Ruhe bringen: »Ich möchte mich nicht über die Qualifikation des Kollegen auslassen, aber seine fachlichen Äußerungen entsprechen nicht dem letzten Stand der Wissenschaft.«

»Aber seine Beobachtungen decken sich doch mit denen des Soldaten Andres, der Wahnvorstellungen des Angeklagten beobachten konnte!«

»Wie ich schon ausgeführt habe, reichen derartige, rein physisch bedingte vorübergehende Einbildungen nicht aus, um dem Angeklagten die Fähigkeit abzusprechen, Gut und Böse zu unterscheiden. Ich habe meinem Gutachten nichts hinzuzufügen!« erklärt Doktor Clarus ungehalten.

Bevor sich die Richter zur Beratung zurückziehen, erhält Wozzeck Gelegenheit zu einem letzten Wort. Er erhebt sich, steht stramm und spricht in fast soldatischem Ton: »Ich bleibe bei meiner Aussage. Der Herr Hofrat wird wohl wissen, wie er mich zu beurteilen hat. Aber die Erscheinungen, die Visionen und Schreckensgesichte, die hab' ich tatsächlich erlebt.«

Die Beratungen des Gerichtes dauern fast vier Wochen; offenbar herrrscht trotz des psychiatrischen Gutachtens keine Einigkeit über Wozzecks psychischen Zustand. Erst am elften Oktober tritt das Gericht wieder zusammen und verkündet die Entscheidung: Wozzeck ist demnach voll verantwortlich und am Gutachten des Doktor Clarus nicht zu zweifeln. Wozzeck wird am 28. Februar 1822 des Mordes schuldig gesprochen und zum Tod durch das Schwert verurteilt.

Während er den Spruch gesenkten Hauptes, fast demütig entgegennimmt, stellt sein Verteidiger Berufungsantrag. Nun vergehen volle elf Monate, bis am 28. Oktober 1822 die sächsische Landesregierung eine Entscheidung trifft: Dem Berufungsantrag wird keine Folge gegeben und ein Gnadengesuch abgewiesen.

Doch wenige Tage später gibt es erneut Hoffnung für den Delinquenten: Am fünften November melden sich beim Gericht Kameraden vom Regiment, die von weiteren Wahnvorstellungen Wozzecks berichten, ferner ein Gast des Wirtshauses, wo der Angeklagte kurz nach der Tat gesehen wurde, dort ständig von rotem Blut gesprochen, heftig getrunken, wild herumgeschrien und einen irren Eindruck gemacht habe.

Fünf Tage später, am 10. November, wird die schon angesetzte Hinrichtung auf unbestimmte Zeit verschoben und die neuerliche psychiatrische Begutachtung Wozzecks beschlossen. Der Verteidiger beantragt, einen anderen Sachverständigen zu bestellen, da Hofrat Clarus schon mit der Sache befasst gewesen und daher voreingenommen sei. Dennoch wird er neuerlich bestellt und nimmt im Januar und Februar 1823 eine umfassende Untersuchung des Todeskandidaten vor, die zu demselben Ergebnis gelangt wie das erste Gutachten: Volle Zurechnungsfähigkeit.

Das Gutachten erscheint den Richtern immer noch zweifelhaft; sie legen es der medizinischen Fakultät der Universität Leipzig vor, die ein volles Jahr verstreichen lässt, bevor sie am 17. April 1824 der Meinung des Doktor Clarus in vollem Umfang beitritt. Daraufhin wird am 12. Juli als Vollstreckungstermin der 27. August festgesetzt und der willenlos im Kerker dahindämmernde Wozzeck am 30. Juli davon in Kenntnis gesetzt.

»Ich hab' dazu nichts zu sagen als das eine«, erwidert Wozzeck dem Gerichtsbeamten, der ihm die bittere Mitteilung überbringt.

»Ich freu' mich, dass ich dann wieder mit meiner Marie zusammen sein werd'.«

Am 27. August 1824, etwas mehr als drei Jahre nach der Tat, besteigt Wozzeck in demütiger Haltung das Blutgerüst auf dem Leipziger Marktplatz und fällt unter den neugierigen Blicken hunderter Zuschauer durch das Schwert des Henkers.

Die tatsächliche Geschichte weicht in einigen Punken von Georg Büchners erschütternder Dramatisierung und daher auch von Alban Bergs expressiver, den Stoff noch konzentrierter darstellenden Opernfassung ab. Der historische Johann Christian Woyzeck, der erst bei Büchner den weiteren Vornamen Franz bekam, war am 3. Januar 1780 als Sohn eines Perückenmachers in Leipzig zur Welt gekommen – was Wozzeck in unserer Geschichte dem Gericht über seine Jugend erzählt, entspricht den geschichtlichen Tatsachen. Von 1807 bis 1818 steht er als Soldat im Dienst verschiedener Länder, desertiert zeitweilig, wird wieder aufgenommen und gelangt unter anderem nach Stralsund. Dort lernt er eine ledige Person kennen, die als »die Wienbergin« bezeichnet wird; dieser Beziehung entstammt ein Kind, von dem nichts weiter bekannt ist, als dass es zur Zeit von Woyzecks Hinrichtung noch am Leben war. Etwa seit 1821 geht es mit Woyzeck ständig bergab: Er steht nicht mehr im Militärdienst, begeht Diebstähle aus Not und wird wegen Körperverletzung, begangen an seinem späteren Mordopfer, mit acht Tagen Arrest bestraft.

Am 21. Juni 1821 tötet er aus Eifersucht die 46 Jahre alte, ihm seit langem bekannte Chirurgenwitwe Johanna Christiane Woost – also nicht wie bei Büchner und Berg die Mutter seines

Kindes. Zur Tatzeit ist er demnach 41 Jahre alt und nicht wie bei Büchner »dreißig Jahr, sieben Monat und zwölf Tag«. Im übrigen folgt unsere Geschichte rein zeitlich gesehen dem historischen Ablauf der Ereignisse bis zur öffentlichen Hinrichtung.

Alban Berg hat Büchners Drama nahezu wörtlich übernommen, nur einige Nebenfiguren weggelassen und einzelne Textstellen anderen Personen in den Mund gelegt. Schließlich sei erwähnt, dass Büchner zwei verschiedene Varianten für das Ende des Dramas in Erwägung gezogen hat: Die eine schließt mit Woyzecks Tod im Teich, die andere mit seiner Festnahme durch das Gericht. Alban Berg verdichtet die bedrückende und zugleich spannungsgeladene Atmosphäre noch, indem er die Oper mit der unendlich traurigen Szene der spielenden Kinder abrupt beendet und das kurze letzte Bild am Tatort mit Woyzeck, dem Polizisten, dem Arzt, dem Richter und dem Gerichtsdiener eliminiert.

Der Mann aus dem Boot

BENJAMIN BRITTEN

»PETER GRIMES«

Neil Shicoff als Peter Grimes,
Wiener Staatsoper, 1996

»PETER GRIMES«
Oper in drei Akten und einem Vorspiel
Dichtung nach George Crabbe von Montagu Slater
Musik von Benjamin Britten

Uraufführung am 7. Juni 1945 in London
Deutsche Erstaufführung am 22. März 1947 in Hamburg

Nein! Bitte nicht!« Ellen Orford, die jung verwitwete Lehrerin in dem kleinen Städtchen an der englischen Ostküste in Suffolk, klammert sich verzweifelt an den alten Kapitän Balstrode und sucht ihn von Peter Grimes und dessen Fischerboot wegzuzerren.

Ein heftiger Sturm tobt über den steinigen Strand; vom Landinneren hört man wüstes Geschrei der Ortsbewohner, die Grimes lynchen wollen. Sie meinen, der vereinsamte, harte, verbitterte Fischer habe seinen Gehilfen John, einen vielleicht dreizehnjährigen armen Buben aus dem Waisenhaus, umgebracht; möglicherweise aus Wut über dessen Ungeschicklichkeit und körperliche Schwäche.

Peter Grimes war schon mehrmals in den Verdacht geraten, seine jungen Helfer schlecht behandelt, sogar zu Tode gebracht zu haben, doch konnte ihm bisher nichts nachgewiesen werden. Nun aber ist der Junge verschwunden; nur seinen Pullover hat man auf den Klippen gefunden.

Auch Balstrode, der einzige Mann im Ort, der noch zu Grimes gehalten hatte, weiß keinen Rat mehr und sieht keine Möglichkeit, den starrköpfigen Freund, der ihm in seiner furchtbaren Zwangslage halb wahnsinnig erscheint, vor dem Zorn der nahenden Menschenmenge zu retten. Schweren Herzens hat er ihn soeben aufgefordert, mit seinem Boot im Sturm aufs Meer zu fahren, so weit hinaus, bis er das Stadthaus nicht mehr sehen könne, und das Boot dann zu versenken. Vergeblich hat Ellen, die für Peter Grimes trotz seiner Härte und Grobheit Mitgefühl, sogar Zuneigung empfindet, dieses Ende mit Schrecken zu verhindern gesucht: Das Boot mit dem unglückseligen Fischer an Bord, schwankend inmitten der haushohen Wellen, wird von Grimes mit kräftigen Ruderschlägen aufs offene Meer getrieben, wo es den Augen bald entschwindet. Kapitän Balstrode nimmt Ellen an der Schulter und geleitet die hemmungslos Weinende sanft auf sicheren Grund zurück.

Bald flaut der Sturm etwas ab. Die Ortsbewohner scheinen sich beruhigt zu haben; mit Ferngläsern starren sie aufs Meer hinaus. Auch Mister Swallow, der Bürgermeister, nebenbei Advokat und örtlicher Coroner, steht auf der Mole, als ihm die Küstenwache meldet, dass weit draußen ein Boot im Begriff stehe zu sinken. Die Gläser richten sich auf die bezeichnete Stelle, doch niemand vermag etwas zu erkennen. »Nichts als Gerüchte!« meint die Wirtin des örtlichen Pub »The Boar«, die von allen nur Auntie genannt wird und deren wirklichen Namen niemand weiß. Sie kehrt in ihr Lokal zurück und alle Männer folgen ihr dorthin, um sich nach den aufregenden Stunden zu stärken und zu wärmen.

Stunden später schlagen die Männer der Küstenwache neuerlich Alarm: Abseits vom örtlichen Fischerhafen, an einem unwirtlichen Felsenstrand, haben die Wellen ein Fischerboot gegen die Klippen geworfen. Eine Rettungsmannschaft birgt in mühseliger, gefährlicher Arbeit das voll geschlagene Boot. Darin findet man Peter Grimes, fast gänzlich im Wasser liegend, bewusstlos mit blutenden Kopfverletzungen, offenbar durch die heftigen Schlingerbewegungen des führerlos treibenden Bootes immer wieder gegen die Planken geschleudert. Man bringt ihn zum Stadthaus, wo sich wieder eine wütende Menschenmenge versammelt hat – schnell macht die Neuigkeit in der kleinen Stadt die Runde.

Kapitän Balstrode wird eilig aus Auntie's Pub geholt; ihm und Bürgermeister Swallow gelingt es, die aufgebrachte Meute zu zerstreuen. Jim Hobson, der Fuhrmann und Dorfpolizist, bringt den Schwerverletzten in das nahe gelegene Hospital, wo Swallow vor dem Krankenzimmer eine Wache postiert, um weitere Attacken der Ortsbewohner zu verhindern. Nur Ellen Orford, die sogleich nach Bekanntwerden des Ereignisses ins Krankenhaus geeilt ist, wird zu dem Patienten vorgelassen.

Nun sitzt sie neben seinem Bett und wartet ängstlich, ob Grimes überleben, aus seiner Bewusstlosigkeit erwachen werde. Nachdenklich betrachtet sie das blasse, stoppelbärtige Gesicht des Mannes, dem sie in seiner Not helfen, dem sie angehören wollte, den sie aber zuletzt für sich und für das Leben verloren geglaubt hatte. Jetzt findet sie ihn verändert: Alle Härte, aller Starrsinn und Widerwille gegen jedermann ist aus den markanten Zügen gewichen, völlig entspannt liegt er mit geschlossenen Augen – ist es die Euphorie vor dem nahen Ende?

Doch während Ellen sich noch diese bange Frage stellt, öffnet Peter Grimes langsam die Augen. »Du bist hier?« fragt er mit rauer Stimme, als er Ellen erkennt. Sein Blick umwölkt sich, als er mühsam nach Worten sucht. »Hast du noch nicht genug von mir, noch immer nicht, nach allem?«

Ellen schüttelt den Kopf, bedeutet ihm, ruhig zu bleiben und verständigt die Ärzte.

Man teilt ihr mit, dass Grimes bis zur Heilung der schweren Kopfwunden noch lange im Krankenhaus bleiben müsse. Sie verspricht ihm, ihn täglich zu besuchen, und so geschieht es auch. Außer Kapitän Balstrode bleibt sie die einzige Besucherin; die

Der Mann aus dem Boot

Ortsbewohner meiden ihn geflissentlich bis zu dem Tag, an dem er das Krankenhaus verlassen kann und wegen des ungeklärten Todes des kleinen John, seines Gehilfen, vor den örtlichen Coroner geladen wird.

Wie seinerzeit bei der Untersuchung des verdächtigen Todes seines letzten Fischergehilfen hat man in der Moot Hall einen größeren Raum für die Verhandlung eingerichtet. Wieder leitet Swallow als Coroner die Sitzung von einem erhöhten Platz aus, wieder füllt die Menge der Ortsbewohner den verbliebenen Raum. Alle sind sie erschienen, Ned Keene, der Apotheker, Reverend Adams, der Dorfpfarrer, Hobson, der Fuhrmann, Bob Boles, ein Fischer wie Grimes, doch fanatischer Methodist, der allen, auch denen, die es nicht hören wollen, seine Ansichten aufzudrängen sucht; ferner Mrs. Sedley, eine opiumsüchtige Witwe, die von dem allzu gutmütigen Keene mit »Stoff« versorgt wird, Doktor Crabbe und natürlich Kapitän Balstrode, der mit Ellen Orford in der letzten Reihe sitzt. Auntie hat sogar ihre Kneipe zugesperrt und thront mit zwei ebenso fragwürdigen wie freizügigen »Nichten«, die ihr Geschäft mit körperlichem Einsatz erfolgreich beleben, in der Mitte des stickigen Saales, der die Menschenmenge kaum fasst.

Hobson, der hier auch den Gerichtsdiener spielt, ruft Peter Grimes mit seiner markanten Bass-Stimme auf. Der Fischer tritt in den Saal, ohne das Publikum eines Blickes zu würdigen, verbeugt sich knapp vor Swallow und spricht ihm die Eidesformel in gleichgültigem Ton nach. Als dieser ihn auffordert, mit eigenen Worten zu schildern, wie der kleine John zu Tode kam, entsteht eine Pause. Grimes starrt lange Zeit zu Boden, doch bevor Swallow ihn noch auffordern kann, sich endlich zu verantworten, beginnt er mit leiser, klarer Stimme zu erzählen:

»Ob Sie mir glauben wollen oder nicht, das weiß ich nicht, es ist mir auch gleichgültig. Zugegeben, die Duplizität der Fälle macht die Sache nicht plausibler. Aber es war auch diesmal wie damals im Fall des kleinen Bill, dieses William Spode, der bei mir im Boot aus Wassermangel und Erschöpfung gestorben ist, nachdem wir durch den Wind vom Kurs abgekommen waren und drei Tage nicht an Land konnten. Ich habe schon nach jener Verhandlung erklärt, dass ich gegen Ihren Rat und Auftrag leider wieder einen Jungen als Helfer anstellen muss, weil ich mir einen kräftigen erwachsenen Fischergehilfen nicht leisten kann. Geahnt und gefürchtet hab' ich schon damals, dass es wieder zur Katastrophe kommen würde. Die Leute hier im Ort haben ja nur darauf gelauert, mir wieder etwas anhängen zu können, mich sogar umzubringen, darum habe ich auch der guten Mrs. Orford geraten, sich von mir fern zu halten, um nicht selbst in den Ruf zu geraten, der mir anhängt ...«

Grimes stockt, blickt sich um, sieht Ellen hinten im Saal. Sie nickt ihm aufmunternd zu. Auch Balstrode deutet ihm, er solle sich nicht kleinkriegen lassen.

»Kurz nach der Verhandlung habe ich bei Auntie's dann Keene, unseren guten alten Quacksalber, getroffen. Der hat mir angekündigt, wieder einen Buben aus dem Waisenhaus für mich in Aussicht zu haben. Ich war froh darüber, denn von den feinen Leuten hier im Ort wollte keiner mir auch nur die kleinste Hilfe leisten. Nicht einmal mit mir zusammen mein Boot an Land zu ziehen waren sie bereit. Nur mein alter Freund Balstrode, dem die Arbeit wahrlich nicht mehr so leicht fällt, hat sich mit mir an die Seilwinde gestellt. Mr. Keene hat zumindest Jim Hobson aufgefordert, für mich den Buben vom Waisenhaus zu holen. Der aber hat so lange nach Ausflüchten gesucht, bis Ellen – Mrs. Orford –

sich bereit erklärt hat, das Kind zu versorgen, sobald es da sei. Dafür wurde sie von den Leuten beflegelt; man drohte ihr, sie werde, wie ich, die Schmach zu tragen haben. Meinen Ruf in der Stadt kennen Sie ja: Schlimmen Kindern wird von den Eltern gedroht, sie an mich zu verkaufen, wenn sie sich nicht besserten. So ist die Stimmung hier ... Kaum war Hobson weggefahren, ist der Sturm wieder stärker geworden, was mich nicht gehindert hat, an meinem Boot zu arbeiten. Balstrode, der Treue, wollte mich zu Auntie's mitnehmen, hat mir auch zugeredet, doch zur Handelsmarine zu gehen und das alles hier aufzugeben, aber was soll's? Ich bin hier verwurzelt, auch wenn sie mich alle hassen und meiden. Ich wollte damals nur das eine: durch die Fischerei ein kleines Vermögen machen und dann Mrs. Orford um ihre Hand bitten. Balstrode hat gemeint, sie würde mich auch ohne Geld nehmen« – Ellen nickt unmerklich –, »aber ihr Mitleid wollte ich nicht, alles, alles, nur das nicht! Auch sollte sie durch mich nicht in Verruf kommen ... Als ich kurz darauf doch wieder einmal in Auntie's Pub war, haben die Leute mich beschimpft, der widerwärtige Boles hat mich des Kindermordes bezichtigt, und ohne das Eingreifen von Kapitän Balstrode wäre es zu einer Prügelei mit diesem elenden Heuchler gekommen.«

»Wie war das dann, als der kleine John zu Ihnen gebracht wurde?« fragt Swallow rasch, um keinen Streit im Saal aufkommen zu lassen.

»Er war genau so schwächlich wie alle seine Vorgänger. Die Arbeit des Fischers ist nun einmal schwer; ich musste ihn hart hernehmen, um mein vorgesehenes Quantum an Fischen einzubringen. Es gab deshalb einen furchtbaren Streit mit Mrs. Orford, die mir immer vorhielt, ich solle den Buben nicht überanstrengen. Als sie an ihm einen blauen Fleck entdeckte, verdächtigte sie mich, ihn misshandelt zu haben, dabei war der nur bei einem Durcheinander im voll beladenen Boot entstanden. Sie hat mir nicht recht geglaubt, ein Wort gab das andere – und als sie dann sagte, unsere gemeinsamen Träume seien doch nur Täuschung gewesen, da habe ich mich in meiner Angst, sie zu verlieren, hinreißen lassen, nach ihr zu schlagen, sodass ihr Korb zu Boden fiel ... Ich muss verrückt gewesen sein!«

Peter Grimes bedeckt sein Gesicht mit den Händen. Ellen will aufspringen und zu Grimes nach vorn laufen, doch Balstrode hält sie sanft zurück und beruhigt sie; ihr Moment werde schon noch kommen.

»Leider haben die Leute vom Ort diese Szene mitbekommen«, fährt Grimes fort, »und als ich mit dem Burschen zu meiner Hütte gegangen bin – sehr zart bin ich ja nicht mit ihm umgegangen, Gott sei's geklagt –, da habe ich zum ersten Mal gemerkt, dass sie mich lynchen wollten. Ich war halb wahnsinnig vor Angst und Wut, habe dem Buben befohlen, alles zum Auslaufen fertig zu machen. Die Leute sind immer näher gekommen, man konnte schon einzelne Stimmen unterscheiden. Ich musste den Buben zu höchster Eile antreiben, habe ihn noch gewarnt, er solle nicht sein Genick brechen, wenn er über die Klippen klettere, um das Bootsdeck zu erreichen. In diesem Moment – die Leute haben schon an meine Tür geklopft – zieht der Kleine seinen Pullover aus ... über den Kopf ..., verliert den Halt und stürzt neben dem Kliff ins tiefe Wasser. Keine Chance, ihm zu helfen, ich war wie vor den Kopf geschlagen! Jetzt werden sie mich des Mordes beschuldigen und umbringen, dessen war ich mir sicher; ich kann nichts dagegen vorbringen, alles spricht ja gegen mich. Wenn Sie, Mr. Swallow, mich vor das Schwurgericht bringen, bin ich noch gut bedient im Vergleich zu dem, was mir die Stadt antun würde.

Der Mann aus dem Boot

Die Stadt – fast alle, die hier sitzen, die haben doch in Wirklichkeit den Tod des armen Buben verschuldet! Ohne die grausame Menschenjagd, die sie auf mich veranstaltet haben, hätte kein Grund zur Eile bestanden; wir wären ruhig aufs Meer hinausgefahren, nichts wäre geschehen.«

Wütendes Geschrei der aufgebrachten Leute. Hobson hat alle Mühe, Grimes vor Tätlichkeiten zu schützen. Er tut es halbherzig, jedoch tatkräftig unterstützt durch Balstrode und Ellen, die sich jetzt unerschrocken zwischen Grimes und den feigen Eiferer Boles drängen, der sich im Schutz des Mobs besonders hervortut. Schließlich gelingt es Swallow, wieder Ruhe zu schaffen und Grimes weitersprechen zu lassen.

»Als das Unglück geschehen war, ist eine merkwürdige Ruhe eingetreten; die Leute haben sich zurückgezogen. Tage sind vergangen, ich weiß nicht, wie viele. Allein bin ich geblieben, habe mit dem Leben abgeschlossen. Kein sicherer Hafen mehr, den ich hätte anlaufen können ... als Einziges blieb mir nur noch das offene Meer! Verzweifelt bin ich am Ufer neben meinem Boot zusammengebrochen, hab' laut nach Ellen gerufen, deren Freundschaft mich allein aufrecht erhalten hatte und die ich durch meinen Jähzorn leichtfertig verlieren musste. Von der Stadt her waren jetzt wieder Stimmen zu hören, gehässiges Schreien, mein Name immer wieder, näher und näher kommend! Erst hier bei Ihnen habe ich erfahren, dass der Pullover des Buben ans Ufer gespült und gefunden wurde – jetzt war ich wohl eindeutig des Mordes überführt. Plötzlich tauchten Balstrode und Mrs. Orford auf. Ellen wollte mich zu sich nach Hause mitnehmen, ich habe kaum gehört, was sie mir sagte, dachte nur, was wird aus ihr, wenn sie noch immer auf meiner Seite steht ... der Hass der Stadt wird sich ganz auf sie übertragen. Und Balstrode, mein einziger Freund, der wusste auch keinen Rat mehr. Er hat letztlich offen ausgesprochen, was ich ohnehin schon halb und halb beschlossen hatte: Ich solle mit dem Boot weit auf das offene Meer hinausfahren und es dann versenken, er werde mir helfen, es zu Wasser zu bringen. Da war mir klar: Wenn mich selbst dieser Freund verloren gibt, ist jede Hoffnung vorüber, bleibt mir nur noch der Tod ...«

Im Raum herrscht Totenstille; selbst die gehässigsten Gegner des Fischers schweigen betreten.

»Viel mehr kann ich nicht sagen«, endet Grimes. »Draußen auf See – man konnte die Stadt nicht mehr sehen – hat der Orkan das Boot wild umhergeschleudert; ich wurde von meinem Sitz geworfen, verlor die Ruder, wollte mich in das tobende Wasser stürzen, um endlich Schluss zu machen. Da wurde ich mit dem Kopf wuchtig gegen die Kajütenverschalung gestoßen, verlor das Bewusstsein ... Aufgewacht bin ich im Krankenhaus. Das Erste, das ich sah, war Ellen – Mrs. Orford –, meinen Engel. Ja nun, das war es dann.«

Mr. Swallow und den Zuhörern im Raum fällt die Veränderung in Peter Grimes' Wesen auf. Von der mürrischen Art, der starren Härte ist nichts mehr zu merken, besonders wenn er von Ellen Orford spricht. Ein Wort wie »Engel« wäre ihm früher wohl nie über die Lippen gekommen. Nur mit der »Stadt«, wie er die versammelten Menschen nennt, scheint er keinen Frieden gemacht zu haben.

Swallow fordert ihn auf, Platz zu nehmen und ruft Kapitän Balstrode in den Zeugenstand. Der nimmt seine kalte Pfeife aus dem Mund, steckt sie in die Jacke, räuspert sich und erstattet seinen offenbar wohl überlegten Bericht:

»Wie Sie, Mr. Swallow, und alle hier im Saal wissen, bin ich mit

Peter Grimes seit Jahren befreundet. Es sind nicht alle hier in der Stadt, die ihn hassen, verleumden und ihm Übles tun wollen; es ist nur eine gewisse Clique, aufgestachelt durch die Hetzreden des Bob Boles und der ach so ehrenwerten Mrs. Sedley, die besser daran täte, weniger Opium zu nehmen und damit aufzuhören, das Geschwätz von Boles zu verbreiten. Keenes«, er dreht sich zu dem Apotheker im Publikum um, »verkaufen Sie ihr das Zeug nicht mehr; Sie machen sich mitschuldig an ihrer fortschreitenden Verdummung und zuletzt noch an ihrem Tod!«

Ned Keene nickt schuldbewusst.

So hat man den stets besonnenen alten Kapitän noch nie reden gehört.

»Skandal!« schreit Mrs. Sedley. »Hier wird ein Verbrecher, ein Mörder in Schutz genommen und eine ehrliche Dame beschimpft!«

Unterdrücktes Gelächter aus der Richtung von Auntie und ihren angeblichen Nichten. »Dann dürfen wir beide uns auch Damen nennen«, sagt eine der beiden hörbar mit lautem Kichern.

»Hurenweiber, verdammte«, schreit Mrs. Sedley erbost.

»Sehen Sie, so haben wir uns schon immer die Konversation einer Dame vorgestellt«, grinsen die beiden Nichten zurück, während Bob Boles monoton vor sich hinleiert: »Der Himmel möge den Frevler strafen und samt seinen Freunden zur Hölle senden.«

Swallow beendet souverän den Tumult, indem er Mrs. Sedley und Boles aus dem Saal weist. Fluchend und protestierend werden sie durch den bärenstarken Jim Hobson vor die Tür gesetzt, wo sie ihr Geschrei fortsetzen.

Balstrode lässt sich von alldem nicht beirren und erzählt gelassen weiter:

»Schon bei den früheren Vorfällen mit den Buben, die für Grimes arbeiteten – es ist dies schon der Dritte, wenn Sie sich erinnern –, habe ich nie an sein Verschulden geglaubt. Er müsste ja verrückt gewesen sein, die Jungen zu Tode zu schinden oder ihnen Schlimmeres zu tun; er war doch immer von ihnen abhängig. Erwachsene starke Fischergehilfen waren für ihn zu teuer, doch ganz ohne Hilfe hätte er sein Geschäft nicht versehen können, das weiß hier ja ein jeder! Sie, Mr. Swallow, haben bei der letzten Verhandlung, wo es um Billy Spode ging, selbst erwähnt, dass er den Knaben sogar einmal im März bei einem Sturm aus großer Gefahr errettet hat. Und dass er immer härter, verschlossener und unfreundlicher geworden ist, mein Gott, wer könnte es ihm verdenken? Sie alle waren neulich dabei, als er sein Boot an Land bringen wollte und ich selbst an der Winde gedreht habe, weil keiner willens war, ihm zu helfen, obwohl der Sturm jeden Augenblick losbrechen konnte. Nicht einmal zu Auntie's wollte er mehr gehen; man musste ihn fast gewaltsam überzeugen, beim Orkan nicht im Freien zu bleiben. Auch von mir hat er sich nicht raten lassen. Ich wollte ihm den Knaben ausreden, aber er meinte, mit dessen Hilfe könne er endlich den Fischfang seines Lebens machen und dann Mrs. Orford heiraten. Glauben Sie mir, Swallow, sie hätte ihn auch so genommen, wenn er freundlicher, nicht so hart und stur gewesen wäre.«

Swallow schaut zweifelnd in die Runde; im Saal wird geflüstert, man ist geteilter Meinung.

Balstrode räuspert sich und sagt mit fester Stimme:

»Glauben Sie mir, ich weiß, was ich sage. Aber was sollte man ihm noch antworten, wenn er mich spöttisch fragte, ob ich denn sein Gewissen sei, und mich grob anfuhr, ich solle meinen guten Rat gefälligst zu meinem Geld legen! Ich habe meine Bemühungen deshalb aber nicht aufgegeben, konnte sogar kurz darauf bei Auntie's, wo er doch wieder einmal eingekehrt war, eine Prügelei zwischen ihm und Boles gerade noch verhindern. Da war die Gehässigkeit, die ihm von allen Seiten entgegenschlug, förmlich mit Händen zu greifen. Außer dem gutmütigen Keenes und Auntie, die natürlich keinen Gast verlieren wollte, hätten sie ihn am liebsten alle hinausgeworfen. Dann brachte Hobson den Jungen. Als ich ihn sah, ahnte ich gleich die neue Katastrophe – wieder so ein kleiner schwacher, dazu noch schüchterner Bursche! Mrs. Orford hat sich seiner liebevoll angenommen, aber als sie ihm sagte, er solle jetzt mit Peter Grimes heimgehen, wurde auch sie sofort angefeindet: Heim? Das könne man ›heim‹ nennen? haben sie höhnisch gerufen, bevor Grimes mit ihm in den heulenden Sturm hinausgegangen ist. Ich frage Sie: Kann man so in einer Gemeinschaft leben?«

Balstrode wird leiser und eindringlicher, als er mit seiner Schilderung fortfährt:

»Leider ist es zu der unglücklichen Auseinandersetzung zwischen Grimes und Mrs. Orford gekommen, als sie ihm vorhielt, den Buben zu überanstrengen oder zu misshandeln, nachdem sie, wie sie mir dann sagte, einen blauen Fleck im Nacken des Kindes und einen Riss in seinem Gewand bemerkt hatte. Die alte Sedley ist erst viel später hinzugekommen, hat sich aber natürlich sofort als Augenzeugin einer angeblichen Misshandlung aufgespielt. Gleich ist die verhetzte Menge, die nur auf ein solches Signal zu warten schien, zur Hütte von Peter Grimes gezogen, wo die wütenden Menschen ihn aber nicht fanden und auf Ihr Betreiben, Mr. Swallow, wieder abzogen. Grimes blieb verschwunden, bis mir einige Tage später Mrs. Orford den Pullover des armen Buben brachte, den sie am Ufer gefunden hatte. Mrs. Sedley, die sichtlich wieder unter Opium stand, scheint das dennoch mitgekriegt zu haben und forderte schreiend die Ortsbewohner auf, neuerlich zu Grimes' Hütte zu gehen, um das Verbrechen, das *sie* aufgedeckt habe – so sagte sie! –, zu sühnen. Ich bin mit Ellen Orford schnell losgezogen, um vor dem Mob bei Peter zu sein. Er hockte mit irrem Blick vor seinem Boot, schien uns zunächst nicht zu bemerken und nur auf das näher kommende Geschrei der Ortsbewohner zu hören. Dann murmelte er etwas von Ellen, die ihm ihre Hand entzogen habe und dass jetzt alles vorbei sei. Mrs. Orford versuchte, ihn zum Mitkommen zu bewegen – umsonst, alles vergebens, er wollte nur noch sterben. Die Menschenmenge kam immer näher, die Peter-Grimes-Rufe wurden immer deutlicher und lauter. Es gab für ihn keine Rettung mehr, da habe ich ihm schweren Herzens geraten, er solle aufs Meer fahren und dort sein Boot versenken. Es war mein letzter Freundschaftsdienst, so meinte ich, ein gnädigeres Ende, als von der wütenden Menge erschlagen zu werden. Ellen wollte mich daran hindern und weinte herzzerreißend; ich aber habe ihm geholfen, das Boot klar zu machen und ins tiefere Wasser zu schieben. Es ist mir, weiß Gott, nicht leicht gefallen, aber ich wollte für den Freund wenigstens ein Seemannsbegräbnis – das einzige, das ich für ihn noch zu tun vermochte ... Dann habe ich Ellen Orford heimgebracht und bin in mein Haus gegangen, habe mich dort eingesperrt, wollte niemand sehen, nichts mehr wissen. Was danach geschehen ist, erscheint mir als ein Wunder. Werten Sie es als Zeichen seiner Unschuld, Mr. Swallow ...«

Peter Grimes blickt den Freund dankbar an.

Swallow fragt den Kapitän: »Nun, Sie kennen Mr. Grimes ja am besten von uns allen. Würden Sie meinen, dass er fähig gewesen wäre, den Buben zu misshandeln, gar über die Klippen hinabzustürzen aus Wut und Ärger über dessen Ungeschicklichkeit?«

»Nie und nimmer, Euer Ehren«, erwidert der Kapitän. »Mr. Grimes ist zugegebenermaßen ein harter, ungeduldiger Mann, dem die Arbeit nicht schnell genug gehen konnte, um endlich deren Früchte zu ernten und einen Hausstand zu gründen. Er war wohl nicht zimperlich im Umgang mit allen seinen Gehilfen, aber Misshandlungen oder Schlimmeres ... nein, das kommt für mich niemals in Betracht!«

»Nun will ich noch Mrs. Orford hören, die ihn ja auch sehr gut kennt und bei den entscheidenden Situationen dabei war«, verkündet Swallow daraufhin. »Treten Sie bitte vor, hier in die Mitte.«

Ellen blickt ruhig von Grimes zu Swallow, eine große, schlanke blonde Frau von etwa dreißig Jahren mit hübschem blassen Gesicht und schönen graublauen Augen. Sie spricht mit klarer fester Stimme:

»Wie Sie wissen, kenne ich Mr. Grimes seit langem; er war mir schon ein Begriff, als ich noch verheiratet war. Auch mein Mann – der im Übrigen auch durch einen Unglücksfall ums Leben gekommen ist – war mit mir einer Meinung, dass es sich bei ihm um einen Ehrenmann handelt, der von der Mehrzahl der Ortsbewohner gemein und ungerecht behandelt worden ist. Als Lehrerin komme ich ja mit vielen Menschen, nicht nur mit Kindern, in Kontakt und verstehe sie ganz gut zu beurteilen. Ich weiß bis heute seinen Fleiß zu schätzen, seinen kompromisslosen Willen, etwas zu erreichen, auch wenn er dabei bisweilen mit dem Kopf durch die Wand wollte. Und ich gebe offen zu, dass er mir auch als Mann viel bedeutet.«

»Ha, da hört man es!« geifert plötzlich Mrs. Sedley, die unauffällig wieder hereingeschlichen ist und daraufhin sogleich hinausgewiesen wird.

Ellen spricht unbeirrt weiter:

»Er war einer der wenigen, der sich meiner nach dem Tod von Mr. Orford angenommen, mich zu trösten versucht hat und freundlich zu mir war. Nach außen hin wirkte er sicher oft hart und mürrisch, doch war das wohl auch eine Reaktion auf das Verhalten der Ortsbewohner, die ihn aus unerfindlichen Gründen von Anbeginn nicht mochten. Das seltsame Benehmen der Leute hier habe ich selbst zu spüren bekommen, und das nicht erst jetzt, seit ich mich des armen kleinen John angenommen habe. Nein, schon bei der Verhandlung wegen des Todes von Bill Spode: Ich war es ja, die Mr. Grimes geholfen hat, die Leiche des Buben aus dem Boot zu holen, wo der arme Teufel mitten unter den gefangenen Fischen lag. Mit ihm zusammen habe ich den Toten in seine Hütte gebracht. Sie werden sich erinnern, Mr. Swallow, dass die Zuhörer bei der damaligen Sitzung unruhig und gehässig wurden, als das zur Sprache gekommen ist – Sie selbst haben mich sogar gefragt, warum ich diesem herzlosen, mürrischen brutalen Mann helfe. Dabei war das ja nur vernünftig, denn kein anderer im Ort hätte getan, was dringend notwendig war! Noch heute danke ich Ihnen, Sir, dass Sie damals als lebenskluger Mann mein Eintreten für Mr. Grimes bei Ihrer Entscheidung zu dessen Gunsten ausgelegt haben.«

»Sagen Sie, Mrs. Orford«, fragt Swallow etwas verlegen ob des Kompliments, »sind Sie nicht etwas befangen bei Ihrer Aussage? Sie geben ja zu, dass Mr. Grimes Ihnen nicht gleichgültig ist. Auch Ihre Fürsorge nach seiner Rettung spricht Bände.«

Ellen lässt sich durch diese überaus direkte Anrede nicht beirren; sie errötet kein bisschen, als sie antwortet:

»Schauen Sie, Sir, das ist doch ganz einfach. Dass wir einander nach dem Tod meines Gatten näher gekommen sind, habe ich schon erwähnt. Dass er in Wahrheit kein böser, herzloser Mensch, sondern ein verbitterter Einsamer ist, hatte ich bald herausgefunden. Und wir Lehrerinnen sind nun einmal dazu geschaffen, anderen etwas beizubringen – sie zu verändern, wenn Sie so wollen. Und so habe ich eben an das Gute in ihm geglaubt, auch wenn er es mir manchmal nicht eben leicht gemacht hat.«

»Ja, vor allem im Zusammenhang mit dem kleinen John«, wirft Swallow ein, während Peter Grimes betreten zu Boden schaut.

»So ist es«, nickt Ellen, »aber vielleicht habe ich ihn allzu oft bedrängt, dem Jungen mehr Freizeit und Rasttage zu gewähren. Doch als ich dann den blauen Fleck an seinem Hals bemerkt habe – ich muss zugeben, da habe ich ein wenig an seinem guten Willen zu zweifeln begonnen. Ich hab' ihm dann seine ständige, geradezu fanatische Arbeitswut vorgehalten – so ganz direkt konnte ich ihm ja nicht ins Gesicht sagen, dass ich ihn ohne die von ihm erhofften Reichtümer auch zum Mann genommen hätte –, aber er war fest davon überzeugt, sich nur mit materiellen Gütern Respekt in der Stadt, Freiheit vom Zwang, vom ›Grinsen der klatschenden Leute‹, wie er es nannte, erkaufen zu können. Glauben Sie mir, es war furchtbar für mich, wie er sich in diese Idee verrannt hatte! Und dann hab' ich ihn eben unglücklicherweise auf diesen blauen Fleck beim kleinen John angesprochen. Er hat wie verrückt meine Hand von seinem Arm weggestoßen, sich eingebildet, ich würde mich von ihm zurückziehen. Da hab' ich dann in meiner eigenen Verzweiflung gesagt, dass unser Traum nur Täuschung war und alles vorbei sei – einen kurzen Moment hab' ich es wirklich geglaubt. Wir waren beide furchtbar erregt, und als er meine Worte hörte, hat er mit einem schrecklichen Angstschrei nach mir ausgeholt und mir meine Tasche aus der Hand geschlagen. Da habe ich so recht erkannt, wie dringend er Hilfe braucht. Weinend bin ich heimgegangen, während er den Jungen grob in Richtung seiner Hütte gezerrt hat. Dass dieser grässliche Boles uns beobachtet und natürlich gleich die alte Opiumeule verständigt hat, war nicht gerade hilfreich. Die beiden sind jetzt erst so recht über mich hergefallen, haben mich sogar beschuldigt, Mr. Grimes bei seinen angeblichen Grausamkeiten unterstützt zu haben! Mir sei das Schicksal des armen Jungen gleichgültig, schrie die alte Sedley in ihrem Drogenrausch; nur Auntie und Kapitän Balstrode versuchten, mich vor den Beschimpfungen der Menge zu schützen.«

Ellen hat ein wenig die Fassung verloren und tupft ihre Augen mit einem Taschentuch.

»Sollen wir die Sitzung unterbrechen?« fragt Swallow, der selbst kein gutes Gefühl hat, war er doch auch einer, der an der Jagd auf Grimes, wenn auch nicht sehr aktiv, teilgenommen hat.

»Nein, danke«, sagt Ellen leise, »es geht schon wieder und ich bin gleich zu Ende. Damals schien mir wirklich alles vorbei zu sein. Alles schien sich gegen Peter Grimes verschworen zu haben, denn kurz danach habe ich Johns Pullover, den ich ihm selbst gestrickt hatte, am Strand gefunden und Balstrode gegeben. Ich hatte furchtbare Angst, dass sich Mr. Grimes selbst etwas angetan haben könnte, nachdem mit dem Jungen offenbar etwas Schreckliches passiert sein musste. Kapitän Balstrode versuchte mich zu trösten und drängte mich, mit ihm zu kommen, um Grimes zu helfen, bevor die Masse der verhetzten Ortsbewohner ihn lynchte – die alte Sedley tat das ihre, um die Stimmung gegen ihn zum Siedepunkt zu bringen. Die Leute hatten Grimes' Boot am Strand gesehen und wussten, dass er daheim war. Sie, Mr. Swallow, ver-

Der Mann aus dem Boot

suchten Ordnung zu schaffen und Mr. Grimes durch Hobson suchen zu lassen, aber die wütende Menge war nicht mehr aufzuhalten, das wissen Sie ja selbst ... Wir haben Grimes dann vor der Hütte bei seinem Boot gefunden; er schien mir halb wahnsinnig zu sein. Er packte erst meine Hand, stammelte, ich sei seine letzte Hoffnung, gleichzeitig aber achtete er auf das Gebrüll der sich nähernden Menschen, die seinen Namen riefen. Ich drängte ihn, mit mir nach Hause zu gehen, doch da schien er mich plötzlich nicht mehr wahrzunehmen. Er hatte sich völlig aufgegeben, fragte immer wieder in irrem Ton, welcher Hafen ihn denn noch aufnehme ... Schließlich – die tobenden Menschen waren schon fast bei der Hütte angelangt – forderte Balstrode ihn auf, Schluss zu machen, mit dem Boot in den Sturm hinauszufahren und es zu versenken. Es war ein entsetzlicher Vorschlag! Ich war völlig außer mir, jedoch außerstande, die Männer daran zu hindern, das Boot klarzumachen, und Grimes schien wie versessen darauf, Balstrodes furchtbaren Rat zu befolgen. Verzweifelt blickte ich dem Boot nach, Grimes trieb es wie ein Besessener an. Immer kleiner wurde es und schien in den hohen Wogen förmlich zu verschwinden. Kapitän Balstrode wandte sich zu mir und brachte mich fürsorglich in mein Haus. Es sei das Einzige gewesen, was er noch für seinen Freund tun konnte, versuchte er mich zu trösten, der wütende Mob würde ihn ansonsten erschlagen haben. Ich konnte nur noch weinen, wollte mit niemandem mehr reden, nicht mehr in meine Schule, zu meinen Kindern gehen ... Was dann geschehen ist, kann ich noch gar nicht fassen!«

Weitere Zeugen werden nicht einvernommen. Mrs. Sedley und der eifernde Bob Boles drängen sich wieder in den Raum, als sie merken, dass bei der Sitzung eine Pause eingetreten ist. Mrs. Sedley bestürmt Swallow geradezu gierig, auch mit ihr ein Protokoll aufzunehmen, da sie ja alles gesehen habe und wichtige Mitteilungen über den Schwerverbrecher Peter Grimes machen könne. Der frömmelnde Bob Boles wünscht währenddessen wie immer mit monotonem Gestammel alle Strafen des Himmels auf den Sünder herab. Swallow weist sie beide mit harten Worten hinaus. Beleidigt ziehen sie ab zu Auntie's Pub, wo sie aber noch vor verschlossenen Türen stehen. Erst als Swallow verkündet, dass die Sitzung zwecks Suche nach der Leiche des kleinen John vertagt werde, zerstreuen sich die Zuhörer, und Auntie sperrt ihren Laden wieder auf.

Dort versammelt sich ein Großteil der Leute, um über das soeben Erlebte zu diskutieren. Schon haben sich einige auf die Seite von Peter Grimes und Ellen geschlagen, was zu heftigem Streit mit der von Mrs. Sedley und Bob Boles angeführten Gegenpartei führt. Schließlich ergreift Auntie, die sonst so sehr darauf bedacht ist, keinen ihrer Stammgäste zu verärgern oder gar zu verlieren, eine mutige Initiative: Sie wirft Mrs. Sedley und Bob Boles in aller Öffentlichkeit aus dem Lokal und verkündet den übrigen Gästen, wer noch mit diesen beiden sympathisiere, könne gleich mitgehen. Es folgt ein leiser Protest ihrer beiden »Nichten«, die um ihre zahlungswilligen Freier fürchten, doch Auntie's Entschluss erweist sich sogleich als richtig: Zunächst erhebt sich erregtes Murmeln, Flüstern und Diskutieren, dann aber bleiben alle sitzen. Auntie und die Nichten kommen kaum mit dem Auffüllen weiterer Pints nach. Ob es sich da um plötzliche Sympathie für Peter Grimes handelt oder die Leute nur auf ihr gemütliches Pub nicht verzichten wollen, ist vorerst nicht auszumachen ...

Noch einmal rücken die tragischen Ereignisse in das Bewusstsein der Ortsbewohner, als die von Swallow eingesetzte Suchmannschaft den toten Buben aus dem unruhigen Meer birgt und sogleich zur gerichtlichen Autopsie in das Hospital des Borough überführt.

Einen Monat darauf ordnet der Coroner die neuerliche Sitzung zur Klärung der Todesursache an. Wenige Zuhörer haben sich diesmal eingefunden; man rechnet nicht mehr mit einer Sensation. Als Mrs. Sedley und Bob Boles den Raum betreten und in der ersten Reihe Platz nehmen, rücken die übrigen Zuhörer deutlich von ihnen ab; giftige Äußerungen werden hörbar. Nun spüren sie das Schicksal des Peter Grimes am eigenen Leib, ausgestoßen zu sein aus der Gemeinschaft.

Die Sitzung ist kurz: Swallow verliest den Befund des Hospitals: Es wurden keine Anzeichen von Misshandlungen oder Unterernährung festgestellt, der Tod des Jungen ist durch Ertrinken auf Grund des Sturzes von der Klippe ins tiefe Wasser medizinisch erklärbar. Der Coroner entscheidet mithin auf Tod durch Unglücksfall, wobei Peter Grimes auch diesmal ein Verschulden nicht zur Last gelegt werden kann.

Ellen und Peter gehen Hand in Hand ins Freie. Die energische junge Frau führt ihn sanft in Richtung ihres Hauses. Ob sich ihr gemeinsamer Traum erfüllt hat?

Der literarische Hintergrund dieser unsäglich traurigen Geschichte, zu der Benjamin Britten eine schillernde, überaus illustrative Musik geschrieben hat, findet sich in einem Gedicht des aus Aldeburgh in Suffolk stammenden Dichters George Crabbe (1754–1832). Im Jahre 1941 lernte Benjamin Britten, der selbst aus Suffolk (Lowestoft) stammte und zeitlebens eine starke Affinität zur Landschaft seiner Heimat behielt – letztlich entstand in Aldeburgh später sein prominentes Festival –

Crabbes Gedicht »The Borough« kennen, das eine Reihe von Gestalten der Oper »Peter Grimes« vorwegnimmt. Der Komponist wollte zunächst Christopher Isherwood damit betrauen, daraus ein Opernlibretto zu formen. Als dieser sich weigerte, trug er die Idee dem Schriftsteller und Kritiker Montagu Slater (1902–1956) vor, der die Textvorlage für die Oper in den Jahren 1942 und 1943 fertig stellte. Am Entwurf des Szenariums wirkte auch Brittens langjähriger Freund und künstlerischer Mitstreiter, der Tenor Peter Pears, mit.

Slater hat selbst stets betont, dass Crabbes »Borough« nur eine Art Ausgangspunkt für die Oper gewesen sei; er selbst habe die wesentlichen Gestalten charakterisiert und die Stimmung des Gedichtes wiederzugeben versucht. Die Handlung im engeren Sinne habe er zusammen mit Britten erfunden. Tatsächlich beschreibt das 1810 entstandene 24-teilige Gedicht Crabbes vorwiegend die verschiedenen Menschentypen und deren Sorgen und Probleme in der Kleinstadt Aldeburgh, darunter auch den Fischer Peter Grimes, der dort etwas eindimensional als durchwegs bösartiger, grausamer Charakter erscheint. In Slaters Dichtung wird er jedoch wesentlich differenzierter geschildert: Grimes ist hier ein verbitterter Einsamer, der vergebens gegen die Vorurteile der Bevölkerung kämpft. Einerseits hat er für die Einstellung der Menschen in der »Stadt« (The Borough) nichts übrig, andererseits sehnt er sich danach, von ihnen anerkannt und erfolgreich zu sein, durch harte Arbeit die Mittel für die Gründung einer Familie zu erwerben und damit letztlich einer der ihren zu werden. Nur aus diesem Grund kommt es zu den Katastrophen mit den von ihm allzu rücksichtslos ausgenützten Jungen und zu dem letalen Schluss der Oper, der in unserer Geschichte fortgesponnen und zum Guten gewendet wird. Grimes ist bei Britten und Slater im Gegensatz zu Crabbe ein Unglücklicher, der trotz all seiner Härte und Starrheit Mitleid verdient. Am Rande sei erwähnt, dass Slater und Britten mit der stummen Rolle des Doctor Crabbe dem Dichter ein kleines Denkmal in der Oper gesetzt haben.

Die Uraufführung am 7. Juni 1945 – zugleich die Wiedereröffnung des Sadler's Wells Theatre in London nach dem Krieg – wird zum triumphalen Erfolg. Reginald Goodall dirigiert; Peter Pears gestaltet die Titelrolle, Ellen Orford wird von der Intendantin Joan Cross verkörpert, und Edith Coates ist die resolute Wirtin Auntie.

Wozu das Duell?
Peter Tschaikowsky
»Eugen Onegin«

Thomas Hampson als Eugen Onegin,
Wiener Staatsoper, 1997

»Jewgenij Onegin«
Eugen Onegin
Lyrische Szenen in drei Aufzügen
Dichtung von Konstantin Schilowsky
nach einem Entwurf des Komponisten
basierend auf dem Versroman von Alexander Puschkin
Musik von Peter Tschaikowsky

Uraufführung am 17. März 1879 in Moskau
Deutsche Erstaufführung am 19. Januar 1892 in Hamburg

D*a in der nun folgenden Geschichte dem Duell eine wesentliche Bedeutung zukommt, sei einleitend darauf aufmerksam gemacht, dass bis in die Siebzigerjahre des 20. Jahrhunderts der Zweikampf mit tödlichen Waffen in diversen Rechtsordnungen unter gerichtliche Strafdrohung gestellt war. Zur Illustration sei an dieser Stelle ein kurzer Gesetzestext aus dem Jahr 1852 wiedergegeben:*

Z w e i k a m p f »Wer jemanden aus was immer für einer Ursache zum Streite mit tödlichen Waffen herausfordert, und wer auf eine solche Herausforderung sich zum Streite stellt, begeht das Verbrechen des Zweikampfes.«

Selbst wenn durch ein solches Duell niemand verletzt wurde, bestand nach diesem Gesetz eine Strafdrohung von sechs Monaten bis zu einem Jahr. Wurde dabei jemand schwer verletzt, sah das Gesetz eine Strafdrohung zwischen fünf und zehn Jahren vor. Wenn aber beim Duell jemand getötet wurde, konnte eine Strafe zwischen zehn und zwanzig Jahren verhängt werden. Der Herausforderer sollte jedenfalls strenger bestraft werden als der Herausgeforderte. So weit die rechtliche Ausgangsposition der folgenden Geschichte.

Winter 183. in Sankt Petersburg. In den Salonblättern und Gesellschaftsspalten gibt es nur ein Thema: »Flüchtiger Totschläger nach sechzehn Jahren zurückgekehrt«, »Endlich Sühne für den Tod des Wladimir Lenski?«, »Was veranlasste Onegin zur Rückkehr?«, »Spannendes Prozesserlebnis für gelangweilten Dandy« und ähnliches. Die Society der »westlichsten« Metropole des zaristischen Russland erinnert sich an die aufsehenerregende Affäre im Jahre 182., als der reiche Gutsbesitzer und Lebemann Eugen Onegin aus nichtiger Ursache von seinem jugendlichen Freund und Gutsnachbarn, dem Dichter Wladimir Lenski, zum Zweikampf mit Pistolen herausgefordert und Lenski dabei tödlich verletzt worden war. Onegin war nach dem tragischen Vorfall ins Ausland gegangen – geflüchtet, wie man sagte. Allmählich war Gras über die Angelegenheit gewachsen; niemand sprach mehr darüber mit Ausnahme einiger Angehöriger der wohlhabenden Familie Larin, die auf dem Lande weit außerhalb der Stadt ein großes rustikales Haus führte. Doch darüber später mehr ...

Nun aber war Onegin nach jahrelanger Abwesenheit nach Sankt Petersburg zurückgekehrt und hatte sich schon nach wenigen Tagen dem Gericht gestellt. Trotz des seit dem unglückseligen Duell verstrichenen langen Zeitraumes war kein juristisches Verfolgungshindernis, etwa in Gestalt der Verjährung, eingetreten, da sich der Täter während all der Jahre im Ausland aufgehalten hatte. So wurde ihm nach kurzer Zeit eine Anklage wegen verbotenen Zweikampfes zugestellt und ein Verhandlungstermin festgesetzt.

Der große Sitzungssaal hat sich schon Stunden vor Beginn der Verhandlung gefüllt. Onegin ist auch jetzt noch eine stadtbekannte, wenn auch seit jeher umstrittene Persönlichkeit. Den Frauen galt er zwar als attraktiver – überdies begüterter – Mann von hohem Adel, doch machte man sich auch lustig über ihn wegen seiner übertriebenen, französisch beeinflussten Eleganz, des ihn stets umgebenden Parfumduftes, seiner der allerletzten Mode entsprechenden Gilets, Pantalons und Frackschöße, seiner türkischen Pfeifen aus Bernstein, seiner eleganten Pferdegespanne; da spielte wohl auch ein gehöriges Quantum Neid mit. Doch sagte man ihm nach, durchaus kein angenehmer Gesellschafter zu sein: Ruhelos sei er und schon nach kurzer Zeit gelangweilt von allem, was ihn umgab, seien es schöne Damen oder kulinarische Köstlichkeiten. Tugendhafte Frauen pflegte er durch taktlose Scherze zu erschrecken, unfähig zu wahrer Zuneigung und Zärtlichkeit. Andererseits verstand er es, sich die Sympathie von Ehemännern selbst dann noch zu erhalten, wenn er ihnen (für kurze Zeit, bis es ihn langweilte) die Frauen ausgespannt hatte, was öfter der Fall gewesen sein soll – diese »cocus«, wie Onegin zu sagen pflegte, waren von seinem Charme, den er schon zeigen konnte, wenn er nur wollte, beeindruckt und suchten vergebens ihm nachzueifern. Doch wie gesagt, diese Genüsse eines ungehemmten Wohllebens pflegten ihn alsbald anzuöden, und als der Gerichtstermin bekannt wurde, sagte man in Sankt Petersburg, Onegin habe sich nur deshalb gestellt, weil er endlich eine neue Variante, einen echten Kontrast zu seinem bisherigen Leben suche. Welch ein Irrtum, wie sich alsbald herausstellen sollte!

Onegin tritt vor seine Richter in – wie könnte es anders sein? – seinem besten Anzug nach französischer Mode, diesmal aber nicht nach der allerneuesten, wie die Damen im Auditorium sogleich leise tuschelnd feststellen. Seine hohe, mager gewordene Gestalt hält er jugendlich gerade, das volle Haar ist von grauen Strähnen durchzogen. Von Spuren früheren Wohllebens ist nichts mehr zu merken; vielmehr erinnert das einst schöne Gesicht ein wenig an einen Totenkopf. Insgesamt wirkt er deutlich älter als seine sechsundvierzig Jahre.

»Wollen Sie uns in freier Rede schildern, wie es damals zum Tod Ihres Freundes gekommen ist?« wird er nach Feststellung seiner persönlichen Daten gefragt.

Onegin nickt kurz, spricht dann in ruhigem, klarem Ton:

»Wladimir Lenski, dessen Tod ich unendlich bedauere, wurde etwa um 1819 mein Gutsnachbar. Mein Vater hatte sein, unser ganzes Hab und Gut leichtfertig verpfändet, und nach seinem Tod wurde ich durch eine Horde von Gläubigern verfolgt. Ich habe ihnen alles gelassen, was noch vorhanden war; um jedes Stück zu prozessieren, wäre mir zutiefst zuwider gewesen. Außerdem hatte ich schon geahnt, dass mir demnächst ohnehin eine reiche Erbschaft zufallen werde – ein alter Onkel hatte mir sein Gut vermacht und seine Gesundheit war nicht die beste. Tatsächlich ist er bald gestorben, nachdem die Kreditoren meinen väterlichen Besitz an sich gebracht hatten und nun wie die Hyänen darum stritten. So erbte ich nun ein stattliches Landgut in Lenskis Nachbarschaft mit allem, was dazugehörte und konnte sogleich mein aufwendiges Leben, wie ich es seit meiner Kindheit gewohnt war, wieder aufnehmen.«

Onegin schließt die Augen und fährt mit der fein maniküren Hand über seine Stirn, als müsse er seine Gedanken ordnen und überlegen, wie viel er dem Gericht von seinem Inneren preisgeben kann, ohne die Contenance zu verlieren. Auch das Folgende berichtet er leidenschaftslos, fast ohne die Stimme zu heben:

»Ich weiß nicht, lag es an meiner Erziehung oder in meiner Natur, aber ich fand keine Tätigkeit, die mich längere Zeit zu befriedigen vermochte. Ich versuchte zu lesen, aber selbst die größten Autoren begannen mich nach wenigen Stunden zu langweilen. Ich versuchte zu schreiben – nach kurzer Zeit warf ich die Feder hin. Beziehungen zu Damen und die wenigen Freunde, die ich hatte, ödeten mich an. Bälle und üppige Feste, zu denen ich geladen wurde, verließ ich vorzeitig. Ja, nicht einmal zu Duellen, zu denen ich bisweilen gefordert wurde, die mir als bunte Abwechslung in meinem Wohlleben hätten erscheinen können, bin ich hingegangen – nur eben zu diesem einen unseligen ...«

»Gehört das zur Sache?« unterbricht einer der Richter Onegins unerwartete psychische Selbstentblößung.

»Doch«, erwidert er trocken, »denn in dieser Phase meines Lebens habe ich Wladimir Lenski kennen gelernt. Er war mein Gutsnachbar, wie ich schon sagte, und völlig anders als ich selbst. Jünger an Jahren, war er doch viel herumgekommen, hatte Deutschland besucht und begeisterte sich für deutsche Literatur, besonders für Schiller, den er immer wieder zitierte, und für die Philosophie dieses Immanuel Kant. Dabei war er ein unverbesserlicher Romantiker, der für all das Schöne stundenlang schwärmen konnte, dessen ich schon überdrüssig geworden war. Bald war er mein einziger Freund, denn alle anderen hatten sich von mir zurückgezogen, weil sie meinen Zynismus gegenüber allem und jedem nicht mehr ertrugen – nicht zu Unrecht, wie ich später einsehen musste.

Nun, eines Tages hat mich Lenski eingeladen, mit ihm das Landgut der Familie Larin zu besuchen, wo er mich seiner Braut – einer der Töchter des Hauses – vorstellen wolle. Mit einigem Widerwillen, nur dem Freund zuliebe, bin ich mitgegangen. Seiner Schwärmerei für Olga, die jüngere der beiden Larin-Töchter, habe ich still zugehört, um ihn nicht durch meine üblichen Zynismen zu kränken – Sie sehen, hohe Richter, Lenski hatte irgendwie schon einen günstigen Einfluss auf mich ausgeübt ... Dabei fand ich diese Olga nicht besonders aufregend – ein nettes ländliches Wesen mit freundlichem, rundem, etwas leerem Gesicht, immer lachend und mit Lenski turtelnd, den sie nach seinen Worten schon seit ihrer Kindheit kannte. Interessanter erschien mir ihre ältere Schwester Tatjana, ein sanftes, etwas schwermütig scheinendes dunkles Mädchen mit großen, seelenvollen Augen, die mich durchdringend ansahen. Ich fühlte mich in seltsamer Weise zu ihr hingezogen, fragte sie, ob sie die wohl schöne, aber doch abgelegene ländliche Umgebung nicht langweile, ob sie nicht städtische Zerstreuung suche. Sie aber meinte, sie lese gern und finde in der Literatur genug Abwechslung; auch liebe sie es, im Garten zu träumen. Ich gab vor, auch einst ein Träumer und Fantast gewesen zu sein – war ich es wirklich? Ich wehrte mich innerlich gegen mein aufkeimendes Gefühl – warum eigentlich? Ich redete deshalb von belanglosen Dingen, von der Krankheit des Erbonkels, wie ich zu meinem Landsitz gekommen war und Ähnliches. Damit hoffte ich, dem Gespräch eine weniger emotionelle Wendung zu geben.«

»Warum haben Sie denn Ihren Gefühlen nicht nachgegeben?« fragt einer der Richter in plumper Direktheit.

»Über die war ich mir nicht im Klaren«, erwidert Onegin gereizt. »Ich habe Ihnen ja erklärt, dass ich mich für dauerhafte Beziehungen nicht zu eignen glaubte. Umso erstaunter war ich, als mir die alte Filipjewna, die Amme des Mädchens, einen Brief von Tatjana brachte, in dem sie mir in geradezu ungehemmter Weise ihre bedingungslose Liebe – sozusagen auf den ersten Blick – gestand. So etwas war mir noch nie passiert und ich wusste wirklich nicht, wie ich darauf reagieren sollte. Ich war gerührt, zugleich aber verwirrt; es lag mir fern, das Zutrauen des jungen Mädchens zu hintergehen, da ich doch mein unstetes Wesen, meine ruhelose Natur kannte. Und da habe ich den wohl größten Fehler meines Lebens begangen: Als wir einander am folgenden Tag wieder begegneten, habe ich ihr zwar für ihre Offenheit gedankt, ihr zugleich aber von oben herab erklärt, dass ich nicht für Ehe und Familie geschaffen sei – wäre das der Fall, so gäbe es für mich keine idealere ›Freundin meiner trüben Tage‹ als sie. Ich sei ihrer nicht wert, beteuerte ich und zuletzt warnte ich sie in lehrhafter Art vor allzu großer Naivität und dozierte, junge Mädchen sollten lernen, sich zu überwinden, weil Unerfahrenheit nur Leid bringe.«

Ganz still ist es im Saal, Richter und Zuhörer können nachempfinden, wie sehr Tatjana durch die Worte des damals so arroganten und blasierten Dandy gekränkt worden war.

»Als ich das gesagt hatte«, fährt Onegin fort, »verabschiedeten wir uns förmlich – den langen Blick, mit dem Tatjana mich ansah, werde ich nie vergessen. Doch einige Zeit danach hat mir Lenski vorgeschlagen, zu einem großen Hausball der Familie Larin mitzukommen. Ich wusste im Voraus, dass ich mich dort langweilen würde, bin aber dennoch mit ihm gegangen. Es kam, wie es kommen musste: Angeödet beobachtete ich das übertrieben aufgeputzte Landvolk, ertrug kaum die, wie mir schien, krampfhafte Heiterkeit und aufgesetzte Festesfreude dieser Leute. Ich ärgerte mich über Lenski, weil er mich mitgeschleppt hatte, und über mich selbst, weil ich mich dazu hatte überreden lassen. Schließlich tanzte ich mit Tatjana, die sich nichts anmerken ließ. Da merkte ich, dass die anderen Paare zu tanzen aufhörten, uns anstarrten und ungeniert über uns redeten. Ich hörte, wie die alten Weiber – pardon, Damen – mich als manierenlosen Kerl beschimpften, der unmäßig trinke, dem Glücksspiel verfallen sei und sogar Freimaurer sein dürfte. Sie schienen Tatjana und mich schon für ein Brautpaar zu halten und bedauerten das arme Mädchen, das ich binnen kurzem wohl ganz schrecklich tyrannisieren würde. Da hat mich der Teufel geritten: Ich bitte Olga zum

Tanz, höre gar nicht mehr auf, mit ihr zu tanzen, reserviere auch die folgenden Tänze für sie, nur um Lenski zu brüskieren und mich dafür zu rächen, dass er mich zu dieser faden Veranstaltung überredet hat. Na, und prompt lässt Lenski seiner Eifersucht freien Lauf, ist drauf und dran, uns eine Szene zu machen. Olga wieder, dieses naive Gänschen, kapriziert sich darauf, auch noch den Kotillon mit mir zu tanzen, um ihren Wladimir, wie sie sagte, für seine Eifersucht zu strafen.«

»Und deshalb ist es zu dieser unglückseligen Forderung gekommen?« fragt ein rotgesichtiger Beisitzer, der unter dem Richtertisch eine Wodkaflasche versteckt hat und in der hohlen Hand einen Becher verbirgt, den er, auf den Ellbogen gestützt, unauffällig zum Mund führt, als ob er sinnend kluge Gedanken wälzen würde.

»Noch nicht gleich«, sagt Onegin. »Zunächst wird die Situation entschärft durch das Auftreten eines senilen alten Franzosen, eines gewissen Monsieur Triquet, den diese Landpomeranzen umschwärmen wie die Moskitos das Kerzenlicht. Der hat sich daraufhin auch noch mit einem Couplet produziert, das nicht weniger parfümiert war als er selbst. Wahrscheinlich haben die Ballgäste das für einen Hauch der großen Welt gehalten; jedenfalls überreichte er das Couplet zuletzt Tatjana, die dafür noch danken musste.«

»Das geht nun schon sehr ins Detail«, wirft der Vorsitzende ein. »Wie ist es denn nun zur Duellforderung gekommen?«

»Nun, leider hat sich Lenskis Erregung während dieses französischen Intermezzos nicht beruhigt. Er warf mir vor, ich hätte mich seiner Braut Olga unziemlich genähert, was ja nun wirklich kompletter Unsinn war. Ich wieder fragte ihn, ob er ganz von Sinnen sei und machte ihn darauf aufmerksam, dass die Ballgäste unseren Streit bereits beobachteten. Lenski aber war völlig außer sich, behauptete, ich hätte Olgas Hand gedrückt, sie sei errötet – na, und wenn schon, das wäre bei einem simplen Landmädchen ja nichts Besonderes! Er erklärte, ich hätte ihn beleidigt, verkündete allen im Saal, dass er mich jetzt fordere, und ehe ich ihm beibringen konnte, dass er verblendet sei und mir Unrecht tue, verließ er in höchster Eile den Saal, schrie nach einem Pferd und ritt wie ein Verrückter davon, etwas von Pistolen vor sich hin redend. Zuvor hatte er seiner Olga noch beteuert, dass sie an allem schuldlos sei, nur ich der Verräter ... Morgen sollten wir die Sache austragen.«

»Warum sind Sie überhaupt hingegangen?« fragt der Vorsitzende. »Sie haben uns doch eingangs erzählt, auch sonst derartige Ehrenhändel gemieden zu haben.«

»Hingehen musste ich auf jeden Fall«, erwidert Onegin, »nachdem alle Anwesenden die Forderung gehört und uns beide gekannt haben. Außerdem hoffte ich, die Sache an Ort und Stelle noch abbiegen zu können. Mein Gewissen hat mir ja gesagt, das Ganze verschuldet, den armen Lenski zu seiner unsinnigen Forderung provoziert zu haben. Mutwillig hatte ich unsere Freundschaft – die einzige, die ich noch hatte – aufs Spiel gesetzt, ja sogar absichtlich zerschlagen. Ich hatte auch nicht vor, meinem Gegner etwas anzutun, wollte daneben schießen oder in die Luft. Dass er *mich* in seiner wilden Aufregung ohnehin nicht treffen werde, davon war ich überzeugt. So wenig hat mich das bevorstehende Duell geängstigt, dass ich fast verschlafen hätte und zu spät zum vereinbarten Ort gekommen wäre. Im letzten Moment kam ich darauf, dass ich keinen Sekundanten benannt hatte und nahm einfach meinen Diener Guillot mit zum Kampfplatz. Als wir im tiefen Schnee hinkamen, war Lenski schon dort, scheinbar begierig, die Sache hinter sich zu bringen. Dennoch habe ich instinktiv gefühlt, dass auch er die Sinn- und Grundlosigkeit dieses Duells begriffen hatte. Sie müssen sich das vorstellen: Wir stehen einander gegenüber, die Sekundanten laden die Waffen und schreiten die Distanz ab – wir sehen einander in die Augen, doch keiner von uns spricht das erlösende Wort – ich schaue ihn groß an, er schüttelt unmerklich den Kopf. Man gibt uns die Waffen, niemand redet – wir gehen in die vorgeschriebene Position – ich sehe, dass Lenski zielt, hebe lässig die Pistole, schaue kaum, wohin der Lauf zeigt, drücke als erster ab – Lenski wankt, fällt in den Schnee, ich stürze hin, beuge mich über die stille Gestalt – tot! Bis heute kann ich es nicht fassen. Kürzlich habe ich die Stelle dort am Bach aufgesucht; es steht ein verwitterter Gedenkstein dort, weiß Gott, wie lange schon.«

Die Ruhe, mit der Onegin seine Aussage begonnen hat, ist dahin; die Augen flackern wie irr in dem schmal gewordenen Gesicht. Die Ereignisse stehen wieder klar vor ihm, ungeachtet der vielen Jahre, die dazwischen liegen, und die Erinnerung scheint ihn förmlich niederzudrücken. Das Gericht gewährt ihm eine kurze Pause.

»Warum haben Sie Russland verlassen und wohin sind Sie gezogen?« fragt der Gerichtspräsident, nachdem sich Onegin etwas erholt hat.

»Ich bin nicht vor der Verantwortung, vor dem Gerichtsverfahren geflüchtet«, antwortet Onegin mit Bestimmtheit, »ich war auf der Flucht vor mir selbst, wenn Sie das verstehen. Mein Leben war zerstört, mein letzter Freund dahin, mein Landgut bloß eine Stätte unseliger Erinnerungen. Der Frau, die mich liebte, die mir ... wie sage ich es nur ... wohl etwas bedeutet hätte ... konnte ich nicht mehr vor die Augen treten. Was hatte ich in der Heimat noch zu erwarten? Genauso gut hätten Sie mich schon damals für ein paar Jahre ins Gefängnis stecken können, wo wäre der Unterschied? Aber ich habe versucht, auf meinen Reisen Distanz zu gewinnen von all dem Unsäglichen, das ich allein verschuldet hatte. In ganz Europa bin ich umhergereist, von den lärmenden Metropolen bis in einsame Wüsten, vom Trubel der Feste und Premieren bis zu Wanderungen im Gebirge – alles vergebens; es gab keinen Ort der Ruhe für mich.« Onegin lacht spöttisch. »Ahasver war geradezu sesshaft im Vergleich zu mir!«

»In Russland waren Sie nie während all der sechzehn Jahre?« fragt der Vorsitzende in der leisen Hoffnung, doch noch einen Verjährungsgrund zu finden und das Verfahren rasch beenden zu können.

Aber Onegin zerstört diese Mutmaßungen gründlich:

»Kein einziges Mal bis jetzt, als ich erkannt habe, dass meine Reisen mir nichts gebracht haben. Ich hatte letztlich gehofft, hier endlich Ruhe zu finden; anstatt dessen bin ich in neuerlichen seelischen Aufruhr gestürzt worden, als ich Tatjana als Gemahlin des alten Generals, des Fürsten Gremin, wieder gesehen habe. Den kannte ich aus früheren Zeiten; mittlerweile hat er Karriere gemacht und steht seit seinen militärischen Erfolgen hoch in der Gunst des Zaren, wie Sie wohl wissen, meine Herren!«

»Und Sie waren völlig ahnungslos?«

»Natürlich. Ich war ja gerade erst aus dem Ausland gekommen und habe mir eine Einladung für den Ball besorgt, weil ich doch hoffte, ein paar alte Bekannte – wenn schon nicht Freunde – zu treffen, was übrigens nicht der Fall war. Nach sechzehn Jahren waren wohl die meisten dahin, kannten mich nicht oder wollten mich nicht mehr kennen. Als der General mit seiner Frau in den Saal kam, wusste ich zunächst nicht, woher mir die Dame bekannt erschien – dann stellte er sie mir vor. Wir erkannten einander und wechselten belanglose freundliche Worte: ›bekannt aus Jugendtagen‹ und dergleichen. Ich war fasziniert, mit welcher Souveränität sich das einstige Mädchen vom Lande in der ›großen‹ Gesellschaft zu bewegen verstand, wie sie mit ihrem Mann und den Gästen plauderte und scherzte, Konversation machte, ohne in billige Gemeinplätze zu verfallen. Das war nicht mehr die Tatjana, die ich kannte, die mir ihre jungmädchenhafte Leidenschaft offenbart, die ich mit meiner hochfahrenden Art so schwer gekränkt hatte! Der Fürst schwärmte mir vor, wie glücklich er sei, in späten Jahren noch die Frau fürs Leben gefunden zu haben; Sie können sich vorstellen, wie mir dabei zumute war. Ich erfuhr, dass sie einander in Moskau kennen gelernt und erst vor zwei Jahren geheiratet hatten. Ihre Schwester Olga, so erzählte man mir, hat nicht lange um den armen Lenski getrauert, sondern sich bald in einen Ulanen verliebt, der sie kurz darauf geheiratet und in seine Garnison mitgenommen hatte. Was aus ihr geworden ist, wusste niemand genau. So bald waren Jugend und Frohsinn aus dem Haus Larin weggezogen ...«

»Das war dann wohl alles?« Das Gericht beeilt sich sichtlich, die lange Vernehmung zu beenden.

»Ja, beinahe«, sagt Onegin dumpf. »Meine Leidenschaft für Tatjana war in diesem Augenblick voll aufgeflammt, als ich ihr in diesen Kreisen wieder begegnet war. Mein ganzen Denken kreiste nur um sie, und in grausamer Umkehrung hat sich alles Seinerzeitige wiederholt: *Ich* habe *ihr* einen langen Brief geschrieben, all meine Empfindungen für sie darin niedergelegt, sie um Vergebung angefleht, die alten Zeiten beschworen – keine Antwort. Ich schreibe noch zwei oder drei Briefe; schließlich wage ich es, zu ihr zu gehen, nachdem ich meinen Besuch angekündigt hatte.

Ich treffe sie wirklich allein an, werfe mich ihr zu Füßen, bitte um Vergebung, sage ihr, dass ich ihren Brief noch immer mit mir trage. Sie bleibt ruhig, erinnert mich an mein damaliges abweisendes, kaltes Betragen, fragt mich in demütigender Weise, ob ich sie jetzt verfolge, weil sie durch ihren Gemahl reich und angesehen sei! Ich gerate völlig aus der Fassung, gestehe ihr meine Liebe ... Sie scheint plötzlich gerührt, weint und will mir fast in die Arme sinken, doch besinnt sie sich und erklärt mir fest, sie bleibe an der Seite ihres Mannes, dem sie Treue geschworen habe, auch wenn sie mich immer noch liebe. Wenn ich Sinn für die Ehre einer Frau hätte, sei es meine Pflicht, jetzt zu gehen. Ich suche sie zu halten, sie reißt sich los – mit letzter Kraft, wie mir scheint – und verlässt den Raum. Völlig vernichtet bin ich gegangen, dann habe ich mich dem Gericht gestellt ... Machen Sie mit mir, was Ihnen beliebt. Ich verzichte auf alle Zeugen, will niemanden von dieser Familie, von all den Menschen, die ich gekränkt, beleidigt, unglücklich gemacht habe, mehr sehen!«

»Das wird sich wohl leider nicht vermeiden lassen«, sagt der Vorsitzende sanft. »Die Zeugen sind bereits geladen. Fortsetzung morgen um zehn Uhr!«

Onegin geht beunruhigt in sein Hotel – eine Stadtwohnung besitzt er nicht und auf sein Gut will er nicht zurück; außerdem wäre es zu weit entfernt, um zeitgerecht am nächsten Morgen vor Gericht zu erscheinen. *Was werde ich morgen zu hören bekommen,* denkt er, *und wird Tatjana auch als Zeugin auftreten?*

Nach ein paar Gläsern Rotwein findet er aber doch Schlaf und betritt den Gerichtssaal am folgenden Tag einigermaßen ausgeruht und selbstsicher. Als erste Zeugin wird Olga Larina aufgerufen. Erstaunt stellt Onegin fest, dass die sechzehn Jahre, seit er sie zuletzt gesehen hat, ihr Äußeres eher zum Vorteil verändert haben. Das schmaler gewordene Gesicht hat an Ausdruck gewonnen, die jugendliche Figur ist ihr geblieben. Bei der Feststellung der persönlichen Daten erfährt Onegin, dass sie geschieden ist und für zwei Kinder zu sorgen hat. Armes Mädchen, denkt Onegin flüchtig, so hat dir dein Ulan auch nicht das erhoffte Glück gebracht! Als sie zu sprechen beginnt, merkt er, dass von ihrer einstigen unbekümmerten Fröhlichkeit nichts geblieben ist. Die Stimme klingt monoton, sie würdigt Onegin zunächst keines Blickes.

»Meine Schwester und ich, wir waren ein Herz und eine Seele damals in jungen Jahren, auch wenn wir sehr verschiedene Naturen gewesen sind. Ich war glücklich mit meinem Wladimir, und Tatjana war eine lesewütige romantische Schwärmerin, die eben auf den berühmten Märchenprinzen wartete. Gleich als Herr Onegin erstmals zu uns ins Haus kam, habe ich irgendwie gefühlt, dass er Unruhe, wenn nicht sogar Unheil über uns bringen werde.«

Sie wirft einen schrägen Blick auf den Angeklagten, der mit steinerner Miene zuhört.

»Tatjana war von diesem ersten Augenblick an verändert, sah ihn ununterbrochen mit Hundeaugen an und folgte ihm auf Schritt und Tritt, wenn er bei uns durch Haus und Garten spazierte. Es war mit ihr nicht zu reden; nur ihrer alten Njanja, der einstweilen längst verstorbenen Filipjewna, der hat sie – wie ich später hörte – gestanden, dass sie sich auf den ersten Blick in den Gast des Hauses verliebt hatte. Die Njanja musste ja auch diesen unglückseligen Brief dem Herrn Onegin überbringen, wie sie mir später gestanden hat ...«

Instinktiv greift Onegin in die Innentasche seines Jacketts, wo er Tatjanas jugendliches Liebesgeständnis noch immer aufbewahrt.

»Ich habe Herrn Onegin ja auch als interessanten, souveränen Mann empfunden«, fährt Olga nüchtern fort, »doch hatte ich den Eindruck, dass er für unser Milieu unpassend, einfach eine Nummer zu groß, ein Fremdkörper war. Man konnte deutlich merken, dass er sich bei uns auch nicht wirklich wohl gefühlt hat, besonders bei diesem Hausball, wo es ja zum Eklat gekommen ist.«

Ach, denkt Onegin, *jetzt versucht dieses ehemalige Landmädchen auch schon, sich nach der Art der so genannten großen Welt auszudrücken; eigentlich komisch, wie sie ihr früheres Wesen so gänzlich abgelegt hat.*

Doch nun belebt sich ihre Sprechweise, als ihre persönliche Tragödie zur Sprache kommt:

»Ich hab' ja sehr wohl bemerkt, dass Herr Onegin nur deshalb einen Tanz nach dem anderen mit mir *absolviert* hat – so kann man das schon nennen –, um meinen Lenski zu ärgern. An mir war er nicht wirklich interessiert und auch ich bei Gott nicht an ihm. Aber die unsinnige Eifersucht des armen Wladimir hat wieder *mich* erbost, drum hab' ich das dumme Spiel mitgemacht und ihn dadurch zur Weißglut getrieben; so hatte ich Lenski bisher nie erlebt. Kurz zuvor hat er mich noch angeschwärmt und mir vor allen Leuten seine ewige Liebe beteuert, und nun diese läppischen Verdächtigungen! Irgendwie fühle ich mich ja mitschuldig an der furchtbaren Geschichte, weil ich die sinnlos-trotzige Komödie des Herrn Onegin, der sich bei uns schlicht und einfach gelangweilt hat, aufgegriffen und mitgespielt habe. Durch das Verhalten des Herrn Onegin habe ich mich wirklich nicht in meiner Ehre angegriffen gefühlt; ich hatte ihn ja durchschaut. Und von einem Erröten, wie Lenski in seiner Aufregung meinte, konnte gar nicht die Rede sein!«

Olgas anfängliche Ruhe ist dahin, böse schaut sie auf Onegin, der davon nichts bemerkt, weil er den Kopf in die Hände stützt und zu Boden starrt.

»Den genauen Zeitpunkt des Duells haben wir alle nicht gewusst; ich hätte es auch nicht für möglich gehalten, dass die beiden Freunde gezielt aufeinander schießen würden. Hätten sie aneinander vorbeigeschossen, dann wäre die läppische Ehre wiederhergestellt gewesen und sie hätten sich versöhnt – alles wegen nichts und wieder nichts! Aber so hat Herr Onegin mein Lebensglück – und auch das meiner Schwester – zerstört.«

Hart und verbittert klingen diese letzten Sätze, keine einzige Träne ist in Olgas Augen getreten.

»Nun«, wirft der Beisitzer mit dem roten Gesicht ein, der heute früh noch nicht seine übliche Wodka-Ration zu sich genommen hat und daher aggressiv gestimmt ist, »allzu groß scheint Ihre Trauer um Herrn Lenski ja nicht gewesen zu sein. Sie haben sich recht bald getröstet, wie man weiß. Und Ihre Frau Schwester ist reich geworden und sogar in den Hochadel aufgestiegen! Da reden Sie von zerstörtem Lebensglück?«

Onegin lächelt ironisch; ein klein wenig gönnt er der Frau, die den Tod seines Freundes so rasch verkraftet hat, diesen Vorwurf. Olga aber verliert nun die Beherrschung:

»Ich weiß nicht, wie viel Menschenkenntnis Sie haben und wie weit Sie sich in unsere Lage hineindenken können, Herr kaiserlicher Rat! Ich habe nach Lenskis Tod nur noch trübe und verzweifelt in meinem Zimmer gesessen; das Leben war für mich zu Ende. Meine Mutter hat mich ständig bedrängt, endlich wieder unter die Leute zu gehen, und so habe ich schließlich der Werbung dieses jungen Ulanen nachgegeben – es war keine wirklich lustige Hochzeit, das können Sie mir glauben, und mein Bräutigam hat mir im Grunde Leid getan, dass er eine Trauerweide wie mich zur Frau kriegte! Aber mein Mitleid war nicht von langer Dauer: Kaum hatte ich meine zwei Kinder in die Welt gesetzt, hat er sich nicht mehr um uns gekümmert, mehr und mehr zu trinken begonnen« – Seitenblick auf den Beisitzer, der jetzt noch röter im Gesicht anläuft –, »schließlich wurde er nach Sibirien in Russlands fernste Garnison versetzt; angeblich auf eigenes Betreiben, wie ich später erfuhr. Er hat uns keinen Rubel mehr zukommen lassen, ich musste die Hilfe der Mutter in Anspruch nehmen, bin mit den Kindern auf unser altes Gut zurückgezogen und habe die Scheidung durchgesetzt. Er soll mit irgendeinem Weib im fernsten Nordosten zusammenleben, ich habe nie mehr von ihm gehört –«

Der Vorsitzende sucht die Stimmung im Saal etwas zu dämpfen, doch Olga ist noch nicht fertig: »– und«, setzt sie temperamentvoll nach, »wenn Sie glauben, dass die Ehe meiner Schwester mit dem dicken alten General eine Liebesheirat war, dann ist Ihnen nicht zu helfen. Da nützt all der Luxus und Reichtum nichts; dieser Herr Onegin hier« – sie deutet mit wegwerfender Geste auf den Angeklagten – »ist und bleibt nun einmal die Liebe ihres Lebens, das fühlt man als Frau und Schwester, und das hat sie mir auch gesagt. Aber als Dame von Stand und Ehre wird sie zeitlebens die nötige Distanz halten und dem Fürsten Gremin eine treue Gemahlin bleiben. Mehr habe ich nicht zu sagen.«

Mehr wünscht das Gericht von dieser Zeugin auch nicht zu hören, die das Verhältnis aller an der Tragödie Beteiligten untereinander deutlich genug geschildert hat. Olga verlässt erhobenen Hauptes den Saal, ohne den Angeklagten auch nur kurz angesehen zu haben.

Als nächster Zeuge tritt der Fürst Gremin vor die Barriere: ein großer, wohl beleibter Herr in Generalsuniform mit den bekannten roten Streifen an der Hose und mehreren Orden an der gewölbten Brust. Eine Kriegsverletzung zwingt ihn, sich eines Stockes zu bedienen; das Angebot des Vorsitzenden, seine Aussage sitzend abzulegen, lehnt er aber forschen Tones ab.

»Ich kenne den Angeklagten seit seiner frühesten Jugend und habe auch seinen Vater gut gekannt. Nach dessen wirtschaftlichem Zusammenbruch habe ich den Alten aus den Augen verloren, doch mit dem jungen Herrn Onegin gab es weiterhin Kontakt, so weit das bei seiner ruhelosen Art überhaupt möglich war. Von dem Duell, nach dem er verschwunden war, hatte ich wohl gehört, doch brachte ich es natürlich in keinen Zusammenhang mit der Familie meiner Frau, die ich ja erst später, vor wenigen Jahren, kennen gelernt habe.«

Der General blickt ernst, aber nicht unfreundlich auf Onegin herab, dessen Miene wieder versteinert scheint, seit der Ehemann »seiner« Tatjana vor ihm steht.

»Nie hätte ich gehofft, nach all den Jahren des Kampfes, der Kriegsverletzung, der langsamen Genesung noch ein eheliches Glück wie dieses nun zu erleben«, sagt der Fürst mit gerührter Stimme. »Tatjana Larina ist eine wundervolle Frau; genau das, was mir bei allem Ruhm, der Gunst seiner Majestät des Zaren und zur äußeren Ehre noch gefehlt hat. Vielleicht bin ich ein geschwätziger alter Mann geworden, aber ich erzähle seither allen Menschen in meiner Umgebung von meinem Glück, dessen ich mir voll bewusst bin. Hätte ich geahnt, welche – ja völlig ehrenhafte! – Beziehung zwischen Tatjana Larina und Herrn Onegin früher bestand, so hätte ich mich ihm gegenüber zurückhaltender ausgedrückt. Meine offenherzige Erzählung über unser – mein – spätes Glück muss ihn ja schwer getroffen haben. Jetzt, wo ich alles weiß, tut es mir wirklich Leid.«

Was weißt du schon, denkt Onegin, *über das Glück deiner Frau, das vor allem aus Selbstbeherrschung, Konversation und Anpassung besteht. Von meinem letzten Besuch bei ihr hat sie ihm offensichtlich nichts erzählt, von ihren wahren Empfindungen hat er keine Ahnung, sie lässt's ihn auch nicht merken, und so feinfühlig ist der alte Militarist auch nicht, dass er es von selbst merken würde. Ich muss wieder weg, weit weg von allem, ganz allein ...*

Glücklicherweise stellen die Richter dem Fürsten keine weiteren Fragen, halten ihm weder Onegins rückhaltlose Bekenntnisse, noch Olgas temperamentvolle Schilderung des Seelenlebens ihrer Schwester vor.

Onegin ahnt, dass nun Tatjana als nächste Zeugin aufgerufen wird und fürchtet, Gremin werde im Saal bleiben, um die Aussage seiner Frau anzuhören. Doch der General grüßt militärisch und hinkt auf seinen Stock gestützt hinaus. Im Vorübergehen blickt er zärtlich auf Tatjana, nickt ihr verbindlich zu, als sie, starr an ihm vorüberblickend, in den Saal geht. In ihrem eleganten, schmucklosen schwarzen Kleid mit tadelloser Frisur – Coiffure hätte Onegin früher einmal gesagt – wirkt sie auf den traurigen Helden unserer Geschichte gleichzeitig begehrenswert schön, aber auch fremd, wie ein Wesen von einem anderen Stern. Unwillkürlich nimmt Onegin Haltung an, sitzt erhobenen Hauptes mit leger gekreuzten Lackschuhen, ein unbewusstes Imponiergehabe, das gegenüber dieser für ihn endgültig verlorenen Frau von tragisch-rührender Lächerlichkeit erscheint. Er merkt, dass Tatjana nicht so ruhig und gelassen ist, wie sie möchte, und dass sie versucht, den Blickkontakt mit ihm zu meiden.

»Ich habe nicht vor, mein Seelenleben und meine intimsten Gedanken vor Ihnen auszubreiten«, beginnt sie in förmlichem

Ton, »nur so viel: Ich war damals ein junges weltfremdes, in Literatur versunkenes und in fragwürdige Romanhelden verliebtes unreifes Wesen. Meine jüngere Schwester hat mir immer vorgeworfen, dass ich an den harmlosen Vergnügungen und Festlichkeiten auf dem Lande keinen Gefallen gefunden habe, und mir gepredigt, dass ich nicht ewig auf einen Märchenprinzen aus meinen Büchern warten solle, der ohnehin nie komme. Das war sozusagen die Grundsituation meines damaligen Lebens, und mitten hinein ist eines Tages Herr Onegin getreten, den ich ja überhaupt nicht kannte, der mich aber fasziniert hat als ein Wesen aus einer fremden Welt, die ich bisher nur aus meinen Büchern in mich hineingelesen, aufgesogen hatte. Natürlich erscheint es mir heute ungeheuerlich und jeder Sitte widersprechend, dass ich ihm, dem Mann, dem Fremden, einen Brief, noch dazu einen solchen, schreiben konnte.«

Der Vorsitzende nickt, runzelt die Stirn. »In Amerika würde man das einen seelischen Striptease nennen!« murmelt er vor sich hin.

»Aber es ist nun einmal geschehen, und die Strafe ist ja auf dem Fuß gefolgt«, sagt Tatjana. »Ich hab' schon am nächsten Tag meine Lektion samt Verhaltensmaßregeln bekommen. Dass Herr Onegin im Grunde Recht hatte und ehrlich zu mir war, habe ich damals nicht verstehen wollen; ich war nur verzweifelt und zutiefst beschämt. Heute bin ich sicher, dass unsere Verbindung, wenn sie zustande gekommen wäre, einen unglücklichen Verlauf genommen hätte.«

»Wie sehen Sie denn heute Ihre Empfindungen für Herrn Onegin?« fragt der schon mehrfach aufgefallene Beisitzer wenig taktvoll. »Aus seiner Aussage ist herauszuhören, dass Ihre, na ja, sagen wir Sympathie für ihn keineswegs ganz erloschen ist.«

»Darüber spreche ich nicht«, sagt Tatjana steif und schnell, »es tut auch nichts zur Sache. Ich lebe in aufrechter Ehe mit einem hervorragenden Mann. Und dabei bleibt es!«

Onegin vergisst in diesem Augenblick seine elegante Haltung und sinkt in sich zusammen.

Tatjana wirft ihm einen raschen Blick zu, bevor sie weiterspricht: »Unter Herrn Onegins läppischer Komödie bei unserem Hausball habe ich sehr gelitten, ohne die Folgen auch nur vorausahnen zu können. Dass meine Schwester dabei mitgespielt hat, nur um ihren eifersüchtigen Lenski auf die Palme zu bringen, hat sie bald furchtbar gebüßt – und ich nicht minder. Natürlich haben sich unsere Ballgäste – Leute vom Land, die auf jeden Tratsch, auf jede Abwechslung begierig waren – auch nicht gerade fein benommen: Als ich mit Onegin tanzte, ohne dass wir beide die peinliche Briefgeschichte erwähnten, habe ich noch leise Hoffnung gehegt, dass alles wieder ins rechte Lot kommen könnte. Aber die taktlosen Bemerkungen der Gäste über uns und besonders über ihn waren nicht zu überhören. Da ist mir erst so richtig klar geworden, wie öde er diese Veranstaltung fand und dass er Lenski, der ihn dazu überredet hatte, dafür büßen lassen wollte. Dass aus diesem kindischen Unsinn so viel Unglück entstehen würde, daran hat wohl niemand gedacht.«

»Warum haben Sie eigentlich nicht wirklich daneben oder in die Luft geschossen?« fragt der schon am Vormittag schläfrige, sichtlich unter Wodka-Entzug leidende Beisitzer den Angeklagten.

»Ich habe doch schon erklärt, dass ich nicht gezielt geschossen habe, dass alles ein tragischer Zufall war«, sagt Onegin verärgert.

Der Vorsitzende ergänzt: »Das ist bereits beantwortet; ich dulde ab sofort nicht mehr, Fragen mehrfach zu stellen – von keiner Seite!« fügt er mit einem Blick auf den bisher ohnehin schweigsamen Verteidiger Onegins hinzu, der seinem Mandanten achselzuckend einen ironischen Blick zuwirft. *Wegen dieser wandelnden Wodkaflasche komme ich unschuldig in die Bredouille*, will er damit andeuten.

Endlich erhält Tatjana wieder das Wort:

»Lenskis Tod und Onegins gleichzeitiges Verschwinden hat unser ganzes Haus in Kummer und Trübsal gestürzt. Die Filipjewna, meine alte Amme, hat sich Vorwürfe gemacht, meinen Brief überhaupt Herrn Onegin gebracht zu haben, anstatt ihn verschwinden zu lassen – vielleicht wäre das wirklich besser gewesen. So aber habe ich einen geradezu – heute nicht mehr verständlichen, aber aus meiner damaligen Jungmädchenschwärmerei erklärbaren – Onegin-Kult betrieben, bin in sein verlassenes Haus gegangen, wo er alles liegen und stehen gelassen hatte, als er überstürzt abreiste, habe dort herumgesessen, seine Bücher, seine Sachen betrachtet, mich in meinem Leid vergraben – ich konnte ihn trotz des Todes von Lenski nicht hassen, war zwischen Himmel und Hölle hin- und hergerissen ...«

»Und schließlich sind Sie nach Moskau übersiedelt?« versucht der Vorsitzende Tatjanas nun doch sehr persönliche Auslassungen zu beschleunigen.

»Ja, die Familie hat mich mehr oder minder dazu gezwungen. Wahrscheinlich war das auch die einzig richtige Medizin gegen meinen Trübsinn«, erwidert Tatjana. »Ich wurde zu den verschiedensten Verwandten geschleppt, von deren Existenz ich keine Ahnung hatte. Jahrelang wurde ich auf das Großstadtleben getrimmt – anders kann man das nicht nennen; ich besuchte Gesellschaften, Soireen, Bälle, erhielt Einladungen und am Ende dieser Zeit stand der General, Fürst Gremin! Wir leben jetzt hier in der Hauptstadt – es geht mir gut und ich bin zufrieden«, sagt sie mit etwas zu starker Betonung und einem Seitenblick auf Onegin, der unmerklich den Kopf schüttelt.

»Hat Herr Onegin nach seiner Rückkehr versucht, mit Ihnen wieder Kontakt aufzunehmen?« fragt der richterliche Trunkenbold, auf eine »gesellschaftliche« Sensation begierig hoffend.

»Was hat das mit der Sache noch zu tun?« schneidet der Vorsitzende ihm das Wort ab, bevor Tatjana nach einer Antwort auf die peinliche Frage suchen kann.

»Nun ... wir wollen doch ... ein umfassendes Bild der Persönlichkeit des Angeklagten bekommen«, stottert der Beisitzer und greift mechanisch unter seinen Sessel, wo sich heute aber keine Flasche befindet.

»Das haben wir ja wohl jetzt bekommen«, erwidert der Vorsitzende mit Bestimmtheit. »Werden noch weitere Anträge gestellt?«

»Vielleicht sollten wir noch Frau Larina als Zeugin hören«, versucht der Beisitzer sich jetzt seriös zu geben. »Sie hat ja wohl auch einen persönlichen Eindruck vom Angeklagten erhalten.«

»Meine Mutter ist über siebzig Jahre alt und nicht sehr gesund. Eine Reise nach Sankt Petersburg kann ihr nicht zugemutet werden«, wendet Tatjana schnell ein, bevor sich der Vorsitzende noch äußern kann.

»Dann werden wir auf diese Zeugin verzichten«, beschließt er. »Schlussvorträge und Urteilsverkündung morgen ab zehn Uhr!«

Tatjana wendet sich zum Gehen. Onegin hat sich erhoben; mit ernstem Gesicht tritt er vor sie hin, deutet mit alter Eleganz einen Handkuss an. Er wartet, bis sie den Saal verlassen hat. Zumindest ein standesgemäßer Abgang, denkt er mit verzweifeltem Zynismus, bevor er in einen Wagen steigt und sich zu seinem Hotel bringen lässt.

Am folgenden Tag haben sich alle schon vor zehn Uhr im Gerichtsgebäude eingefunden – der Gerichtshof, die Zuschauer, unter ihnen unauffällig in der letzten Reihe die beiden Schwestern Olga und Tatjana; letztere ohne Wissen des Generals, der schon am frühen Morgen zu einer Inspektion aufgebrochen ist. Alle außer der Hauptperson: Onegin ist nicht erschienen, hat auch keine Entschuldigung deponiert. Das Gericht wartet noch eine Weile, dann wird ein Bote in Onegins Hotel gesandt. Insgeheim fürchtet man, er habe seinem Leben ein Ende gemacht und man werde ihn tot in seinem Appartement finden – nicht wenige meinen, dies wäre doch ein spektakulärer Ausstieg aus einem außergewöhnlichen Dasein. Doch das Hotelzimmer ist leer; an der Rezeption wird mitgeteilt, Herr Onegin sei noch am vorigen Abend abgereist, habe sein Gepäck mitgenommen, die Rechnung bezahlt. Ein Ziel habe er nicht genannt, man habe ihn auch nicht danach gefragt.

Das Gericht vertagt sich, lässt nach ihm suchen. In ganz Russland läuft die Fahndung; auch im Ausland kursiert ein Steckbrief mit seinem Porträt, doch man findet keine Spur von ihm. Nach längerer Zeit wird die Suche aufgegeben und die Angelegenheit ad acta gelegt. Niemand weiß, ob der ruhelose, unglückliche Onegin in einem fernen Land ein neues Leben begonnen und Ruhe gefunden hat oder irgendwo in stiller Abgeschiedenheit in den Tod gegangen ist. Alexander Puschkin, der unserem Helden bald nach seinem Verschwinden schon im Jahre 1832 mit seinem Roman in Versen ein prächtiges Denkmal setzen wird, hat sein weiteres Schicksal offen gelassen, und auch wir werden es nie erfahren.

Im Gegensatz zu »Pique Dame« hält sich das von Konstantin Schilowsky und dem Komponisten Peter Tschaikowsky selbst verfasste Textbuch zu »Eugen Onegin«, notwendigerweise verkürzt, doch ziemlich genau an Puschkins umfangreichen, aus acht Kapiteln bestehenden Versroman, den der Dichter schon 1823 – also zur Zeit, da die Geschichte spielt – begonnen und erst 1832 beendet hatte. Wohl gibt Puschkin in seinem etwa 200 Seiten umfassenden Werk naturgemäß eine ausführlichere Charakteristik der Hauptpersonen, insbesondere des Titelhelden, dessen ruhelose, etwas oberflächliche, zynisch-herablassende, dennoch keineswegs unsympathische Persönlichkeit teils ernsthaft-romantisch, teils mit bissigem Humor und Spott geschildert wird, der bisweilen an Heinrich Heine erinnert. Dennoch treffen auch Tschaikowsky und sein Textdichter ganz ausgezeichnet die Vielschichtigkeit dieser Figur, die auf der Opernbühne in der gerafften Form des Librettos durch einen Sänger noch schwieriger darzustellen ist als der »nur« psychopathische Hermann in »Pique Dame«. In der Gestalt des Onegin hat Puschkin seine eigenen, von Dandy-Allüren, Begeisterung für Lord Byron und hypertrophem Sentiment geprägten Jugendjahre und deren Überwindung dargestellt. Mit köstlicher Ironie schildert er Onegins übertriebene Neigung zur Körperpflege (»Drei Stunden konnten kaum ihm reichen, wenn er vor Spiegeln tätig war«), zu französischer Kleidung (»Doch Frack, Gilet und Pantalon, kein Wort ist russisch doch davon«) und zu Maniküre, Parfumgemisch und Kristallflakons. Der überwältigende Reiz der Dichtung besteht – neben der unglaublichen Brillanz der Verse – auch darin, dass Puschkin seinen Helden zwar die vollständige Wandlung hin zur Tragödie durchleben lässt, sich aber zuletzt dennoch mit einer gewissen Leichtigkeit von ihm verabschiedet:

»Glückselig, wer, solang' noch dauert
das Fest des Lebens, es verlässt,
den Kelch nicht austrinkt bis zum Rest,
aufs Ende des Romans nicht lauert,
und Abschied nehmen kann im Nu,
wie ich es von Onegin tu!«

Puschkin schien zu ahnen, wie sich sein eigenes Schicksal erfüllen würde: Auch er hat das »Fest des Lebens« vorzeitig verlassen, den Kelch nicht bis zum Rest geleert. In seinem »Onegin« hat er das Duell zum zentralen Wendepunkt im Leben seines Helden gemacht. Rund fünf Jahre nach der Veröffentlichung der Dichtung fordert er selbst seinen Schwager Georges d'Anthès, einen Adoptivsohn des niederländischen Diplomaten van Heeckeren, zum Duell, weil dieser Puschkins Ehefrau Natalja Gontscharowa in unziemlicher Weise bedrängt hatte. Am 8. Februar 1837 findet das Duell statt. Puschkin wird tödlich verletzt und stirbt zwei Tage später. Ganz Petersburg drängt sich zur Einsegnung, die daraufhin unter Ausschluss der Öffentlichkeit stattfindet. In der darauf folgenden Nacht wird Puschkin in aller Stille in einem Kloster beigesetzt. Verbindlichkeiten des toten Dichters werden vom Zarenhof beglichen, der sich auch um das Fortkommen der Familie kümmert. Ob da schlechtes Gewissen mitgespielt hat, werden wir nie erfahren; immerhin war Puschkin schon 1836 ein anonymes Schreiben zugekommen, worin seine Frau einer Beziehung zum Zaren selbst verdächtigt wurde ...

Kurz zu den Unterschieden zwischen der Oper und der literarischen Vorlage: Während Tatjanas fröhliche Schwester Olga bei Tschaikowsky nach dem vierten Bild der Oper sang- und klanglos verschwindet, lässt Puschkin sie bald nach Lenskis Tod einen

Ulanen heiraten, dem sie in seine Garnison folgt. Nach Onegins Aufbruch zu den jahrelangen Reisen besucht Tatjana immer wieder sein verlassenes Gut, wo sie Stunden und Tage damit verbringt, die einstige Umgebung des Geliebten in sich aufzunehmen. Ihren Ehemann, bei Tschaikowsky Fürst Gremin, bei Puschkin ohne Namensgebung nur »der dicke General« genannt und als Kriegsinvalide beschrieben, lernt sie im Original in Moskau kennen, während die Oper zur Gänze in Sankt Petersburg spielt.

In Tatjanas berühmter Briefszene, einem Herzstück der Oper, verwendet das Libretto fast wörtlich Puschkins Formulierungen; ebenso wie in Lenskis wehmütiger Arie vor dem Duell. Hingegen wird Onegins Brief an Tatjana kurz vor der letzten Auseinandersetzung des Paares in der Oper nur erwähnt, von Puschkin hingegen noch 1832, kurz vor der Veröffentlichung der Gesamtausgabe (1833) nachträglich eingefügt, was der Dichtung eine gewisse Symmetrie verleiht.

Tschaikowsky, der sein Werk nicht als Oper, sondern als »lyrische Szenen« verstanden wissen wollte, weil sie keine äußerlichen Effekte enthielt, sondern vorwiegend seelische Konflikte behandelte, zweifelte am Erfolg und wollte sie nicht von alten Routiniers, sondern am liebsten von Konservatoriumsschülern aufgeführt sehen, was tatsächlich am 17. März 1879 im Moskauer Maly-Theater realisiert wurde und dem Komponisten zwar Anerkennung von Fachleuten, aber keinen echten Erfolg brachte. Dieser stellte sich erst nach der »wirklichen« Uraufführung am Bolschoi-Theater am 23. Januar 1881 und den Folgeaufführungen am Marijinski-Theater in Sankt Petersburg unter der Leitung des prominenten Dirigenten Eduard Naprawnik ein.

Drei Karten!
PETER TSCHAIKOWSKY

»PIQUE DAME«

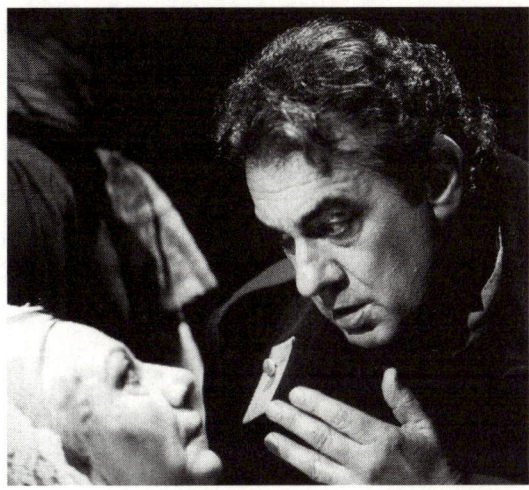

Plácido Domingo als Hermann mit Rita Gorr als Gräfin, Wiener Staatsoper, 1999

»PIKOWAJA DAMA«
Pique Dame
Oper in drei Akten
Dichtung von Modest Tschaikowsky
basierend auf der Novelle von Alexander Puschkin
Musik von Peter Tschaikowsky

Uraufführung am 19. Dezember 1890 in St. Petersburg
Deutsche Erstaufführung am 11. März 1900 in Darmstadt

Ein stürmischer Winterabend 184.. in Sankt Petersburg. Im privaten Casino des durch Glücksspiel reich gewordenen Tschekalinsky versammeln sich etwa zwanzig Offiziere und adelige Gäste zum Spiel rund um einen langen, grün bezogenen Tisch, unter ihnen Graf Paul Tomsky, Fürst Jeletzky sowie Ssurin und der Gardekavallerieoffizier Narumow. Letzterer erscheint etwas verspätet und bringt einen Freund, den Pionieroffizier Hermann, mit in den Spielsaal. Ihn kennen sie alle als freundlichen, stillen Kameraden, der dem in Offiziers- und Adelskreisen gepflogenen Pharo-Spiel stets stundenlang mit größtem Interesse zuzusehen pflegt, ohne aber jemals selbst eine Karte in die Hand zu nehmen. Alle wundern sich über das Aussehen ihres Freundes, der bleich, mit düsterem Blick und fast gespenstischem Gesichtsausdruck in den Saal gekommen ist. Niemand fordert ihn zum Mitspielen auf, da sie von seiner Abneigung gegen das Spiel wissen.

»Willst du nichts trinken?« fragt ihn Tschekalinsky, der die Bank hält.

»Danke, aber erst möchte ich setzen«, erwidert Hermann zum allgemeinen Erstaunen.

»Die Welt steht nicht mehr lang«, ruft Narumow. »Hermann spielt!«

Narumow gratuliert ihm zum Ende seiner langen Fastenzeit, wie er es nennt. Hermann setzt siebenundvierzigtausend. Alle

Drei Karten!

sind erschrocken über die hohe Summe, doch Hermann bleibt dabei. Er setzt auf die Drei und gewinnt. Zur allgemeinen Bestürzung verdoppelt er, setzt auf die Sieben und gewinnt neuerlich. Allen wird unheimlich zumute; Tschekalinsky fordert ihn auf, sein Geld zu nehmen und aufzuhören, doch Hermann weigert sich. Mit irrem Lachen murmelt er seltsames Zeug – sein Leben gleiche dem Spiel, dann komme ohnehin der Tod und hole ihn ab. Niemand will mehr gegen ihn spielen; schließlich tritt der Fürst Jeletzky auf ihn zu.

»Ich«, sagt er, »spiele gegen ihn!«

»Nicht weiter«, warnen die anderen, »es wäre Wahnsinn. Der Teufel scheint ihm die Karten zu verraten.«

»Lasst nur, Freunde«, erwidert der Fürst ruhig. »Wir rechnen jetzt ab.«

Betretenes Schweigen; alle wissen, dass Fürst Jeletzky wegen Hermann von seiner Braut Lisa verlassen worden ist. Tschekalinsky schlägt die Karten auf.

»Mein Ass«, ruft Hermann siegessicher.

»Nicht doch. Ich schlage Ihre *Dame*«, erwidert Jeletzky.

Hermann zittert am ganzen Körper. Mit irrem Blick schaut er auf die Pique Dame in seiner Hand. Hat er die falsche Karte gezogen? Er starrt auf die Wand hinter dem Bankhalter Tschekalinsky, als ob er dort eine furchtbare Erscheinung sehe, schreit plötzlich mit veränderter Stimme: »Die Hexe! Die Alte! Seht ihr sie lachen? Du Verdammte! Mein Leben, da hast du es, nimm es! Ach, Lisa, mein Engel ...«

Er zieht seinen Offiziersdolch, holt weit aus, will ihn sich in die Brust stoßen. Die Kameraden, gerade noch in Entsetzen erstarrt, springen auf ihn zu, einer reißt ihm den Arm zur Seite, ein anderer entwindet ihm die Waffe. Hermann leistet keinen Widerstand, wird von den Kameraden weggebracht, in der Kaserne dem Arzt vorgeführt. Er stammelt immer die gleichen Worte vor sich hin: »Drei, Sieben, Ass, Drei, Sieben, Dame ...«, ist ansonsten unansprechbar. Man konstatiert eine schwere psychische Störung und bringt ihn in die Obuchow-Klinik zur Beobachtung. Hier wird er im Zimmer 17 eingeschlossen, gibt keine verständlichen Antworten, wiederholt nur ständig, ob er nun allein ist oder Ärzte und Kameraden ihn aufsuchen, mit zunehmender Geschwindigkeit in leierndem Ton die Namen der Karten ...

Nach Monaten in der Klinik scheint sich Hermanns Zustand allmählich zu bessern. Sein stereotypes Herunterleiern der Drei, der Sieben, des Ass und der Dame setzt zeitweilig aus und verschwindet schließlich. Noch ist er nicht so weit, mit den Ärzten zu reden, spricht überhaupt kein Wort, schluckt aber bereitwillig die verordnete Arznei und nimmt – was er bisher verweigert hat – regelmäßig Nahrung zu sich. Besuche seiner früheren Kameraden werden ab jetzt nicht mehr gestattet, um den erkennbaren langsamen Heilungserfolg nicht zu gefährden und neue psychische Krisen nach Möglichkeit zu vermeiden.

Eines Tages kommt der behandelnde Arzt zur Visite, als Hermann ihn mit großen Augen ansieht und – mit belegter Stimme nach dem langen Schweigen – erstmals zu ihm spricht: »Ich fühle mich ... wie aus einem langen tiefen Schlaf erwacht ... Herr Doktor, wo bin ich? Warum bin ich hier eingeschlossen?«

Vorsichtig sucht der Arzt ihm zu erklären, was damals im Spielsaal geschehen ist. »Sie haben beim Spiel viel Geld verloren und dann versucht, sich selbst etwas Schlimmes anzutun«, drückt er sich zögernd aus. »Wir behandeln Sie hier und hoffen, dass Ihre

Drei Karten!

Krise nun überstanden ist. Erinnern Sie sich wieder an alles – auch an frühere Zeiten?«

Hermann blickt sinnend zu Boden. »Ja«, murmelt er, »das Spiel ... Lisa ... die Alte ... o mein Gott, alles ist so fern ...«

»Lassen Sie sich Zeit«, sagt der Arzt mitleidig, »Sie bleiben noch eine Zeit lang bei uns und wir werden alle Tage miteinander sprechen, bis Sie sich Ihre Probleme ein wenig von der Seele geredet haben und sich stark genug fühlen, wieder zu Ihren Kameraden zurückzukehren und ein normales Leben zu führen. Einverstanden?«

»Danke, Herr Doktor«, flüstert Hermann. »Ein normales Leben ... Sie sind sehr gut zu mir. Ich werde mich bemühen, mitzumachen, um bald hier wegzukommen.«

Und die Therapie des erfahrenen Seelenarztes führt zum Erfolg: Schon nach wenigen Wochen ist Hermann so weit, dass er wieder Besuche seiner Freunde vom Militär empfangen kann, ohne durch die Erinnerung einen Rückfall zu erleiden. Er fragt sogleich nach Lisa, der Frau, die ihm alles bedeutete und die er wegen seines Wahns, durch das Glücksspiel ein Vermögen zu erwerben, verloren hat. Niemand sagt ihm Genaueres, nur dass sie nicht zum Fürsten Jeletzky zurückgekehrt ist, erzählen ihm die Kameraden.

Nach weiteren Monaten wird Hermann aus der Klinik entlassen und kehrt alsbald in die Pionierkaserne zurück. Mittlerweile ist der Oberste Staatsanwalt von Sankt Petersburg auf Hermanns Genesung aufmerksam geworden: Nach dem mysteriösen Tod der siebenundachtzigjährigen Gräfin Y, der Großmutter des Grafen Paul Tomsky, wie man sagte, war Hermann in den Verdacht geraten, deren plötzliches Ableben verschuldet zu haben, als er ihr bei einem nächtlichen Besuch aus unerklärlichen Gründen mit einer Waffe gedroht hatte. Der Vorfall war beim Personal nicht unbemerkt geblieben, und der Ankläger hatte auf Grund der Aussagen der Hausangestellten der Gräfin gegen Hermann ein Verfahren wegen versuchter Nötigung und fahrlässiger Tötung eingeleitet, das aber wegen seines psychischen Zusammenbruches nicht fortgesetzt werden konnte. Nun aber, nach seiner Entlassung aus der Anstalt, wurde gegen ihn Anklage erhoben. Als Hermann der Verfolgungsantrag des Staatsanwaltes und die Ladung zu einer öffentlichen Verhandlung vor Gericht zugestellt wird, scheint sich sein Geist wieder zu verdüstern. *Was werde ich erfahren*, sinniert er. *Niemand hat mir etwas über Lisa gesagt; im Palast der Gräfin lebt sie nicht mehr, und wenn ich nach ihr frage, weichen alle aus, auch die Kameraden, die mir helfen wollen, wieder ein normales Leben zu führen, wie der Arzt sagte. Was mit mir selbst geschieht – eigentlich egal, nachdem ich alle Chancen vertan und mich um mein Glück gebracht habe.*

So blickt Hermann dem Tag des Prozesses mit gemischten Gefühlen entgegen. *Ich muss mich zusammenreißen*, nimmt er sich vor, *nie mehr in solch eine Depression verfallen, das Leben muss einfach weitergehen ...*

So tritt er einigermaßen gefasst in seiner besten Uniform in dem hohen düsteren Saal des Sankt Petersburger Tribunals vor seine Richter. Man behandelt ihn mit vorsichtiger Höflichkeit; niemand will einen Eklat wie seinerzeit im Spielsaal provozieren.

»Sie wissen, was Ihnen vorgeworfen wird? Bitte geben Sie eine zusammenhängende Darstellung Ihrer persönlichen Verhältnisse und der Ereignisse, um die es hier geht.«

»Jawohl, hohe Richter«, sagt Hermann militärisch. »Wie Sie wissen, bin ich deutscher Abstammung. Erst mein Vater ist Russe geworden, und ich habe hier meine Ausbildung erhalten, den Ingenieurberuf erlernt. Als ich mich für die Offizierslaufbahn entschied, bin ich auf Grund meiner technischen Kenntnisse zu den Pionieren gegangen. Das kleine Vermögen, das mir mein Vater hinterlassen hat, rühre ich nicht an und lebe nur von meinem bescheidenen Sold, was mir bei den Kameraden schon den Spitznamen ›der sparsame Deutsche‹ eingetragen hat.«

»Sie haben ja auch nie am Glücksspiel teilgenommen – im Gegensatz zu den meisten Ihrer leichtsinnigen Kameraden«, wirft einer der Richter süffisant ein. »Wieso dann der plötzliche Ausbruch der Spielleidenschaft?«

»Dazu muss ich ein wenig ausholen«, beginnt Hermann langsam. »Vor einiger Zeit – ich muss mich erst wieder orientieren, war ja lange genug in der Klinik – habe ich, par distance zunächst, ein junges Mädchen kennen gelernt, das mich vom ersten Augenblick an fasziniert hat. Sie gehörte zum Hausstand der Gräfin Y, wurde Lisa gerufen und von der Alten streng gehalten und herumkommandiert, das hatte ich bald herausgefunden. Später habe ich ihren vollen Namen, Lisaweta Iwanowna, in Erfahrung gebracht. Stundenlang habe ich mich vor dem Palast der Gräfin herumgetrieben, nur um sie kurz sehen zu können. Aus ihrem Verhalten, ihren Gesten, ihren Blicken, merkte ich, dass auch ich ihr nicht gleichgültig war. Schließlich haben wir sogar Billets ausgetauscht, ich machte mir Hoffnungen und war ganz glücklich, auch wenn ihre Briefchen anfangs sehr zurückhaltend waren. Ich hielt sie für eine Verwandte der Gräfin, jedenfalls für eine adelige junge Dame. Meine Kameraden haben mir meine Verliebtheit natürlich angemerkt und gutmütig darüber gespottet. Graf Tomsky hat gesagt, wenn alles so kompliziert sei, gebe er mir den guten Rat, ich solle mir eine andere suchen; nett gemeint, aber leicht gesagt von dem Guten, der die Gräfin ja am besten kannte ...«

»Kommen Sie jetzt zur Sache«, brummt einer der Richter unfreundlich, wird aber durch den Vorsitzenden des Senates umgehend zum Verstummen gebracht. »Erzählen Sie nur weiter«, sagt er behutsam zu Hermann, der sichtlich in Erinnerungen zu versinken scheint.

»Sie können sich meine Verzweiflung vorstellen«, fährt dieser fort, »als ich an einem Frühlingstag im Sommergarten mit den Kameraden spazierengehe und wir dem Fürsten Jeletzky begegnen, dem alle zu seiner Verlobung gratulieren. Als Tomsky ihn fragt, wer denn die Auserwählte sei, erwidert er leichthin, da komme sie gerade des Weges. Ich traue meinen Augen nicht, finde bestätigt, was ich in diesem Moment geahnt hatte: Es war Lisa, die die alte Gräfin im Rollstuhl durch den Park schob! Lisa vermied es, mir ins Gesicht zu schauen, doch die auf uns alle abstoßend wirkende Alte starrte mich an und fragte Tomsky, wer ich sei, ich könne kein Russe sein und woher ich käme. Es war unheimlich, wie konnte sie das wissen – oder erraten? Tomsky stellte mich kurz vor, ich wandte mich sogleich ab und schwor mir in diesem Augenblick, alles zu tun, um dieses schöne Mädchen zu erobern, Jeletzky sollte sie nicht bekommen, auch wenn er ein hoher Herr sei ...«

Hermanns Schilderung wird lebhafter, seine Augen blitzen; der Vorsitzende deutet ihm mit sanfter Geste, ruhig fortzufahren.

»Die Freunde, besonders Ssurin und Tschekalinsky, ließen sich abfällig über die grässliche Alte aus, nannten sie Scheusal und Satansweib. Tschekalinsky, der leidenschaftlichste unter den Pharo-Spielern, erzählte, dass sie im Spielermilieu die ›Pique Dame‹ genannt werde. Tomsky hingegen sagte uns, dass sie schon lange selbst nicht mehr spiele und den Spielern sogar ausweiche. Alle wollten wir natürlich wissen, warum, und Tomsky erzählte, sie sei einst in Paris eine stadtbekannte Schönheit gewesen; man habe sie die ›Venus aus Moskau‹ genannt. Ein Graf Saint-Germain habe sich unsterblich in sie verliebt, sei ihr aber nicht näher gekommen, weil sie alle Nächte am Kartentisch verbracht habe. Doch Saint-Germain habe, so erzählte uns Tomsky, allerhand okkulte Künste beherrscht, habe sich auch so ganz en passant als Entdecker des Steins der Weisen, eines Lebenselixiers und sogar als der Ewige Jude ausgegeben, sei von Casanova der Spionage bezichtigt und gleichzeitig von der Pariser Gesellschaft als Scharlatan ausgelacht worden. Dieser im Übrigen sehr elegante und freundliche Mann habe irgendwie bewirkt, dass die Gräfin beim Spiel in Versailles eine riesige Summe verlor und ihr danach angeboten, ihr für eine Liebesnacht drei sichere Gewinnkarten zu nennen. Tatsächlich habe die Gräfin für den Preis ihrer Hingabe an Saint-Germain ein Vermögen gewonnen.

Wir alle fragten Tomsky, wieso er trotz seines Naheverhältnisses zu der Alten diese drei Karten nicht in Erfahrung gebracht habe, doch er erzählte uns weiter, sie habe die Karten zunächst ihrem Mann – angeblich eine klägliche Erscheinung, mehr Lakai als Gemahl –, später einem jungen Liebhaber genannt. Daraufhin sei sie von einer gespenstischen Erscheinung heimgesucht worden, die ihr in bösem Ton gedroht habe, der Dritte, dem sie die Karten nenne und den die Liebe ›durchlohe‹ – so hochtrabend habe sich das Gespenst ausgedrückt –, der werde ihr den Tod bringen.

Alle außer mir lachten über Tomskys ebenso fantastische wie drastische Erzählung, Tschekalinsky meinte gutmütig zu mir, das wäre doch für mich eine Gelegenheit, die Bank zu sprengen.

Ich weiß nicht, hohe Richter, was in mich gefahren ist, aber die Geschichte hat mich tief beeindruckt. Ich wollte ja nichts anderes, als Lisa erringen; gleichzeitig aber überfiel mich mehr und mehr der unselige Gedanke, die Gelegenheit zu nützen, um das Geheimnis der drei Karten zu erfahren und dadurch ein Vermögen für unsere gemeinsame Zukunft zu erspielen. Nächtelang trieb ich mich in der Nähe des Palastes der Gräfin umher, eine unbekannte Macht schien mich immer wieder dorthin zu ziehen. Da erhielt ich eines Tages ein Billet von Lisa, in dem sie mir mitteilte, wann ich nachts in ihr Zimmer kommen könne. Ich war ganz außer mir bei dem Gedanken, endlich von ihr erhört zu werden, gleichzeitig aber fesselte mich immer stärker die unglückliche Idee, bei dieser Gelegenheit das Mysterium der drei Karten ergründen zu können.

So warte ich nun ungeduldig im Dunkel vor einer offen gebliebenen Terrassentür, bis Lisas Freundinnen – unter ihnen Prinzessin Pauline, Tomskys Geliebte – gegangen sind, dann trete ich vor sie hin und erkläre ihr in wilder Leidenschaft meine Liebe. Sie zögert, ist gleichsam überrannt von der Heftigkeit meiner Werbung, droht sogar, um Hilfe zu rufen – da plötzlich die unwirsche Stimme der Alten von nebenan. Ich verberge mich hinter einem Vorhang; sie beschimpft Lisa, dass sie noch nicht schlafe, verschwindet endlich. Lisa ist verwirrt, gibt ihren Widerstand auf, umarmt mich liebevoll, schickt mich aber fort; es sei jetzt zu gefährlich, sie werde mich aber wissen lassen ...«

Hermann ist schweißgebadet, die Erinnerung hat ihm ordentlich zugesetzt. Noch ist seine Psyche nicht voll belastbar. Nach kurzer Pause spricht er etwas ruhiger weiter:

»Kurz danach treffe ich Lisa mit ihrem Verlobten, dem Fürsten Jeletzky, bei einem Ballfest. Ich merke mit stiller Befriedigung zwischen den beiden eine gewisse Distanz, um nicht zu sagen Verstimmung. Der Fürst redet beschwörend in einer Ecke des

Saales auf Lisa ein, sie scheint ihm kaum zuzuhören. Plötzlich tritt die Gräfin ein; wir blicken einander fest in die Augen ... mich schaudert's ... sie blickt angstvoll mit weit aufgerissenen Augen auf mich, dann werden wir glücklicherweise getrennt, und Lisa kommt auf mich zu. Sie beschreibt mir den Weg zu ihrem Zimmer, sagt, ich solle *morgen* vor zwölf kommen, ich müsse zwar durch das Schlafgemach der Alten gehen, doch zu dieser Zeit lege sie noch ihre Karten ... und dann werde sie die meine sein, ich solle nur bis morgen warten. In meiner Ungeduld bestehe ich darauf, dass es noch *heute* sein solle. Sie stimmt schließlich mit fast demütiger Geste zu und geht. Auch ich verlasse das Fest vorzeitig, meine Gedanken kreisen um Lisa, dann aber noch mehr um die drei Karten – ich suche mir einzureden, dass es ja auch Lisas Glück sei, wenn ich für uns ein Vermögen erspiele ...«

Hermann stockt, scheint über etwas nachzusinnen, spricht unvermittelt weiter:

»Schon während des Balles habe ich mich gefragt, warum die Gräfin mich so entsetzt angestarrt hat. Dann habe ich mich an Tomskys Erzählung erinnert: Der Dritte, *den die Liebe durchloht*, soll ihr den Tod bringen, wenn sie ihm die drei Karten nennt ... Das passt ja genau auf mich, kam mir schlagartig die Erleuchtung! Aber wieso schien sie zu ahnen, dass gerade ich ihr die Frage nach ihrem Geheimnis stellen würde? Ich verstehe es bis heute nicht.«

»Wir werden das nie erfahren«, wirft der Gerichtspräsident ein.

»Aber haben Sie denn an die Geschichte des Grafen Tomsky geglaubt, dass der Dritte, dem sie das Geheimnis verrät – und das sollten ja nach Ihrem Willen Sie selbst sein – ihr den Tod bringt?«

»Es ist mir damals verrückt erschienen, obwohl mich die Erzählung gleich gefesselt hat«, antwortet Hermann. »Aber als ich die

Angst in den Augen der Alten gesehen habe, da ist es mir plausibel erschienen, weil es ja mit der von Graf Tomsky berichteten Weissagung genau übereingestimmt hat! Gleichviel, ich bin leider etwas später als geplant in das Schlafzimmer der Gräfin gelangt und bevor ich noch zu Lisa gehen konnte, ist die Alte heimgekommen; ich musste mich – schon wieder! – hinter einem Vorhang verstecken. Ihre Zofen haben sie für die Nacht umgekleidet, es war mir peinlich, das mit ansehen zu müssen. Doch dann wollte sie noch nicht zu Bett gehen, sondern hat sich in einen Lehnstuhl gesetzt, das Personal mit unfreundlichen Worten weggejagt und begonnen, nach Art einsamer alter Menschen mit sich selbst zu reden. In französischer Sprache, die ich verstehe, hat sie sich alter Zeiten erinnert, an ihre glanzvollen Auftritte in der Pariser Gesellschaft und in Chantilly. Allmählich schien sie einzuschlafen, da dachte ich, jetzt, gerade jetzt ist die beste Gelegenheit, sie nach den drei Karten zu fragen, geschehe nun, was da wolle ...«

»Im Bewusstsein, dass es nach der angeblichen Prophezeiung ihr Tod sein könnte?« fragt ein Beisitzer, über Hermanns unglaubliche Fantasien spottend.

»Ich habe mir in diesem Moment gar nichts gedacht«, sagt Hermann etwas hitzig, »ich wollte nur die drei Karten wissen, nicht einmal an Lisa dachte ich mehr, die doch auf mich wartete. Ich bin vor die Gräfin hingetreten – sie starrt mich an, bewegt lautlos die Lippen, ist offenbar nicht fähig, sich zu bewegen. Ich beteuere, dass sie nichts zu fürchten habe, ich sei nur gekommen, von ihr eine Gnade zu erflehen, sie solle mir die drei Karten anvertrauen. Sie scheint sich im Lehnstuhl aufzurichten, sagt kein Wort – ich in meiner Erregung falle vor ihr auf die Knie, erinnere sie an die Zeiten ihrer eigenen früheren Liebe. Sie richtet sich immer höher auf, nimmt eine stolze, arrogante Haltung ein. Ich gerate daraufhin in Wut, ziehe meine Pistole, richte sie auf die Gräfin – sie hebt die Arme vor das Gesicht, wie um die Waffe abzuwehren – plötzlich sinkt sie nach hinten, lehnt mit weit geöffneten Augen reglos in ihrem Stuhl – nie vergesse ich, wie das Leben aus ihren blicklos werdenden Augen gewichen ist! Ich fühle es förmlich, dass sie nun tot ist, mir ihr Geheimnis nicht mehr anvertrauen wird ...«

»Wenn wir dem Angeklagten folgen«, wirft der Ankläger ein, »hat er mit dem Vorsatz gehandelt oder sich zumindest damit abgefunden, dass die alte Dame sterben würde, sofern er ihr das Geheimnis der drei Karten entlockt hätte.«

»Dessen war ich mir in meinem Wahn damals nicht bewusst«, nimmt Hermann zum indirekten Vorwurf des Anklägers Stellung, er habe den Tod der Gräfin zumindest mit bedingtem Vorsatz herbeiführen wollen. »Außerdem hat sie mir ja auf mein Drängen nicht geantwortet, sondern ist in diesem Augenblick einem Herzschlag erlegen.«

Das Gericht berät kurz die Möglichkeit, einem diesbezüglichen Antrag des Anklägers zu folgen, beschließt aber, zunächst das Beweisverfahren zu Ende zu führen, denn allzu fantastisch erscheinen Hermanns – und Tomskys – Gespenstergeschichten. »Man würde uns in aller Öffentlichkeit auslachen«, stellt der Gerichtspräsident im Beratungszimmer fest, »und uns vorhalten, dass wir uns mit Ammenmärchen ernsthaft auseinandersetzen. Bleiben wir also bei den Tatsachen, hören wir uns aber alles an, was der Angeklagte und die Zeugen zu sagen haben. Ich schlage vor, zuletzt auch den behandelnden Arzt der Obuchow-Klinik zur Psyche des Angeklagten zu befragen!«

Dem stimmen alle Senatsmitglieder zu. Die Vernehmung wird fortgesetzt.

»Gleich nach diesem schrecklichen Moment«, fährt Hermann in seiner Schilderung fort, »wurde mir der Wahnsinn meines Handelns erstmals vor Augen geführt. Lisa stürzte herein, sah die tote Gräfin – ich sagte ihr, was geschehen war. Sie brach in Tränen aus und warf mir vor, nur wegen des Glücksspiels und der Karten auf unsere Zusammenkunft heute Nacht gedrängt zu haben. Betrüger, Mörder nannte sie mich und forderte mich auf, sofort das Haus zu verlassen. Ich wankte benommen auf die Straße, fand wie in Trance zurück zur Kaserne. Drei Tage lang irrte ich wie ein Betrunkener umher, trank wohl auch wirklich zu viel, ganz gegen meine sonstige Gewohnheit. Dann beschloss ich, am Begräbnis der Gräfin teilzunehmen. Auch wenn ich mich nicht als ihr Mörder fühlte, wollte ich mein Gewissen beruhigen – ich war ja doch die Ursache ihres Todes und wollte sie um Vergebung bitten ... Hunderte Menschen drängten sich in der Kirche um den pompösen Katafalk. Schließlich gelangte ich dorthin, beugte mich über das blasse Gesicht der aufgebahrten Toten ... Plötzlich schien sie ein Auge zu öffnen und mich boshaft anzugrinsen, so glaubte ich wenigstens. Entsetzt fuhr ich zurück, stolperte über eine Stufe und fiel rücklings nieder; es war ein peinlicher Zwischenfall vor all den Trauergästen. Gleichzeitig bemerkte ich noch eine andere Unruhe in der Menschenmenge: Später hörte ich, dass Lisa ohnmächtig geworden war. Zu ihr durchzudringen, ihr zu helfen hätte ich ohnehin nicht gewagt, wer weiß, was meine Nähe nach allem, was geschehen war, noch Schlimmes bewirkt hätte ...«

Hermann gerät wieder in sichtliche Erregung, als er weiterspricht.

»Nach dieser Zeremonie und dem, was dabei geschehen war, habe ich wieder mehr getrunken, als ich vertrage, hoffte, der Wein würde mich vergessen lassen oder zumindest beruhigen.

Drei Karten!

Das Gegenteil trat ein, der Alkohol erhitzte meine ohnehin schon übersteigerte Fantasie noch mehr. Ich eilte in die Kaserne, trat in mein Zimmer. In der vertrauten Umgebung fand ich etwas Ruhe. Eine ungeheure Müdigkeit überfiel mich, ich warf mich auf mein Bett und schlief am hellen Tag tief und fest ein. – Mitten in der Nacht erwache ich, stehe schlaftrunken auf. In der Mitte des Tisches finde ich einen Brief; mein Bursche muss ihn hingelegt haben, während ich geschlafen habe. Ängstlich öffne ich den Umschlag – er ist von Lisa. Sie versichert mir, dass sie nicht an meine Schuld am Tod der Gräfin glaube, bittet um Verzeihung, dass sie mich verdächtigt habe. Bei der Totenfeier habe sie mir nicht nahe kommen können, erwarte mich aber heute bis Mitternacht am Ufer der Newa. Wenn ich bis dahin nicht käme, würde sie an meiner Liebe verzweifeln ...«

»Brauchen wir das alles noch für die Entscheidung?« unterbricht der Ankläger grob Hermanns leidenschaftlichen Bericht. »Der Tathergang ist doch wohl hinlänglich geklärt. Auch frage ich mich, wozu wir noch Zeugen hören sollen.«

»Ach, lassen Sie uns doch die ganze Geschichte zu Ende hören«, erwidert der Vorsitzende mit Bestimmtheit. »Vergessen Sie nicht, dass der Fall auch eine psychisch interessante Komponente hat. Dazu erscheint es notwendig, die Wahrnehmungen möglichst vieler Personen zu hören. Sprechen Sie bitte weiter!« wendet er sich an Hermann, der verwirrt nach Worten sucht, um den verlorenen Faden wieder aufzunehmen.

»Zunächst habe ich ein Glücksgefühl empfunden, darüber, dass nicht alles verloren war, dann Mitleid mit Lisa, der ich so viel Schlimmes zugefügt hatte. Ein Sturm war aufgekommen, der Wind heulte durch das schlecht schließende Kasernenfenster und blies die Kerze aus, die ich nach meinem Erwachen angezündet hatte. Plötzlich, im Dunkel, steigen die Erinnerungen an die Alte wieder in mir auf: Ich sehe ... glaube vielmehr zu sehen, dass sich die Zimmertür öffnet ... eine düstere Gestalt im Totenhemd tritt ein ... es ist die Gräfin, ich fühle es mehr, als ich es sehe ... ihre Augen glühen in der Dunkelheit, dann höre ich ihre hohle Stimme: ›Ich nenne dir die drei Karten. Spiele nur dreimal und nicht öfter! Heirate Lisa, rette sie aus ihrer Verzweiflung. Die Drei, die Sieben und das Ass werden dir helfen!‹

Ich bin außer mir vor Freude, wiederhole ständig die drei Karten, blicke auf die Uhr: Bald Mitternacht! Ich muss eilen, um Lisa rechtzeitig zu treffen, ihr unser künftiges Glück mitteilen. Wie ein Irrer renne ich durch den langsam nachlassenden Sturm, gelange an das Ufer beim Winterpalais – es schlägt zwölf – in diesem Augenblick sehe ich Lisa in einem schwarzen Kleid unter einem Torbogen stehen, stürze in ihre Arme ... Einen kurzen Moment versinkt alles um uns, endlich sind wir vereint. Doch dann – ach, ich Unglückseliger! –, dann fordere ich sie auf, mit mir in den Spielsaal zu kommen, zu Tschekalinsky ... Entsetzt starrt sie mich an, fordert mich verzweifelt auf, mit ihr zu kommen, sie werde mich retten, von meinem Wahn befreien. Ich wiederhole lachend die Namen der drei Karten, stoße Lisa von mir, eile zum Spielsaal – seither habe ich nichts mehr von ihr gehört. Was dann geschehen ist? Ich treffe Narumow, er geleitet mich zum Spieltisch, alle Kameraden sind versammelt, auch den Fürsten Jeletzky sehe ich, der mich ruhig und abweisend anblickt. Ich setze eine wahnwitzig hohe Summe – alle sind entsetzt –, ich gewinne, verdopple, gewinne wieder. Niemand will mehr gegen mich spielen, fragend schaue ich in die Runde – da tritt der Fürst zu mir hin. Eine böse Ahnung befällt mich, dennoch lasse ich mich auf das Spiel ein, ziehe wie in Trance, ohne hinzusehen, die Karte – bis Jeletzky in

Drei Karten!

hartem Ton erklärt, er schlage meine Dame! Fassungslos blicke ich auf die Karte in meiner Hand – es ist die Pique Dame ... Ich glaube, plötzlich das Gespenst der alten Gräfin im Kostüm der Pique Dame hinter Tschekalinsky aufsteigen zu sehen ... höre ihr höhnisches Lachen ... Von da an erinnere ich mich an nichts mehr. Erst im Krankenhaus setzt meine Erinnerung wieder ein.«

Stille herrscht im Saal, nachdem Hermann seine Aussage abgeschlossen hat. Alle denken das Gleiche, doch keiner spricht es aus: War der Heilungserfolg in der Klinik doch kein so vollständiger, wie man angenommen hat? Es ist undenkbar, so sagen sich alle, dass ein aktiver Offizier des Zaren an Weissagungen, Gespenstererscheinungen und auferstandene Tote glaubt. Umso wichtiger ist es, meint schließlich der Vorsitzende, Hermanns Charakter durch die geladenen Zeugen noch eingehend beleuchten zu lassen.

Als erster wird Fürst Jeletzky in den Saal gebeten, eine aristokratische hohe schlanke Erscheinung in schlichter Uniform ohne Orden. Er ist bemüht, ruhig und leidenschaftslos zu sprechen, obwohl er selbst in die Affäre involviert ist.

»Ich sehe ein, dass es notwendig war, mich vor das Gericht zu zitieren. Den Angeklagten kannte ich zunächst nur flüchtig aus dem Kreis der Offiziere, die dem Glücksspiel ergeben sind. Ich selbst spiele nur wenig und vermeide jedes Risiko – bis auf jene Nacht, von der ich noch sprechen werde. Der Angeklagte ist mir in diesem Rahmen aufgefallen, weil er sich ständig im Spielsaal aufhielt und den Kameraden zusah, ohne jedoch selbst jemals eine Karte in die Hand zu nehmen. Ich hatte mich gerade mit Lisaweta Iwanowna, einer jungen Dame aus der Umgebung der Gräfin Y, verlobt und alle Offiziere außer dem Angeklagten gratulierten mir dazu. Nie hätte ich angenommen, dass er Lisa schon kannte und die beiden aneinander bereits Gefallen gefunden hatten. Tatsächlich war meine Braut von diesem Tag an verändert, melancholisch gestimmt und verschlossen. Ich tat alles, um sie aufzuheitern, besuchte mit ihr kurz darauf einen großen Ball, den sogar seine Majestät der Zar mit seiner Gegenwart beehrte. Doch es war vergeblich, sie blieb auch dort schweigsam, fast trübsinnig, wich meinen Vorhaltungen aus und ließ mich zuletzt sogar stehen. Kurz sah ich sie aus der Ferne im Gewühl der Tanzenden mit dem Angeklagten reden, dann verschwand sie, verließ den Ball ohne mich. Seither habe ich sie nie mehr getroffen; sie ließ mich nur in einem Billet wissen, dass unsere Verlobung als aufgelöst anzusehen sei.«

Der Fürst wirft einen kalten, feindseligen Blick auf Hermann, der geistesabwesend durch ihn hindurchzuschauen scheint. *Du hast sie ebenso wenig bekommen wie ich*, denkt er, *aber was ist aus ihr geworden? Wann werde ich es erfahren?*

»Den Angeklagten habe ich nur noch zweimal gesehen«, fährt Jeletzky fort. »Einmal bei der Totenfeier für Madame Y, als er sich zum Katafalk vordrängte und dort zu Boden fiel, was bei den Umstehenden für unpassendes Aufsehen gesorgt hat; und zum letzten Mal im Spielsaal bei Tschekalinsky, wo er sich gleich bei seinem Eintreffen sehr sonderbar verhalten hat, erstmals zu spielen verlangte und gleich riesige Beträge setzte. Natürlich hatte auch ich von diesem abenteuerlichen Geschwätz über die drei angeblichen Gewinnkarten gehört, und der junge Mann wirkte auf mich, als ob er sie nun endlich wüsste – zu wissen glaubte. Ich war fest entschlossen, diesem Unsinn ein Ende zu bereiten und ihn zu widerlegen. Die abergläubischen Offizierskameraden schienen das Ammenmärchen aber für echt zu halten und warnten mich, gegen diesen Verrückten zu setzen. Ich ließ mich nicht abhalten, hatte ja auch noch eine private Rechnung mit ihm zu begleichen! Das ist mir gelungen, wie Sie wissen ... Aber das gewonnene Vermögen war doch nur ein schwacher Trost gegenüber dem Verlust meiner geliebten Braut.«

»Hatten Sie den Eindruck, dass der Angeklagte wusste, was er tat?« wird der Zeuge gefragt.

Der zuckt mit den Achseln. »Ein Mensch, der wirres Zeug redet und an sich selbst Hand anlegt?«

Fürst Jeletzky wird entlassen und entfernt sich mit militärisch knappem Gruß, ohne Hermann noch eines Blickes zu würdigen.

Die Sitzung wird am folgenden Morgen um zehn Uhr fortgesetzt. Im Saal haben sich wie schon am Vortag zahlreiche Militärs, insbesondere aus Hermanns Pionierkompanie, eingefunden; alle stehen auf seiner Seite und hoffen, dass die Verhandlung ein für ihn günstiges Ende nimmt. Als Erster wird Graf Paul Tomsky in den Saal gerufen und um seine Sicht der Ereignisse ersucht.

»Hermann war ein lieber, anständiger Kamerad«, beginnt der schneidige Offizier, »er hatte sich bis zuletzt nie am Glücksspiel beteiligt – im Gegensatz zu uns allen«, fügt er in fast reuigem Ton hinzu. »Wir haben nie verstanden, dass er nächtelang unserem Spiel zusah, wenn er doch nicht mitspielen wollte. Dass er unglücklich verliebt war, haben wir alle gewusst, doch wer die Angebetete war, kam erst heraus, als wir im Sommergarten den Fürsten Jeletzky trafen und ihm zur Verlobung gratulierten. Da ist meine verehrte Ahnfrau, die Gräfin Y, mit Lisaweta dahergekommen. Sie hätten unseren Freund Hermann sehen sollen, als der Fürst dieses – übrigens sehr hübsche – Mädchen als seine Zukünftige bezeichnete; er war förmlich am Boden zerstört! Nachträglich tut es mir wirklich Leid, dass ich den Kameraden gleich danach die verrückte Geschichte der Frau Gräfin erzählt habe, aber Ssurin und Tschekalinsky haben sich dermaßen abfällig über meine Großmutter geäußert, dass ich ihnen über ihr skurriles Pariser Vorleben samt den dazugehörigen Gespenstergeschichten einfach erzählen *musste*, um das Bild ein wenig zurechtzurücken und sie vom bloßen ›Scheusal‹, wie sich Freund Ssurin ausdrückte, wenigstens zur ›Königin des Glücksspiels‹ avancieren zu lassen. Das würde unseren dem Pharo-Spiel ergebenen Kameraden imponieren, dachte ich. Wenn ich jetzt an die Folgen denke ... besser hätte ich geschwiegen! Zumindest dem armen Hermann wäre viel erspart geblieben.«

Tomsky klopft seinem Offizierskameraden tröstend auf die Schulter. Hermann schaut mit feuchten Hundeaugen zu ihm auf.

»Diese Lisa kannte ich schon aus der Umgebung der Gräfin«, sagt Tomsky. »Dort ist sie von meiner Großmutter überaus schlecht behandelt worden, wurde herumkommandiert und beschimpft. Von ihrer Verlobung mit dem Fürsten hatte ich zunächst keine Ahnung; ich habe es ihr aber gegönnt, aus diesen wirklich trübsinnigen Lebensverhältnissen herauszukommen – obwohl sie vielleicht besser zu Hermann gepasst hätte, der sich, wie er sagte, eingebildet hat, sie müsse eine adelige Dame sein. Daher wohl auch sein Streben nach schnellem Reichtum! Der Zwiespalt zwischen Hermann und dem Fürsten muss Lisa sehr zugesetzt haben: Jetzt, nachträglich, fällt mir ein, dass meine eigene Braut, die Prinzessin Pauline, mir erzählt hat, wie melancholisch sie am Abend ihrer Verlobung gewesen ist. Da war Pauline mit ein paar Freundinnen bei ihr eingeladen und Lisa habe den ganzen Abend lang nicht ein einziges Mal gelacht. Da erwartete sie wohl Hermanns Besuch, den sie im Grunde eigentlich fürchtete ...«

»Das sind aber nicht ihre eigenen Wahrnehmungen, Herr Zeuge«, rügt der Ankläger Tomskys allzu lebhafte und subjektive Darstellung.

»Nein, das hat mir eben Pauline und später Hermann erzählt«, erwidert Tomsky ungerührt, »aber es passt alles zeitlich zusammen. Selbst erlebt habe ich unseren Freund wieder auf dem Ballfest des Zaren. Ssurin hat mir berichtet, dass Hermann ganz verrückt sei nach dem Geheimnis der drei Karten; ich hab' das für ein Hirngespinst gehalten und, wie gesagt, schon bedauert, überhaupt davon erzählt zu haben. Tschekalinsky hat gemeint, es sei bloße Verliebtheit, dass er nicht ganz richtig im Hirn sei. Dann aber sind er und Ssurin leise zu Hermann geschlichen, der allein und gedankenverloren in einer Ecke des Festsaales stand, und haben ihm das Sprüchlein von den drei Karten ins Ohr geflüstert, so wie ich es damals leichtsinnigerweise zitiert hatte. Sie hätten sehen sollen, wie entsetzt er aufgefahren ist, wild um sich blickend und zutiefst erschrocken. Da ist mir der Gedanke gekommen, er könnte meine Gespenstergeschichte wirklich für bare Münze nehmen. Und später, ganz zuletzt im Spielsaal, da hat sich diese Ahnung ja in schrecklicher Weise bestätigt. Wir haben ihn nur mit Mühe daran hindern können, sich umzubringen, nachdem er ein Vermögen leichtsinnig verspielt hatte.«

Das Gericht hört kurz noch die Aussagen der Herren Ssurin und Tschekalinsky, die mit den Angaben des Grafen Tomsky weitestgehend übereinstimmen. Tschekalinsky muss eine scharfe Rüge des Vorsitzenden über sich ergehen lassen, dass er in seinem privaten Spielcasino die Spielsucht der Offiziere fördere und dadurch die militärische Disziplin untergrabe. Tschekalinsky zuckt nur mit den Achseln: »Es wird ja keiner gezwungen, zu mir zu kommen; es ist alles freiwillig«, sagt er steif und verlässt den Saal, eine unangenehme Stimmung zurücklassend. Was dann kommt, erscheint Hermann wie ein Theater-Coup:

»Zeugin Lisaweta Iwanowna!«

Hermann ist totenbleich geworden; er klammert sich mit beiden Händen an die Lehne der Anklagebank, um nicht aufzuspringen, als Lisa festen Schrittes vor das Gericht tritt. Sie trägt das schwarze Kleid, in dem er sie das letzte Mal am Ufer der Newa gesehen hat; ihr Auftreten ist sicher und bestimmt; sie ist bemüht, Hermann nicht einmal flüchtig anzusehen. Bei der Erörterung ihrer persönlichen Daten bittet sie, von der Verlesung ihrer Adresse abzusehen, um, wie sie sagt, »von Personen aus vergangener Zeit nicht mehr behelligt zu werden«. Als Hermann das hört, zerbricht in ihm eine vage Hoffnung, die vorhin bei Lisas unerwartetem Erscheinen vor Gericht aufzukeimen begann.

»Ich bin in den Diensten der Gräfin Y gestanden und seit frühester Kindheit in ihrem Haus aufgewachsen«, beginnt sie. »Anfangs konnte man mich noch als Pflegekind bezeichnen; ich war eine bürgerliche Vollwaise und wurde schon als Kind von ihr aufgenommen – ihre eigenen Kinder, darunter der Vater des Grafen Tomsky, waren um eine ganze Generation älter. Als ich herangewachsen war, bin ich nur noch als Dienstbote behandelt worden. Nicht dass die Gräfin mir übel gesinnt gewesen wäre, aber sie war launisch, wie eben alte, einsam gewordene Menschen manchmal zu werden pflegen. Sie erteilte mir alle paar Augenblicke einander widersprechende Aufträge, schimpfte über alles, was ich tat, ließ sich von mir vorlesen, empörte sich gleich darauf über die schlechte Literatur – als ob ich die Bücher verfasst hätte! –; ich musste sie im Rollstuhl spazieren fahren, nachdem sie sich gar nicht mehr bemühte, auf eigenen Beinen zu gehen – mit einem Wort, ich hatte kein gutes Leben und es war für mich wie ein Son-

Drei Karten!

nenstrahl durch die Wolken, als sich der Fürst Jeletzky um mich bemühte und mir bald die Heirat versprach. Gewiss, er war ein älterer, ernster Mann, doch ich hätte viel auf mich genommen, um meinem bisherigen tristen Dasein zu entkommen.«

»Hängt das alles mit dem Gegenstand des Verfahrens zusammen?« fragt einer der Richter in ärgerlich-gelangweiltem Ton.

»Ganz sicher«, erwidert Lisa energisch, »denn gerade in diesem Stadium ist Hermann in mein Leben getreten. Er ist immer öfter vor dem Palast der Gräfin erschienen, hat heraufgeblickt und Kontakt mit mir gesucht. Sogleich habe ich gefühlt, das ist die wahre schöne Jugend, das wäre das Leben, von dem ich in meiner Trübsal immer geträumt habe! Ich war in großem inneren Zwiespalt; schließlich war der Fürst gut und liebevoll und suchte mich in jeder Hinsicht zu verwöhnen. Dennoch habe ich dem Drängen des jungen Offiziers allmählich nachzugeben begonnen – aus Blicken und Gesten wurden Briefe, und schließlich stand er eines Nachts in meinem Zimmer. Halbherzig hatte ich ihn dazu ermutigt, jetzt aber bekam ich Angst vor seiner leidenschaftlichen Werbung – fast hätte uns die Gräfin dabei überrascht.«

Lisa berichtet diese intimen persönlichen Dinge ohne jede Emotion, als ob sie das Ganze nichts anginge und sie über fremde Angelegenheiten reden würde. Sie blickt an Hermann vorbei, als ob er gar nicht anwesend wäre.

»Kurz und gut, ich habe nachgegeben und mich in diesen jungen Offizier verliebt. Der Fürst hat natürlich bemerkt, dass meine Beziehung zu ihm gestört war und es keine Harmonie mehr gab. Ich bin auch umgehend dafür bestraft worden, denn als ich Hermann ein weiteres Rencontre in meinem Zimmer in Aussicht stellte, beharrte er darauf, dass es noch am selben Abend sein müsse. Das war der Abend, an dem die Gräfin zu Tode kam, und

Sie können sich meine Wut und Enttäuschung vorstellen, als er mir beichtete, er habe von meiner Pflegemutter nichts anderes als das Geheimnis der drei Gewinnkarten erfahren wollen – ich wusste davon, weil Tomsky die Geschichte überall herumerzählt hatte. War er denn überhaupt in mich verliebt gewesen oder hatte er meine Nähe nur gesucht, um an die Gräfin heranzukommen?«

Lisa ist nun doch in Erregung geraten und blickt kopfschüttelnd auf den in sich zusammengesunkenen Hermann hinab. »Sag's mir doch wenigstens jetzt, wenn du kannst«, redet sie ihn direkt an, »auch wenn es für alles zu spät ist!«

»Sprechen Sie bitte zum Gericht«, ersucht der Vorsitzende sie mit sanfter Stimme.

»Bitte verzeihen Sie«, murmelt Lisa. Gefasst und sachlich erzählt sie weiter:

»Beim Begräbnis der Gräfin habe ich ihn aus der Ferne gesehen. Er hat so elend und verzweifelt ausgesehen, dass mir an seinem Motiv bloßer Gewinnsucht Zweifel gekommen sind. Mir ist übel geworden, alles schien sich um mich zu drehen und ich habe sogar kurz das Bewusstsein verloren. Etwas später habe ich mich dazu verleiten lassen, ihm einen verzeihenden Brief in die Kaserne zu schicken; ich habe ihn ja noch immer geliebt und wollte seine Empfindungen für mich noch einmal ergründen. Niemand ahnt, mit welcher Sehnsucht und Verzweiflung ich auf ihn am vereinbarten Ort am Flussufer gewartet habe – als es immer später und später wurde! Mitternacht war's und ich wollte schon gehen, als er in letzter Minute wie ein Gespenst erschien und mich fest in die Arme nahm. Aber mein vermeintliches Glück war von kürzester Dauer: Er forderte mich auf, mit ihm sofort zum Spieltisch bei Tschekalinsky zu kommen, er wisse jetzt das Geheimnis der drei Karten. Also doch! Ich hielt ihm seinen Wahnsinn vor, er aber beteuerte mir lachend – lachend, können Sie sich das vorstellen? –, die Gräfin nicht getötet zu haben, nannte mir die drei Karten – ich habe sie schon wieder vergessen –, und stieß mich brutal von sich, als ich ihn zurückzuhalten versuchte. Da habe ich gewusst, dass alles nur ein schöner Traum war, dass Hermann ein unheimlicher Wahnsinn befallen hatte, dass ich nun auch diesen Mann verloren hatte. Vom Fürsten hatte ich mich kurz davor losgesagt ...«

Schwer atmend steht Lisa vor den Richtern; es gelingt ihr nicht, ihren sachlich-nüchternen Ton beizubehalten.

»Ich hatte genug vom Leben. Im Haus der Gräfin konnte ich nicht bleiben, den Fürsten Jeletzky hatte ich kompromittiert, Hermann verloren ... ich wollte ein rasches Ende im kalten Wasser der Newa suchen. Ich weiß nicht, wer mich gerettet oder davon abgehalten hat. Jetzt lebe ich allein in einer kleinen Wohnung und arbeite für andere – das zumindest habe ich im Dienst der Gräfin ja gelernt.«

Man stellt der Zeugin keine Fragen. Hermann ist aufgestanden, nimmt vorsichtig ihre Hand. »Lisa, bitte ... nur ein Wort!«

Doch sie entzieht sich ihm sanft, sieht ihm lange in die Augen, schüttelt leicht den Kopf und geht festen Schrittes aus dem Saal, ohne sich noch einmal umzublicken.

Hermann bricht auf der Anklagebank zusammen, von einem Weinkrampf geschüttelt. Er hört nicht hin, als der Arzt, der ihn in der Obuchow-Klinik behandelt hat, seinen psychischen Zustand analysiert und zu dem Schluss kommt, dass er schon zur Tatzeit, als er die Gräfin mit der Waffe bedrohte, nicht mehr im Besitz seiner Geisteskräfte gewesen ist. Kaum nimmt er wahr, dass daraufhin der Ankläger seinen Antrag auf Bestrafung zurückzieht, dass das Gericht seinen Freispruch verkündet.

Als alle den Saal verlassen, hält er den Arzt zurück und bittet ihn, wieder im Krankenhaus aufgenommen zu werden. Der Arzt, der Hermanns gegenwärtigen Zustand richtig beurteilt, stimmt zu, und kurz darauf bezieht Hermann wieder sein früheres Zimmer 17 in der Obuchow-Klinik. Ob er von dort jemals wieder als geheilt entlassen worden ist, darüber schweigt die Geschichte.

Der Text, den Modest Tschaikowsky, der Bruder des Komponisten, für die Oper »Pique Dame« verfasst hat, weicht in vielen Punkten von der literarischen Vorlage, Alexander Puschkins Novelle »Pikowaja Dama«, ab. Es sind daher einige Fakten aus Puschkins Erzählung in das vorliegende Kapitel eingeflossen, deshalb soll auf die wesentlichsten Unterschiede zum Operntext kurz hingewiesen werden. So kommt die Figur des Fürsten Jeletzky, der in der Oper eine wesentliche Rolle spielt (und eine prächtige lyrische Arie zu singen hat) in Puschkins Novelle überhaupt nicht vor. Lisa ist keine Adelige, sondern ein von der Gräfin in boshafter Weise schikaniertes bürgerliches Pflegekind. Tomsky ist bei Puschkin der Enkel der Gräfin, weshalb er auch über ihr Pariser Vorleben so genau Bescheid weiß. Lisa begeht in der Novelle nicht Selbstmord, indem sie in den Fluss springt, sondern heiratet den Sohn des ehemaligen Gutsverwalters der Gräfin, einen liebenswerten, wohlhabenden jungen Beamten. Auch sie nimmt eine arme Verwandte als Pflegetochter auf. Wird sich die Tragödie in der nächsten Generation wiederholen?

Auch Hermann ersticht sich bei Puschkin nicht wie am Ende der Oper, sondern wird wahnsinnig und verbringt sein restliches Leben in der Obuchow-Klinik, ständig die Namen der drei

Karten vor sich hinleiernd. Hier setzt die Handlung dieses Kapitels ein, das die Geschichte der Oper ein wenig fortzuspinnen und neu zu beleuchten sucht.

Tomsky schließlich wird zum Rittmeister ernannt und heiratet seine kokette Freundin Pauline, die in der Oper bloß Episode bleibt, bei Puschkin etwas plastischer gezeichnet wird. Insgesamt hat Modest Tschaikowsky – im Gegensatz zu den meisten Verfassern literarischer Libretti – Puschkins Vorlage eher erweitert und um eine wesentliche Gestalt bereichert; dies trotz ständiger brieflicher Mahnungen des Komponisten, nicht in Redseligkeit zu verfallen. Insbesondere fürchtete Pjotr Iljitsch Tschaikowsky, der für die Uraufführung vorgesehene Tenor Nikolai Fiegner werde an den riesigen Dimensionen der Rolle des Hermann scheitern. Tschaikowsky komponierte das Werk in vierundvierzig Tagen, teils in Rom, teils in Florenz. Die Uraufführung am 19. Dezember 1890 im Marijinski-Theater in St. Petersburg (dem Schauplatz der Handlung) brachte zunächst keinen überragenden, jedoch in der Folge dauerhaften Erfolg.

»Glücklich ist, wer vergisst ...«
Johann Strauss
»Die Fledermaus«

Eberhard Waechter als Eisenstein und
Gundula Janowitz als Rosalinde,
Bayerische Staatsoper München, 1974

»Die Fledermaus«
Operette in drei Akten
Text von Karl Haffner und Richard Genée
nach der Komödie »Le Réveillon« von Henri Meilhac
und Ludovic Halévy
Musik von Johann Strauß

Uraufführung am 5. April 1874 in Wien
Deutsche Erstaufführung am 8. Juli 1874 in Berlin

Wir befinden uns in einem Badeort in der Nähe einer großen Stadt – so schreiben es uns die Librettisten der folgenden turbulenten Geschichte vor, und wie man leicht erraten kann, handelt es sich wohl um die Kurstadt Baden bei Wien. Wir schreiben Herbst 1873, kein gutes Jahr für alle, die ihr Vermögen in Wertpapieren angelegt haben: Am neunten Mai war es zum Zusammenbruch der Wiener Börse, dem Schwarzen Freitag, gekommen, der unzählige Menschen – nicht nur Spekulanten, Inhaber schwach finanzierter Unternehmen, Besitzer von Scheinfirmen und Schwarzgeldanleger, sondern viele, die ihr ganzes, oft mühsam erworbenes kleineres oder größeres Vermögen in Wertpapiere investiert hatten – um ihre Lebensgrundlage brachte. So auch Herrn Gabriel von Eisenstein, einen Lebemann in den besten Jahren – in denen die guten ja noch nicht ganz vorbei sein sollen! –, der allerdings nie in seinem Leben einer Arbeit nachgegangen ist und seit seiner frühesten Jugend von den Erträgnissen ererbter Vermögenswerte lebt, weshalb er sich etwas verschämt »Rentier« nennen lässt, obwohl sich seine Einkünfte noch bis vor kurzem nicht wirklich mit dem landläufigen Begriff einer Rente vergleichen ließen.

Nun aber ist ihm nur so viel geblieben, dass er bis auf weiteres seine Villa in Baden gerade noch nicht verkaufen muss – viel hätte er dafür zum gegenwärtigen Zeitpunkt auch nicht bekommen. Dazu plagen ihn noch ganz andere Sorgen privater Natur: Soeben hat ihm seine Ehefrau Rosalinde unvermittelt, ohne jede Vorwarnung, eine Scheidungsklage zustellen lassen, in der sie ihm Vorfälle aus dem Jahr 1870, also vor etwa drei Jahren, als Verletzung der ehelichen Treue vorwirft. Ach, er erinnert sich genau an die champagnergeschwängerte Atmosphäre damals in der Villa des Prinzen Orlofsky, an die vielen attraktiven Balletteusen, seinen ahnungslosen Flirt mit der eigenen Frau und den jähen Absturz in die Trostlosigkeit des Arrestes samt grandioser Blamage vor allen Festgästen. *Aber damit war doch alles vorbei, sie hat mir ja damals verziehen, noch bevor ich meine acht Tage abgebüßt habe,* sinniert er, *da muss etwas anderes dahinter stecken. Wohl ist es seither nie mehr so geworden wie früher, wir leben entfremdet nebeneinander her und sie verschanzt sich mehr denn je hinter ihren angeblichen Kopfschmerzen und sonstigen Wehwehchen und verbraucht noch mehr Pillen als früher. Und nun das! Doch ich werde schon draufkommen. Auch wenn sie mir seither ausweicht, ihre Zimmer im Haus kaum mehr verlässt und sich konstant weigert, mir eine Erklärung zu geben für diesen unglaublichen Schritt.*

Einen kurzen Moment hat er erwogen, für den Scheidungsprozess seinen früheren Advokaten Doktor Blind zu engagieren, bis er sich dessen jämmerliches Auftreten damals bei jener Verhandlung vergegenwärtigt, als er wegen Misshandlung und Beleidigung eines Amtsdieners zunächst fünf, dann sogar acht Tage Arrest aufgebrummt bekommen hatte. Der alte Stotterer könnte außerdem als Zeuge in Betracht kommen und scheidet auch deshalb aus. Seinen früheren Freund Doktor Falke, den Notar, kann er auch nicht mit seiner Vertretung betrauen – die Freundschaft ist seither stark abgekühlt. Auch dass Falke überdies vielleicht eher auf Seite Rosalindes stehen könnte, kommt ihm in den Sinn. So engagiert er denn einen fremden Advokaten aus Wien – sehr teuer – und vereinbart mit ihm nach kurzer Besprechung, sich knapp vor Verhandlungsbeginn vor dem Saal im Gerichtsgebäude zu treffen.

Rosalinde ist an diesem Morgen noch früher aus dem Haus gegangen. Einem Versöhnungsversuch würde sie nicht zustimmen, das hat sie Gabriel am Vorabend dezidiert wissen lassen.

Der Richter betritt den kleinen Verhandlungssaal in Begleitung einer etwas altjüngferlichen Schriftführerin. Publikum gibt es keines; Scheidungsprozesse finden zu dieser Zeit (im Gegensatz zu unserem Nürnberger Kapitel!) bereits unter Ausschluss der Öffentlichkeit statt, was von der kleinen, damals mäßig feinen Schickeria der Kurstadt außerordentlich bedauert wird: Man hat von den Differenzen im Hause Eisenstein gehört, wundert sich bezeichnenderweise darüber, dass die Klage ausgerechnet von der Ehefrau eingebracht wurde; von ihr sagt man ja fast noch mehr als von ihrem Gemahl, dass sie kein Kind von Traurigkeit sei. Vor allem aber hilft der kleinstädtische Klatsch den Menschen ein wenig, die großen Sorgen wegen der schlimmen Wirtschaftslage zu vergessen.

Der Richter betrachtet mit Wohlgefallen die Klägerin: Rosalinde ist eine attraktive, etwa vierzigjährige Rothaarige mit wohlgerundeten Formen und einem gut geschnittenen Gesicht, das allerdings schon leichte Anzeichen antiken Faltenwurfs zeigt. Sie trägt ein dunkles, knapp sitzendes, hochgeschlossenes Kostüm, das ihre Vorzüge gut zur Geltung bringt. Die Schreibkraft wieder mustert durch ihre dicken Brillengläser wohlwollend Herrn von Eisenstein, einen großen, eleganten Herrn Ende der Dreißig, mit dem vollen, durch ein Menjoubärtchen verzierten Gesicht eines

Lebemannes, in grauem Anzug mit Weste; dazu trägt er eine nicht ganz dezente Krawatte.

»Gibt es eine Möglichkeit, das Verfahren durch eine Versöhnung zu beenden, bevor es angefangen hat?« fragt der Richter der Form halber.

»Von uns aus jederzeit«, erwidert Eisensteins Advokat. »Wir verstehen nicht, womit die Klägerin ihr Scheidungsbegehren begründen will. In der Klageschrift stehen nur Unwahrheiten, die wir bestreiten, und alte Hüte, zu denen längst eine Versöhnung stattgefunden hat!«

Doch Rosalinde schüttelt nur stumm den Kopf. Ihr Vertreter erklärt mit unmerklichem Achselzucken in förmlichem Amtsdeutsch:

»Ich habe von meiner Mandantin den Auftrag, die Klage durchzufechten. Scheidungsgrund ist die völlige Zerrüttung der Ehe. Wir werfen dem Beklagten insbesondere vor, im Fasching 1870 – das genaue Datum steht in der Klageschrift – unter dem Vorwand, eine Arreststrafe antreten zu wollen, einen Ball besucht, dort in ehestörender Weise die Gesellschaft fremder Frauen gesucht, zum Teil auch gefunden zu haben. Einer maskierten Dame gegenüber hat er zunächst bestritten, verheiratet zu sein. Etwas später, als die Wahrheit ans Licht kam, hat er erklärt, seine Frau sei steinalt und hässlich wie eine Nachteule. Damit hat er klar zum Ausdruck gebracht, dass ihm an seiner Ehe nichts mehr liegt und er intime Beziehungen zu anderen Frauen sucht. Die hat er übrigens im eigenen Haus gefunden: Als weiteren Scheidungsgrund machen wir nämlich geltend, dass der Beklagte eine intime Beziehung zum früheren Stubenmädchen der Familie, einer gewissen Adele Huber, begonnen hat, was bald danach zu deren fristloser Entlassung geführt hat. Wir beantragen die Auflösung der zerrütteten Ehe aus dem Alleinverschulden des Beklagten!«

»Alles Quatsch«, kommentiert Gabriel die dürren Worte des Klagevertreters, während sein eigener Advokat sich lässig erhebt und erwidert:

»Wir bestreiten das alles. Die Gegenseite weiß genau, dass diese läppische Farce auf dem Ball im Hause Orlofsky durch jenen Notar Doktor Falke, mit dem mein Mandant im Übrigen nichts mehr zu tun haben will, inszeniert worden ist, um in kleinlicher Weise für eine nicht minder kindische Bloßstellung Revanche zu nehmen, und« – schöpferische Pause – »dass Ihre Mandantin dabei in übelster Weise mitgespielt und ihren Ehemann regelrecht *herausgefordert* hat, außereheliche Beziehungen zu suchen. Was aber dieses Kammermädchen betrifft, so ist sie nicht entlassen worden, weil sie es mit dem Hausherrn getrieben haben soll –«

»Mäßigen Sie Ihren Ton, wahren Sie die Würde des Gerichtes!« unterbricht der Richter.

»– sondern wegen Lügenhaftigkeit, ständigen frechen Betragens und schließlich, als Höhepunkt ihres miserablen Benehmens, weil sie ein Abendkleid ihrer Herrin entwendet hat. Wir beantragen die Abweisung der Klage!« setzt der Advokat unbeirrt fort. »Im Übrigen werden wir beweisen, dass gerade Ihre Mandantin überhaupt keinen Grund hat, sich in selbstgerechter Weise über angebliche Eheverfehlungen des Herrn von Eisenstein zu empören.«

Rosalinde beginnt, sichtlich nervös geworden, mit ihrem Advokaten zu flüstern, der sie mit einer abwehrenden Handbewegung zu beruhigen sucht – *man wird schon sehen, machen Sie sich keine unnötigen Sorgen*, scheint seine Geste zu sagen.

»Ich eröffne die Beweisaufnahme«, beendet der Richter das Geplänkel. »Herr Notar Doktor Falke bitte!«
Eisenstein wundert sich, dass schon beim ersten Termin die Zeugen auftreten; er selbst hat keine beantragt. *Außerdem könnten die in der Klage genannten vielleicht auch zu meinen Gunsten aussagen,* überlegt er. In dem düsteren Gang vor dem Verhandlungssaal hat er niemanden gesehen, weil der Richter – längere Befragungen und Streitereien vorhersehend – sie in zeitlichen Abständen geladen hat.
Der Notar tritt forschen Schrittes in den Saal, verbeugt sich knapp vor dem Richter und würdigt die Streitparteien keines Blickes. Er ist schlanker als Eisenstein, vom Typ her nicht unähnlich, jedoch glatt rasiert und sportlich gekleidet: kariertes Sakko mit passender Hose, dazu eine Krawatte mit einem Jagdmotiv. Aus der Brusttasche schaut ein dunkelbrauner Pfeifenkopf hervor.
»Ich war ein alter Freund Gabriels und später, nach seiner Verheiratung, auch seiner schönen Frau«, beginnt er. »Umso mehr bedauere ich, dass meine so fein ausgedachte ›Rache der Fledermaus‹ jetzt zu einem traurigen Nachspiel führt. Aber ich hab' ja die Vorliebe meines alten Freundes für fesche Damen schon aus alten Zeiten gekannt und lange auf eine Gelegenheit gewartet, ihm die Blamage heimzuzahlen, als er mich nach einem Maskenfest betrunken am hellen Morgen im Kostüm einer Fledermaus auf offener Straße abgesetzt und dem Spott der Gassenbuben und vieler anderer Leute überlassen hat.«
»Aber das war doch sogar damals schon ewig lang her, da waren Sie beide noch Junggesellen«, wirft der Richter ein, wobei Eisenstein heftig nickt.
»Ja, das schon. Aber leider erst so viel später hat sich die Chance geboten, diesen großartigen Spaß auf seine Kosten zu insze-

nieren. Zuerst hat er mir ja Leid getan, weil er für acht Tage ins Gefängnis musste, nicht nur wegen der Blödheit seines damaligen Verteidigers, sondern, glauben Sie mir, auch deshalb, weil er sich vor Gericht aufsässig benommen hat! – Zu dieser Zeit hatte ich gerade die Bekanntschaft dieses seltsamen Russen gemacht, dieses fragwürdigen Prinzen Orlofsky, der mit seinen achtzehn Jahren – das müssen Sie sich vorstellen! – vor lauter Langeweile nicht weiß, was er mit seinen Millionen anfangen soll; sogar der Schwarze Freitag im vergangenen Mai hat ihn, so viel ich weiß, so gut wie gar nicht betroffen. Sein Vermögen stammt wohl aus russischen Quellen ... Also kurz und gut, dieses dekadente Bürschchen hat mir sein Leid geklagt, wie fad er das Leben finde. Ja, und so hat er mir ›plein pouvoir‹ gegeben, wenn es mir gelingen sollte, ihn aufzuheitern und wieder zum Lachen zu bringen. Ich hab' mir erhofft, dadurch mit ihm in dauernde Geschäftsverbindung zu treten; das ist mir auch gelungen – in Zeiten wie diesen braucht man ja dringender denn je potente Klienten! Und natürlich war es für mich *die* Chance, mich an Gabriel zu rächen. Und so habe ich eben mit Zustimmung dieses kleinen russischen Mafioso alle, die mit Herrn von Eisenstein, seiner Familie und seinem bevorstehenden Arrest im Zusammenhang standen, unter falschen Namen zu dem Fest in die Villa Orlofsky eingeladen, ohne dass sie untereinander davon wussten. Die Einladung dieses Fräulein Adele war kein Problem – ich habe gewusst, die wird ihrer Herrin schon den freien Abend abbetteln mit viel Geheule und falschem Getue; außerdem ist mir dafür das Erscheinen dieses angeblichen italienischen Tenors – Alfredo, dass ich nicht lache! – zupass gekommen. Ihm konnte ich realistisch in Aussicht stellen, dass der Gatte der von ihm heiß verehrten Frau Rosalinde wegen seines Strafantrittes nicht daheim sein werde. Da war er sofort be-

»Glücklich ist, wer vergisst ...«

reit, mitzuspielen; ob er das auch getan hätte, wenn er gewusst hätte, selbst so bald arretiert zu werden, da bin ich mir nicht so sicher.«

»Doktor Falke«, ruft Rosalinde entrüstet dazwischen, »ich habe gedacht, Sie wären mein Freund!«

»Da ist noch der Gefängnisdirektor Frank, dem haben Sie ja auch eine Einladung verschafft!« wirft der Richter ein, ohne auf Rosalinde zu achten, während Eisenstein boshaft zu seiner Frau hinübergrinst. *Ein klein wenig ist er doch noch mein Kumpel*, hofft er insgeheim.

»Klar, besonders deshalb, weil ich mich schon auf die Erkennungsszene am nächsten Tag im Arrest gefreut habe«, sagt Doktor Falke lässig. »Es war leicht, ihm für diesen Abend eine französische Identität, den ›Chevalier Chagrin‹, einzureden, weil er sich als kleiner Beamter – puh, Gefängnisdirektor, wie das nur klingt! – dort in dem exklusiven Milieu ohnehin nicht wohl gefühlt hätte. Es durfte nach meinem Plan ja *keiner* unter seinem eigenen Namen auftreten. Mein Freund Gabriel kam als Marquis Rénard – für ihn eigentlich nicht so passend, denn der schlaue *Fuchs*, der war bei dem ganzen Spaß doch *ich allein!* Aber das köstliche Zusammentreffen der beiden falschen Franzosen bei Orlofsky war mir allein schon den Spaß wert! Dass die beiden dort bald miteinander bekannt wurden, dafür habe ich schon gesorgt.«

»Nenn mich gefälligst nicht mehr Freund!« knurrt Eisenstein, doch Doktor Falke lächelt nur maliziös – er selbst würde sein Lächeln wohl *mephistophelisch* nennen – und spricht weiter:

»Als ich zu den Eisensteins kam, um Gabriel einzuladen, habe ich gleich gemerkt, dass alles klappen würde: Frau Rosalinde schien es gar nicht ungelegen, ihren Gatten noch an diesem Abend loszuwerden – ich wusste ja, dass Herr Alfred darauf lauerte, über seine alte Angebetete wie ein Wirbelsturm hereinbrechen zu können; er hatte sich schon bei ihr angekündigt. Und dass da natürlich die Adele ihren freien Abend kriegen würde, das war nur die logische Folge.«

»Unverschämter Kerl!« tönt es von Rosalinde. »So jemand hat sich als Freund der Familie bezeichnet!«

»Sie kommen schon noch zu Wort«, besänftigt sie der Richter, während sie ihr Gesicht mit einem Seidentüchlein betupft.

Der Notar lächelt selbstgefällig und spricht weiter:

»Fast hätte durch mein Versehen Adele meinen Plan platzen lassen. Ich hatte ganz vergessen, ihre dicke Schwester Ida, die als Balletteuse im letzten Glied der Compagnie zum Ball geladen war – mehr wird aus ihr wohl nie werden! – in die Intrige einzuweihen, nachdem ich in ihrem Namen den Einladungsbrief an Adele geschickt hatte; geschrieben hat ihn nach meinem Diktat die Putzfrau aus meiner Kanzlei. Diese einfachen Leut' haben doch alle eine ähnliche Schrift, und ich hab' riskiert, dass die Adele die Handschrift ihrer Schwester nicht so genau kennt – und so war's ja denn auch.«

Kein wirklich feiner Mann eigentlich, dieser Falke, denken alle im Saal, *aber raffiniert eingefädelt ist die ganze Sache. Trotzdem, im Grunde miserabel, dass der Herr Notar die Menschen wie Schachfiguren herumschiebt.*

»Wie dem auch sei«, setzt er munter fort, »Gabriel war nach kurzem Bedenken bereit, mitzumachen und den Arrest für die eine Nacht sausen zu lassen. Dass die Sache mit seinem Frack für den Ball so einfach funktionieren würde, habe ich allerdings nicht zu hoffen gewagt. Denn eine blödere Ausrede dafür, dass er in großer Gala seine Strafe antreten wolle, konnte er schon nicht mehr erfinden: Ich, ich hätte ihm gesagt, dass er dort – im Arrest! –

eine ›geschlossene Gesellschaft‹ antreffen werde. Aber Frau Rosalinde war offenbar schon so auf das Tête-à-Tête mit ihrem Tenor erpicht, dass sie jeden noch so dämlichen Grund akzeptiert hätte, um ihren Mann rechtzeitig aus dem Haus zu kriegen.«

Wieder Empörung bei Rosalinde, Zufriedenheit bei Gabriel.

»Ich habe gewusst, dass man ihn an diesem Abend holen würde, weil er schon dreimal nicht zum Strafantritt erschienen war. Den Gefängnisdirektor habe ich nur zu einem kleinen Teil eingeweiht: Dass er den Falschen abholen werde, hat er natürlich nicht gewusst; dass er aber höchstpersönlich zu diesem Zweck in die Villa Eisenstein kommen werde, damit habe ich wieder nicht gerechnet. Allerdings war das günstig, weil sich der falsche Eisenstein bei seiner Festnahme gegen ihn als den Herrn des Arrestes kaum hätte zur Wehr setzen können.«

»Kommen Sie mit bei dem allen?« fragt der Richter seine Schriftführerin, die sich mühsam mit der von ihr kaum beherrschten Gabelsbergerschen Stenografie abplagt. Man gönnt ihr eine kurze Pause, um alles Nötige im Protokoll festzuhalten, bevor es weitergeht.

»Alles Weitere war nicht mehr schwierig. Kaum dass Gabriel auf dem Weg zum Ball und der begnadete Tenor auf dem Weg zum Arrest war, bin ich zu Frau Rosalinde geeilt und hab' ihr Appetit auf das Fest bei Orlofsky gemacht. Das war leicht zu bewerkstelligen: Einerseits gab es schon damals vor drei Jahren nicht mehr so viele Anlässe zum Feiern, weil die Zeiten schlechter geworden sind, wie wir alle wissen – da kam ihr wohl eine schöne Einladung gerade recht. Ihr Mann hat sich ja zeitlebens lieber allein – oder anderweitig – vergnügt ...«

»Bleiben Sie bei den Tatsachen, Herr Zeuge!« unterbricht der Richter missmutig; er denkt an seine bescheideneren Einkünfte, die ihm derartige Vergnügungen kaum erlauben dürften. »Ergehen Sie sich nicht in Vermutungen, ja?«

Der Falke verachtet ja im Grunde genommen uns beide, denkt Eisenstein, *nachdem er uns ordentlich in Misskredit gebracht hat. Aber in Zeiten wie diesen muss man die schönen Dinge von einst ohnehin vergessen ... Glücklich, wer das kann!*

»Andererseits«, fährt Doktor Falke fort, »habe ich ihr ja zugesichert, dass sie dort bei Orlofsky ihren Herrn Gemahl in fröhlicher Gesellschaft antreffen werde. Das hielt sie zuerst überhaupt nicht für möglich, aber ihre Neugier war erwartungsgemäß stärker: Noch in meiner Anwesenheit hat sie ihren Kleiderschrank durchwühlt und sich furchtbar aufgeregt, weil sie ein bestimmtes Kleid nicht finden konnte – mir war schon klar, wer sich das ausgeliehen hatte. Aber die Adele war ja bereits aus dem Haus; sofort, nachdem sie für den Abend frei bekommen hatte, angeblich, um eine arme, alte kranke Tante zu besuchen. Das hat mir Frau Rosalinde erzählt und gleich durchblicken lassen, dass sie ihr ohnehin kein Wort glaubte. Aber wenn die Frau des Hauses abends allein sein wollte mit ihrem *tenore*, dann musste sie schon jede Ausrede der Adele akzeptieren, nicht wahr? Dass sie ihr Kammerkätzchen ebenfalls in der Villa Orlofsky antreffen werde, habe ich ihr natürlich verschwiegen. Das sollte ein zusätzlicher Gag sein.«

Herr Gabriel und Frau Rosalinde sind nahe daran, sich von beiden Seiten auf den süffisanten Doktor Falke zu stürzen und ihn zu ohrfeigen.

»Die Verkleidung als ›ungarische‹ Gräfin«, sagt der unbeirrt, »war mit Orlofsky abgesprochen und die Maskerade erstklassig. Gnädige Frau, ich hätte Sie beinahe selbst nicht erkannt, als Sie beim Fest eingetroffen waren! Und Ihr ungarisches Lied, dieser

Csárdás, große Klasse – zumindest als Gesangslehrer ist *Signor Alfredo* einsame Spitze!«

»Sprechen Sie zum Gericht, nicht zu den Parteien!« fährt ihn der Richter an, dem die Präpotenz des Zeugen längst zuwider ist.

»Ich bitte um Verzeihung, hohes Gericht«, sagt Doktor Falke mit scheinheiligem Schuldbewusstsein. »Also, der Gabriel kommt – natürlich noch vor seiner Frau – und wird dem Prinzen Orlofsky vorgestellt. Es fängt schon ganz ausgezeichnet damit an, dass der kleine Russe ihn zwingt, irgendein scharfes Getränk, wahrscheinlich Wodka, hinunterzustürzen, und nicht zu wenig; der ist ihm sofort ins Hirn gestiegen. Dann entdeckt er – etwas zu früh für meinen Plan, aber es ist noch einmal gutgegangen – Adele, die sich dort als ›Olga‹ ausgegeben hat, im Kleid seiner Frau. Da hat der Wodka schon seinen Zweck erfüllt: Der Gute war sich in seinem Dusel nicht sicher, ob es sich wirklich um das Stubenmädchen handelte, hat ständig von einer unglaublichen Ähnlichkeit gequasselt und sie etwas später sogar in den Hintern – pardon, ins Gesäß – gezwickt. Den Quietscher, den sie dabei von sich gab, so meinte er zuletzt, den kenne er; es sei wohl doch Adele. Als er auf Betreiben des Prinzen vor allen Gästen eingestehen musste, wem diese angebliche Dame denn so ähnlich sah, war seine Blamage groß, und Orlofsky musste – erstmals seit langem, wie er versicherte – wieder lachen. Ich hab's gleich gespürt: Meine beabsichtigte Geschäftsverbindung mit ihm war so gut wie sicher!«

»Aus der Bemerkung, dass Herr von Eisenstein diesen Quietscher, wie Sie sich auszudrücken belieben, kannte, darf ich wohl ableiten, dass es schon öfter zu intimen Berührungen dieser Art gekommen ist«, wirft Rosalindes Advokat geschraubt ein.

»Das müssen S' den Herrn von Eisenstein schon selbst fragen«, erwidert Doktor Falke lässig, während Gabriels Anwalt hörbar vor sich hinmurmelt: »Also ich weiß nicht, *intim* scheint mir *diese* Berührung wirklich nicht.«

»Mir reicht's«, wirft Rosalinde pikiert ein und flüstert angeregt mit ihrem Advokaten.

»Wir sind hier nicht im Kaffeehaus!« beendet der Richter die außerprotokollarische Unterhaltung, nachdem die Schriftführerin verzweifelt gedeutet hat, sie wisse nicht mehr, was sie jetzt eigentlich mitschreiben solle.

»Nachdem Frau Rosalinde gekommen war, hat sich Freund Gabriel nur noch mit ihr befasst und alle jungen Damen, die ihm bisher durchaus gefallen hatten, links liegen gelassen«, berichtet der Zeuge weiter. »Der Prinz und ich konnten uns vor Lachen kaum mehr zurückhalten, wie wild er der schönen Maskierten den Hof gemacht hat. Sogar seine Repetieruhr, die er jeder seiner Weiberbekanntschaften versprochen, nie aber geschenkt hat, ist ins Spiel gekommen, und als es ihr glücklich gelungen war, die Uhr an sich zu bringen und in ihrem eindrucksvollen Dekolleté – Sie verzeihen, Madame! – verschwinden zu lassen, da war am Gelingen meiner Revanche nicht mehr zu zweifeln. Wir mussten nur noch seine öde Erzählung der alten Fledermausgeschichte vor all den angesäuselten Ballbesuchern über uns ergehen lassen – er selbst fand sie leider lustiger als die anderen Gäste! –, dann wurde getanzt, gesungen und auf Grund meiner Anregung sogar allgemein Bruderschaft getrunken. Es war ein Genuss, zuzusehen, wie inniglich sich der liebe Gabriel mit seiner eigenen Angetrauten beschäftigt und wie sie sich geärgert hat, ihn vor allen Leuten dort küssen zu müssen! Um sechs Uhr früh war endlich allgemeiner Aufbruch. Meine Sorge, Herr von Eisenstein würde gleichzeitig mit dem Gefängnisdirektor Richtung Arrest marschieren und dadurch die Bombe vorzeitig zum Platzen bringen, erwies sich als unbegründet: Frank war schon ziemlich angesäuselt und ist bald verschwunden, während unser Freund Gabriel, der ja doch etwas geeichter ist, seine schöne Ungarin nicht ziehen lassen wollte, ohne ihr Gesicht zu sehen. Das konnten wir zum Glück verhindern, die Maske blieb oben, und so ist er erst losmarschiert, als Herr Frank schon gegangen war. Ja, und im Gefängnis kurz darauf – dort musste ich nur auf mein Stichwort warten, nachdem Herr Eisenstein einerseits, seine Frau Gemahlin und der Herr Kammersänger andererseits aufeinander geprallt waren. Orlofsky und alle seine Gäste sind mit mir dorthin in das diesmal wirklich fidele Gefängnis mitgekommen, um meinem armen Gabriel zu guter Letzt klarzumachen, dass das Ganze nur ein Scherz war und sie alle mitgespielt hatten. Dass dies nun solch traurige Spätfolgen hat, nein, das konnte wahrhaftig niemand vorhersehen, auch ich nicht.«

»Was wissen Sie denn über außereheliche Beziehungen des Beklagten zu Fräulein Adele?« fragt der Richter, ohne auf die letzte Beteuerung des Doktors einzugehen.

Rosalinde sitzt kerzengerade in geradezu begieriger Erwartung einer bestätigenden Antwort, während Eisenstein ihm einen flehenden Blick zuwirft. *Bitte verrat mich nicht, sei einmal noch ein wahrer Freund,* scheint seine Körpersprache auszudrücken.

Falke zieht sich geschickt aus der Affäre:

»Aus Eigenem weiß ich gar nichts dergleichen. Gabriel hat mir gegenüber nur einmal so im Gespräch unter Männern erwähnt, dass sie eine rassige Person ist, aber was soll das schon bedeuten? Und wenn er sie vielleicht ein paarmal in den A..., Verzeihung, ins Gesäß gezwickt haben sollte, mein Gott, finden Sie das besonders erotisch? Ich glaube vielmehr, dass Adele kein leichtes Leben bei den Eisensteins hatte – er ist eher faul, wie ich ihn kenne, und hat sich bedienen lassen – nicht nur so, wie Sie vielleicht meinen, aber sie musste ihm jeden Handgriff abnehmen – und Madame Rosalinde war launenhaft und immer wieder ›leidend‹. Also ich wäre nicht gern angestellt gewesen in diesem Haushalt!«

Wütendes Zischen seitens Frau Rosalinde, dankbarer Hundeblick von Gabriel. *Aber woher weiß der Kerl eigentlich so viel über unser häusliches Alltagsleben?* fragt sich Eisenstein. *Sollte auch er mit meiner Frau ...?*

Nun greift Eisensteins Advokat in das Prozessgeschehen ein:

»Was ist Ihnen über die Beziehungen der Frau Klägerin zu jenem *Don Alfredo* bekannt? Sie wissen, wen ich meine, der Name fällt mir im Augenblick nicht ein.«

Rosalinde erstarrt, ihr Vertreter springt auf und schreit: »Halt! Das ist nicht Gegenstand des Verfahrens!«

»Aber sicher«, erwidert sein Gegner grinsend, »es geht doch, wie Sie in Ihrer Klage behaupten, um die Zerrüttung der Ehe. Zerrüttet wird eine Ehe aber doch wohl von beiden Seiten, ja? Noch nie etwas von Mitverschulden gehört, Herr Kollege? Bisher haben Sie gegen meinen Mandanten nichts Stichhaltiges vorgebracht; auch Herr Doktor Falke hat ihn entlastet. Wir werden sehen, ob wir nicht die Scheidung aus dem Alleinverschulden der Frau von Eisenstein beantragen müssen!«

»Also beantworten Sie meinetwegen die Frage«, sagt der Richter gottergeben. *Das wird ein Monsterprozess, die streiten um jeden Millimeter ihrer Position,* denkt er resignierend.

»Ich weiß nur«, sagt Falke präzise, das Auge fest auf den Richter geheftet, »dass es sich bei dem Sangeskünstler um einen alten Bekannten der gnädigen Frau handelt und dass er bei unserer letzten Begegnung im Arrest den *mir wohl bekannten* Schlafrock des Herrn von Eisenstein anhatte, der ihm nebenbei viel zu eng war. Sonst weiß ich zu diesem Thema gar nix. Bei irgendwelchen Intimitäten, *wenn* es welche gegeben haben sollte, war ich natürlich niemals dabei. Dass sich aber Frau Rosalinde damals auf diesen Besuch sichtlich freute, das hab' ich ja schon erwähnt.«

Wie schlau er die Balance hält zwischen den Eheleuten, denkt der Richter. *Daraus ist nichts für die Verschuldensfrage zu gewinnen.* Dann dankt er dem Zeugen und entlässt ihn.

»Herr Direktor Frank!« lautet der nächste Aufruf. Das wird ja wohl schneller gehen, hoffen der Richter und vor allem die Schriftführerin inständig.

Der Zeuge, mit Schnurrbart und Bürstenhaarschnitt, in schlichter Beamtenuniform, tritt raschen Schrittes ein, verneigt sich betulich und legt seine Kappe auf die Bank neben Eisenstein, den er mit leicht verschämtem Gesichtsausdruck mustert: *Wir waren ja beide Opfer des schlauen Doktor Falke.*

»Mich hat man damals dumm sterben lassen«, legt er auch gleich weinerlich los. »Der Herr Notar, den ich seit langem kannte, hat mir die Einladung zum Fest bei Prinz Orlofsky gebracht und ich war recht nervös – solche Ereignisse erleben Leute wie ich ja nicht alle Tage! Aber es hat mir schon gefallen, dort – zugegebenermaßen etwas hochstaplerisch – als Chevalier Chagrin aufzutreten. Obwohl ich kein Wort Französisch verstehe und erst hinterher erfahren habe, dass ›chagrin‹ so viel wie Ärger, Leid oder Sorge bedeutet – passt allerdings gar nicht schlecht zu meinem Beruf!«

»Was haben Sie im Hause Eisenstein beobachtet?« sucht der Richter die Erzählungen des Gefängnisdirektors zu beschleunigen.

»Dieser Herr von Eisenstein, den ich bis dato nicht persönlich kannte, hat seinen Strafantritt immer wieder mit den fadenscheinigsten Ausreden hinauszuschieben verstanden, und so habe ich mich entschlossen, gemeinsam mit einem Polizisten selbst hinzugehen und ihn abzuholen. Mir würde er keinen Widerstand leisten, so meinte ich. Und tatsächlich lümmelte er – oder der Herr, den ich für Herrn von Eisenstein hielt – gemütlich zu Hause im Schlafrock auf einer Chaiselongue – ha, sehen Sie, an *ein* französisches Wort erinnere ich mich doch! –, hatte ein soeben begonnenes üppiges Essen vor sich stehen, trank gerade einen ganz *ausgezeichneten* Wein ...«

»Woher wissen Sie denn das?«

»Er hat mir gleich ein Glas eingeschenkt und mich freundlich aufgefordert, mit ihm zu trinken. Zunächst wollte er nicht mitkommen, behauptete sogar, er sei nicht der, den ich suche. Als ihm seine Frau –«

»*Meine* Frau!!« brüllt Gabriel dazwischen.

»– also Ihre Frau meinetwegen – etwas ins Ohr flüsterte, zeigte er sich dann doch bereit, meinte sogar, was man nicht ändern könne, solle man vergessen, und verabschiedete sich liebevoll von Madame.«

»Was heißt hier liebevoll?« fragen beide Advokaten gleichzeitig, der eine begierig, der andere empört.

»Nun, sie haben sich zärtlich geküsst, immer wieder, ich glaube dreimal, ich konnte gar nicht mehr hinschauen, es war mir schon peinlich. Aber immerhin, ein Abschied für acht Tage ...«

Rosalinde ist blutrot geworden.

»Stimmt das?« fragt der Richter.

»Ich konnte mich ihm ja nicht entziehen! Er hat mich immerhin aus dieser kompromittierenden Lage gerettet und ist sogar für mich ins Gefängnis gegangen, verstehen Sie denn nicht?«

»Ja, ja. Wir haben schon verstanden und machen uns unseren Reim auf das alles«, sagt der Richter schnell, um den Zeugen bald loszuwerden, bevor der Prozess auf Grund seiner Aussagen ungeahnte Ausmaße annehmen könnte.

»Ich gebe zu: Bei dem Ball – der für mich kleinen Beamten natürlich ein ungeheurer Eindruck war – habe ich wohl etwas zu viel getrunken. Bald war ich überhaupt nicht mehr schüchtern, habe mich mit den jungen Damen großartig unterhalten. Diesem feschen Fräulein Olga, einer angeblichen Schauspielschülerin, bin ich rasch näher gekommen, wir haben uns sogar geküsst ...«

»Diese Schlampe«, knurrt Rosalinde. »Nur gut, dass ich sie losgeworden bin!«

»Als alles vorbei war, habe ich erfahren, wer sie wirklich ist«, mault Frank gekränkt, »aber sie war ja so ein begabtes Mädchen und ich hätte mich ihrer gern angenommen, wenn nicht Seine Hoheit, der Prinz Orlofsky, sie zu sich genommen hätte. Der hat natürlich andere Möglichkeiten ...«

»Kommen Sie endlich zum Schluss!« bellt der Richter verärgert.

Beflissen spricht Frank weiter: »Sie können sich unsere gegenseitige Überraschung vorstellen, als Herr von Eisenstein und ich – beide total verkatert – unser Inkognito gelüftet haben. Dann ist ja alles schnell aufgedeckt worden: Alle vom Ball sind in mein Büro gekommen – mein armer, ohnehin vom Sliwowitz schwer gezeichneter Amtsdiener hat nicht mehr gewusst, wo ihm der Kopf steht – großer Krach, endlich Aufklärung durch Herrn Doktor Falke und allseitige Versöhnung!«

»Versöhnung? Höre ich richtig, sagten Sie Versöhnung?« fragt Eisensteins Vertreter laut und deutlich mit Blick auf sein Gegenüber.

»Nun ja, alle haben schließlich gemeint, der viele Champagner beim Ball habe den ganzen Wirbel verschuldet und damit basta!«

»Ist Ihnen sonst noch etwas aufgefallen?« fragt Eisensteins Advokat mit Betonung.

»Nichts Besonderes«, erwidert Frank und nach einer Pause: »Nur eines vielleicht doch noch: In dem Moment, als Herr von Eisenstein – der richtige diesmal – seine Frau Gemahlin endlich erleichtert umarmen wollte, hat der falsche – also der Herr Alfredo – dem Prinzen Orlofsky etwas ins Ohr geflüstert und dabei so verschwörerisch geschaut, als ob er sagen wollte: Lassen wir ihn halt im guten Glauben an sein wiedergewonnenes Eheglück!«

»Das ist Ihre bloße Vermutung. Aber verstanden haben Sie nichts?«

»Nein, es war ja auch nur so ein flüchtiger Eindruck ...«

Rosalinde ist wieder beunruhigt. *Dieser Alfred, er wird doch nicht gequatscht haben,* so fürchtet sie insgeheim.

Mittlerweile wird der Gefängnisdirektor entlassen und der nächste Zeuge in den Saal gebeten.

»Seine Hoheit, Prinz Orlofsky!«

Den jungen Herrn, der nun vor den Richtertisch tritt, fixiert die Schriftführerin gebannt, ihre Augen treten förmlich aus den Höhlen hinter der dicken Brille. Endlich einmal eine jener entrückten Gestalten, die sie sonst nur aus illustrierten Zeitschriften kennt – heute würde man wohl »Regenbogenpresse« sagen –, ganz aus der Nähe zu erleben, noch dazu hier an ihrem Arbeitsplatz im nüchternen Gerichtsgebäude!

Dabei kann man den Prinzen beim besten Willen nicht als imponierende Erscheinung bezeichnen: Wie Doktor Falke ihn zuvor wenig respektvoll beschrieben hat, ist Orlofsky ein Jüngling von zartem Körperbau mit einem hübschen, etwas feminin wirkenden bartlosen Gesicht. Die etwas asiatisch-schrägen Augen mustern den Richter mit gelangweilt-blasiertem Ausdruck. Überlanges dichtes schwarzes Haar lässt die ganze Gestalt, die in einen fast bodenlangen dunklen Mantel gehüllt ist, noch kleiner erscheinen. Doch spricht er wie alle gebildeten Russen fast akzentfreies Deutsch mit hoher, jedoch nicht unangenehmer Stimme, aber mit zerdehnter Langsamkeit, ohne jugendlichen Elan:

»Ich kann dem Doktor Falke nur dankbar sein für die Komödie, die er für mich inszeniert hat. Mein Leben war öd und leer, meine Millionen waren mein Unglück. Ich hatte keinen Grund, fröhlich zu sein, und was Lachen bedeutet, hatte ich schon ganz vergessen. Ich habe in meinem goldenen Käfig gesessen und hatte nicht ein einziges Mal Lust, hinauszufliegen, obwohl die Tür stets offen war. Sie können sich das nicht vorstellen: Ich besitze alles und doch nichts! Frauen: langweilig. Sport: langweilig. Theater: langweilig. Literatur: langweilig, alles sehr langweilig. Mir war zumute, wie dieser Romanfigur von meinem großen russischen Landsmann Puschkin, diesem Jewgenij Onegin: Dem war auch alles langweilig; dieses Buch habe ich sogar früher einmal gelesen – war langweilig. Aber Gospodin Falke, der mein Vermögen seither gut verwaltet, hat mir wenigstens für eine Zeit lang Abwechslung verschafft – und dazu eine junge Person, diese Olga, die eigentlich Adele heißt, wenn ich mich recht erinnere, die wollte immer zum Theater. Aber das ist jetzt drei Jahre her und alles wird schon wieder langweilig, furchtbar langweilig ...«

Der Richter hat gute Lust, den ausschweifenden Sermon des weinerlichen Prinzen radikal abzuschneiden, doch hält er sich zurück: *Er ist doch ein feiner Herr, eine der Spitzen der hiesigen Gesellschaft, und wer weiß, vielleicht kann er einem einmal nützlich sein ...* Er sagt daher sanft:

»Sie wissen, Hoheit, worum es geht. Wenn Sie uns etwas über die Ehe der Eisensteins sagen könnten ...«

»Ach ja, das war ja das Wesentliche an der Komödie des Gospodin Falke – dass Herr von Eisenstein eine Vorliebe für fremde Damen hatte, die ihm bei dieser Gelegenheit wohl gründlich ausgetrieben wurde.«

Dieser miserable kleine Wicht mit seinem faden Weibergesicht, sagt sich Eisenstein grimmig, *ohne den wäre das Ganze nicht passiert. Mit seinen Millionen hat er den Falke gekauft und uns alle quasi als Zuwaage mitgekriegt, als Lachnummern. Nicht einmal der Schwarze Freitag hat ihm was anhaben können,* sinniert er neidvoll, seiner eigenen Misere eingedenk.

»Gospodin Falke musste mir die Akteure alle vorstellen und mir zuvor ihre wirkliche Identität zuflüstern, ich selbst hatte niemanden vorher gekannt. Es war wie im Theater, aber nicht so langweilig, weil ich selbst mitspielen durfte. Herrn von Eisenstein habe ich gleich zu Beginn ordentlich mit Wodka zugeschüttet, denn, wissen Sie: Wodka lässt alle Hemmungen vergehen, überhaupt, wenn man ihn nicht gewohnt ist. Ganz anders ist das bei mir: Ich spüre dabei gar nix; wir Russen trinken ihn aus Wassergläsern.«

»Bitte weiter«, sagt der Richter, mühsam die Contenance wahrend.

»Aber ja. Herr von Eisenstein war so benebelt, dass er sein eigenes Kammermädchen nicht mehr eindeutig – wie sagt man? – identifiziert hat; das war seine erste große Blamage. Und dann der Auftritt seiner eigenen Frau – cha, cha, cha! –, noch heute kann ich beinahe darüber lachen. Obwohl mir seither wieder alles sehr langweilig ist ...«

Orlofsky bringt es zuwege, bei diesem bescheidenen Ausbruch

von Heiterkeit keine Miene zu verziehen; er starrt leblos vor sich hin. Doch ein strenger Blick des Richters lässt ihn fortfahren:

»Wie er sich auf die ›ungarische Gräfin‹ gestürzt hat, das spottet jeder Beschreibung, überhaupt bei einem nicht mehr so jungen Mann! Wie ein Gymnasiast, der sein allererstes Mädchen am liebsten sofort in die nächste dunkle Ecke abschleppen möchte.«

Süffisantes Grinsen bei Rosalinde, während Eisenstein beleidigt zu Boden starrt. *Von wegen nicht mehr ganz jung – ich möchte wissen, was du mit deinen achtzehn Jahren schon für Erfahrungen mit Weibern hast...*

»Dass die Eisensteins einander bei der allgemeinen Verbrüderung – die Gospodin Falke sehr geschickt arrangiert hat – auch noch öffentlich küssen mussten, war fast so aufheiternd für mich wie die Konversation zwischen den zwei falschen Franzosen Marquis Rénard und Chevalier Chagrin. Aber Herr von Eisenstein muss schon voll bis oben gewesen sein, dass er die eigene Frau trotz der Maskerade nicht erkannt hat; nicht einmal beim Küssen! Na ja, zuerst der Wodka, dann Champagner, und davon nicht wenig. Und so oft werden sie einander als alte Eheleute ja nicht mehr geküsst haben!«

Immerhin, zumindest ein Realist ist er, denkt Rosalinde nicht ohne Ingrimm.

»Hat sich Herr von Eisenstein sonst noch auffällig betragen?« fragt ihr Advokat förmlich.

»Bevor seine Frau gekommen ist, hat er den ganz jungen Mädchen vom Ballett heftig den Hof gemacht ... die Cour geschnitten, sagt man bei Hof, glaube ich. Aber die waren wirklich erste Klasse, das können Sie mir glauben, vom Ballett verstehe ich als Russe etwas – auch wenn es mich jetzt schon wieder langweilt.«

»Wie ist es denn Herrn Doktor Falke gelungen, die ganze Festgesellschaft am frühen Morgen zum Gefängnis zu beordern?« fragt der Richter, bevor der Zeuge wieder ins Grenzenlose abschweift.

»Ach, das war leicht. Er hat mich darum ersucht – dort sollte die ganze Sache ja platzen. Ich habe nach dem Abschied der Hauptakteure einfach allen Verbliebenen gesagt, dass es noch einen Riesenspaß gibt und sie mit mir kommen sollen. Jeder hat mitgemacht; in dem Büro des Gospodin Frank ist es sehr eng geworden. Dort habe ich ja auch noch den einzigen Mitspieler kennen gelernt, der nicht zum Ball kommen konnte, den im Gefängnis sitzenden Tenorino Alfredo – dem habe ich übrigens für die nächste Saison ein mehrjähriges Engagement nach Moskau vermittelt.«

Rosalinde wird etwas blass, beherrscht sich aber einigermaßen.

Eisensteins aufmerksamem Advokaten ist das nicht entgangen; er fragt den Zeugen: »Hatten Sie Gelegenheit, sich damals im Gefängnis mit Herrn Alfredo zu unterhalten?«

»Nur kurz«, sagt der Prinz und richtet seine schrägen, leblosen Augen auf Rosalinde. »Gerade als sich alles in Wohlgefallen aufzulösen schien, da hat mir dieser Herr im Schlafrock – oder hatte er den schon ausgezogen? – mit spöttischem Grinsen ins Ohr geflüstert, dass mit dem Eisenstein'schen Eheglück zwar nicht alles so sei, wie es jetzt gerade scheine, aber dass man dem Gospodin Gabriel den Glauben daran nicht rauben solle – da waren wohl schon weitere Rendezvous mit Frau von Eisenstein geplant!«

O dieser Esel, dieser geschwätzige, schäumt Rosalinde innerlich, *so glatt hätte alles gehen können! Und jetzt auch noch Moskau ...*

Eisenstein ist fassungslos, wild gestikulierend diskutiert er mit seinem Advokaten, der sich ein paar flüchtige Notizen macht. Dann steht er auf und spricht zum Gericht:

»Ich gebe zu Protokoll: *Wir* beantragen gleichfalls die Ehescheidung, jedoch aus dem alleinigen Verschulden der bisherigen Klägerin. Als Scheidungsgrund machen wir deren wiederholten Ehebruch mit diesem Herrn Alfredo geltend. Wie heißt er eigentlich? Ist wohl ein Italiener?«

»Keine Spur«, lächelt der Richter, während die Schreibkraft eifrig alles festzuhalten sucht, »er ist österreichischer Staatsbürger, heißt Alfred Jedlicka und wohnt in Wien-Ottakring. Da auch er als Zeuge geladen ist, mussten wir seine persönlichen Daten feststellen.«

»Wie bestreiten das neue Vorbringen«, wirft der Vertreter der jetzt ziemlich desilllusionierten Rosalinde lautstark ein, wobei man ihm anmerkt, dass er über die letzte Entwicklung nicht glücklich ist. »Eine Frage noch an den Zeugen: Haben Sie intime Annäherungen des Herrn von Eisenstein an die Kammerzofe Adele Huber beobachtet?«

»Ach, ich weiß schon, was Sie meinen«, sagt Orlofsky müde. »Natürlich hat der Herr Marquis sie nach seiner Blamage – die ja eigentlich auch eine Bloßstellung für das so genannte Fräulein Olga war – an einem bestimmten Körperteil gezwickt. Da habe ich aber nichts dabei gefunden, bei uns Russen ist man da nicht so –«

»Wir können die Zeugin selbst dazu fragen«, beendet der Richter seufzend den aufkommenden Disput. Er dankt Seiner Hoheit für das Erscheinen vor Gericht. »Fortsetzung morgen um neun Uhr mit den Zeugen Adele Huber und Alfred Jedlicka!«

Alle verlassen leicht erschöpft das Gerichtsgebäude. Während Orlofsky müde und gelangweilt in eine vor dem Haus wartende

Luxuskarosse steigt, gehen Gabriel und Rosalinde mit eisigem Schweigen in Richtung ihrer Villa. Schließlich hält er die Spannung nicht mehr aus:

»Da tun sich ja Abgründe auf«, attackiert er sie. »Wie lange treibst du es schon mit diesem überreifen Vorstadtitaliener – *du*, die *mir* vorwirfst, unsere Ehe zerstört zu haben?«

»Quatsch«, murmelt Rosalinde betreten, »alles nicht wahr! Ich habe ihn lange vor dir gekannt; er war mein Gesangslehrer.«

»Ja, ja, so fängt alles an«, sagt Gabriel erbittert, »Gesangslehrer, Klavierlehrer, Reitlehrer, das kennt man schon! Der wird dir ganz andere Sachen beigebracht haben, he?«

»Ach, ich singe ausgezeichnet, wie du weißt, und hätte eine große Karriere machen können – du selbst hast mir ja selbst wild applaudiert nach meinem Csárdás bei Orlofsky; und da steht am Ende immerhin ein hohes D! Aber nein, *dich* habe ich heiraten müssen! Wo wäre ich heute, wenn ich in der Oper vorgesungen hätte, seinerzeit ...«

»Im Stadttheaterchor wahrscheinlich«, höhnt Eisenstein, worauf die Unterhaltung jäh abbricht. Daheim angekommen, zieht sich Rosalinde sofort in ihre Räume zurück, nimmt eine Pille und spült sie mit einem Glas Wasser hinunter, während sich Gabriel im Wohnzimmer einen doppelten Kognak eingießt, eine Zigarette anzündet und ruhelos umhergeht, bis ihm die Erschöpfung einen unruhigen Schlaf beschert, der schon früh am Morgen endet. Auch Rosalinde erwacht zeitig mit Kopfschmerzen, worauf wieder eine ihrer obligaten Pillen zur Anwendung gelangt. Getrennt gehen sie zu Fuß zum Gericht, wo ihre Advokaten sie schon erwarten. Doch ehe sie neue Strategien auf Grund der gestrigen Ereignisse besprechen können, schlägt es auch schon neun Uhr. Pünktlich werden sie in den Saal gerufen. Am Ende des Ganges

»Glücklich ist, wer vergisst ...«

haben sie von fern Adele und Alfred gesehen, die sich dort sehr ungeniert unterhalten. *Das wird ja feine Zeugenaussagen ergeben,* denken sie beide, *aber jetzt ist eigentlich schon alles egal.*

Zunächst wird Adele in den Zeugenstand gerufen. Drei Jahre lang haben Gabriel und Rosalinde sie nicht gesehen, nun sind sie schockiert über ihr Outfit: Das einst frische, freche Mädchengesicht ist blass geschminkt, der Mund durch knallroten Lippenstift grotesk vergrößert – *Breitmaulfrosch,* denkt Eisenstein, *diese Lippen möcht' ich nicht mehr küssen* –, dazu trägt sie ein kurzes Kleid in einem satten Orange, das sich mit dem Lippenstift und den in grellem Rot gefärbten Haaren geradezu prügelt. Hochhackige Schuhe und schwarzblaue Netzstrümpfe – am frühen Vormittag! – vervollständigen das schaurig schöne Bild.

»Frau Adele Huber, einunddreißig Jahre ...«

»Fräulein, bitte«, unterbricht sie den Richter mit etwas schriller Stimme in blasiertem Ton.

»Ihr Beruf?« fragt die Schriftführerin für ihr Protokoll.

»Solosängerin«, erwidert sie selbstbewusst.

»An der Hofoper in Wien?« fragt der Richter heimtückisch, obwohl er die Wahrheit kennt.

»N-nein, am hiesigen Stadttheater«, bekennt Adele etwas verlegen. Tatsächlich hat sie es hier durch die Vermittlung des Prinzen in kleinen Nebenrollen ungefähr so weit gebracht wie ihre rundliche Schwester Ida beim Ballett.

»Nun, das ist ja kein Grund, sich zu genieren«, meint der Richter, der das Theater bisher nur von außen gesehen hat, scheinbar wissend. »Wir haben ja hier in Baden ein sehr gutes Ensemble. Aber nun erzählen Sie uns alles, was Sie über die Eheprobleme der Eisensteins aus eigener Beobachtung wissen und bleiben Sie bitte bei der Wahrheit!«

Adele wirft sich in Positur, verschwendet keinen Blick an ihre ehemalige Herrschaft und brabbelt frisch drauflos:

»Sie waren schon eine feine Familie, sehr noble Leute, bei denen ich früher den Haushalt geleitet habe.«

Kopfschütteln und verächtliches Grinsen bei Rosalinde, während Gabriel fassungslos die Karikatur seiner einstigen Hausgehilfin anstarrt.

»Natürlich hat's immer wieder Probleme gegeben, wenn ich einen zusätzlichen freien Abend wollte, oder wenn der Herr von Eisenstein mich in meiner Kammer besucht hat – überhaupt, wenn die Gnädige nicht daheim war.«

»Unverschämtes Weib!« mischt sich Eisenstein ein. »Hohes Gericht, diese Person will sich jetzt an uns wegen des Hinauswurfes rächen. Glauben Sie ihr nicht!«

»Gar nix will ich«, erwidert Adele schnell, bevor der Richter die Ordnung wieder herstellen kann, »aber so ist es wahrscheinlich in allen feinen Häusern! Anstandslos frei gekriegt habe ich immer nur dann, wenn dieser falsche Italiener zu Besuch gekommen ist, dieser komische Kerl, der besser singen als reden kann. Und der ist schon viel früher immer wieder bei uns vorbeigekommen. Da hat die Gnädige ihre dauernden Kopfschmerzen rasch vergessen und schon vorher ganz andere Pillen genommen als sonst – ich weiß es, weil die verschiedenen Pillenschachteln überall im Haus herumgelegen sind. Was da drinnen war, weiß ich nicht, da kenn' ich mich nicht so aus, aber die Gnädige ist dann immer noch lebhafter geworden als sonst, wenn sie diese Pulver geschluckt hat. Sie war ja schon sonst nicht immer leicht zu ertragen, launenhaft, ein wenig kränklich, auf leidend hat sie immer wieder gespielt, besonders wenn der gnädige Herr zufällig einmal was von ihr wollte ...«

Eisenstein wird blaurot im Gesicht, kaum kann er sich zurückhalten, Adele zu ohrfeigen. Rosalinde murmelt etwas von Skandal, beide Advokaten reden beschwörend auf den Richter ein.

Der beendet den Tumult:

»Sie können mir glauben, meine Herrschaften, dass sich das Gericht ein treffendes Bild von dieser Zeugin macht. Beruhigen Sie sich ...«

»Was soll das heißen?« fährt nun Adele schrill dazwischen. »Glauben Sie mir vielleicht nix, nur weil ich nicht zu diesen feinen Leuten gehöre?«

»Ruhe jetzt!« wird der Richter etwas lauter. »Sprechen Sie weiter, aber erzählen Sie uns konkrete Vorfälle, wenn es solche überhaupt gegeben hat!«

»Klar hat es solche gegeben«, sagt Adele forsch. »Als Stuben*dame*« – Grinsen auf beiden Seiten – »da kriegt man ja so manches mit. Ich will ja nicht sagen, dass der gnädige Herr immer ein angenehmer Chef war: Man musste ihm alles nachtragen, ihn ständig bedienen, das Essen vom nächsten Gasthof holen – zum Kochen war sich die gnädige Frau ja zu fein, sie hat's wahrscheinlich auch gar nicht gekonnt – und eitel war der Herr von Eisenstein wie eine Diva: Vor dem Ausgehen musste man ihn mit Eau de Toilette besprühen, seine Frisur kontrollieren und den Sitz seiner Fliege –«

»Schreiben S' ruhig ›Mascherl‹ ins Protokoll!« unterbricht der Richter. »Weiter!«

»Ich habe also diesen Brief, diese Einladung für den Ball gekriegt – jetzt weiß ich, dass er vom Doktor Falke war, aber an der Schrift ist mir damals nix aufgefallen. Dort beim Herrn von Orlofsky hab' ich auch gleich den gnädigen Herrn im Nahkampf mit den Ballettmädchen erspäht – die Ida hat mir nachher erzählt, dass alle ihre Kolleginnen von seinem Charme bezaubert waren – die haben ihn eben nicht im Alltag erlebt. Zuerst hab' ich ein Zusammentreffen mit ihm noch vermeiden können, aber dann hat er mich doch irgendwie erkannt; sehr peinlich für beide Seiten, das können S' mir glauben! Der Prinz hat ihn gleich fest unter Alkohol gesetzt – und das auf leeren Magen! Denn mein schönes Essen, das ich ihm noch vor seinem Abmarsch geholt hab', ist ja stehen geblieben, das hat wahrscheinlich dann der Herr Tenor vertilgt ...«

»Das gehört nicht zur Sache«, unterbricht der Richter.

»Ich komm' ja schon wieder dazu«, näselt Adele plötzlich vornehm. »Es ist ja gleich darauf die bis zur Unkenntlichkeit verkleidete gnädige Frau beim Ball aufgetaucht. Auf die ist der Herr von Eisenstein gleich voll abgefahren« – ihre Wortwahl entspricht nicht ganz dem Tonfall –, »es war schon stark, wie er sich auf die Dame gestürzt hat. Jetzt, hinterher, weiß ich ja, warum Seine Hoheit der Prinz und der Doktor Falke darüber so gelacht haben.«

Rosalindes Vertreter beendet die aufkommende Heiterkeit unvermittelt:

»Sie haben die Besuche des Herrn von Eisenstein in Ihrer Kammer erwähnt. Waren Ihnen die eigentlich unangenehm?«

Adele wird verlegen und ziert sich:

»Nicht wirklich; der Herr konnte ja auch sehr nett und charmant sein, wenn er wollte ...«

»Also jetzt klar und deutlich: Sie sagen: ›Wenn er wollte‹. Was ist bei diesen Besuchen passiert und ist es zu einer intimen Beziehung gekommen?«

»Darüber ... darüber will ich nix sagen ...«

»Sie sind hier als Zeugin, Sie *müssen* aussagen, dürfen nichts verschweigen!«

Adele windet sich vor Verlegenheit:

»Mein Gott, er war dann halt freundlich und liebenswürdig und ganz anders als die sonstigen jungen Herren, mit denen ich in meiner Freizeit manchmal zusammen bin. Aber wenn ich im Dienst war, sozusagen im Alltag, da war er wieder ganz anders, so wie ich am Anfang gesagt hab', mühsam und nicht leicht im Umgang ...«

»Genügt Ihnen das?« fragt der Richter Rosalindes Advokaten.

Der verständigt sich kurz mit seiner Mandantin: »Keine weiteren Fragen vorerst.«

»So, jetzt sind wir dran«, verkündet Eisensteins Vertreter laut und deutlich. »Frau Zeugin, klipp und klar: Ist es überhaupt zwischen Ihnen und diesem Herrn hier zu einem regelrechten intimen ...?«

»Nein, nie!« heult Adele plötzlich los. »Das ist hier alles so furchtbar – man kann doch auch in anderer Weise nett zueinander sein.«

»Ach so, also nur nett, na ja – und jetzt beruhigen Sie sich«, sagt der Richter honigsüß. »Erzählen Sie uns noch: Was wissen Sie über die Besuche des Herrn Alfred bei Frau von Eisenstein?«

Wieder wechselt die Stimmung bei den Streitparteien: Rosalinde, eben noch triumphierend, starrt zur Decke, während ihr Gemahl sich erwartungsvoll vorbeugt.

Adele schneuzt sich und spricht weiter, erleichtert über den Themenwechsel:

»Kaum hatte der gnädige Herr seine Strafe angetreten, ist es mit den Besuchen weitergegangen; ich glaub', in den acht Tagen ist der Herr Alfred zumindest fünfmal gekommen. So viel Ausgang hab' ich während meiner ganzen Dienstzeit im Haus Eisenstein nicht gekriegt wie in dieser einen Woche, verstehen Sie?«

»Wir verstehen durchaus. Aber beobachtet haben Sie nichts selbst, Sie wissen schon, was ich meine?«

»Nein, ich bin ja immer sofort weggegangen, einmal sogar wirklich zu meiner alten kranken Tante. Aber nach solchen Abenden hat es immer furchtbar ausgeschaut im Haus. Flaschen und Gläser herumstehend, Essensreste, schmutziges Geschirr, überall Zigarettenstummel, die Möbel verschoben und Kissen auf den Boden gefallen – da hab' ich immer besonders viel zu tun gehabt nach solchen Besuchen!«

»Hat es auch richtigen Streit zwischen Herrn und Frau von Eisenstein gegeben, Sie wissen schon, mit Beschimpfungen oder Tätlichkeiten. Sind Vasen geworfen worden oder dergleichen?« fragt der Richter.

»O nein«, erwidert Adele, »ins Gesicht hinein waren sie meist freundlich zueinander, obwohl die Gnädige sicher bemerkt hat, wenn der Herr ... äh, freundlich zu mir war. Sie hat, glaub' ich, im Grunde nichts dagegen gehabt, sonst hätt' sie mich ja schon früher hinausgeschmissen. Und Herr von Eisenstein hat den Alfredo, diesen unechten Italiener, ja persönlich gekannt; den hatte die gnädige Frau sozusagen in die Ehe mitgebracht.«

Niemand hat mehr Lust, die realistische Schilderung durch weitere Fragen in die Länge zu ziehen. Adele stöckelt auf hohen Absätzen hinaus. *Die soll sich hüten, uns noch einmal über den Weg zu laufen,* denken beide Eisensteins diesmal in schöner Einmütigkeit, während der Gerichtsdiener den Zeugen Alfred Jedlicka aufruft.

Alfred wirkt, wie man sich früher landläufig einen Kammersänger vorgestellt hat: Ein höchstens mittelgroßer, stämmiger Mann gegen Fünfzig, mit deutlichem Bauchansatz – »Embonpoint« nannte man das dereinst – und unübersehbarem Doppelkinn unter dem runden, nicht unhübschem Gesicht. Er trägt weite Hosen, ein auffallend kariertes Sakko mit breiten Aufschlägen, eine sehr bunte Krawatte und darüber einen langen Schal, das eine Ende kühn über die Schulter geworfen. Den breitkrempigen Hut aus Rauleder hat er beim Eintritt abgenommen; nun verbeugt er sich mit theatralisch großer Geste vor dem Richter, etwas knapper vor den Streitparteien. Rosalinde sucht er einen kurzen Blick des Einverständnisses zuzuwerfen, den sie betont ignoriert. Die Schriftführerin verschlingt ihn förmlich mit Blicken, als ob jemand wie Caruso (der allerdings in dem Jahr, da unsere Geschichte spielt, 1873, erst geboren wurde) persönlich in den Saal getreten wäre. Als der Richter ihn auffordert, unter besonderer Beachtung der Wahrheit alles über seine Beziehung zur Familie Eisenstein, vor allem zu Frau Rosalinde, auszusagen, spricht er mit lauter, metallisch klingender Stimme voller Pathos, als ob er seine Aussage singend ablegen wolle.

»Ich bin ein alter Freund der Familie ...«

»So, der Familie?« sagt Eisenstein höhnisch. »Ich hab' nicht gewusst, dass unsere Familie nur aus meiner Frau besteht. Aber vielleicht ist es bald so weit.«

»Unterbrechen Sie nicht!« herrscht ihn der Richter an.

Alfred schaut gekränkt, fährt sich mit einem großen bunten Taschentuch über die Stirn und fährt fort:

»Frau Rosalinde war meine begabteste Schülerin. Ich sage Ihnen, eine zweite Malibran hätte sie werden können und eine stets fröhliche Person war sie außerdem. Da war es doch nur selbstverständlich, dass wir in Kontakt geblieben sind, nachdem sie diesen Herrn da« – verächtliche Geste zu Eisenstein – »geheiratet hatte, anstatt meinem Rat zu folgen und an der Hofoper vorzusingen.«

»Die Malibran war aber ein Mezzosopran«, murmelt Eisenstein hörbar, »und ist ganz jung gestorben.«

»Das hätt' dir so gepasst«, pariert Rosalinde halblaut.

»Ist es bei harmlosen Besuchen geblieben?« fragt der Richter lustlos; allmählich ist er es leid, zu dem immer gleichen Thema ständig belogen zu werden.

»Natürlich. Wir haben uns über alte Zeiten unterhalten, zusammen gesungen und ...«

»Warum sind Sie dann immer nur gekommen, wenn Herr von Eisenstein nicht daheim war?« fragt Gabriels Advokat. »Und warum wurde Frau von Eisensteins Stubenmädchen während Ihrer Besuche immer frei gegeben, obwohl sie gerade da ja einiges zu tun gehabt hätte und gebraucht worden wäre?«

»Nun, das hat sich so ergeben«, stottert Alfred etwas verwirrt, »außerdem war er ja manchmal auch daheim ...«

»Da sind Sie aber immer gleich wieder gegangen!« ruft Gabriel dazwischen.

Alfred wirft ihm einen vernichtenden Blick zu, als ob er ein Theaterbösewicht wäre. Dann fasst er sich und sagt leicht überheblich:

»Und ob das Stubenmädchen Ausgang hatte, das war doch wohl nicht meine Sache, das hatte Frau Rosalinde zu entscheiden, nicht wahr?«

»Was wissen Sie, Herr Zeuge, über eheliche Verfehlungen des Herrn von Eisenstein? Hat sich Frau von Eisenstein bei Ihnen über ihren Ehemann beschwert?« fragt der Richter, dem die Verhandlung etwas zu entgleiten droht.

»Nun ja, wie man halt so über Ehepartner plaudert«, murmelt Alfred betreten; so konkrete Fragen sind ihm sichtlich unangenehm. »Dass er gern und oft allein wegging, daheim aber in jeder

Hinsicht träge war, auch was die ehelichen Pflichten anlangt ... Aber ich bin ja durch die Probleme des Herrn von Eisenstein selbst ganz schön zum Handkuss gekommen. Dieser Doktor Falke hat mir ja nicht mehr verraten, als dass er seinem alten Freund einen kleinen Streich spielen und Herr Gabriel zu dem bewussten Termin seine acht Tage antreten werde.«

»Da muss Doktor Falke aber ganz genau gewusst haben, dass Sie daraufhin sofort zu Frau Rosalinde rennen würden«, wirft Eisensteins Advokat süffisant ein. »So stadtbekannt war Ihre Leidenschaft für diese Dame schon?«

»Was weiß denn ich«, erklärt Alfred beleidigt, »ich hab' es ja ordentlich büßen müssen. Eine ganze Nacht in diesem nach Schnaps stinkenden Gefängnis war schließlich auch kein besonderes Vergnügen!«

»Im Vergleich zu dem Vergnügen, das Sie sich mit Frau Rosalinde erhofften, sicherlich nicht!« hakt der Advokat gehässig nach. »Warum haben Sie denn Ihre wahre Identität nicht preisgegeben? Ist Ihre Verehrung für die Dame des Hauses denn so groß, dass Sie sich für ihren ›guten Ruf‹, wenn man den noch so nennen kann, sogar einsperren ließen?«

»Muss man sich das bieten lassen?« fragt Rosalinde wütend den Richter, der den Advokaten daraufhin zur Mäßigung auffordert.

»Ich bin eben ein Kavalier!« sagt Alfred mit opernhaftem Pathos. »Der schweigt zu gewissen ...«

»... auch wenn er ausnahmsweise einmal nicht genießen kann«, ergänzt Gabriel boshaft.

»Sie sollen Frau Rosalinde auch während der Haft ihres Gatten mehrmals besucht haben, wurde uns von Zeugen gesagt«, hält ihm Gabriels Anwalt vor. »Außerdem sollen Sie zum Prinzen Orlofsky eine Bemerkung gemacht haben, wonach es mit dem scheinbar wiederhergestellten Eheglück der Eisensteins nicht so gut stehe, wie Herr von Eisenstein glaube.«

»Man konnte die arme Frau doch in dieser Situation nicht im Stich lassen!« ruft Alfred inbrünstig. »Und worüber ich mich mit Seiner Hoheit unterhalten habe, weiß ich nicht mehr genau. Aber Frau Rosalinde hatte doch in seiner und meiner Gegenwart kurz zuvor wütend erklärt, sie werde ihrem untreuen Mann die Augen auskratzen und sich dann scheiden lassen – zehn Minuten später dann plötzlich große Verzeihung und sentimentales Geschwätz über das unversehrte Eheglück! Da durfte man doch wohl einen spöttischen Kommentar dazu geben, meinen Sie nicht?«

»Ich danke Ihnen für Ihr Erscheinen«, beendet der Richter etwas abrupt die ereignisreiche Vernehmung. »Das war ja gerade noch rechtzeitig, bevor Sie Ihr Engagement in Moskau antreten.«

»Daraus ist leider nichts geworden«, erwidert der Tenor mit Trauer im Timbre. »Nicht nur bei uns sind die Zeiten schlechter geworden; die können sich mich dort nicht leisten. Ich bin froh, dass ich für einen Bruchteil meiner früheren Gage hier am Stadttheater einen Vertrag bekommen habe.«

»Alfred, Sie bleiben hier!« freut sich Rosalinde mit verräterischer Deutlichkeit, was die Gegenseite sogleich aufmerksam zur Kenntnis nimmt.

Auf der Zeugenliste steht nun noch der Amtsdiener und Gefängniswärter Frosch. Er torkelt schwankend in den Saal, in dem sich sogleich ein intensiver Gestank nach billigem Fusel ausbreitet. Rosalinde hält sich angeekelt ein Taschentuch vor die Nase; Eisenstein und die Anwälte verziehen die Gesichter. Der Richter versucht, ihn zur Sache zu befragen, doch der ungepflegte Typ in fleckiger Beamtenuniform mit blaurotem Gesicht, wirrem Haar und Dreitagebart ist zu keiner brauchbaren Aussage fähig:

»Zuerst ist der Herr Direktor gekommen ... hupp ... so früh am Morgen war er da, wie sonst nie ... noch besoffener als ich ... Dann waren vier – oder vielleicht auch zwei Damen da ... Alles war auf einmal voller Leut' – i kenn mi nimmer aus ...«

Auch die Anwälte versuchen, ihm Fragen zu stellen; er aber rülpst nur mehrfach laut und als er eine Flasche mit einer farblosen Flüssigkeit aus der Tasche ziehen will, wird er vom Gerichtsdiener sachte aber bestimmt hinausgeführt.

»So«, übernimmt der Richter das Kommando wieder, »besteht jemand auf der Vernehmung des Advokaten Doktor Blind?«

Alles wehrt erschrocken ab. Einerseits hat er – wie schon sein Name sagt – nichts wahrgenommen, außerdem aber fürchten alle, dass es Mitternacht würde, bis der alte Stotterer irgendetwas – ohnehin wohl Unerhebliches – zu Protokoll gäbe.

Erleichtert beschließt der Richter:

»Jetzt noch die kurze Befragung der Streitparteien. Frau Rosalinde von Eisenstein, wenn ich bitten darf!«

Rosalinde tritt in die Mitte und schaut erwartungsvoll auf den Richter.

»Sie beide – das gilt auch gleich für Herrn Gabriel! – haben ja ausführlich gehört, was die Zeugen erzählt haben. Gnädige Frau, nehmen zuerst Sie dazu Stellung!«

Rosalinde holt tief Luft, bevor sie loslegt:

»Unsere Ehe ist am Ende!« beginnt sie theatralisch. »Das werden Sie aus den Zeugenaussagen ja herausgehört haben. Meinem Mann war nach ein paar glücklichen Jahren das Korsett der Ehe einfach zu eng geworden – anders kann ich das nicht beschreiben. Er ist immer öfter allein ausgegangen, hat sich um mich kaum mehr gekümmert, ist aber wie ein Pfau dahergekommen, wenn irgendein weibliches Wesen – und sei's auch nur die Adele

– in der Nähe war. Was die ehelichen Pflichten betrifft ... nun, da hat der letzte Zeuge die Wahrheit gesagt. Ich hab' ihm öfter mein Leid geklagt, wie man halt mit einem alten Freund aus der Jugendzeit über alles redet.«

»War er nur ein alter ›Freund des Hauses‹ oder ein ›Hausfreund‹ – Sie wissen schon!« unterbricht der Richter.

Rosalinde ist den Tränen nahe: »Ach, sehen Sie ... in meinem ehelichen Jammer habe ich angefangen, gewisse Tabletten zu nehmen, um den Alltag zu ertragen – neben den Eheproblemen noch das Bewusstsein, dass es mit unserem Land abwärts geht, dass das Leben immer schwieriger wird – der Börsenkrach vor einem halben Jahr war ja nur ein Symptom für das, was noch folgen wird ... Da hat mich dieser Mann mit seiner Musik aufgeheitert, eben bisweilen getröstet, nach dem Motto: Glücklich ist, wer vergisst, was doch nicht zu ändern ist – wenn Sie verstehen ...«

»Getröstet, ich verstehe«, sagt der Richter gedehnt. »Aber was war mit Ihrem Mann und dem Fräulein Adele?«

»Er soll nur nicht glauben, dass ich nichts bemerkt habe«, erwidert Rosalinde jetzt nicht mehr melancholisch, sondern mit feindseliger Bestimmtheit. »Er ist ihr nachgekrochen, wo immer im Haus Gelegenheit war; für mich ist es beschämend und beleidigend gewesen. Was die beiden in ihrer Dienstbotenkammer getrieben haben, weiß ich nicht, will es auch nicht so genau wissen, man kann sich's ja denken: Denn die Adele, die ist auch zu mir immer frecher geworden, hat sich aufgespielt wie eine, die eben besondere Privilegien genießt. Er hat ihr sicher auch Geld zugesteckt, solange er sich's noch leisten konnte. Sie hat ihn zuletzt so ... wie soll ich sagen ... kumpelhaft behandelt, dass es auch ihm selbst schon peinlich geworden ist – aber so ist es halt, wenn man jemanden wie die Adele zu groß werden lässt!«

»Und die Begebenheiten bei Orlofsky?«

»Das war ja nur noch der Tupfen auf dem i«, sagt Rosalinde. »Dieser angesäuselte Lüstling hat mich tatsächlich nicht erkannt, sich als ledig ausgegeben. Als man ihm auf die Lüge draufgekommen war, hat er erklärt, seine Frau sei alt und hässlich – beweist das nicht hinlänglich, dass unsere Ehe im Eimer ist? Dazu die Adele in meinem besten Kleid – das war für mich noch zusätzlich entwürdigend ...«

»Ich glaube, das reicht, das Gericht macht sich schon ein Bild«, meint der Richter. »Herr von Eisenstein, wenn jetzt Sie vortreten würden.«

Eisenstein stellt sich selbstbewusst vor dem Richter in Positur:

»Sie sehen, was aus der Klage meiner Frau geworden ist. Sie selbst gibt ihren Ehebruch jetzt zu – *ich*, ich habe doch nur mit den Frauen harmlos herumgetändelt, auch mit der Adele – entsetzlich, wie die jetzt aussieht! –, da war nichts Ernsthaftes dahinter. Wäre es so gewesen, dann hätte mein ehemaliger Freund Falke seinen Fledermaus-Spaß nicht in dieser kompromittierenden Form ablaufen lassen; er wusste ja über meine kleinen Ausreißer Bescheid. Vor dem hatte ich keine Geheimnisse, auch er nicht vor mir, wie ich hoffe – aber was weiß man schon ...«

»Also, Sie meinen, dass – zumindest, was Sie betrifft – doch alles nur der Champagner verschuldet hat, Herr von Eisenstein?«

Gabriel denkt kurz nach.

»Nicht nur der Champagner«, sagt er ernst, »es ist auch die Welt, in der wir jetzt leben. Meine Frau hat es vorhin ganz treffend angedeutet: Die große Epoche unseres Reiches geht zu Ende; wir alle spüren das schon seit langem. Die Feste werden lärmender, die Vergnügungen hektischer. Es ist wie der berühmte Tanz auf dem Vulkan vor dem Ausbruch. Es geht uns von Jahr zu Jahr schlechter – Sie in Ihrer festen Beamtenposition werden es vielleicht nicht so fühlen, Herr Rat, aber wer weiß, was noch über uns hereinbricht ... Diese Weltausstellung in Wien macht alles nur noch schlimmer; die Preise steigen, die Menschen verlassen die Stadt, und ich werde mich wohl um eine berufliche Anstellung umsehen müssen. Vielleicht kann mir Herr Orlofsky dabei behilflich sein – schließlich hat er ja auf meine Kosten seinen Spaß gehabt. Wie wir alle, so meine ich, das Personal für eine gute Operette abgäben!«

»Zur Sache selbst!« mahnt der Richter.

»Ja, zur Sache: Der wahre Grund der Klage meiner Frau war doch wohl der, dass sie sich mit diesem Tenor ein flottes Leben auf Tournee in der ganzen Welt erhofft hat – daraus wird nun auch nichts, wie man soeben gehört und gesehen hat.«

Rosalinde hat mit großen Augen zugehört. *Ich bin durchschaut,* denkt sie, *restlos durchschaut – aber hat er nicht auch mit allem anderen Recht? Sollten wir jetzt nicht eher zusammenhalten, um gemeinsam zu meistern, was da noch auf uns zukommt? Trotz aller unserer Differenzen?*

Dem Richter ist die veränderte Körpersprache der streitenden Parteien nicht entgangen. »Sollen wir nicht doch noch einen Versöhnungsversuch unternehmen?« fragt er hoffnungsvoll. »Sie wissen ja selbst ganz genau, dass Sie beide nicht unschuldig an dem ganzen Durcheinander sind. Reden wir ganz offen: Sie könnten nur aus geteiltem Verschulden geschieden werden. Die Anwaltskosten bleiben Ihnen beiden nicht erspart, ob Sie sich nun im Streit trennen oder es noch einmal versuchen.«

»So einfach ist das nicht. Können wir bis morgen Bedenkzeit haben?« fragen beide nach kurzer Rücksprache mit den Advokaten über die Höhe der Kosten.

Der Richter nickt freundlich. »Bis morgen um elf«, sagt er. »Ich warte in meinem Zimmer auf Sie.«

Diesmal gehen Gabriel und Rosalinde Seite an Seite den kurzen Weg zu ihrer Villa. Sie werden sie wohl nicht mehr lange erhalten können. Ob sie ihre Ehe gerettet haben oder ob es noch am selben Abend zum neuerlichen Streit gekommen ist, das weiß am nächsten Mittag allein der Richter. Und der war für uns leider nicht zu sprechen ...

Ob die allseits bekannte und vom Publikum geliebte Geschichte der »Fledermaus« einen realen Hintergrund hat – »historisch« wäre wohl zu hoch gegriffen –, weiß man nicht. Auch die ältesten »literarischen« Wurzeln von Johann Strauß' populärster Operette sind etwas bescheiden: Mag sein, dass das Theaterstück »Das Gefängnis« des damals beliebten deutschen Autors Roderich Benedix (1811–1873), das am 11. Dezember 1851 in Berlin uraufgeführt wurde, auf einer wahren Begebenheit beruht. Die Grundsituation dieses biedermeierlichen Vorläufers einer Boulevardkomödie findet sich jedenfalls als Teilaspekt des ersten Aktes der »Fledermaus« wieder: Der Verehrer der Frau eines Gelehrten wird während eines Besuches in dessen Haus anstatt des Ehemannes zur Verbüßung einer Strafe abgeholt, gibt sich für diesen aus und lässt sich verhaften, um die Frau nicht zu kompromittieren.

Als die Pariser Autoren Ludovic Halévy (1834–1908) und Henri Meilhac (1831–1897), bekannt als Librettisten von Bizets »Carmen« sowie Offenbachs »Banditen« und der »Schönen Helena«, diese Komödie kennen lernten, formten sie daraus ein Lustspiel, das unter dem Titel »Le Réveillon« am 10. September

1872 im Théâtre du Palais Royal herauskam. Dieses Stück, das in Paris zum Kassenschlager wurde, enthält bereits die meisten Handlungselemente der »Fledermaus« – insbesondere ein festliches Souper im mittleren Akt – und einige Namen handelnder Personen, die von den Autoren der »Fledermaus« übernommen wurden. So heißt Eisensteins Vorgänger Gabriel Gaillardin, der Verehrer der Hausfrau, der allerdings kein Tenor, aber immerhin ein Geigenvirtuose ist, schlicht Alfred; auch Notar, Gefängnisdirektor und blasierter russischer Prinz scheinen im Personenverzeichnis auf. Es fehlt nur, was unserer Operette den Namen gegeben hat, nämlich die Racheaktion des Notars. Dieser inszeniert die Farce hier nicht, um sich an Gabriel wegen der seinerzeitigen Bloßstellung zu revanchieren, sondern ausschließlich zur Aufheiterung des gelangweilten jungen Russen, der dort Yermontoff heißt. Bei Meilhac und Halévy steht im zweiten Akt weniger ein Ball, als vielmehr ein festliches Essen im Mittelpunkt; daher auch der Name »Réveillon«, worunter im Französischen ein mitternächtliches ausgelassenes Mahl, insbesondere zu Weihnachten oder Neujahr, verstanden wird. Auch einen Dritten-Akt-Komiker namens Léopold gibt es als Vorgänger des legendären Frosch, der seinerseits zum Urbild zahlreicher ähnlicher Gestalten in der späteren – »silbernen« – Wiener Operettenära geworden ist.

    Als der Erfolg dieses Stückes sich in Wien herumsprach, besorgten sich die Pächter des Theaters an der Wien die Rechte und ließen durch Karl Haffner (1804–1876) eine deutsche Fassung erstellen. Der Direktor Maximilian Steiner lehnte jedoch das Ergebnis ab; auch Franz Jauner vom Carltheater wollte das Stück nicht aufführen, weshalb auf Vorschlag des Verlegers Gustav Lewy die Umarbeitung zu einem Libretto für Johann Strauß *erfolgte. Diese Arbeit fiel dem Theaterkapellmeister Richard Genée (1825–1895) zu, der dem Werk die endgültige Fassung gab und obendrein ein ätzendes Porträt der »Society« seiner Zeit lieferte.*

Denn bei aller Fröhlichkeit, die sich kraft der perfekten Dramaturgie des Stückes und der genialen Musik auf der Bühne verbreitet, ist doch die Vorahnung des Unterganges des Habsburgerreiches und die damit verbundene Demoralisierung und Zersetzung aller Gesellschaftsschichten allgegenwärtig. Es gibt keine Liebesgeschichte, nur Genuss-Sucht, Liebelei und Flirt, und im Grunde auch keine wirklich sympathische Gestalt in der »Fledermaus«: den von seinen Renten ohne sinnvolle Beschäftigung dahinlebenden Eisenstein, seine tablettensüchtige, launische Ehegattin Rosalinde, den Intriganten Falke, den spießigen Direktor Frank, der seinen Amtsbereich zum fidelen Gefängnis verkommen lässt, den dümmlich stotternden Advokaten Dr. Blind, den degenerierten Aristokraten Orlofsky (schon durch die nach französischem Vorbild gestaltete Hosenrolle glänzend charakterisiert), schließlich die freche, aufsässige Adele, die für ihre Ausbildung zur Schauspielerin zu allem und jedem bereit ist, und den trunksüchtigen Gefängniswärter Frosch, der gemeinsam mit seinem Chef Frank ein groteskes Zerrbild der habsburgischen Beamtenschaft bietet. Der geniale Kritiker und Literat Hans Weigel hat es treffend auf den Punkt gebracht: »An der Spitze regiert als Souverän Champagner der Erste, weiter unten der scharfe Schnaps Sliwovitz.« Weniger süffisant, aber nicht minder treffend drücken die Librettisten der »Fledermaus« die unterschwellige Endzeitstimmung aus: Glücklich ist, wer vergisst, was doch nicht zu ändern ist!

Tod auf der Seine

GIACOMO PUCCINI

»IL TABARRO«

Julia Varady als Georgette und Dietrich Fischer-Dieskau
als Marcel, Bayerische Staatsoper München, 1973

»IL TABARRO«
Der Mantel
Oper in einem Akt
Dichtung von Giuseppe Adami
nach dem Schauspiel »La Houppelande« von Didier Gold
Musik von Giacomo Puccini

Uraufführung am 14. Dezember 1918 in New York
Deutsche Erstaufführung am 2. Februar 1921 in Hamburg
(jeweils innerhalb der Aufführung des gesamten »Trittico«)

Paris, eine warme Septembernacht an der Seine, abseits der eleganten Viertel, wo die *bateaux mouches* Tag und Nacht Massen von Touristen den Fluss entlang transportieren und abends die Prachtbauten an den Ufern in grelles Scheinwerferlicht tauchen. Hier wird anderes transportiert: Schwere schmutzige Schleppkähne mit Rostflecken liegen an den Quais; bis in die Abendstunden in mühevoller Arbeit beladen oder gelöscht durch düstere Gestalten, meist mit finsteren Mienen, die sich nur manchmal ein wenig aufheitern bei einem Glas Wein, das die Herren der Schleppschiffe ihnen nach dem harten Tagewerk spendieren. Nun, nach Sonnenuntergang, ist es endlich etwas kühler geworden. In der Ferne sieht man die markanten Umrisse der Ile de la Cité mit der Kathedrale Notre-Dame. Dahinter ist die Sonne in orangeroter Glut versunken und finstere Nacht breitet sich über das triste Hafenviertel. Die Menschen hier sind früh zu Bett gegangen; die Arbeit ist schwer und beginnt zeitig am Morgen von neuem. Es herrscht drückende, bleierne Stille.

Plötzlich ein grauenhafter, lang gezogener schriller Schrei vom Deck eines der Schleppkähne. Alles Entsetzen, dessen eine Frau fähig ist, liegt in diesem ohrenbetäubenden Laut, der in qualvolles Stöhnen übergeht. Sogleich ist es mit der Nachtruhe vorbei; von anderen Schiffen, aber auch aus den umliegenden Elendsquartieren stolpern schlaftrunkene Gestalten herbei, eilen über den schwankenden Landungssteg auf den Kahn des

Marcel – nur unter diesem Namen ist er allen hier im Viertel bekannt. Was sie im Schein rasch entzündeter Laternen und Fackeln sehen, lässt ihren Atem stocken: Marcel, der allseits beliebte Herr des Schleppschiffes, kniet auf einem weit ausgebreiteten Mantel, hat seine junge Frau Georgette mit mörderischem Griff am Hals gepackt und drückt sie auf eine in dem Mantel liegende leblose Gestalt nieder, als ob er sie zwingen wollte, den Toten zu küssen. Georgette vermag sich kaum mehr zu wehren, ihr Gesicht ist blau verfärbt und ihr Schreien und Stöhnen wird schwächer.

Tinca und Talpa, zwei kräftige Männer, die zum Löschen der Schiffsladung engagiert sind und im Hafenmilieu stets mit ihren Spitznamen »Stockfisch« und »Maulwurf« gerufen werden, bahnen sich den Weg durch die rasch zusammengelaufenen Neugierigen, zerren Marcel von seiner Frau weg: »Bist du verrückt, du bringst sie ja um!« Marcel wehrt sich noch heftig gegen die beiden, lässt aber endlich von Georgette ab und wird von den Männern auf eine Bank an der Reling niedergedrückt, wo er in dumpfer Wut in sich zusammensackt. »Die Hure«, murmelt er abwesend, »sie hätte nichts anderes verdient. Aber er, wenigstens er hat seinen Lohn gekriegt, dieser verdammte ...« Nun erst kümmern die Männer sich um den Toten in Marcels weitem Schiffermantel. Entsetzt erkennen sie ihren jungen Kollegen Henri, mit dem sie abends nach der Arbeit noch ein Glas des von Marcel und Georgette gespendeten Weines getrunken haben. »Dem ist nicht mehr zu helfen«, brummt der Stockfisch beim Anblick des blaurot angelaufenen Gesichts und der furchtbaren Würgemale am Hals des Toten.

Mittlerweile ist auch Frugola, die Frau des Maulwurfs, erschienen, die sie hier im Hafen das »Frettchen« nennen, weil sie alle

Winkel, alle verlassenen Hütten und alle Mülleimer nach verwertbaren Sachen durchstöbert, um sich und ihren Mann mühevoll durchs Leben zu bringen. Mit dem Handrücken wischt sie sich die Tränen aus dem Gesicht. »Das musste ja so enden, früher oder später«, schluchzt sie, während sie der fast bewusstlosen Georgette eine rasch herbeigeholte Rumflasche an die Lippen setzt.

Mittlerweile ist durch den nächtlichen Wirbel auch die Polizei alarmiert worden. Zwei Flics kommen an Bord, schicken sofort nach der Mordkommission und nehmen Marcel, der kaum eine Regung zeigt, in Gewahrsam.

Georgette ist wieder zu sich gekommen, erinnert sich des schrecklichen Geschehens und springt hysterisch schreiend von dem Lager in der Kajüte auf, wohin Frugola sie gebracht hat. Kaum können die Umstehenden sie daran hindern, sich auf den toten Henri zu werfen; erst als die Gerichtskommission die Leiche abtransportiert hat, scheint sie sich zu beruhigen. Starr steht sie nun auf Deck, schwer auf das Steuerrad des Kahnes gestützt, die Speichen mit beiden Händen umklammernd. Allmählich zerstreuen sich die Menschen, verlassen heftig diskutierend das Schiff; an Schlaf wird nach alldem kaum zu denken sein. »Geh heim«, sagt Frugola zu ihrem Mann, »ich bleib' heute nacht bei ihr. Morgen werden wir weitersehen.«

»Du bist ein gutes Weib«, murmelt der Maulwurf mit ungewohnter Rührung und geht als Letzter von Bord, die beiden Frauen zurücklassend.

Die sitzen nun zusammen in Georgettes enger Koje beim Schein einer kleinen Laterne. Das runde Fenster und die Tür zum Deck sind offen, sodass etwas frischere Nachtluft hereinströmen kann.

»Wollen wir nicht ein wenig ins Freie gehen?« fragt das Frettchen, doch Georgette wehrt schaudernd ab.

»Ich ertrage es nicht«,, sagt sie zitternd, »dieser Anblick ... der Mantel ... liegt der noch draußen?«

Frugola geht an Deck, findet das makabre Kleidungsstück, legt es sorgfältig zusammen und verstaut es in einem Winkel unter dem Steuer. »Seltsam, dass die Polizei ihn nicht mitgenommen hat«, meint sie und streichelt zärtlich Georgettes unruhige Hände. »Hab' ich dir nicht oft genug gesagt, du solltest vorsichtiger sein mit diesem Henri?« sagt sie in leichtem Gesprächston, um Georgette ein wenig abzulenken. »Seit er bei uns ist, hat wohl jeder von uns gemerkt, dass sich da zwischen euch etwas anbahnt. Und Marcel ist schließlich kein Dummkopf!«

»Ach, Marcel, was wird nun aus ihm?« erwidert Georgette mutlos, ohne auf den leisen Vorwurf einzugehen. »Das Schiff ... alles verloren ... und keine Hoffnung mehr auf ein Leben, wie ich es mir immer gewünscht hab'!« Plötzlich wird sie lebhafter, richtet sich auf, nimmt Frugola um die Schulter. »Weißt du, ich stamme aus Belleville, aus der Pariser Vorstadt, wo die Welt für mich schön war. Wie oft habe ich Marcel gedrängt, dieses enge Leben auf dem Kahn hier aufzugeben zwischen Bett und Herd. Ich brauche einfach die Straßen, die Häuser, die Freunde, die man trifft oder besucht. Das war meine wirkliche Welt, nicht immer nur Wasser, Wasser, Wasser ... Aber nun ist ohnehin alles vorbei!«

Georgette beginnt wieder zu weinen. »Ich weiß ja, dass ich ungerecht bin. Marcel ist ein braver, ehrlicher Mann, schwer arbeitend, dabei gut zu seinen Leuten und stets freundlich, auch zu mir. Sein Leben ist ... war ... das Schiff und unser Kind. Seit es gestorben ist, hat sich alles verändert ... Und dann ist eben Henri aufgetaucht. Anders als die meisten Männer im Milieu: intelligent, belesen, dabei fröhlich und – wie ich selbst – aus dem Belleville-Viertel gekommen. Allein diese Kindheitserinnerungen, die wir auszutauschen versuchten ... Und so hat sich eben alles Weitere ergeben. Es ist ja noch nicht viel passiert zwischen uns, aber ich schäme mich jetzt; es war gemein von mir. Irgendwie habe ich darin eben so etwas wie ein Tor zu einer besseren Zukunft gesehen, kurzsichtig und verblendet, wie ich nun einmal war.«

Das Frettchen hat aufmerksam zugehört und besänftigend auf Georgette eingeredet. »Man wird sehen, wie es mit Marcel weitergeht«, sagt sie. »Nun leg dich hin und schlaf den Rest der Nacht; ich bleibe bei dir.«

Sie flößt ihr ein Glas von Marcels Rotwein ein, und Georgette streckt sich widerwillig auf ihrer engen Koje aus. Frugola nimmt selbst ein Glas und richtet sich aus ein paar dicken Decken ein Lager, während Georgette endlich in unruhigen Schlummer fällt. Von der fernen Notre-Dame hört man leise Mitternacht schlagen, und es herrscht wieder Stille im Hafenviertel, als ob nichts geschehen wäre.

Wenige Monate danach, im Spätherbst. Marcel erwartet seinen Prozess vor den Geschworenen. Obwohl die Anklage auf Mord lautet, hat man ihn nach längerer Untersuchungshaft auf freien Fuß gesetzt; er musste feierlich geloben, sich bis zum Urteil auf seinem Schleppkahn aufzuhalten und dem Gericht ständig zur Verfügung zu stehen. Als gebrochener Mann ist er auf sein Boot zurückgekehrt, gerührt über die Freude der Männer im Hafen, die ihm einen großen Empfang bereiten wollen. Als sie seinen Zustand erkennen, drücken sie ihm nur stumm die Hände, leeren mit ihm still eine Flasche Wein und gehen unter seiner Leitung an die Arbeit wie früher. Der Kahn legt alle paar Tage im Pariser Hafenviertel an, sodass Marcel für das Gericht erreichbar bleibt.

Georgette ist während seiner Haftzeit zu Frugola und ihrem

Maulwurf in deren armseliges Quartier gezogen; sie wollten sie um keinen Preis an Bord lassen, wo die Schreckenstat für sie noch allzu gegenwärtig ist. Geduldig hat Georgette den Erzählungen und kleinen Träumen der Frugola zugehört, die selbst nichts lieber hätte als ein kleines Häuschen mit Garten, wo sie mit ihrem Mann und ihrem semmelblonden Kater Korporal ein beschauliches Leben führen würde – alles bloße Wunschträume angesichts des allgegenwärtigen Elends.

Nun aber ist Georgette auf das Schiff zurückgekehrt, um für Marcel da zu sein und in der Kajüte und auf Deck für Ordnung zu sorgen. Sie reden kaum ein Wort, vermeiden einander in die Augen zu schauen; dennoch scheint ein gewisser stiller Friede eingekehrt, der beiden eine vage Hoffnung für die Zukunft verspricht. Dem Prozess sehen sie mit uneingestandener Angst entgegen – wird das Urteil alles wieder zerstören und die Existenz des Schlepperkapitäns und seiner Frau endgültig vernichten?

Endlich ist es so weit. Der kleine Schwurgerichtssaal ist höchstens halb voll, nur das Volk aus dem Hafen ist gekommen, dazu ein paar Midinetten, ein Drehorgelmann und ein Liederverkäufer. Marcel ist in seinem besten Anzug erschienen, seine Seemannsmütze in den nervösen Händen drehend. Auf dem Gang vor dem Saal sprechen sie ihm Mut zu, er lächelt in dankbarer Verlegenheit. Georgette, das Frettchen, der Maulwurf und der Stockfisch sind nicht zu sehen; man hat sie in das Zeugenzimmer gesperrt, das sie erst für ihre Einvernahme verlassen dürfen.

Der Senat und die Geschworenen haben sich im Saal versammelt, der Angeklagte wird aufgerufen. Er tritt vor die Barriere, ein stattlicher Mann von fünfzig Jahren mit markanten Gesichtszügen, von den Ereignissen der letzten Monate gezeichnet.

»Ich danke Ihnen für Ihr pünktliches Erscheinen«, beginnt der

Vorsitzende mit erstaunlicher Freundlichkeit. »Es beweist, dass wir uns in Ihnen nicht getäuscht haben, als wir Ihre Enthaftung verfügt haben. Mancher andere wäre angesichts des schweren Vorwurfes wohl sofort getürmt und außer Landes gegangen.«

Marcel verbeugt sich schweigend. Der Vorsitzende fragt ihn, ob er sich im Sinne der Mordanklage schuldig fühle, und fordert ihn auf, seine Darstellung der Tat zu geben. Marcel spricht mit fester Stimme:

»Ich kann nicht bestreiten, diesen Mann getötet zu haben. Wie Sie das rechtlich beurteilen, dazu kann ich nichts sagen, aber ich will Ihnen alle Umstände schildern, die dazu geführt haben. Vor Jahren wurde es mir möglich, ein Schleppschiff zu erwerben; das Kapitänspatent für diese Art der Schiffahrt hatte ich schon länger. Das Leben auf dem Wasser – und sei es auch nur die Fluss-Schiffahrt – bedeutet mir alles und ich war zufrieden, einen Beruf ausüben zu können, der meinen Neigungen so sehr entspricht. Dann lernte ich dieses junge Mädchen, Georgette, kennen und lieben. Vielleicht war es ein Wahnwitz, sie an mich zu binden – ich bin heute doppelt so alt wie sie. Aber wir waren zunächst unendlich glücklich miteinander, erarbeiteten auch ein kleines Vermögen, und als unser Sohn geboren wurde – der gleiche Blondschopf wie Georgette –, da schienen mir alle Ansprüche, die ich an das Leben stellen konnte, erfüllt. Georgette und das Kind fühlten sich auf dem Schiff ganz wie zu Hause. Immer wenn das Wetter unfreundlich wurde, hüllte ich sie beide in meinen weiten Mantel, um sie zu schützen ...«

Marcel erkennt, dass er rührselig zu werden droht; aus den Gesichtern der Richter sieht er, dass er zu weit vom Thema abkommt. Bevor man ihm das Wort abschneidet, fährt er in sachlicherem Ton fort:

»Das Unglück begann mit dem plötzlichen Tod unseres Jungen. Für mich war eine Welt zusammengebrochen, und Georgette schien das Leben auf dem Schiff nicht mehr zu ertragen. Sie zog sich ganz von mir zurück, behandelte mich wie einen Fremden, unerträglich korrekt und kalt; man durfte ihr nicht einmal in die Nähe kommen. Nach außen hin war sie, wie mir schien, unverändert; freundlich zu meinen Löschern und Verladern an Bord. Vergeblich versuchte ich, sie an unsere schönen Jahre zu erinnern; abweisend erklärte sie mir, davon nichts mehr hören zu wollen. Vielleicht hätte ich schon früher Verdacht schöpfen sollen; auch fielen manchmal zweideutige Worte in der Mannschaft. Aber als Ehemann begreift man ja alles zuletzt!«

Trotz der bitteren Worte bleibt Marcels Tonfall ruhig, fast gleichmütig. Niemand unterbricht ihn, die Richter merken wohl, dass er jetzt zum Kern der Sache kommt; überdies ist bei einem Fall wie dem seinen die Vorgeschichte von großer Bedeutung.

»Dann hat dieser Henri bei mir angeheuert. Ein guter, fleißiger Arbeiter, aber anders als die übrigen, nicht so ein dumpfer Lohnsklave, nur am Geld und am Suff interessiert wie die meisten – obwohl gerade ich mich da über meine eigene treue Mannschaft überhaupt nicht beklagen kann. Aber er war eben auffällig und das hat wohl auch Georgette bemerkt. Ich habe ihn behalten, obwohl die Arbeit auch von meinen zwei anderen Mitarbeitern, dem guten alten Talpa, dem ›Maulwurf‹, und dem jungen Tinca, den sie ›Stockfisch‹ nennen, erledigt werden konnte. Misstrauisch wurde ich erst, als Georgette mir sagte, es sei gut, dass ich den Henri behalten habe und dass ich ja dem versoffenen Stockfisch kündigen könne. Ich erklärte ihr, warum ich auch ihn behalten wollte, dass der arme Teufel ja nur trinke, um seine Frau, eine Schlampe, die es mit jedem treibt, nicht eines Tages umzubringen. Da hat sie mich ganz seltsam angesehen; ich bekam richtig Angst um sie, habe sie zu umarmen versucht – wie immer in letzter Zeit hat sie sich mir sogleich entzogen ... Nun war ich mir sicher, dass es einen anderen gab.«

»Jetzt erst? Das müssen Sie doch schon früher bemerkt haben«, unterbricht einer der Richter, der heimlich unter dem Richtertisch im »France Soir« geblättert, daher kaum zugehört hat.

Der Vorsitzende wirft ihm einen strafenden Blick zu. »Immer diese alten Beisitzer«, murmelt er durchaus hörbar, worauf der Betroffene ostentativ weiterhin in die Zeitung blickt.

Marcel fährt peinlich berührt fort:

»Sie ist dann in die Kajüte gegangen, angeblich um zu schlafen. Noch einmal habe ich sie an die schönen alten Zeiten erinnert, doch sie hat mir nur vorgeworfen, dass ich ihr nicht mehr vertraue – was ja richtig war, sie hat es gespürt! – und sie todmüde sei. Völlig verwirrt und verzweifelt bin ich auf Deck geblieben, habe auf das nachtschwarz vorüberströmende Wasser gestarrt. Mein Kind und die Liebe meiner Frau hatte ich verloren, eigentlich wollte ich nur noch sterben. Und nun, das müssen Sie sich vorstellen, ganz unvermittelt: Ich gebe meiner Pfeife Feuer, um vor der Nachtruhe noch ein wenig zu rauchen, zur eigenen Beruhigung – da springt plötzlich eine dunkle Gestalt über den Steg an Bord. Ich erkenne im Schein des Zündholzes Henri, packe ihn in rasender Eifersucht am Hals, erzwinge von ihm das Geständnis, dass er zu Georgette wollte, dass sie seine Geliebte war ... An das Weitere erinnere ich mich nur vage: Henri rührt sich nicht mehr ... plötzlich ruft Georgette aus der Kabine, sie habe Angst ... Ich verhülle den Toten mit meinem Mantel ... dem Mantel, mit dem ich meine Liebsten gegen Wind und Wetter geschützt habe. Jetzt kommt Georgette auf das Verdeck, beginnt plötzlich, mir zu schmeicheln, will, dass ich ihr ganz nahe bin – halb von Sinnen reiße ich den Mantel auf, lasse die Leiche vor ihre Füße rollen, packe Georgette am Hals, drücke sie auf den Toten nieder ... Wäre nicht meine Mannschaft dazugekommen, ich glaube, ich hätte auch sie noch getötet, hohes Gericht, das Einzige und Liebste, das mir nach dem Tod des Kindes noch geblieben war! Erst später habe ich erfahren, dass sie ihm mit einem Zündholz ein Zeichen geben wollte, an Bord zu kommen, sobald ich eingeschlafen sei, und dass er das Entzünden meiner Pfeife missverstanden hat ... Durch diesen Zufall ist die Tragödie ausgelöst worden.«

»Wissen Sie den Ablauf der Ereignisse noch so genau aus eigener Erinnerung, oder vermischt sich das selbst Erlebte mit dem, was Sie in den Akten gelesen haben?« fragt einer der Richter.

»So wird es wohl sein«, erwidert Marcel, seine Erregung, die ihn im Lauf seiner Erzählung zu übermannen drohte, mühsam beherrschend. »An den Moment, als ich ihn ... also an die unmittelbare Tat ... habe ich keine direkte Erinnerung, nur das Gefühl unbezähmbarer Eifersucht und Wut darüber, dass mir nun das Letzte genommen worden war.«

»Sie haben wohl einen Hang zum Theatralischen?« fragt unvermittelt der Ankläger. »Diese Szene mit dem Mantel und dem Toten, mit der Sie Ihre Frau in Schrecken versetzt haben, das war doch pure Bühnendramatik!«

Der Vorsitzende will die Frage und den Vorhalt nicht zulassen, doch Marcel antwortet sogleich: »Ich kann es nur schwer erklären. Aber diese plötzliche Freundlichkeit Georgettes gerade jetzt, ihre Annäherung nach Monaten der Zurückweisung ... das erschien mir in der gegenwärtigen Situation als purer Hohn. Und so ist es eben geschehen.«

»Wollten Sie auch Ihre Frau töten?« lässt der Ankläger nicht locker.

»Gewollt habe ich gar nichts«, sagt Marcel fest, »weder das eine, noch das andere. Aber es ist einfach über mich gekommen wie ein Schock, nach dem plötzlichen Auftauchen Henris. Der war ja im Grunde auch ein armer Teufel, wie die anderen im Hafenviertel.«

»Sie haben also nicht gewusst, was Sie tun?« fragt der Verteidiger, vorsichtig seine Strategie offenbarend. Marcel zuckt mit den Achseln, ohne zu antworten. Niemand stellt weitere Fragen, worauf das Gericht Georgette als Erste in den Zeugenstand ruft.

Sie erscheint in einem einfachen schwarzen Kleid, ein dunkles Tuch um die blonden Haare gewunden. Im hübschen blassen Gesicht dominieren große schwarze Augen, die das Gericht furchtsam mustern. Insgesamt wirkt sie älter als die von ihr für das Protokoll genannten fünfundzwanzig Jahre. Als das Gericht sie auffordert, alles, auch die Vorgeschichte des Verbrechens, zu erzählen, beginnt sie mit einem scheuen Seitenblick auf ihren Gatten mit ihrer Aussage.

»Ich bin in Belleville aufgewachsen und von dieser Umgebung, die ich sehr liebte, nie wirklich losgekommen –«

»Haben Sie dort schon damals diesen Henri, das spätere Mordopfer, kennen gelernt?« unterbricht sogleich einer der Beisitzer.

»Nein, nicht bewusst«, erwidert Georgette. »Es mag sein, dass er unter den vielen jungen Leuten war, die dort immer zusammengekommen sind. Ich erinnere mich nicht daran; er war ja auch deutlich jünger als ich.«

»Nun, erzählen Sie weiter«, sagt der Vorsitzende, sichtlich nicht erfreut über die Unterbrechung. »Wollen wir die Zeugin doch zusammenhängend reden lassen!«

»Ich war kaum volljährig, als ich Marcel, meinen Mann, kennen gelernt habe«, fährt Georgette mit einem dankbaren Blick zum

Vorsitzenden fort. »Ich war sogleich von ihm, seiner liebenswürdigen Art, seinem souveränen Auftreten, aber auch von seiner attraktiven Erscheinung fasziniert. Und auch er hatte an mir Gefallen gefunden, das merkt man als Frau ja gleich, auch wenn man noch so jung ist, wie ich es damals war.«

Marcel lächelt ein wenig, verbirgt aber gleich darauf das Gesicht in den Händen und blickt zu Boden.

»Man hat mich von allen Seiten davor gewarnt, mit dem doch viel älteren Mann eine Beziehung einzugehen, der damals schon eine Berufslaufbahn als Fluss-Schiffskapitän anstrebte. Alle meinten, die Ehe werde nicht gut gehen, ich würde kaum mehr an Land kommen und die Plätze meiner glücklichen Jugend nicht mehr sehen. Doch mir war das alles egal; wir heirateten, bald hatte Marcel sein eigenes Schiff, und als unser Sohn zur Welt kam, schien unser Glück vollkommen zu sein.«

Georgette wirft Marcel einen schüchternen Blick zu; er nickt unmerklich, bevor er wieder zu Boden starrt.

»Er war ein besonders fürsorglicher und liebevoller Ehemann und Vater, stets um unsere Gesundheit und unser Wohlbefinden besorgt, manchmal schon fast zu sehr: Kaum dass einmal ein stärkerer Wind oder Regen aufkam, war er schon mit seinem weiten Schiffermantel zur Stelle, hüllte uns, oft auch sich selbst mit darin ein, um uns zu schützen. Dieser Mantel ... ach, ich kann gar nicht daran denken, was damit geschehen ist ... Alles ist so grauenhaft!«

»Wollen Sie eine Pause?« fragt der Vorsitzende und lässt der Zeugin, die in Tränen aufgelöst ist, ein Glas Wasser bringen.

»Danke, es geht – es muss weitergehen«, murmelt Georgette und steckt ihr Taschentuch ein. »Ich hatte mich an das Leben auf dem engen Schleppkahn gewöhnt, fand es sogar abwechslungsreich, mit den Löschern zu sprechen und mich nach ihren großen und kleinen Sorgen zu erkundigen. Ich glaube, dass wir bei diesen einfachen Leuten sehr beliebt waren.«

Zustimmendes Murmeln aus dem Publikum, wo viele Bekannte aus der Hafengegend sitzen.

»Und dann ist plötzlich das Unheil über uns gekommen«, fährt Georgette fort. »Das Kind wurde krank und ist nach wenigen Tagen gestorben; nicht einmal der Arzt konnte uns genau sagen, woran. Wir waren beide völlig verzweifelt, und von dem Tag an war alles anders. Marcel redete nur noch von den schönen Tagen, die nun vorüber seien; ich wollte das partout nicht hören und hab' mich ganz in mich zurückgezogen, wollte nichts mehr sehen, nichts mehr von unserer Umgebung wissen, nicht an die guten Jahre erinnert werden. Es waren trostlose Zeiten, die sich dahinschleppten. Ich ertrug Marcels körperliche Annäherungen nicht mehr; er wieder verstand meine Zurückweisung nicht, doch ich fühlte mich alt und ausgebrannt. Nach außen hin wahrten wir wohl die Form, arbeiteten wie bisher, waren freundlich zu unserem braven Personal. Aber auch die mussten allmählich bemerken, wie es um uns stand. Die harmlosen Unterhaltungen nach Arbeitsschluss mit dem Stockfisch, dem Maulwurf und seiner guten Frau waren die einzigen Momente, die mich mein elend gewordenes Leben auf dem Kahn, den ich zu hassen begonnen hatte, ein wenig vergessen ließen.«

»Aber Ihr Mann, der war doch gut zu Ihnen. Ist Ihnen das kein Trost gewesen?« fragt einer der beisitzenden Richter, der bisher offenbar tief geschlafen hat.

»Sehen Sie, das war ja mein Dilemma, das mich verzweifeln ließ«, erwidert Georgette lebhaft. »Ständig habe ich mir selbst vorgehalten und einzureden versucht, dass er in diesen schweren Zeiten zu mir steht, mich liebt und mir eine Hilfe ist, dass es gemein und schlecht von mir war, ihn so von mir zu stoßen, obwohl er unter unserem Unglück genauso gelitten hat wie ich selbst.«

»Und dann ist es zur Begegnung mit diesem Henri gekommen?« wirft der Vorsitzende ein, der Georgettes Selbstbezichtigungen nicht zu viel Raum geben will.

»Ja, sehen Sie«, sagt Georgette ernsthaft, »das war, als ob meine Kinder- und Jugendzeit wieder aufgelebt wäre. Wir redeten über Belleville, versuchten, gemeinsame Bekannte von damals ausfindig zu machen, unterhielten uns mit den anderen Löschern und den Leuten im Hafen, tranken nach Arbeitsschluss abends ein Glas Wein, tanzten sogar ein bisschen, wenn der Drehorgelmann vorüberkam – und mit einem Mal hatte ich einen Verehrer, noch dazu einen viel jüngeren; er war ja erst zwanzig! Es ist wie ein Wirbelsturm über mich gekommen.«

Marcels Gesicht nimmt kurz einen hasserfüllten, dann wieder verzagten Ausdruck an, er schüttelt den Kopf und flüstert vor sich hin: »Was soll's, ich bin eben doch ein alter Mann; alles war verfehlt und sinnlos ...«

»Die anderen haben natürlich gemerkt, dass ich an dem Burschen Gefallen finde – gefunden habe«, setzt Georgette fort, die Marcels Flüstern bruchstückhaft mitbekommen hat. »Sie haben mich gewarnt – aber nicht etwa, dass ich damit aufhören, sondern dass ich vorsichtig sein solle – das ist nun eben die Moral dieser armen Leute. Eines Abends – es war kurz vor dem schrecklichen Tag – waren wir allein an Bord, Marcel war schon schlafen gegangen. Nun, da ist es zu Intimitäten gekommen. Henri war wild und ungestüm, hat mich umarmt, in seiner jugendlichen Leidenschaft seiner Liebe versichert, mich sogar aufgefordert, mit ihm vom Schiff zu fliehen – als ob er meine Abneigung gegen das Leben auf dem Wasser erraten hätte, was ja nun nicht schwer war.

Ich – ich war dumm genug, ihm ein zweites Rendezvous für den nächsten Abend zu gewähren, aber ich war eben wie von Sinnen. Er sollte warten, bis es dunkel war; und wenn Marcel zu Bett gegangen sei, würde ich ihm mit einem brennenden Zündholz ein Zeichen geben, dass die Luft nun rein wäre. Ich konnte es gar nicht erwarten, dass Marcel in die Kabine ging, doch er wollte noch wach bleiben, schickte mich zuerst hinein. Als ich draußen seltsame Geräusche hörte, bin ich ängstlich aufgestanden, sah ihn auf Deck stehen mit seinem weiten Mantel, wollte zu ihm. Was dann geschehen ist ... und zuvor schon geschehen war ... das wissen Sie ja.«

Auf die Frage des Anklägers, ob sie glaube, dass Marcel auch sie hätte umbringen wollen, schüttelt Georgette den Kopf, zuckt mit den Achseln, ohne zu antworten. Sie bittet, im Saal bleiben zu dürfen und setzt sich in eine der hinteren Reihen, während das Gericht Tinca, den Stockfisch, als Zeugen aufruft.

Dieser, ein stämmiger Bursche von fünfunddreißig Jahren mit treuherzigem, von allzu viel Schnaps und Rum gezeichnetem Gesicht, schleicht schüchtern vor die Barriere und bleibt mit gesenktem Kopf vor den Richtern stehen, wobei sich ein Duft im Saal verbreitet, der darauf schließen lässt, dass sich der Zeuge schon am Morgen für seinen Auftritt Mut angetrunken hat. Der verschlafene Beisitzer will ihn deshalb zur Rede stellen, doch der Vorsitzende schneidet ihm das Wort ab, eingedenk dessen, was Marcel über die Gründe seiner Trunksucht berichtet hat. Auf die Frage, was er über die ganze Sache wisse, sagt der Stockfisch zögernd mit rauer Stimme:

»Bei dem Vorfall war ja niemand von uns dabei, hohe Herren. Aber über unseren Herrn Marcel, da lasse ich nichts kommen, auch jetzt nicht, das ist ein prima Kerl« – er rülpst hörbar –, »pardon, also ein feiner Mann. Der war immer gut zu uns, auch wenn die Arbeit schwer ist, die er von uns verlangt. Aber bezahlt hat er pünktlich und nicht zu wenig, und abends nach der Arbeit, da gab's auch oft eine Flasche Wein und ein gemütliches Beisammensitzen, zehn Mal besser als bei mir daheim – meine Alte ist ja nie da, und wenn, dann böse und unfreundlich zu mir ...«

»Wie war es denn mit der Frau Georgette?« fragt der Vorsitzende schnell, bevor der arme Teufel sein eigenes trostloses Alltagsleben allzu ausführlich vor den Richtern und Geschworenen ausbreitet.

»Gegen die konnte man eigentlich auch nichts sagen, nicht das Geringste«, erwidert der Stockfisch nun schon sicherer, nachdem er bemerkt hat, dass die Herrschaften vom Gericht auch nur Menschen sind, die ihm nichts Übles wollen. »Sie hat nach der Schufterei mit uns getrunken, sogar getanzt, wenn der Drehorgelmann grad vorbeigekommen ist. Warum sie auf unseren jungen Freund Henri hereingefallen ist, hab' ich nicht verstanden, niemals« – er schaut ganz bekümmert aus seinen roten Trinkeraugen –, »aber die Weiber sind am Ende doch alle gleich«, murmelt er undeutlich vor sich hin, auch sein eigenes Schicksal beklagend.

»Wie lange ist denn das gegangen mit Henri?« fragt der Ankläger, bevor Tinca völlig im typischen Selbstmitleid aller Alkoholiker versinkt.

»Ganz kurz nur«, sagt der Stockfisch aufgebracht, als könne er das alles nicht verstehen. »Der Henri war ja noch nicht lange bei uns, und ich hab' gefürchtet, der Herr Marcel wird mich rausschmeißen und ihn statt meiner als Löscher einstellen. Die Herrin hat ja drauf gedrängt, ihn bei uns arbeiten zu lassen, und er hätte wohl mehr geleistet als ich in meinem Suff, der junge kräftige Kerl!«

»Haben Sie bemerkt, dass zwischen dem Herrn Marcel und seiner Frau etwas nicht gestimmt hat?« fragt der Vorsitzende.

»Überhaupt nicht«, erwidert der Zeuge. »Solange ich mit von der Partie war, haben die beiden wenig miteinander geredet, aber Streit oder so etwas hat's nie gegeben. Für uns war das eine furchtbare Überraschung. Glauben Sie mir, so nüchtern war ich noch nie im Leben wie an dem Abend, als ich den Toten gesehen hab'!«

Niemand stellt dem Zeugen, dessen Wahrnehmungsfähigkeit doch etwas eingeschränkt erscheint, noch Fragen. Die Geschworenen flüstern angeregt miteinander, bis der nächste Zeuge, Monsieur Talpa, genannt der Maulwurf, hereingerufen wird. Auch er ist ein rechter Bär von einem Mann, doch viel älter als sein Kamerad vorhin. Er gibt sein Alter mit fünfundfünfzig an, ist aber unter der Last der Schwerstarbeit vorzeitig gealtert. Doch ist sein Auftreten sicher und ruhig; er verbeugt sich knapp vor den Richtern und legt seine wollene Mütze auf die Bank neben sich. Mit tiefer, klarer Stimme folgt er der Aufforderung des Vorsitzenden, alles zu erzählen, was er über die Sache wisse:

»Wahrscheinlich kenne ich unseren Herrn und seine Frau von allen am längsten«, beginnt er. »Ich habe schon für ihn gearbeitet, als ihr Kind noch gelebt hat und mit uns an Bord war. Das war die reinste Harmonie ; der Chef hat Frau und Kind so vergöttert, dass es schon manchmal grotesk war − seien Sie mir nicht böse, Kapitän«, wendet er sich an den Angeklagten, der ihm deutet, dass das so schon recht sei, »aber es war eben auch eine wunderbare Familie. Dass das Schicksal so zuschlagen musste!« Der harte Bursche wischt sich eine Träne aus dem Auge. »Nach dem Tod des armen Kindes ist eine dumpfe, fast unheimliche Atmosphäre entstanden. Die beiden waren zwar bemüht, sich nichts anmerken zu lassen und waren zu uns freundlich wie zuvor. Aber zwischen ihnen ist eine Kälte und Fremdheit ausgebrochen, die nicht mit anzusehen war. Ausgegangen ist das, so weit ich es beurteilen kann, wohl von der Frau Georgette – aber was kann sie dafür? Der Verlust des Kindes hat sie völlig aus der Bahn geworfen. Während unser Herr sie – rührend, aber ungeschickt – ständig an die schönen Zeiten erinnern wollte, hat sie gerade davon nichts mehr hören wollen, sich regelrecht von ihrem Mann abgekapselt. Dies umso mehr, als dann der Henri erschienen ist.«

»War da gleich zu merken, dass die beiden eine Liaison anfangen wollten?« fragt ein Beisitzer in etwas geschraubtem Ton.

»Ach, ich hätte es überhaupt nicht bemerkt, aber meine Frau, die Frugola – Frauen haben da eher ein Gespür für solche Dinge –, die hat mich darauf aufmerksam gemacht, und beim genauen Hinschauen und Hinhören war da schon was zu merken – kleine Gesten und Worte, ein allzu inniges Tänzchen zur Drehorgel und so weiter. Meine Frau hat sie noch gewarnt, und ich hab' versucht, mit dem Henri darüber zu reden, aber der wollte darauf nicht eingehen in seiner wilden Verrücktheit. Das hat er nun davon!«

»Hätten Sie dem Kapitän, den Sie ja lange kennen, die Tat zugetraut?« fragt der Verteidiger eher rhetorisch.

»Nicht im entferntesten hätte ich mir etwas Derartiges auch nur vorstellen können«, erwidert der Zeuge. »Er muss unter der Situation unsäglich gelitten haben, um sich zu etwas so Schrecklichem hinreißen zu lassen – und alles aus Liebe zu seiner Frau, die er zu verlieren glaubte. Ein Glück, dass wir rechtzeitig dazu gekommen sind, sonst wäre vielleicht noch Schlimmeres passiert! Er war ja ganz von Sinnen und hat nicht mehr gewusst, was er tut. Wir alle von der Mannschaft sind in größter Sorge, wie es weitergehen soll; einen besseren Herrn als ihn gibt es im ganzen Hafen nicht.«

Das war nun mehr als eindeutig; niemand will dem aufrechten Gefolgsmann des Kapitäns weitere Fragen stellen.

Als letzte Zeugin betritt die Frugola, das Frettchen, wie sie im Hafen sagen, den Gerichtssaal. Sie hat sich mit ihren einfachen Mitteln nett herausgeputzt; man würde ihr nicht ansehen, dass sie tagsüber in Mülleimern und auf Abfallhalden nach Sachen sucht, die sie für das tägliche Überleben verwerten kann. Auf die übliche Wahrheitserinnerung des Vorsitzenden erwidert sie:

»Da gibt es nichts zu verdammen und nichts zu beschönigen, es ist nun einmal passiert. Dass sich die Spannungen zwischen dem Herrn und der Frau Georgette nach dem Tod ihren Kindes einmal irgendwie entladen würden, das hab' ich schon erwartet, doch nicht in so furchtbarer Weise. Ich hab' ja sofort bemerkt, was da los ist, als der Henri, übrigens ein netter, feiner Kerl, zu uns gestoßen ist. Der Herr Marcel hat ihn gemocht, weil er fleißig, jung und kräftig war, und die Georgette ... na ja, das war ja ganz offenkundig. Schon die Art, wie sie mit dem Henri zur Drehorgel getanzt hat – ein Blinder hätte es sehen müssen! Dass zwischen dem Herrn und seiner Frau nichts mehr in Ordnung war, hab' ich selbst natürlich kaum beobachten können; ich komme ja immer erst abends zum Schiff, um meinen Maulwurf von der Arbeit abzuholen und mit den Leuten an Bord noch ein wenig zu plaudern. Aber die Frau Georgette hat mir schon immer wieder ihr Leid geklagt, dass sie es ohne ihr Kind auf dem Kahn nicht mehr aushalte und ihr der Herr auch körperlich zuwider sei – unter Frauen kann man ja über alles reden, nicht wahr? Ihr den Henri auszureden, wäre sinnlos gewesen, aber dass sie unvorsichtig war und man ihr bald daraufkommen werde, wenn sie ihre Neigung zu dem jungen Kerl so offen zeige, das hab' ich ihr deutlich gesagt, vor allem nach dem ersten Rendezvous ... zum nächsten ist es ja nicht mehr gekommen.«

»Haben Sie nach dem Mord noch einmal mit dem Schiffsherrn und seiner Frau gesprochen?« fragt der Ankläger.

»Nur mit ihr, gleich nachdem es passiert ist«, sagt Frugola. »Er ist ja sofort von den Flics mitgenommen worden und nach seiner Rückkehr war mit ihm die erste Zeit überhaupt nicht zu reden – außerdem, wer bin ich denn schon, dass ich mir anmaßen könnte, mit einem Kapitän zu reden, noch dazu in dieser grauenvollen Situation! Aber sie, Georgette, hat meine Nähe gesucht, mir ihr Leid geklagt. Ich glaube, so wie sie geredet hat, bereut sie die ganze Sache mit Henri – wohl spät, aber immerhin! Wir hatten ja Zeit zu reden, nachdem sie nach dem Unglück bei uns gewohnt hat.«

Weitere Beweise werden nicht aufgenommen, nur der weite Mantel, der zunächst eine so rührselige, zuletzt aber grausige Rolle bei der Tragödie gespielt hat, wird den Geschworenen gezeigt; das Gericht hat ihn vom Schleppkahn holen lassen. Bei seinem Anblick kommen Georgette wieder die Tränen, während Marcel in die Ferne starrt, sichtlich bestrebt, sich die Rührung nicht anmerken zu lassen.

Der Ankläger plädiert auf Schuldspruch wegen Mordes, zumal Marcel trotz flehentlicher Bitten des Opfers nicht von ihm abgelassen habe, was der Angeklagte gar nicht bestreite. Der Verteidiger, ein erfahrener *avoué*, bietet den Geschworenen zwei Varianten zur Entscheidung: Einerseits stellt er eine vorübergehende, die Schuld ausschließende Sinnesverwirrung in den Raum, andererseits ersucht er, sofern die Laienrichter dem nicht folgen könnten, um Schuldspruch wegen des milder zu bestrafenden Deliktes des Totschlags auf Grund der heftigen, allgemein begreiflichen Gemütsbewegung über die unvermutete Entdeckung des Liebhabers seiner Frau.

Die Beratung der Geschworenen, die allein, ohne Mitwirkung der Berufsrichter, über Schuld oder Unschuld entscheiden müssen, dauert viele Stunden. Georgette wandert in höchster Unruhe vor der Tür des Saales auf und ab; die Zuhörer aus dem Hafen diskutieren vor dem Gerichtsgebäude über den Prozessverlauf und die bevorstehende Entscheidung: Ist es ein günstiges oder schlechtes Zeichen, dass man sich so lange auf keinen Spruch einigen kann?

Endlich, nach Stunden des Wartens und Bangens, werden Ankläger und Verteidiger hineingerufen; kurz darauf betritt der Senat den Saal, die Geschworenen nehmen ihre Plätze ein, die Zuhörer drängen in die für sie bestimmten Bänke. Georgette vermag sich kaum auf den Beinen zu halten; von Frugola gestützt, nimmt sie in der vordersten Reihe Platz. Verwundert nimmt sie wahr, dass der Verteidiger ihrem Mann unmerklich zunickt und ein wenig lächelt. Schon erhebt sich der Sprecher der Geschworenen und liest den Spruch vor – ein Urteil, wie es zu dieser Zeit wohl nur in Paris möglich ist, in der *ville lumière*, der Stadt der Lichter und der Emotionen, wo Leidenschaft und Eifersucht eine besondere Rolle im Leben spielen: Marcel wird zur Gänze freigesprochen.

Die kurze Begründung des Wahrspruches geht im lauten Beifall der Zuhörer unter, den der Vorsitzende erst nach Minuten mit der Drohung, den Saal räumen zu lassen, beenden kann. Marcel ist totenbleich geworden; er vermag noch nicht an diesen Ausgang der unseligen Angelegenheit zu glauben. Als der Ankläger mit resignierender Geste zu erkennen gibt, das Urteil nicht anfechten zu wollen, dankt der Kapitän den Richtern und Geschworenen mit stummer Verbeugung. Allmählich zerstreuen sich die Zuhörer, nachdem sie Marcel noch lautstark gratuliert haben, was ihm sichtlich peinlich ist: »Vergesst nicht, Leute«, sagt er, »dass da ein junger, hoffnungsvoller Mensch auf der Strecke geblieben ist!«

Dennoch eilen der Maulwurf, der Stockfisch, der sich diesmal wohl einen Freudenrausch antrinken wird, und das Frettchen geradewegs in den Hafen, um ihrem Schiffsherrn einen würdigen Empfang zu bereiten. Marcel und Georgette bleiben allein im Gerichtssaal zurück. Sie schauen einander lange in die Augen, ohne ein Wort zu sagen. Marcels fragendem Blick antwortet Georgette mit einem fast unmerklichen Kopfnicken. Dann gehen sie Hand in Hand hinaus ins Freie, in Richtung zum Hafen.

Den Stoff zu dieser düsteren Tragödie aus dem Milieu unterster sozialer Schichten fand Giacomo Puccini 1912 oder 1913 in dem Theaterstück »La Houppelande« des Pariser Autors Didier Gold, der eigentlich Goldmann hieß und von dem nichts Näheres bekannt ist, als dass er das Drama 1910 im Théâtre Marigny herausbrachte, wo es mindestens zwei Jahre lang gespielt und vom Publikum wegen seines krassen Realismus und seiner derben Sprache geradezu gestürmt wurde. Puccini erwog damals, drei an einem Abend aufzuführende Einakter verschiedensten Charakters zu komponieren; es sollte ein naturalistisches Stück zu Beginn, eine sanftes lyrisches Mittelstück und eine sprühende Komödie zum Ausklang werden, etwa vergleichbar einer dreisätzigen Symphonie: Allegro – Adagio – Presto.

Nachdem Puccini durch seinen einstigen Textdichter Luigi Illica von dem Erfolgsstück Kenntnis erlangt und es daraufhin wohl auch selbst gesehen hatte, beginnt die Suche nach einem Librettisten. Ferdinando Martini, ein alter Bekannter des Komponisten, scheitert nach mehrmonatigem Bemühen an dieser Aufgabe, die nun Giuseppe Adami übertragen wird. Dieser braucht nicht länger als vierzehn Tage, um ein ausgezeichnetes

Libretto herzustellen. Er vereinfacht die Handlung des ungeschickt aufgebauten Originals und verzichtet auf einen dort vorkommenden zweiten Mord, betont jedoch das hilflose Aufbegehren der armen Menschen gegen die sozialen Zustände im geschilderten Milieu.

Puccini beginnt schnell mit der Komposition, unterbricht sie aber alsbald bis Oktober 1915, da sich zunächst keine geeigneten Stoffe für die beiden weiteren Einakter finden. Erst als der vielseitige Giovacchino Forzano ihm die Texte zu »Suor Angelica« und »Gianni Schicchi« geliefert hat, von denen der Komponist begeistert ist, kommt es am 14. Dezember 1918 in New York zur erfolgreichen Uraufführung der zum Triptychon (»Trittico«) zusammengefassten Opern. Gleich nach Kriegsende, am 11. Januar 1919, folgt die europäische Erstaufführung in Rom, die der Erste Weltkrieg zunächst verhindert hatte.

»La Houppelande«, die französische Bezeichnung für ein weites verhüllendes Kleidungsstück, wird in der italienischen Übersetzung zum »tabarro« (Mantel). Auch die Hauptfiguren des Stückes erhalten Namen, die der italienischen Sprachmelodie entsprechen: Aus Marcel wird Michele (abgesehen davon, dass es einen Marcello bereits in der 1896 erschienenen »Bohème« gab), und Henri erhält den klangvolleren Namen Luigi. Einfacher ist die Sache bei Georgette; sie heißt nun einfach Giorgetta.

Ein historischer Hintergrund der dramatischen, dabei ganz einfachen Geschichte ist nicht feststellbar, doch kann angenommen werden, dass sich derartige Alltagstragödien im dargestellten Milieu immer wieder ereigneten. Emile Zola drückt es drastisch aus, wenn er sagt, die »Laster der Armen«, nämlich Verbrechen, Ehebruch, Gewalttaten, seien quasi natürliche Begleit-

erscheinungen der schlechten sozialen Verhältnisse. Mag sein, dass Didier Gold seine Schauergeschichte einem zeitgenössischen Zeitungsbericht entnommen hat – wir werden es nie erfahren, da wir über ihn selbst so gut wie nichts wissen.

Martha Schad
»Meine erste und einzige Liebe«

»Der Höhepunkt meines Lebens«

Mathilde Wesendonck, Richard Wagners geliebte Muse – im Zürcher Exil begann der Komponist eine aufwühlende Romanze mit der Kaufmannsgattin, die fast ein Jahr dauerte, bis ihr von Wagners Ehefrau Minna ein jähes Ende bereitet wurde.

Diese bisher einmalige große Biografie zeigt die Bedeutung von Mathilde Wesendonck für Wagner, deren »Fünf Gedichte für eine Frauenstimme« der Komponist in seinen berühmten »Wesendonck-Liedern« vertont hat.

226 Seiten mit 36 Abb., ISBN 3-7844-2881-9
Langen Müller

Lesetipp

BUCHVERLAGE
LANGEN MÜLLER HERBIG
WWW.HERBIG.NET